蘇軾論稿

王水照◎著

獎 《蘇軾論稿》所收論文歷年獲獎情況

《蘇軾的政治態度和政治詩》

一九八四年獲　上海市高校文科優秀論文獎（上海市高等教育局等主辦）

《從蘇軾、秦觀詞看詞與詩的分合趨向》

一九九〇年獲　中國秦觀學會優秀論文獎（中國秦觀學會主辦）

《蘇軾豪放詞派的涵義和評價問題》

一九九一年獲　首屆夏承燾詞學壹等獎（中國韻文學會主持）

《蘇軾選集》（含《蘇軾創作的發展階段》、《評久佚重見的施宿〈東坡先生年譜〉》）

一九九二年獲　全國首屆古籍整理圖書獎（國家新聞出版署主辦，國家級）

《蘇軾的人生思考和文化性格》

一九九四年獲　上海市哲學社會科學優秀成果獎（一九八六～一九九三年）（上海市評獎委員會主辦）

目錄

王水照《蘇軾論稿》讀後（代序）

張高評

陳寅恪曾稱：「華夏民族之文化，歷數千年之演進，造極於趙宋之世」；王國維亦云：「天水一朝，人智之活動，與文化之多方面，前之漢唐，後之元明，皆所不逮也。近世學術多發端於宋人」①；陳王二先生的一致推崇，是就宋代文化的普遍繁榮來說的：舉凡宋代文化的各個層面，如經學、史學、哲學、科技、宗教，詩、詞、賦、古文、四六、小說、戲曲等文學，書、畫、音樂、園林等藝術，每個領域幾乎多達到登峯造極的境界。鄧廣銘認爲：「兩宋期內的物質文明和精神文明所達到的高度，在中國整個封建社會時期之內，可以說是空前絕後的」②，就宋代文化兼顧傳承與拓展，追求自成一家來說，這「空前絕後」的美譽，是當之無愧的。

就文藝而言，致力傳承與開拓，期許繼往和開來，既師法前代文藝之優良典範，又知所奪胎換骨，獨創自得，這是注重集大成的宋人出入古今，貫串諸家，以之超邁六朝，方駕三唐的妙招與抱負。由於宋人注重傳承繼往與拓展開來，而且視傳承爲手段，爲過程，爲步驟，而把開拓自家特色看成努力之終極目標，故講究轉益多師，拓展題材；時作出位之思，多方嘗試整合融會；或翻轉變異，强調推陳出新；或精益求精，演示活法奪換；尤其注重別裁創獲，期許自成一家，更是宋人心嚮神往，戮力以赴的自覺和共識③。嘗試考察宋人詩話、筆記、題跋、文集，在在提撕「所貴不相效」，「不蹈襲前人」，「不俯仰隨人」，「不爲牛後人」，「不苟同異」，「不犯正位」④；作文湜藝，則標榜「務求與人遠」，「難處見作者」，「留意古人不到處」，「作不經人道語」，「言衆人之所未嘗」，甚至謂「俗人猶愛未爲詩」，「不向如來行處行」⑤。其革新手段，以「跳出窠臼」，「隨處作主」爲基石；以「別具隻眼」，「自出機軸」，「超宗越祖」，「吐出虹霓」爲襟抱；且以「天機在我」，「自得自到」爲自成一家之極致⑥。宋人於文藝創作之自覺，爲尋求自家面目，嚮往獨得創獲，故念茲在茲如是，慘澹經營如是！宋代文藝之卓絕不凡，甚至登峯造極，與宋人這種普遍之共識有關。

宋人尋求自家面目，嚮往獨得創獲，這種自覺與北宋詩文革新運動相始終，這種共識與形成宋代文化相依存，所謂唐型文化、宋型文化；所謂唐音、宋調，其分水嶺即在有無此一自覺與共識⑦。北宋之詩文革新運動，倡始於范仲淹，發皇自歐陽修，集成於蘇軾⑧，於是而千巖競秀，萬壑奔流，遂有兩宋文藝之大觀，其中蘇軾的領袖之功最不可没。蘇軾以其

「豁達大度的性格魅力，鮮明濃烈的人文色彩」，「追求無飾的自然人格」，「自主的文化人格和主體情性」，外加盡心盡責指導門下，於是招徠許多文人名士、詩壇名將，詞藝名家，形成生活理想相同、文化志趣相近的「蘇門」——所謂「蘇門四學士」：黃庭堅、秦觀、晁補之、張耒；以及「蘇門六君子」：四學士外加陳師道、李廌，即是以蘇軾爲泰山北斗，逐漸發展成「學術思想上獨立思考，文學藝術上自由創造」的一個文人羣體⑨。宋代文化注重集大成，表現在學術及文藝上，即是盡心致力於借鑑、交流、融會、整合，於是博通諸家，期使奪胎換骨；出入古今，遂能承先啓後，蘇軾對宋代文藝之貢獻在此，蘇門四學士六君子對宋代的深遠影響亦在於是。

就詩壇而言，影響宋代最大的莫過於江西詩派；江西詩派有所謂「一祖三宗」，黃庭堅、陳師道爲三宗之屬。尤其黃庭堅所創江西詩派，其理論與創作，無論影從私淑或修正反對，多與黃庭堅所倡江西詩風有直接薪傳或間接觸發之關係；追本溯源，則與蘇軾之詩學主張、詩作指向關係密切。蔚爲宋詩特色之詩學主張，如以俗爲雅、以故爲新、點鐵成金、奪胎換骨、詩畫合一、詩禪交融、以文爲詩、以文字爲詩、以議論爲詩、以才學爲詩、以賦爲詩、以劇喻詩，固爲黃庭堅及江西詩人所樂道奉行，然原始要終，約言指示，仍當推本於蘇軾之文論與創作。

再者，就詞史而言，婉約與豪放分立對舉的事實，始於宋代蘇軾·蘇軾爲實現宋詞之革新，於是在詞中表現「放筆快意，揮灑自如，擺脫束縛的創作個性」；而且「以詩爲詞，將詩之題材內容、手法風格、體制格律，引入詞的領域」中，作爲革新的主要方法和手段。這種革新詞風，果然給詞壇帶來嶄新的面貌：「一洗綺羅香澤之態，擺脫綢繆宛轉之度」，王灼《碧雞漫志》卷二所謂「指出向上一路，新天下耳目，弄筆者始知自振」。於是在《尊前》、《花間》遺韻的婉約詞風之外，在巨大藝術穩固性和傳承性之餘，蘇詞因應宋詞發展之客觀趨勢，打破了詩與詞的森嚴壁壘，造成宋詞的發達⑩。這種「出位之思」，是蘇詞注重借鏡、交融、整合、集成的結果，更是宋代文化的具實反映。

源、流、正、變的消息，爲研究文學史者所當提挈掌握之關鍵，由是而有辨體、尊體、本色、當行，與變體、破體、別格，自成一家間之困惑和糾葛。一種文體既經形成，則其題材內容、手法風格、體制格律，甚至語言特質方面，皆有穩定不移之規範和獨立無二之趣味，與他體間儼然此疆彼界，不相混淆，於是形成傳統與定式。不過，文體通行既久，在作家日衆、作品日多之情況下，創作共識已然形成法式，蕭規曹隨之因循，往往「百家騰躍，終入環內」，即擅長變化如孫行者，亦恐跳不出如來佛之手掌心。爲振衰起敝，文學上種種追新求變之努力遂應運而生，「破體爲文」乃其中切實有功的途徑之一。有志革新詩文的健將們，在理論主張和創作實踐上，多表現在以文爲詩、以賦爲詩、以詩爲詞、以文爲詞、以賦爲詞、以詞爲詩、以文爲賦，以及詩畫合一、詩禪交融諸方面，彼此間交融、嫁接、借鏡、整合，經過移花接木式之文學聯姻，文體往往可以起死回生、除舊佈新、化臭腐爲神奇⑪。試考蘇軾之詩與詞，存在毀譽爭議處，集中在變體、別格、非本色，自成一家上，亦當作如是觀。就散文藝術而言，「蘇軾還有意打破文體的嚴格界限，使之互相吸取」：如〈張君寶墨堂記〉用贈序體，〈墨君堂記〉用傳奇體，〈蓋公堂記〉用寓言體，〈表忠觀碑〉用奏疏，前後〈赤壁賦〉變先代之賦爲散文賦，人物傳記則前人評爲「變傳之體」、「傳中變調」⑫，都是打破文體的疆界，就文體間相互聯姻，解放重組，擷長補短，既不完全背離傳統規範，又能開拓自家特色，這無異是文體新生發展之道。再就蘇軾之賦作而言，其「兼備衆體」之特質，表現在「對舊樣式的改造，和新樣式的創造」上；其最大貢獻，在「發展辭賦中的散文化傾向，完成了文賦的創造和運用」⑬。據此而言，也是立足於賦體，將借鏡的觸角伸向古文，作有條件之選擇、琢磨、添加、改換，可見「破體」爲文，確是絕處逢生之法，窮變通久之道。錢鍾書稱：「名家名篇，往往破體，而文體亦因以恢弘焉」⑭，此言有理。文學發展，講究窮變通久，「破體」爲文之作風，傳承與開拓並重，法古與創新兼顧，既可以一新耳目，又可以自成一家，故蘇門、江西詩派重之。宋詩所以異於唐詩，豪放詞所以異於婉約詞，文賦所以別於列朝賦，此中法門，即是因破體爲文而產生陌生化美感，引人入勝。

三年前八月，筆者赴四川成都參加「宋代文化國際研討會」，以文會友，結識上海復旦大學王水照教授。接其人，謙謙君子也；讀其書，則又服其博通淵雅，高山仰止，於唐宋文學之研究，尤稱斯學之翹楚。著有《唐宋文學論集》、《宋代散文選註》、《蘇軾》、《蘇軾選集》；編有《宋人所撰三蘇年譜彙刊》、《日本學者中國詞學論文集》；與人合著《中國文學史》、《唐詩選》等書。近又精選十年來所作有關蘇軾研究之論文十六篇，都爲一集，名曰《蘇軾論稿》，約十二萬言，率皆榮獲優秀學術論文獎之成果，交付萬卷樓圖書公司印行，可以嘉惠士林，啓迪學界。編輯問序於余，余雖摘引書中警策若干，羅列於前，片羽鴻爪，管錐蠡測，固不足窺其大全。於是再贅數言，用申餘意：

宋人追求自然平淡之風格，推崇爲藝術之極諧，此自梅堯臣首倡，經蘇軾推揚發揮，遂成宋代文藝美學之重要範疇⑮。宋人無不學古：或學白居易，或學李商隱；或宗陶淵明，或法杜甫；或尊盛唐，或重晚唐，目的都以借鑑古人典範爲手段，而以創獲獨得，自我作古，自成一家爲目的。典範經過長期的選擇追尋，歷王安石、蘇軾、黃庭堅，宋人之審美意識，歸結到以陶潛杜甫爲典範；蘇軾之學杜和陶，是其中一大關鍵⑯。蘇軾之人生思想，雜揉儒、釋、道三家，以儒家思想爲基礎，而出入佛老，以寄託其坎坷不平之遭遇，以平衡其進退仕隱之衝突⑰。自蘇軾身上，大致看出宋代士人心態，以及思想趨向，可謂極具代表與典型。北宋一朝，國勢積貧積弱，政局詭譎多變，社會危而不安，黨爭此起彼伏，此種現象，在蘇軾文集詩集詞集中，多可從其生活反映，思想表現中看出，堪稱具體而微。外此，蘇軾之文論、詩論、詞論、畫論、書論、樂論，乃至於美學思潮，沾溉當代，影響後世者亦所在多有。若此之類，王先生《蘇軾論稿》中，大多已作精到之發明與示例，讀者可以隅反。

綜要言之，宋代文學之重鎮在江西詩派，江西詩派以黃庭堅爲開山祖師，黃庭堅則出身於蘇軾之門下。可見研究宋代文學掌握一蘇軾，則如綱之在綱，如魚之在筌，可以上究下探，旁推交通，左右逢源。王先生大作《蘇軾論稿》論述層面廣大，闡發幽微處既精且深，值得學人置諸案頭，以時細讀，以之登堂，因而入室，所謂「致廣大而盡精微，極高明而道中庸」，此書有之。

注釋

①《金明館叢稿二編・鄧廣銘〈宋史職官志考證〉序》，里仁書局《陳寅恪文集》第二册；王國維〈宋代之金石學〉，載《國學論叢》第一卷第三號，文海出版社。

②鄧廣銘〈關於宋史研究的幾個問題〉。

③張高評〈宋詩特色之自覺與形成〉，《漢學研究》十卷一期。

④參考《梅堯臣詩集編年校注》卷二十五〈依韻和宣城張主簿見贈〉，蔡啓《蔡寬夫詩話・樂府辭》，呂本中《童蒙詩訓・慈母溪》，胡仔《苕溪漁隱叢話》前集卷四十八、四十九，趙秉文《閑閑老人滏水文集》卷十九〈答天英書〉，卷二十〈跋山谷草聖〉；元好問《遺山先生文集》卷十一〈論詩絕句三十首之二十一〉；黃庭堅《豫章黃先生文集》卷十二，〈贈高子勉之三〉，姜夔《姜白石詩集》〈自序〉其二，元好問

《中州集》卷二〈劉西巖汲小傳〉引《西巖集・序》。

⑤參考方東樹《昭昧詹言》卷十〈黃只是求與人遠〉，姜夔《白石道人詩說》廿一則，蔡絛《西清詩話》、《優古堂詩話》、《能改齋漫錄》卷八，《冷齋夜話》卷十、《詩人玉屑》卷六，《朱子語類》卷一百三十九〈論文〉上，劉克莊《後村詩話》前集卷二引陸放翁詩中語，羅大經《鶴林玉露》卷三引楊萬里語以評歐公之文，山谷之詩。

⑥參考《詩人玉屑》卷一引吳可〈學詩詩〉，《古尊宿語錄》卷四說「立處即眞」，葉寘《愛日齋叢鈔》《說郛》本，吳氏《林下偶談》卷三「自出機軸」，《景德傳燈錄》卷十二「逢佛殺佛」，《五燈會元》卷七「這裡無祖無佛」，陸游〈次韻和楊柏子主簿見贈〉，〈九月一日夜讀詩稿有感走筆作感〉，張鎡《詩學規範》十四引蘇符語，蔡絛《西清詩話》，《詩人玉屑》卷十引《漫齋語錄》、王若虛《滹南遺老集》卷四十五〈論詩詩〉。

⑦參考傅樂成《唐型文化與宋型文化》，原載《國立編譯館館刊》一卷四期，一九七二年十二月，後收入所編《漢唐史論集》，聯經出版公司，一九七七年九月；錢鍾書《談藝錄》（一、詩分唐宋），書林出版社；張高評〈宋詩特色之自覺與形成〉，「二、唐宋詩殊異論與宋詩的價值」。

⑧參考洪本健〈論范仲淹對北宋古文運動的貢獻〉，《華東師範大學學報》一九九二年四期；鄭孟彤〈歐陽修在北宋詩文革新運動中的地位和作用〉，《文學遺產》一九八七年六期；姜書閣〈蘇軾在宋代文學革新中的領袖地位〉，《文學遺產》一九八六年三期。

⑨參考王水照《蘇軾論稿》〈蘇門的性質和特徵〉。

⑩參考王水照前揭書，〈蘇軾豪放詞派的涵義和評價問題〉，〈蘇軾的書簡《與鮮于子駿》和《江城子・密州出獵》〉，〈從蘇軾、秦觀詞看詞與詩的分合趨向——兼論蘇詞革新和傳統的關係〉。

⑪參考張高評〈破體與宋詩特色之形成——以「以文爲詩」、「以議論爲詩」、「以賦爲詩」爲例〉，《成大中文學報》一九九四年四月。

⑫參考王水照前揭書，〈蘇軾散文藝術美的三個特徵〉。

⑬參考王水照前揭書，〈亦詩亦文，情韻不匱——漫談蘇軾的賦〉。

⑭《管錐篇》第三册，頁八九〇，書林出版社。

⑮參考莫礪鋒〈論梅堯臣詩的平淡風格〉，《文學研究》第一輯，南京大學出版社，一九九二年五月；徐中玉《論蘇軾的創作經驗》〈三、文理自然，姿態横生〉，華東師範大學出版社，一九八一年九月；周來祥《中國美學主潮》，山東大學出版社，一九九二年六月；吳調公主編《文學美學卷》〈五、文學美的基本審美形態與審美範疇〉》，「五、自然之美」，「十二、淡泊之美」，江蘇美術出版社，一九九〇年六月。韓經太〈論宋人平淡詩觀的特殊指向與內蘊〉，載張高評編《宋詩綜論叢編》，高雄麗文文化公司，一九九三年十月。

⑯參考程杰〈從陶杜詩的典範意義看宋詩的審美意識〉，曾棗莊〈論宋人對宋詩的態度〉，林繼中〈杜詩與宋人詩歌價值觀〉，並見張高評編《宋詩綜論叢編》；謝桃坊《蘇軾詩研究》第四章〈蘇詩的藝術淵

源〉，巴蜀書社，一九八七年五月。朱靖華〈蘇軾新論．論蘇軾《和陶詩》及其評價問題〉，齊魯書社，一九八三年十一月；唐玲玲〈論蘇軾的和陶詩〉，王運生〈蘇東坡在惠州和陶詩的思想傾向〉，李博〈從《和陶詩》看蘇軾貶惠前後的思想變化〉，並見《論蘇軾嶺南詩及其他》，廣東人民出版社，一九八六年十一月。

⑰參考王水照前揭書，〈蘇軾創作的發展階段〉，〈蘇軾的人生思考和文化性格〉。李錦全〈兼綜儒道佛，契合理情神〉，曾棗莊〈蘇軾對釋道的態度〉，張忠全〈蘇軾的經濟思想初探〉，並見《蘇軾思想探討》，《四川師範大學學報叢刊》第十二輯，一九八七年九月。

一九九四年八月於成功大學中文系

自序

王水照

蘇軾是北宋時期文化全面繁榮的傑出代表，也是中國文化長期發展的歷史結晶。一九八六年三月，我在拙著《蘇軾其人和文學》的《日譯本自序》中說過：「我把蘇軾作品當作研讀對象，始於大學時代。當時，我被他那種文學藝術上的『全才』特點所吸引。在他的閎博的文化知識、成熟的藝術技巧、豐富而複雜的人生經驗面前，在無限廣闊、難測其深的『蘇海』面前，我錯愕，我驚嘆，深深地感到這是一個值得畢生探討的研究課題。」我最早寫的有關蘇軾的研究性文字，是先後爲兩部《中國文學史》所執筆的《蘇軾》一章；然而，這個開端在一九六六年以後即被中斷，其原因是衆所周知的。

重新進行蘇軾研究已到了一九七八年。這就是本書所收論文中作年最早的《蘇軾的政治態度和政治詩》。針對當時指控蘇軾爲「投機派」、「兩面派」的特殊輿論，這是第一篇爲蘇軾辯誣「正名」的文章。這一論爭實已超出單純學術研究的範圍，但又爲今後自由探討蘇軾的歷史真面目創造必要的前提，而且我還是儘可能地從學術層面上來展開論述的，至於思維方式乃至用語風格就不能不受制於當時的社會環境了。嗣後我感到，蘇軾主要是一位文學家，而不是政治家。他與王安石變法的關係問題，對其一生的思想和創作發生過影響，繼續探討仍是必要和有益的，然而他的政治態度畢竟已屬於過去，而他留給後人的巨大文化遺產卻仍在現實生活中產生深遠的作用，因此，蘇軾研究的重點不能不放在對於他的文學創作的探討上。依據這種理解，我便寫了一些有關蘇軾文學創作的論文。隨著時間的推移和個人生活體驗的積累，我又逐漸認識到，蘇軾的意義和價值，似不宜僅限於文學領域。他的全部作品展現了一個可供人們感知、思索的活生生的真實人生，表達了他深邃精微的人生思考。他的人生思想成爲後世中國文人競相仿效的一種典型。於是我把更多的精力投入這方面的探討。近十幾年來，我的學蘇過程大致如此。

因而，收入本書的十六篇論文，雖係隨時成文，初無統一規劃，卻略顯有序性。今編爲四輯：

第一輯「綜論」兩篇，論述蘇軾一生創作的發展階段、「蘇門」的性質和特徵；

第二輯「思想」五篇，則有關其人生思考、性格心態和政治思想；

第三輯「品評」六篇，分論蘇詞、蘇文、蘇詩；

第四輯「譜學」三篇，主要介紹日本兩部久佚重現的蘇譜重要舊鈔本，並由此澄清一些蘇軾行蹟和蘇詩版本上的疑點。

這些論文發表後，曾獲得較大的社會效果和學術反響。有些篇什得到過各種獎勵，如「首居夏承燾詞學一等獎」、「中國秦觀學會優秀論文獎」、「上海市高校文科優秀論文獎」和「全國首居古籍整理圖書獎」等。對此我實惶愧不已，都視爲一種鼓勵，更是鞭策。另一方面，也得到過不少朋友的質疑、商榷和指教，在蘇軾的政治態度、「豪放」和「婉約」、創作分期、儒佛道思想等問題上，都形成不大不小的討論「熱點」。對此我也願意繼續探討研究，並期待著用適當的著述形式加以申述的機會。收錄的論文基本上未作改動。若干題目稍有修潤，刪去了過多的「論」、「評」之類的字眼。

本書能在台灣結集出版，承蒙林慶彰、張高評兩先生和萬卷樓圖書有限公司的熱心幫助和大力支持，謹致深切的謝意。

一九九三年五月

《蘇軾論稿》

綜論篇

蘇軾創作的發展階段

北宋三位舉足輕重的大作家歐陽修、王安石和蘇軾都活了六十六歲，這真是歷史的巧合。就蘇軾現存集子來看：

他最早的一篇文章是嘉祐二年（西元一〇五七年）應試時所作的《刑賞忠厚之至論》，時年二十二歲；

最早一批詩作是嘉祐四年（西元一〇五九年）再次赴京途中父子三人合編《南行集》裡的四十二首作品①，時年二十四歲；

最早的詞寫於熙寧五年（西元一〇七二年），時任杭州通判，年三十七歲②。

其創作起時並不比歐、王早，但也度過了長達四十多年的創作生涯，爲我們留下了二千七百多首詩、三百多首詞和四千二百多篇散文作品，其數量之巨爲北宋著名作家之冠，其質量之優則爲北宋文學最高成就的傑出代表。

時間跨度如此漫長、作品内容如此豐富的創作歷程，必然呈現出階段性。探討和研究蘇軾的創作分期，必將有助於對其作品思想和藝術特點的深入理解。最早提出這個問題的就是他的弟弟蘇轍。在《東坡先生墓誌銘》中，他説蘇軾「初好賈誼、陸贄書，論古今治亂，不爲空言」；「既而讀《莊子》」，有深得其心之嘆；「謫居於黄，杜門深居，馳騁翰墨，其文一變，如川之方至，而轍瞠然不能及矣」；又説「公詩本似李杜，晚喜陶淵明」。這裡對「初好」、「既而」的時間斷限雖不明確，但認爲黄州、嶺海爲其創作變化時期則是清楚的。《苕溪漁隱叢話．後集》卷三十云：「余觀東坡自南遷以後詩，全類子美夔州以後詩，正所謂『老而嚴』者也」，進一步申述嶺海爲詩風「老而嚴」時期。陳師道云：「蘇詩初學劉禹錫，故多怨刺，學不可不慎也；晚學太白，至其得意則似之矣，然失於粗。」（《後山詩話》）蘇軾的好友參寥補充説：蘇軾「少也實嗜夢得詩，故造詞遣言，峻峙淵深，時有夢得波峭。然無已此論施於黄州以前可也。……無已近來（指建中靖國時）得（蘇軾）渡嶺越海篇章，行吟坐詠，不絕口吻。常云：『此老深入少陵堂奥，他人何可及！』其心悦誠服如此，則豈復守昔日之論乎？」（《曲洧舊聞》卷九）也認爲黄州、嶺海爲兩個創作階段。清人王文誥在《蘇文忠公詩編注集成．識餘》中，把蘇軾一生創作分爲八期：《南行集》和簽判鳳翔、熙寧還朝、倅杭守密、入徐湖、謫黄、元祐召還、謫惠、渡海；他還指出謫黄、謫惠爲兩大變，渡海後則「全入化境，其意愈隱，不可窮也。」前人的這些評論，值得重視。

蘇軾的作品是他生活和思想的形象反映，他的創作道路不能不制約於生活道路的發展變化。他一生歷經了北宋仁宗、英宗、神宗、哲宗、徽宗五個朝代，這是北宋積貧積弱的局勢逐漸形成、社會危機急劇發展的時代，也是統治階級內部政局反覆多變、黨爭此起彼伏的時代。蘇軾捲入了這場黨爭，他的一生也就走著坎坷不平的道路。除了嘉祐、治平間初入仕途時期外，他兩次在朝任職（熙寧初、元祐初）、兩次在外地做官（熙寧、元豐在杭、密、徐、湖；元祐、紹聖在杭、穎、揚、定）、兩次被貶（黃州、惠儋），就其主要經歷而言，正好經歷兩次「在朝——外任——貶居」的過程。

蘇軾這種大起大落、幾起幾落的生活遭遇，造成他複雜矛盾而又經常變動的思想面貌和藝術面貌，給研究創作分期帶來不少困難。但是：

第一，他的儒釋道雜糅的人生思想是貫串其一生各個時期的；筆力縱横、揮灑自如又是體現於各時期詩、詞、文的統一藝術風格。這是統一性。

第二，他的思想和藝術又不能不隨著生活的巨大變化而變化。

我們認爲，與其按自然年序，把他的創作劃分爲早、中、晚三期，不如按其生活經歷分成初入仕途及兩次「在朝——外任——貶居」而分爲七段，並進而按其思想和藝術的特點分成任職和貶居兩期：思想上有儒家與佛老思想因素消長變化的不同，藝術上有豪健清雄和清曠簡遠、自然平淡之別。這是特殊性，也是分期的根據。

嘉祐、治平間的初入仕途時期，是蘇軾創作的發軔期。他懷著「奮厲有當世志」（《東坡先生墓誌銘》）的宏大抱負走上政治舞臺，力圖幹一番經世濟時的事業。他唱道：「丈夫重出處，不退要當前」（《和子由苦寒見寄》），「屈原古壯士，就死意甚烈。……大夫知此理，所以持死節」（《屈原塔》），一副捨身報國、邁往進取、風節凜然的儒者面目。反映在詩文創作中，是《郿塢》、《饋歲》、《和子由蠶市》等一批富有社會內容的詩歌和《進策》二十五篇、《思治論》等充滿政治革新精神的政論文。蘇軾是位早有創作準備的作家，這時的詩文雖然不免帶有一般早期作品幼稚粗率和刻意鍛鍊的痕迹，但藝術上已日趨成熟。論辯滔滔、汪洋恣肆的文風，才情奔放、曲折盡意的詩風，都已烙下個人的鮮明印記。如古體詩《鳳翔八觀》，王士禎認爲「古今奇作，與杜子美、韓退之鼎峙」，「此早歲之作」可與黃州後所作匹敵。（《池北偶談》卷十一「岐梁唱和集」條）《辛丑十一月十九日，既與子由別於鄭州西門之外……》，汪師韓嘆爲「詩格老成如是」。（《蘇詩選評箋釋》卷一）而《和子由澠池懷舊》等近體詩，紀昀評爲「意境恣逸，則東坡本色。」（紀批《蘇文忠公詩集》卷三）其豪健清雄更足以代表他以後整個任職時期的獨特風格。

兩次在朝任職時期是蘇軾創作的歉收期。熙寧時與王安石變法派矛盾，元祐時又與司馬光、程頤等論爭，激烈動蕩的統治階級內部鬥爭占據了他的注意中心。今存熙寧初二三年間所作詩歌不足二十首，爲蘇詩編年的最低數字（前在鳳翔任職的三年內，寫詩共一百三十多首）；元祐初所作固然不少（二百首左右），但除題畫詩外，名篇佳作寥寥無幾；且題材較狹，以應酬詩爲主，雖不能一筆抹煞，但畢竟視線未能注視到更重要的生活領域。這時的詩歌風格，仍然在多樣化之中保持健筆勁毫的統一傾向。他的至親好友文同曾追憶熙寧初他天天去汴京西城訪晤蘇軾：「雖然對坐兩寂寞，亦有大笑時相轟。顧子（蘇軾）心力苦未老，猶弄故態如狂生。書窗畫壁恣掀倒，脫帽褫帶隨縱橫。諠譊歌詩曶文字，蕩突不管鄰人驚」（《往年寄子平（即子瞻）》）宛然是李白再世。其時爲數甚少的詩作也多少留下這種狂放不羈的投影：或記人物：「吾州之豪任公子，少年盛壯日千里」（《送任伋通判黃州兼寄其兄孜》），或抒感慨：「君不見阮嗣宗臧否不掛口，莫誇舌在齒牙牢，是中惟可飲醇酒。讀書不用多，作詩不須工，海邊無事日日醉，夢魂不到蓬萊宮」（《送劉攽倅海陵》），或寫書法藝事：「興來一揮百紙盡，駿馬倏忽踏九州。我書意造本無法，點畫信手煩推求」（《石蒼舒醉墨堂》）。至於元祐初在京所作的一批題畫詩，如《虢國夫人夜遊圖》、《趙令晏崔白大圖幅徑三丈》、《次韻子由書李伯時所藏韓幹馬》、《郭熙畫秋山平遠》、《書王定國所藏煙江疊嶂圖》等，蒼蒼莽莽，一氣旋轉，令人想見其濡墨揮毫時酣暢淋漓、左右逢源的快感。胡應麟《詩藪．外編》卷五云：「子瞻雖體格創變，而筆力縱橫，天真爛漫。集中如虢國夜遊、江天疊嶂、周昉美人、郭熙山水、定惠海棠等篇，往往俊逸豪麗，自是宋歌行第一手。」除詠周昉美人圖的《續麗人行》作於徐州，《定惠海棠》作於黃州外，其他三篇皆作於此時。而《定惠海棠》淡雅高絕，已屬貶居時期的風格，實不宜以「俊逸豪麗」目之。

熙寧、元豐和元祐、紹聖的兩次外任時期是蘇軾創作的發展期。不僅創作數量比在朝時增多，名篇佳作亦美不勝收。先後兩次外任都是蘇軾自己請求的，他企圖遠離統治階級內部鬥爭的漩渦，一則避開是非，保全自己，二則希望在政治上有所作爲，以踐初衷。因此，其時儘管由於抑鬱失意不時流露出超曠消沈的情緒，但積極入世精神仍是主導。加之實際生活擴大了他的政治視野和社會閱歷，他的總數不多的社會政治詩大都產生於此時。其中有抨擊時政的《吳中田婦嘆》及其他涉及新法流弊的詩篇，有他杭州賑濟疏湖、密州收養「棄子」、徐州抗洪開礦、潁州紓民飢寒的藝術記錄，有《於潛女》、《新城道中》、《無錫道中賦水車》、《石炭》等各地風土人物的形象描繪。這都說明蘇軾具有反映重大題材的思想基礎和藝術才能，只是由於生活巨變等原因未能繼續得到新的開拓，在貶謫時期的創作注意力主要轉到個人抒慨，題材趨向日常生活化。政治社會性較强是蘇軾整個外任時期（包括初入仕途時期）詩歌的共同思想特點。

其次，以這時期爲主的整個任職時期，蘇軾詩歌的主要風格在豪健清雄方面，於前代詩人，對李杜韓劉（禹錫）汲取較多。他的不少七古七絕，如《東陽水樂亭》、《歐陽少師令賦所蓄石屏》、《書丹元子所示李太白真》等頗具李白超邁豪橫之氣，前引《送劉攽倅海陵》的起句直逼李白《行路難》，其《送張嘉州》「峨眉山月半輪秋，影入平羌江水流。謫仙此語誰解道，請君見月時登樓」，更是句用李詩《峨嵋山月歌》，格從李詩「解道澄江淨如練，令人長憶謝玄暉」（《金陵城西樓月下吟》）化出，而此詩首句「少年不願萬戶侯，亦不願識韓荊州」，則反用李白《與韓荊州朝宗書》。他的《荊州十首》之於杜甫《秦州雜詩》，《真興寺閣》之於《同諸公登慈恩寺塔》、《訪張山人得山中字二首》之於《尋張氏隱居二首》以及《次韻張安道讀杜詩》、《壽星院寒碧軒》等詩，前人常有「句句似杜」、「前六句杜意，後二句是本色」（紀昀語）之類的評論。他的《石鼓歌》，其奇橫排奡，潑墨淋漓堪與韓愈《石鼓歌》比肩，《司竹監燒葦園，因召都巡檢柴貽勗左藏以其徒會獵園下》亦與韓《汴泗交流贈張僕射》、《雉帶箭》等圍獵之作一脈相承。至於由杜韓肇端的議論化、散文化傾向對於蘇詩結構、選字、用韻以至宏偉風格的形成，更發生了直接的重大影響。趙翼《甌北詩話》卷五云：「以文爲詩，自昌黎始；至東坡益大放厥詞，別開生面，成一代之大觀。」所言甚確。至於劉禹錫，陳師道謂蘇軾學其「怨刺」，則有《郿塢》、《雨中遊天竺靈感觀音院》及指斥新法流弊諸作可爲佐證，參寥謂蘇學其「峻峙淵深」、「波峭」，蘇轍也推重劉詩「用意深遠，有曲折處」（《呂氏童蒙詩訓》），這在蘇詩中也不乏其例。從上述師承關係中不難從一個方面看出蘇軾其時的審美傾向。前人又多謂蘇詩「傷率、傷慢、傷放、傷露」，「獷氣太重」（紀昀語），「一瀉千里，不甚鍛鍊」（趙翼語），正是放筆快意，追求豪健清雄風格所帶來的缺點。

第三，這時期蘇軾正式開始了詞的創作。雖然比之於詩，起時較晚，但一開始即以有別於傳統婉約詞的面貌登上詞壇。通判杭州初試詞筆，他就打破了「詩莊詞媚」（王又華《古今詞論》引李東琪語）的舊框框，運用詩的意境、題材、筆法、語言入詞，初步顯示出「以詩爲詞」的傾向。記遊的《行香子》（「一葉舟輕」）寫浙江桐廬七里瀨「重重似畫，曲曲如屏」的景色，觀潮的《瑞鷓鴣》（「碧山影裡小紅旗」）寫錢塘弄潮兒搏擊江潮的習俗，抒寫鄉情的《卜算子》（「蜀客到江南」），感慨身世的《南歌子》（「苒苒中秋過」），都有一種清新流暢、疏宕俊邁的詩的情調。尤如贈別杭州知州陳襄的一組詞作，如《行香子．丹陽寄述古》、《虞美人．有美堂贈述古》、《訴衷情．送述古、迓元素》、《清平樂．送述古赴南都》、《南鄉子．送述古》等，語言明淨，意境深遠，與設色濃艷、抒情纖細的傳統送別詞各異其趣。在自杭赴密途中，他作《沁園春．赴密州，早行，馬上寄子由》云：「當時共客長安，似二陸初來俱少年。有筆頭千字，胸中萬卷，致君堯舜，此事何難！用舍由時，行藏在我，袖手何妨閒處看？身長健，但優遊卒歲，且鬥尊前」，勃勃英氣，力透紙背，洋溢著待時而沽、「天生我才必有用」的自信和自豪。沿著這一創作傾向繼續發展，終於在密州時期寫下了《江城子．密州出獵》和《水調歌頭．丙辰中秋，歡飲達旦，大醉，作此篇，兼懷子由》這兩首最早的豪放詞代表作，從而在詞壇上樹起「自是一家」的旗幟。徐州所寫《浣溪沙》五首農村詞則以濃鬱的泥土芳香和淳樸真摯的思想感情，表示了詞在題材、意境上的進一步開拓。這時期詞作的這一傾向與他以儒家積極進取精神爲主導的思想傾向是一致的，也與詩風的主要傾向相類。

第四，包括這時期在內的整個任職時期，散文寫作著重在議論文（政論、史論）和記敍文兩類。前者如奏議、策論、進論是爲了向朝廷直接表達政見，後者如亭臺樓堂記是爲了立碑上石，大都帶有應用文性質，並非嚴格意義上的文學創作，但仍有很高的文學價值。尤如鳳翔所作《喜雨亭記》、《凌虛臺記》、密州所作《超然臺記》、徐州所作《放鶴亭記》等，都是傳誦一時的名篇。雜記《日喻》、《石鐘山記》等則不僅以形象生動感人，而且以警策哲理給人以有益的啓迪。

以上是蘇軾前後三十多年任職時期的主要思想面貌和藝術面貌。

元豐黃州和紹聖、元符嶺海的兩次長達十多年的謫居時期，是蘇軾創作的變化期、豐收期。

震驚朝野的「烏臺詩案」是蘇軾生活史的轉折點。他開始了四年多的黃州謫居生活。沈重的政治打擊使他對社會、對人生的態度，以及反映在創作上的思想、感情和風格，都有明顯的變化。

蘇軾人生思想的特點是「雜」：既表現爲儒佛道思想因素同時貫串他的一生，又表現爲這三種思想因素經常互相自我否定。如《韓非論》對「虛無淡泊」的老莊哲學斥爲「猖狂浮游之說」，指出他們把「君臣父子」關係視作「萍游於江湖而適相值」，那麼，「父不足愛而君不足忌。不忌其君，不愛其父，則仁不足以懷，義不足以勸，禮樂不足以化。以四者皆不足用，而欲置天下於無有，豈誠足以治天下哉！」在《議學校貢舉狀》中，指責「今士大夫至以佛老爲聖人」的風氣，認爲莊子「齊死生、一毀譽、輕富貴、安貧賤」的一套，是「人主」用以「礪世磨鈍」的「名器爵祿」的銷蝕劑。這是從儒家治世的角度批判佛老。而在《和文與可洋川園池三十首·二樂榭》中又謂：「仁智更煩訶妄見，坐令魯叟作瞿曇。」「二樂榭」命名來源於孔子「知者樂水，仁者樂山」之說（《論語·雍也》），文同提出質疑：「二見因妄生，仁智何常用」，蘇軾和詩亦意謂佛理高於儒學。儒家入世，佛家超世，道家避世，三者原有矛盾，蘇軾卻以「外儒內道」的形式將其統一起來。宋代釋智圓云：「儒者飾身之教，故謂之外典也；釋者修心之教，故謂之內典也。」「故吾修身以儒，治心以釋。」（《閒居編·中庸子傳上》）蘇軾有詩云：「定似香山老居士，世緣終淺道根深。」署名王十朋的《集注分類東坡詩》卷二引師（尹）曰：「白居易晚年自稱香山居士，言以儒教飾其身，佛教治其心，道教養其壽。」一僧一俗，所言全同。在宋代三教合一日益成爲思想界一般潮流的情勢下，蘇軾對此染濡甚深，並具體化爲以下形式：任職時期，以儒家思想爲主；貶居時期，以佛老思想爲主。兩件思想武器，隨著生活遭遇的不同而交替使用。這又是與儒家「窮則獨善其身，達則兼善天下」（《孟子·盡心》）的旨趣相通的。

蘇軾在《初到黃州》詩中寫道：「自笑平生爲口忙，老來事業轉荒唐。長江繞郭知魚美，好竹連山覺筍香。逐客不妨員外置，詩人例作水曹郎。只慚無補絲毫事，尚費官家壓酒囊。」在自我解嘲中，仍想有「補」國「事」，對貶逐則淡然處之。但是，政治處境險惡如故，生活困頓與日俱增，一種天涯淪落的悲苦孤寂之感油然而生。最初寓居定惠院時所作的《卜算子》中「有恨無人省」、「揀盡寒枝不肯棲」的孤鴻，《寓居定惠院之東，雜花滿山，有海棠一株，士人不知貴也》中那株地處炎瘴江城而「幽獨」無聞的高潔海棠，都是詩人的自我寫照，使我們很容易聯想起柳宗元《永州八記》之類作品中的山山水水。然而，蘇軾很快找到了排遣苦悶的精神武器，這就是早年已經萌發的佛老思想。他自白：到黃州後「歸誠佛僧」，「間一二日輒往（安國寺）焚香默坐，深自省察，則物我相忘，身心皆空，求罪始所從生而不可得。一念清淨，染汙自落，表裡翛然，無所附麗，私竊樂之。旦往而暮還者，五年於此矣。」（《黃州安國寺記》）他還傾心於道家的養生術，曾去黃州天慶觀養煉多日，又與知己滕達道等互相研討。元豐五年蘇軾的一批名作如《前赤壁賦》、《後赤壁賦》、《定風波》（「莫聽穿林打葉聲」）、《浣溪沙》（「山下蘭芽短浸溪」）、《西江月》（「照野瀰瀰淺浪」）、《臨江仙》（「夜飲東坡醒復醉」）等，大都寫得翛然曠遠，超塵絕世。蘇軾的情緒是隨時多變的，但這一年所流露的超曠放達的情緒卻相對穩定，應是他黃州時期思想逐漸成熟的表現。尤如《前赤壁賦》利用主客對話所體現的作者思想由樂到悲、又以樂作結的演變過程，可以看作他黃州時期整個基本思想感情「樂——悲——樂（曠）」發展過程的縮影。因此，這時作品中儘管交織著悲苦和曠達、出世和入世、消沈和豪邁的種種複雜情緒和態度，但這種超然物外、隨緣自適的佛老思想仍是它的基調。

應該説明，在此以前的蘇軾作品中也不乏避世退隱思想的流露，黃州時期也有表達積極進取的儒家精神之作。然而，對傳統思想的汲取只有與生活實踐緊密結合才能化爲真正的血肉，發揮能動的作用。蘇軾很早的一首《夜泊牛口》詩，在寫風土人情後，退隱之意搖筆自來：「人生本無事，苦爲世味誘」，「今予獨何者，汲汲强奔走」，這只能算作「題中應有之義」而已。即如《淩虛臺記》、《超然臺記》等對老莊出世哲學的闡述，也多少帶有因臺名而生發的書生議論色彩。蘇軾在黃州就不同了。他面對的最大、最緊逼的人生問題是對逐客生涯如何自處，他的主要生活內容是東坡躬耕的「墾闢之勞」和「玉粒照筐筥」（《東坡八首》）的收穫之喜，是「初被酒以行歌兮，忽放杖而醉偃」（《黃泥坂詞》）的出遊，是訪友，是養生以及堅持五年每一二日一往的安國寺參禪活動。他雖然對政事並未忘情，畢竟已遠離論政於朝堂、理事於衙門簿籍之間的官場生涯，沒有也不可能去施展他的政治抱負。蘇軾說：「中年忝聞道，夢幻講已詳」（《去歲九月二十七日，在黃州，生子遯，……病亡於金陵，作二詩哭之》其二）把他對佛老思想較爲深刻的理解和運用定在黃州時期的「中年」；蘇轍《東坡先生墓誌銘》中「後讀釋氏書，深悟實相，參之孔老，博辯無礙，浩然不見其涯也」一段，也敍於「謫居黃州」之後。這是值得深思的。正是在這個意義上，我們認為佛老思想在黃州時期日益濃厚，甚至占據了思想的主導地位，在以後嶺海時期更有所發展。說「主導」並不意味著蘇軾已成為佛教徒或道教徒。他在《答畢仲舉書》等文中，一再說明對玄奧難測的佛學教義並不沈溺，只是取其「靜而達」的觀察問題的方法，以保持達觀的處世態度，保持對人生、對美好事物的執著和追求。這與其時對儒家思想的某種堅持，正好相反相成。事物的辯證法就是這樣：本質消極的佛老思想，在蘇軾身上起了積極的作用（當然也有消極的一面）。《定風波》中那位在風雨中「吟嘯徐行」、對困境安之若素的形象，才是我們熟悉的蘇軾面貌，他不同於屈原、杜甫在失意時仍時刻燃燒著忠君愛國的熱情，也不同於韓愈、柳宗元在貶逐時悲苦無以自抑的精神狀態。

與此相聯繫，黃州時期的創作有以下幾個特點：

一、抒寫貶謫時期複雜矛盾的人生感慨，是其主要題材。比之任職時期，政治社會詩減少，個人抒情詩增多。他在赴黃州途中與蘇轍會於陳州，有詩云：「別來未一年，落盡驕氣浮。嗟我晚聞道，款啓如孫休。」（《子由自南都來陳三日而別》）雖然平生豪氣未必銷盡，受讒之恨、被謫之怨未必泯滅，但從主要方面看，已由從前的矜尚氣節、邁往進取的「驕氣」轉而為對曠達超俗、隨遇而安的佛老之「道」的追求。早年離蜀赴京時所作《荊州十首》其十云：「北行連許鄧，南去極衡湘。楚境橫天下，懷王信弱王！」紀昀評云：「此猶少年初出氣象方盛之時也。黃州後無此議論也。」的確，這種勃勃雄心、不可一世的自負感此時很少再現，習見的是抑鬱不平或超逸清空的精神境界，尤其是後者。同是中秋抒情，密州名作《水調歌頭》充滿了入世和出世的矛盾，既嚮往「瓊樓玉宇」之純潔而又嫌其寒冷，既憎惡現實社會之惡濁而又留戀人世的溫暖，以月下起舞爲勝境，千里嬋娟爲祝願；時隔六年的黃州《念奴嬌．中秋》，則寫「人在清涼國」的表裡澄澈，寫「水晶宮裡，一聲吹斷橫笛」的絕響遺韻。其時所作《前赤壁賦》有「羽化而登仙」的名句，前人評其時所作《卜算子》爲「非吃煙火食人語」（黃庭堅語，見《苕溪漁隱叢話．前集》卷三十九引），都可與此詞互相印證。同是重陽述懷，元豐元年徐州所作《千秋歲》雖然也有「明年人縱健，此會應難復」的常規慨嘆，但充溢畫面的是「如玉」的「坐上人」，與玉人交映的「金菊」，紛飛相逐的「蜂蝶」，乃至滿袖珍珠般的「秋露」；而在黃州所作《南鄉子》卻以「萬事到頭都是夢，休休，明日黃花蝶也愁」作結，《醉蓬萊》又以「笑勞生一夢，羈旅三年，又還重九」開頭，這裡有對世事無常、「人生如夢」的低沈喟嘆，更有泛觀天地、諸緣盡捐的曠遠心靈的直接呼喊！王國維《人間詞話》卷上云：「東坡之詞曠，稼軒之詞豪」，「曠」「豪」的差別就在於蘇軾接受了佛家靜達圓通、莊子齊物論等世界觀和方法論的深刻影響。

二、這時期創作的風格除了豪健清雄外，又發展清曠簡遠的一面，透露出向以後嶺海時期平淡自然風格過渡的消息。黃州詞如《念奴嬌．赤壁懷古》、《滿江紅．寄鄂州朱使君壽昌》、《水調歌頭·黃州快哉亭贈張偓佺》等，「銅琶鐵板」，神完氣足，屬豪曠一路，誠如其時他自評云：「日近新闋甚多，篇篇皆奇」（《與陳季常》）；但如《卜算子·黃州定惠院寓居作》以及上述元豐五年《定風波》（「莫聽穿林打葉聲」）諸作，則出以空靈蘊藉、高曠灑脫之筆，風格有所變化。詩歌中的名篇如《定惠院寓居月夜偶出》、《次韻前篇》、《寓居定惠院之東，雜花滿山，有海棠一株，土人不知貴也》、《和秦太虛梅花》等，前人亦多以「清真」（查慎行語）、「清峭」（紀昀語）許之，而其近體詩更追求一氣呵成的渾然自然之趣。試以幾組和韻詩為例。倅杭時所作《臘日遊孤山訪惠勤惠思二僧》一組四首和韻詩，選用「拏」「「遽」等險韻描摹西湖景色，因難見巧，愈出愈奇。《同柳子玉遊鶴林、招隱，醉歸呈景純》一組「岡」字韻詩七首，鎔鑄經史子集，出入野史筆乘，極盡騰挪跌宕之能事，最後一首結云：「背城借一吾何敢，慎莫樽前替戾岡」，意謂不敢再出和篇，但竟以「羯語」入詩，真是匪夷所思。（《晉書·佛圖澄傳》：羯語，「替戾岡，出也。」）黃州時期元豐四年、五年、六年每年正月二十日所作「魂」字韻三詩，卻自然渾成，毫無為韻拘牽之迹。像次聯「稍聞決決流冰谷，盡放青青沒燒痕」，「人似秋鴻來有信，事如春夢了無痕」，「五畝漸成終老計，九重新掃舊巢痕」，設景抒慨敍事，清幽新穎熨貼，皆成名聯。這都說明黃州詩寫得更嫻熟，漸入化境。他的一些小詩，如《東坡》、《南堂》、《海棠》等更是精緻流利，坦率地表現了他灑脫的胸襟和生意盎然的生活情趣。

蘇軾在黃州於前代詩人對白居易、陶淵明仰慕備至。「東坡」的命名來源於白氏忠州東坡③，蘇軾又以躬耕其地而「欣欣欲自號鏖糟陂裡陶靖節」（《與王鞏定國》），或以東坡比爲陶之斜川：「夢中了了醉中醒，只淵明，是前生。」（《江城子》）他對白、陶的仰慕此時偏重在人生態度方面，但也影響到創作。他不僅櫽括《歸去來兮辭》爲《哨遍》一再吟唱，而且其有關勞動詩如《東坡八首》等也有陶詩淳樸渾厚的風味。這種淡遠風格在黃州只是初露端倪，要到以後嶺海時期才趨於明顯。因爲他一離黃州，隨著政治風雲的變幻而由此帶來的個人生活的變化，又唱起豪健清雄的歌聲了：「願爲穿雲鶻，莫作將雛鴨」（《岐亭五首》其五），宛然是「楚境橫天下，懷王信弱王」（《荊州十首》其十）的舊歌重唱！「空腸得酒芒角出，肝肺槎牙生竹石，森然欲作不可回，吐向君家雪色壁」（《郭祥正家，醉畫竹石壁上，……》），似乎又恢復了文同筆下熙寧初的狂放面目！「東方雲海空復空，羣仙出沒空明中，蕩搖浮世生萬象，豈有貝闕藏珠宮？」（《登州海市》）又回到了任職時期「煒煒精光，欲奪人目」（紀昀語）的創作面貌。蘇軾在任職時期和貶居時期確有兩副胸襟，兩幅筆墨。黃州時期是第一個「在朝——外任——貶居」過程的結束，有人把它看成創作中期的開始，從而與以後的元祐初在朝、元祐紹聖四任知州合爲一個「中期」，是不盡妥當的。

三、在散文方面，任職時期以議論文（政論、史論）和記敘文爲主，這時期則著重抒情性，注重於抒情與敘事、寫景、說理的高度結合，出現了帶有自覺創作意識的文學散文或文學性散文，其中尤以散文賦、隨筆、題跋、書簡等成就爲高。赤壁二賦，光照文壇。這兩篇題名爲賦、文體爲散文，而其實質乃是詩情、畫意、理趣的融爲一體，以其巨大的藝術魅力膾炙人口九百年，歷久彌新。而他的筆記小品如《記承天寺夜遊》、《遊沙湖》（一作《遊蘭溪》）、《書蒲永昇畫後》、《書臨皋亭》以及數量衆多的書簡，字裡行間，都有一個活脫脫的坡公在，而行文又極不經意，似乎信手拈來，信口說出，如他自己所說，是「天然地別是風流標格」（《荷花媚》詞）。這種追求最大的表達自由的傾向，也在貶居嶺海時期得到進一步發展。除此以外，這時期還寫了不少有關佛教的文字，也是他生活內容變化的結果。

惠州、儋州的貶謫生活是黃州生活的繼續，蘇軾的思想和創作也是黃州時期的繼續和發展。佛老思想成爲他思想的主導，而且比前有所滋長。他說：「吾生本無待，俯仰了此世。念念自成劫，塵塵各有際。下觀生物息，相吹等蚊蚋。」（《遷居》）一念之間世界頓生成壞（劫），世界（塵）又無所不在，佛家的時間觀和道家的空間觀使他把萬物的生存與蚊蚋的呼吸等量齊觀。由於地處羅浮，他對道家理論家葛洪更加傾倒：「東坡之師抱朴老，真契久已交前生。」（《遊羅浮山一首示兒子過》）「愧此稚川翁，千載與我俱。畫我與淵明，可作三士圖。」（《和陶〈讀山海經〉》）。當然，他依然是從自我解脫、排遣苦悶的角度去汲取佛老，而不是沈溺迷戀其中。後來北歸途中他有《乞數珠贈南禪湜老》詩云：「從君覓數珠，老境仗消遣。未能轉千佛，且從千佛轉。」《傳燈錄》卷五載慧能爲法達禪師說法，有「心迷

《法華》轉，心悟轉《法華》」之語，蘇軾即自謂未能徹底悟道，不過借某些佛理作爲「老境」的「消遣」而已。如果說，黃州時期尚不免豪氣偶現，遷謫之怨時有流露，那麼，此時隨著年事日高，對佛老習染更深，因而表現爲胸無芥蒂、因任自然的精神境界。蘇轍說：「東坡先生謫居儋耳，置家羅浮之下，獨與幼子過負擔渡海，葺茅竹而居之，日啗藷芋，而華屋玉食之志，不存於胸中。」（《子瞻和陶淵明詩集引》）對他當時的生活和思想作了真實的記錄。這時儘管也有出世、入世的矛盾，也有對政事的繼續關注，寫過像《荔支嘆》這樣富有戰鬥性的詩篇，但對君主、對仕途的認識確又有所變化。他在《別黃州》一詩中開頭即云：「病瘡老馬不任鞿，猶向君王得敝幃。」典出《禮記．檀弓下》：「敝帷不棄，爲埋馬也；敝蓋不棄，爲埋狗也。」對朝廷改遷汝州感到莫大的恩德，態度謙卑。而此時所作《和陶〈詠三良〉》開頭卻云：「我豈犬馬哉，從君求蓋帷」；結云：「仕宦豈不榮，有時纏憂悲。所以靖節翁，服此黔婁衣！」寧可像黔婁那樣臨死僅得一牀「覆頭則足見，覆足則頭見」的布被，也不向君王乞求。同一典故，正反兩用，反映出他前後對君主、仕途的不同態度。這首《和陶〈詠三良〉》還一反陶詩原作之意，嚴厲批判「三良」（指奄息、仲行、鍼虎三人）爲秦穆公殉葬是違背「事君不以私」的愚忠行爲，鮮明地提出「君爲社稷死，我則同其歸。顧命有治亂，臣子得從違」的君臣關係的原則，這裡重點在君命可能有「亂」，臣子可以有「違」，多麼可貴的民主性思想閃光！而在早年鳳翔所作的《秦穆公墓》中，卻一面爲君主開脫：「昔公生不誅孟明，豈有死之日而忍用其良」，一面讚美「三良」：「乃知三子徇公意，亦如齊之二子從田橫。」同一事件，兩種議論，説明他晚年思想具有新因素、新發展。

這時期的創作具有和黃州時期許多共同的特點。抒寫貶謫時期複雜深沉的人生感慨是其主要內容。由於從佛老思想中找到精神支柱，他雖處逆境而仍熱愛生活，並在司空見慣的生活中敏鋭地發現詩意和情趣。比之黃州時期，這時的題材更加日常生活化，並在我國詩歌史上第一次攝入嶺海地區旖旎多姿的南國風光。前者如寫「旦起理髮」、「午窗坐睡」、「夜臥濯足」的《謫居三適》，寫月夜汲水煮茶的《汲江煎茶》，寫黎明前偶然興感的《倦夜》等，都能取凡俗題材開創新境界，從常人習見的瑣細處顯出新情致，充分表現其化纖芥涓滴爲意趣無窮的藝術功力；後者如《舟行至清遠縣見顧秀才，極談惠州風物之美》、《江漲用過韻》、《食荔支二首》、《食檳榔》、《儋耳》、《丙子重九二首》等。散文也以雜記和書簡等文學散文爲主，如《記遊松風亭》、《在儋耳書》、《書海南風土》、《書上元夜遊》及一些抒寫謫居生活的書簡，也寫了不少有關佛教的文字。詞的寫作較少，今可考知者不足十首。

黃州時期初露端倪的詩風轉變到這時日益明顯。蘇軾任職時期豪健清雄的詩風，同時帶來傷奇傷快傷直的疵病和鬥難鬥巧鬥新的習氣。紀昀説：「東坡善於用多，不善於用少；善於弄奇，不善於平實。」（《和陶〈讀山海經〉》批語），頗中肯綮。蘇軾自己似也有所覺察，如他在答覆一位和尚的求教時就説：「字字覓奇險，節節累枝葉。咬嚼三十年，轉更無交涉。」(《竹坡詩話》)因而在詩論中一再推崇自然平淡的風格。《歐陽少師令賦所蓄石屏》云:「含風偃蹇得真態,刻畫始信有天工」,《書鄢陵王主簿所畫折枝》云:「詩畫本一律,天工與清新。」所謂自然,就是這種彷彿得自天工而不靠人力的天然美。《邵氏聞見後錄》卷十四記載:「魯直以晁載之《閔吾廬賦》問東坡何如?東坡報云:『晁君騷辭細看甚奇麗,信其家多異材邪?然有少意,欲魯直以漸箴之。凡人爲文宜務使平和,至足之餘,溢爲奇怪,蓋出於不得已耳……。」(蘇軾此信,又見《東坡七集·續集》卷四)在徐州所寫《送參寥師》中又崇尚「淡泊」中有「至味」的「妙」的境界。所謂平淡,也就是內含韻味、出入奇麗的本色美。到了這時,由於生活和人生態度的變化,蘇軾對此不僅有了更深刻的認識,而且找到了「師範」的圭臬陶淵明。

蘇軾對陶淵明的認識在評陶歷史上有著突出的意義。陶淵明在世時並未得到應有的重視。鍾嶸《詩品》把這位六朝最大的詩人列爲「中品」。唐代詩人多有推重,也有微辭。杜甫《可惜》云:「寬心應是酒,遣興莫過詩。此意陶潛解,吾生後汝期」,著眼於陶的生活態度;而《遣興五首》其三卻說:「陶潛避俗翁,未必能達道。觀其著詩集,頗亦恨枯槁」,對其人其詩皆予非議。蘇軾卻不然:

> 柳子厚詩在陶淵明下,韋蘇州上。……所貴乎枯淡者,謂其外枯而中膏,似淡而

實美，淵明、子厚之流是也。

——《評韓柳詩》

蘇李之天成，曹劉之自得，陶謝之超然，蓋亦至矣。而李太白、杜子美以英瑋絕世之姿，凌跨百代，古今詩人盡廢；然魏晉以來高風絕塵，亦少衰矣。……獨韋應物、柳宗元發纖穠於簡古，寄至味於淡泊，非餘子所及也。

——《書黃子思詩集後》

吾於詩人無所甚好，獨好淵明之詩。淵明作詩不多，然其詩質而實綺，癯而實腴，自曹劉鮑謝李杜諸人，皆莫及也。

——見蘇轍《子瞻和陶淵明詩集引》

顯然，蘇軾對陶詩「外枯而中膏，似淡而實美」，「質而實綺，癯而實腴」的品評是深刻的，糾正了杜甫的偏頗，爲後世陶詩研究者所公認。他以前曾從政治上推重杜甫爲「古今詩人」之首（《王定國詩集敍》），現在又從藝術上認爲杜於陶詩的「高風絕塵」有所不及，並進而以陶淵明壓倒一切詩人。他對陶詩的「平淡」作了深得藝術辯證法的闡發。白居易在

《題潯陽樓》中說：「常愛陶彭澤，文思何高玄」，注意到陶詩的「高玄」，但對其「自然」風格似體味不深。《能改齋漫錄》卷三「悠然見南山」條云：「東坡以淵明『采菊東籬下，悠然見南山』，無識者以『見』爲『望』，不啻碔砆之與美玉。然余觀樂天《效淵明詩》有云：『時傾一尊酒，坐望東南山』，然則流俗之失久矣。惟韋蘇州《答長安丞裴說》詩有云：『采菊露未晞，舉頭見秋山』，乃知真得淵明詩意，而東坡之說爲可信。」蘇、韋定「見」，白氏從「望」，這不單純是個版本異文問題，而是對陶詩「自然」風格的理解問題。蘇軾認爲，作「望」，「則既采菊又望山，意盡於此，無餘蘊矣，非淵明意也」；作「見」，「則本自采菊，無意望山，適舉首而見之，故悠然忘情，趣閒而累（思）遠，此未可於文字精粗間求之。」④蘇軾此說也爲大多數陶詩研究者所接受，「望」「見」的是非優劣固然仍可繼續討論，但表現出蘇軾對陶詩自然風格的理解在於不經意、不斧鑿、「適然寓意而不留於物」⑤的天然之美。這也是深得藝術真諦的。

蘇軾把他所深刻理解的自然平淡風格推爲藝術極詣。於是，陶柳二集被看作南遷「二友」（《與程全父書》），「細和淵明詩」（黃庭堅《跋子瞻和陶詩》）成了創作的日課。蘇軾在元祐七年開始和陶，作《和陶〈飲酒二十首〉》，而在這時「盡和其詩」（《和陶歸園田居六首·引》），共一百多首。對於這一我國詩歌史上罕見的特殊現象，前人多從學得「似」或「不似」來品評二人藝術上的高低，意見不一。其實，學不像固然不能算好，學得可以亂真也未必好。依照蘇軾自己對陶詩藝術的體會，陶詩境界其高處既是可遇而不可求的天然美和本色美，則從根本上說，是不能也是不必摹擬的。楊時說：「陶淵明詩所不可及者，沖澹深粹，出於自然。若曾用力學，然後知淵明詩非著力之所能成。」（《龜山先生語錄》卷一）這些和陶詩的意義在於它是蘇詩藝術風格轉變的確切標誌，是探討其晚年風格的有力線索。他在揚州所作《和陶〈飲酒〉》實與陶詩風格不侔。元好問《跋東坡和淵明飲酒詩後》云：「東坡和陶，氣象祇是東坡。如云『三杯洗戰國，一斗消强秦』（按，此爲蘇《和陶〈飲酒〉》第二十首之句），淵明決不能辦此」，即指豪橫超邁之氣不能自掩。惠州、儋州和作，力求從神理上逼近陶詩風味。即以惠州第一次所作《和陶〈歸園田居六首〉》爲例。第一首云：「環州多白水，際海皆蒼山。以彼無盡景，寓我有限年。……門生饋薪米，救我廚無煙。斗酒與隻雞，酣歌餞華顛。禽魚豈知道，我適物自閑。悠悠未必爾，聊樂我所然。」所用都是淡語、實語，乍讀似覺枯淡，反覆吟誦自有深味。「禽魚」四句純係議論，也能體會其靜思默察、有所了悟的樂趣。第二首云：「南池綠錢生，北嶺紫筍長。提壺豈解飲，好語時見廣。春江有佳句，我醉墮渺莽。」對於「春江」兩句，陸游曾云：「東坡此詩云：『清吟雜夢寐，得句旋已志』（按，此《湖上夜歸》詩句，作於通判杭州時），固已奇矣。晚謫惠州，復出一聯云：『春江有佳句，我醉墮渺莽』，則又加於少作一等。近世詩人，老而益嚴，蓋未有如東坡者也。」（《渭南文集》卷二十七《跋東坡詩草》）查慎行亦評爲「句有神助」（《初白菴詩評》卷中），紀昀亦評爲「此種是東坡獨造」(紀批《蘇文忠公詩集》)。「少作」意謂沈浸創作，夢中得句又忘，雖不愧佳句，但稍見矜持之態；「晚作」則謂春江自藏佳句，只是醉中墮入一片渾沌之中，没能也不必去尋覓，更顯妙境偶得，意趣悠遠。如果再同唐庚的「疑此江頭有佳句，爲君尋取卻茫茫」(《春日郊外》)，或陳與義的「忽有好詩生眼底，安排句法已難尋」(《春日》)，「佳句忽墮前，追摹已難真」(《題酒務壁》)等來比較，就顯得一自然一安排、一言少意多一意隨語盡的分別了。

「和陶詩」中所表現的美學趣尚，影響到蘇軾嶺海時期的整個創作。他在北返途中曾説：「心閑詩自放，筆老語翻疏」(《廣倅蕭大夫借前韻見贈，復和答之二首》其二)，這兩句推美蕭世範的話，實可移評他此時的風格。他一登瓊島，忽遇急雨，寫詩説：「急雨豈無意，催詩走羣龍」，「應怪東坡老，顏衰語徒工。久矣此妙聲，不聞蓬萊宮」(《行瓊儋間，肩輿坐睡……》)，似乎預示著他的詩歌從「語徒工」而追求鈞天廣樂般的「妙聲」。一般説來，這時期的詩作不弄奇巧，不施雕琢，隨意吐屬，自然高妙。近體如惠、儋兩地各以《縱筆》爲題的四首詩、《被酒獨行，徧至子雲威徽先覺四黎之舍》、《六月十二日酒醒步月理髮而寢》、《汲江煎茶》，古體如《十一月二十六日松風亭下梅花盛開》、《吾謫海南，子由雷州，……》等，感時觸物，油然興發，一如風吹水面，自然成文。「用事博」是蘇詩一大特色，此時一般少用或用常見之典，也不像以前那樣過分追求工巧貼切因而常被詩評家所譏訕。至於像「豈意青州六從事，化爲烏有一先生」（《章質夫送酒六壺，書至而酒不達，戲作小詩問之》）之類，諧趣橫生，具見信手偶得的天然之妙，也是以前用典所不經見的。在詩歌結構上也表現出更爲快利圓轉，生動流走。有時甚至從個別看不免堆垛板滯，從全體看卻仍如行雲流水，如彈丸脫手。如《海南人不作寒食……》詩中間兩聯云：「蒼耳林中太白過，鹿門山下德公回。管寧投老終歸去，王式當年本不來」，一連排比四個典故，但讀全詩，仍覺爽口，一則典是常典，二則四事分指自己與符林，綰合緊密，因而並無鑲嵌之痕。又如《六月二十日夜渡海》開頭云：「參橫斗轉欲三更，苦雨終風也解晴。雲散月明誰點綴？天容海色本澄清。」讀來一氣噴出，細看才知前四字都作疊句。此時詩中用語平實樸素，設色大致素淡，即使爲數不多的詞作，也大都洗盡鉛華，如《蝶戀花》（「花褪殘紅青杏小」）、《減字木蘭花》（「春牛春杖」），樸而愈厚，淡而彌麗，無限情思感人肺腑，絢爛春光迎面而來。隨筆小品也保持他一貫信筆直遂的清新流暢的文風。蘇轍評此時蘇作爲「精深華妙，不見老人衰憊之氣。」（《子瞻和陶淵明詩集引》）黃庭堅說他對蘇軾「嶺外文字」「時一微吟，清風颯然，顧同味者難得爾。」（《答李端叔》）「使人耳目聰明，如清風自外來也。」（《與歐陽元老書》）這些評論都說中了蘇軾其時創作中自然平淡的風格。

風格是作家是否成熟的可靠標尺，而任何大作家又總是既有一種基本或主要的風格，又有在此基礎上的風格多樣化。蘇軾在嶺海時期表現出向自然平淡風格轉化的明顯傾向，這並不否認其時仍有豪健清雄之作。即如「和陶詩」，前人已指出其「以綺而學質，以腴而學癯」（周錫瓚語，見《楹書偶錄》卷五「宋本注東坡先生詩」條下），與陶詩有別。前面所引他對晁載之賦作的意見，也並不否定「奇麗」，只是「晁君喜奇似太早」，應先求「平和」而後「溢爲奇怪」；而在此時所作《與侄論文書》，一方面指出「凡文字少小時須令氣象崢嶸，采色絢爛，漸老漸熟，乃造平淡」，一方面又指出「其實不是平淡，絢爛之極也」，叮囑侄輩不要只見他「而今平淡」，而要去學他以前「高下抑揚，如龍蛇捉不住」的文字。前後兩説對平淡、奇麗孰先孰後的看法有所不同，但都説明蘇軾藝術個性中始終存在崇尚豪健富麗的一面。然而這不應妨礙我們就其主要或重要傾向作出概括。前面論及各時期創作風格的特色也應作如是觀。

「秀語出寒餓，身窮詩乃亨。」（《次韻仲殊雪中西湖》）在四十多年的創作生活中，蘇軾貶居時期的十多年比之任職時期的三十多年，無疑取得更大的成就。在走向生命旅程終點的時候，他曾說：「問汝平生功業，黃州惠州儋州。」（《自題金山畫象》）對於興邦治國的「功業」來説，這是一句自嘲的反話；而對於建樹多方面的文學業績而言，這又是自豪的總結。

注釋

①查慎行、馮應榴、王文誥均謂蘇詩最早之作爲嘉祐四年出蜀前的《詠怪石》、《送宋君用遊輦下》兩詩，但有人疑是僞作。

②蘇軾《與子明兄》云：「記得應舉時，見兄能謳歌，甚妙。弟雖不會，然常令人唱，爲作詞。」（據《蘇軾文集》卷六十。「爲作詞」，《東坡續集》卷五作「爲何詞」，疑誤）是知蘇軾於嘉祐元年四月抵汴京後已「作詞」。近人或謂其《一斛珠》（「洛城春晚」）爲嘉祐元年閏三月路經洛陽之作，《華清引》（「平時十月幸蓮湯」）爲治平元年罷鳳翔赴京過驪山之作，均早於熙寧五年倅杭之時，尚待進一步確證。

③參看《容齋三筆》卷五「東坡慕樂天」條：「蘇公責居黃州，始自稱東坡居士。詳考其意，蓋專慕白樂天然。」

④見晁補之《雞肋集》卷三十三《題淵明詩後》引蘇軾語，參看《東坡題跋》卷二《題淵明飲酒詩後》（又見其《書諸集改字》一文）

⑤陸游《老學庵筆記》卷四評蘇軾「見」字說。

（原載《社會科學戰線》一九八四年第一期）

「蘇門」的性質和特徵

「蘇門」是以交往爲聯結紐帶的鬆散的文人羣體。它經歷了先由個別交遊到最後聚集於蘇軾門下的自然發展過程，形成了以蘇軾爲核心、「四學士」「六君子」爲骨幹的不同層次的人才結構網絡，並逐漸成爲政治上自立自斷、學術思想上獨立思考、文學藝術上自由創造的一個集合體。

一

蘇門正式確立於「元祐更化」時期，其時不僅有新舊兩黨的鬥爭，而且在舊黨內部也迅速引發出不同派系之爭。蘇軾及其門人也不可避免地捲入黨派紛爭的漩渦。

首先是與司馬光的矛盾。

元豐八年（西元一〇八五年），司馬光受命爲門下侍郎不久，立即把蘇軾從登州知州任上召還，短短的數十天内連升幾級，但並沒有換來蘇軾對他施政方針的全力支持。司馬光執政後，推行其罷廢全部新法的方針，在保甲法、方田法、市易法、保馬法、青苗法等依次取消以後，元祐元年（西元一〇八六年）三月，他又決定廢除免役法，恢復差役法。在免役法的存廢問題上，當時的舊黨中出現了一股與司馬光政見不合的離異勢力，如范純仁、蘇轍、范百祿、李常等人，對廢除免役法一舉力持異議，而蘇軾是最爲突出的一個。他認爲新法經過多年的實施，應該對其「較量利害，參用所長」，反對不分青紅皂白地一概廢棄。（《辯試館職策問劄子二首》，《蘇軾文集》卷二十七）他曾與司馬光面爭於政事堂，互不相讓；退朝後他尚餘怒未消，斥之爲「司馬牛」，對司馬光的執拗無理表示憤慨。（《鐵圍山叢談》卷三）這裡體現了蘇軾自己所堅守的「危言危行，獨立不回」的名節。（《杭州召還乞郡狀》，《蘇軾文集》卷三十二）他還在《與楊元素》（同上卷五十五）中對摯友傾吐衷曲道：

昔之君子，惟荊（王安石）是師；今之君子，惟溫（司馬光）是隨。所隨不同，其為隨一也。老弟與溫相知至深，始終無間，然多不隨耳。

痛惡見風使舵、毫無主見的「隨」，堅持自立自斷，這是蘇軾自律甚嚴的政治原則，也是一種道德規範。這一點，連與他存有齟齬的人也不得不承認和首肯。朔黨人物劉安世云（見馬永卿輯《元城語錄》卷上）：

東坡立朝大節極可觀，才意高廣，惟己之是信。在元豐則不容於元豐，人欲殺之；在元祐則雖與老先生（指劉安世所師從的司馬光）議論亦有不合處，非隨時上下也。

司馬光於元祐元年九月即謝世，執政不到一年，因而蘇軾與他在政治上的矛盾没有繼續發展，然而事情並未到此了結。蘇軾追述說：「始論衙前差顧利害，與孫永、傅堯俞、韓維爭議，因亦與司馬光異論。光初不以此怒臣，而台諫諸人，逆探光意，遂與臣爲仇。」（《杭州召還乞郡狀》，同上卷三十二）也就是説，這一矛盾沿續和夾雜在另一更複雜、更持久的「洛蜀黨爭」之中。而蘇軾及其門人的自立自斷的「立朝大節」仍一以貫之。

其次是「洛蜀黨爭」。

歷史發展的必然性中往往充滿了偶然的巧合。當宋仁宗嘉祐元年（西元一〇五六年）蘇洵攜二子蘇軾、蘇轍到達汴京應試時，程珦也與二子程顥、程頤同一年到京。二蘇連名中式，二程因先入國子監就學，後國子監解額減半，僅程顥一人登科。及至元祐年間，二蘇、程頤又同在京城，各立門戶，自樹宗派，演成曠日持久的洛蜀黨爭，成爲歷史上的一樁公案。

蘇軾和程頤及各自門生之間的所謂「洛蜀黨議」，嚴格地說，不是不同政見的論爭。朱熹早就指出：「東坡與荊公固是爭新法，東坡與伊川是爭箇什麼？」（《朱子語類》卷一三〇）這是耐人尋味的問題。蘇程之爭絕非完全是一場無原則的混戰，而是包含著深刻的思想、志趣和性格分歧的。

洛蜀交惡的起因原係細故。《宋史紀事本末》卷四十五《洛蜀黨議》云：

頤在經筵，多用古禮，蘇軾謂其不近人情，深嫉之，每加玩侮。方司馬光之卒也，百官方有慶禮，事畢欲往弔，頤不可，曰：「子於是日哭則不歌。」或曰：「不言歌則不哭。」軾曰：「此枉死市叔孫通制此禮也。」二人遂成嫌隙。

關於程頤在經筵的「不近人情」，《道山清話》有一則具體記載云：「哲宗御講筵所，手折一柏枝玩，程頤爲講官，奏曰：『方春萬物發生之時，不可非時毀折。』哲宗亟擲於地，終講有不樂之色。太后聞之，嘆曰：『怪鬼壞事。』呂晦叔亦不樂其言也，云：『不須得如此！』」關於司馬光的喪事，也有一則細節。《貴耳集》卷上云：「元祐初，司馬公薨。東坡欲主喪，爲伊川所先，東坡不滿意。伊川以古禮斂，用錦囊囊其尸。東坡見而指之曰：『欠一件物事，當寫作信物一角：「送上閻羅大王。」』東坡由是與伊川失歡。」上述事件均發生在元祐元年，時程頤爲崇政殿説書，蘇軾任翰林學士知制誥兼侍讀，無論地位和文名遠在程頤之上。這開衅的事件，反映出程、蘇二人思想、志趣和性格的歧異：程頤講求道學規範，矯情僞飾，蘇軾崇尚真率通脫，企希本真自然。然而以此爲發端，更由於各自門人的推波助瀾，遂導成水火不容、攻訐不已的洛蜀黨爭。

把蘇程二人思想、志趣和性格的歧異，首先引入政治紛爭的是程頤及其門人。同年十一月，蘇軾在學士院試館職時曾撰有一道策題，其中云：「今朝廷欲師仁祖（仁宗）之忠厚，而患百官有司不舉其職，或至於媮；欲法神考（神宗）之勵精，而恐監司守令不識其意，流入於刻」（《師仁祖之忠厚，法神考之勵精》，《蘇軾文集》卷七）。十二月，程頤門人、左司諫朱光庭即對蘇軾的這道策題提出彈劾，認爲有譏訕先朝皇帝之意，要求明正其罪。殿中侍御史呂陶，是蘇軾的同鄉好友，奮起反擊，疏論朱光庭「假借事權以報私隙。議者謂軾嘗戲薄程頤，光庭乃其門人，故爲報怨。夫欲加軾罪，何所不可！必指其策問以爲訕謗，恐朋黨之弊，自此起矣。」（《續資治通鑑》卷八十《宋紀》）右司諫王覿、御史中丞傅堯俞、侍御史王岩叟等言官，也紛紛入對論辯，洛蜀黨爭由此公開爆發。《續資治通鑑》卷八十《宋紀》云：「時呂公著獨相，羣賢在朝，不能不以類相從，遂有洛黨、蜀黨、朔黨之號。洛黨以（程）

頤爲首，朱光庭、賈易爲輔；蜀黨以蘇軾爲首，而呂陶等爲輔；朔黨以劉摯、梁燾、王岩叟、劉安世爲首，而輔之者尤衆。」蘇軾陷身其中而無法自拔。

洛蜀黨爭在很大程度上演爲無休無止的人事傾軋和攻訐。蘇軾在元祐三年（西元一〇八八年）的《乞郡劄子》（《蘇軾文集》卷二十九）中說：「臣所薦士，例加誣衊」，「臣所舉自代人黃庭堅、歐陽棐，十科人王鞏，制科人秦觀，皆誣以過惡，了無事實」，致使他不得不要求離開中央朝廷。如黃庭堅之被劾：《續資治通鑑長編》卷四一一載，元祐三年五月，「詔新除著作郎黃庭堅依舊著作佐郎，以御史趙挺之論其質性姦回，操行邪穢，罪惡尤大，故有是命。」而右正言劉安世續有論章，認爲黃庭堅「虧損名教，絕滅人理，豈可尚居華冑，污辱薦紳」，而應加重處罰。

最突出的事例是秦觀。《續資治通鑑長編》卷四四二載，元祐五年五月，「右諫議大夫朱光庭言：新除太學博士秦觀，素號薄徒，惡行非一，豈可以爲人之師，伏望特罷新命。詔（秦）觀別與差遣。」果然，六月，詔令秦觀充祕書省校對黃本書籍。次年正月，蘇轍曾上書爲之辯護：「御史中丞蘇轍言：竊見新除給事中朱光庭，智昏才短，心很膽薄，不學無術，妬賢害能。本事程頤，聽頤驅使，方爲諫官，頤之所惡，光庭明爲擊之。……光庭亦自知人品凡下，專務仇疾勝己，如楊畏以母老屢乞閑官，至今侍養不闕，而光庭誣其貪冒官寵，遂致母亡；秦觀以文學知名，朝廷擢爲太常（「常」，應作「學」）博士，而光庭加以暗昧之過，故遂廢棄。朝廷知其誣罔，奬用二人，有加於舊。」（《續資治通鑑長編》卷四五四）這是秦觀任職之爭的第一個回合。元祐六年七月，秦觀任正字，八月「詔秦觀罷正字，依舊校對黃本書籍，以御史賈易言觀過失，及觀自請也。」（《續資治通鑑長編》卷四六四）這次是蘇軾親自出面予以反擊。他在《辨賈易彈奏待罪劄子》（《蘇軾文集》卷三十三）中有云：「秦觀自少年從臣學文，詞采絢發，議論鋒起。臣實愛重之，與之密熟。」「此人文學議論過人，宜爲朝廷惜之。」對他與秦觀的師弟關係，略無諱避，全力爲之辨白；但直至元祐八年六月秦觀才復爲正字，已是二年以後了。

洛黨把秦觀作爲攻擊蘇門的突破口，決非偶然。他們的選擇純屬政治性的，反映出秦觀在蘇門中所扮演的政治輿論代言人的地位。在當時種種重大政爭問題上，他與蘇軾可謂同聲相應，配合默契。他在元祐二年爲舉「制科」而作的「進策」（三十篇）、「進論」（二十篇），就是著例。蘇軾主張對新法應「較量利害，參用所長」，關於免役、差役新舊二法，蘇軾認爲「差役、免役，各有利害。免役之害，掊斂民財，十室九空，錢聚於上，而下有錢荒之患；差役之害，民常在官，不得專力於農，而貪吏猾胥，得緣爲姦。此二害輕重，蓋略相等，今以彼易此，民未必樂。」（《辯試館職策問劄子二首》，《蘇軾文集》卷二十七）秦觀也指出：「士大夫進用於嘉祐之前者，則以『差』爲是而『免』爲非；進用於熙寧之後者，則以『免』爲得而『差』爲失。私意既搖於中，公議遂移於外。」因而建議「悉取二法之可用於今者，別爲一書，謂之《元祐役法》。（《論議》上，《淮海集》卷十四）他對新法所持的分析、區別的基本立場，以堅決阻遏當時「專欲變熙寧之法」的勢頭，與蘇軾是一致的。出錢以求免役的新法，自然也是人民的沈重負擔，但跟從前以人服役的舊法相較，不能不說是一種進步。連激烈反對王安石變法的王夫之，在《宋論》卷六中從歷代稅制的演變過程立論，一面指責免役法是「庸外征庸」，額外賦斂，一面又不得不承認「民寧受免役之苛索，而終不願差役者，率天下通古今而無異情」，「寧復納錢以脫差役之苦」，見解跟蘇、秦相類，較爲中肯全面。蘇軾受到洛黨糾彈的館職試題，秦觀也有同樣的言論。他說：「嘉祐之後，習安玩治，爲日既久，大臣以厚重相高，小臣以苟簡自便，肉食者鄙，未能遠謀。誰能無偷，朝不及夕」；「元豐之後，執事者矯枉過直，矜鈎距以爲法術，任惠文以取偷快，上下迫脅，民不堪命。」（《治勢》下，《淮海集》卷十二）這裡明確指出仁宗朝的政風是「偷」，直襲蘇軾的用語，而神宗朝的「矜鈎距」、「任惠文」①、「上下迫脅」，不就是蘇軾所謂的「刻」嗎？他提出的「猛術」和「寬術」的治國命題，逕可視作對蘇軾所出考題的答卷。至於他的《朋黨論》（《淮海集》卷十三），力言「朋黨者君子小人所不免也」，關鍵在於「人主」「務辨邪正而已」。他寫道：「邪正不辨而朋黨是嫉，則君子小人必至於兩廢，或至於兩存。君子與小人兩廢兩存，則小人卒得志而君子終受禍矣。」當然，這決不是多年前歐陽修《朋黨論》、蘇軾《續歐陽子朋黨論》的簡單重覆，而是服務於現實政爭的需要而發的。他繼續寫道：哲宗即位以來，「數年之間，衆賢彈冠相繼而起，聚於本朝。夫衆賢聚於本朝，小人之所深不利也，是以日夜恟恟，作爲無當不根、眩惑誣罔之計，而朋黨之議起焉。臣聞比日以來，此風尤甚，漸不可長。」十分清楚，他的《朋黨論》是針對洛黨等政敵而爲「蘇門」護法的。正由於這些策論的重要性，蘇、黃等人給予極高的評價。蘇軾評論其文爲「詞采絢發，議論鋒起」，主要應是對他策論的稱許。黃庭堅也說：「少游五十策，其言明且清。筆墨深關鍵，開闔見日星。」（《晚泊長沙示秦處度、范元實五首》其五，《山谷内集詩注》卷十九）「五十策」即特指這五十篇進策。附帶提及，黃庭堅《答洪駒父書》（《豫章黃先生文集》卷十九）云：「凡作一文，皆須有宗有趣，終始關鍵，有開有闔」，提出了他對詩文的旨趣、佈置、法度方面的最高要求，可知他對秦觀「筆墨深關鍵，開闔見日星」的評語，是極有分量的。

洛黨的攻擊秦觀，其矛頭直指蘇軾，還隱含著具體的政治目的。《施顧注蘇詩》卷十四《次韻秦觀秀才見贈……》詩題下注云：「東坡剛直忠正，二聖追神宗遺意，將付大政，台諫多甚間，凡所與輒攻之，少游其一也。」施宿的這段題下注並非捕風捉影，從當時高太后對蘇軾的異常禮遇和同僚間的輿論來看，蘇軾是有可能出任宰輔大任的。當元祐三年（西元一〇八八年）蘇軾處於黨爭漩渦而進退維谷時，高太后特予召見，告他昔年神宗「飲食而停箸看文字，則内人必曰：『此蘇軾文字也。』神宗每時稱曰：『奇才，奇才！』但未及用學士，而上仙耳。」蘇軾聽罷「哭失聲，太皇太后與上（哲宗）、左右皆泣。」高太后趁機又以「托孤」的口吻説：「內翰直須盡心事官家，以報先帝知遇。」（《續資治通鑑長編》卷四〇九）這個極富煽情性的鏡頭，確切地傳達了「天將降大任於是人」的信息。劉延世《孫公談圃》亦記侍御史孫升之語云：「若欲以軾爲輔佐，願以安石爲戒」，則反映出事情已提上日程。洛黨的傾注心力攻擊秦觀等人，正是爲了遏止這個趨勢，促其流產。事情的發展果然如此。

洛黨、蜀黨之爭與洛學、蜀學之異並不是同一概念。前者偏重於政治上的人事傾軋，嬉笑怒罵，劍拔弩張，疾言厲色，勢不兩立；後者則屬於學術思想的分野，但當時並未直接對陣論戰。程頤的大量語錄中很少發現正面攻擊蘇軾學術思想的言論，他一生唯一的一部經學著作《伊川易傳》完成於晚年貶官涪州之時，正與蘇軾的《東坡易傳》最後在海南島完稿相類，時間和環境都不能提供互相詰難的條件；而且，在程頤的心目中，蘇軾可能算不得思想家，沒有當作學術上的論敵。這種情況使後世不少論者在評騭洛蜀黨爭時，有意無意地掩蓋和忽視其學術思想衝突的背景。如明末清初的陳確，在《洛蜀論》《補洛蜀論後》（《陳確集．文集》卷五）中説：「國忌行香，伊川令具素饌，東坡不欲，曲在東坡；歌哭之議，曲在伊川。是非各不相揜。伊川凡事欲守古禮，雖未必盡當，東坡每加玩侮，斯誠東坡之過；至以『奸』目之，尤過。」他還引邱濬語云：「邱文莊有云：『彼徒以文章自鳴，功名建事者，黨同伐異，無足怪也。若夫以斯文爲己任，自謂繼千秋之絕學者，而亦視其徒爲之，而不捄正何哉？』斯言諒矣。」這就停留在洛蜀黨爭起因的就事論事、細辨兩造具體是非上了。他又說，「東坡雖不修小節，而表裡洞然，忠直一節，卓乎君子之徒；伊川有意聖人之學，而失之固滯」，這就有些接觸問題的實質了。

洛蜀黨爭的人事傾軋和攻訐，雖然部分地掩蓋和沖淡了兩者在思想、志趣和性格等方面的實質性分歧，但蘇軾本人對此是十分清醒自覺的。他在元祐六年總結這場論爭時說：「臣又素疾程頤之姦，未嘗假以色詞，故頤之黨人，無不側目。」（《杭州召還乞郡狀》，《蘇軾文集》卷三十二）一個「姦」字，淋漓盡致地揭出了對立面的本質。人們不禁要問：爲什麼蘇軾和王安石從熙寧時由於政見不同而造成敵對，轉到元豐末兩人之間道德文章的互相傾慕，以致蘇軾發出「從公已覺十年遲」（《次荊公韻四絕》其三，《蘇軾詩集》卷二十四）的感嘆，而蘇程兩人初無政見分歧，卻終成水火、「未嘗假以色詞」、毫不寬貸呢？《程子微言》（見《河南程氏外書》卷十一）的一則記事透露了個中消息：「朱公掞（朱光庭）爲御史，端笏正立，嚴毅不可犯，班列肅然。蘇子瞻語人曰：『何時打破這『敬』字！』」我們再看看洛學傳人朱熹的回答。他說，蘇軾「他好放肆，見端人正士以禮自持，卻恐他來檢點，故恁詆訾。」又說，「東坡與伊川是爭箇什麼？只看這處，曲直自顯然可見，何用別商量？只看東坡所記云：『幾時得與他打破這「敬」字！』看這說話，只要奮手捋臂，放意肆志，無所不爲，便是。只看這處，是非曲直自易見。」又說，「東坡如此做人，到少間便都排廢了許多端人正士，卻一齊引許多不律底人來。如秦黃雖是向上，也只是不律。」（《朱子語類》卷一三〇）朱熹的這一大篇議論，明白無誤地揭示出程蘇之間深刻而不可調和的思想分歧：程頤的「敬」字，朱熹的「禮」和「律」字，就等於蘇軾的「姦」字。

洛學在宋明理學發展史上起著奠基性的作用。二程對宋明理學最高範疇的「理」作了系統完整的新的闡述。他們把「理」或「天理」看作世界萬物的本源，是抽象思維才能體認的無形而實在的本體：「在天爲命，在義爲理，在人爲性，主於身爲心，其實一也。」（《河南程氏遺書》卷第十八）程氏又認爲「性即理也」（同上卷第二十二上），「滅私慾則天理明矣」（卷第二十四），絕情去慾才能復性明理。他們提出的所謂「敬」和「禮」，都是爲了「滅私慾」「明天理」的內心修養術。程氏說：「敬只是主一也」，「存此（即存敬），則自然天理明。學者須是將敬以直內，涵養此意，直內是本」（卷第十五），在封閉的內心存之以「敬」，涵泳修養，便能去慾明理踐履封建倫理道德的規範。「敬」也就是「禮」。程氏說：「敬即便是禮，無己可克」（卷第十五）；朱熹在《論語集注》卷六《顏淵第十二》訓釋「克己復禮爲仁」時，曾引程頤之語云：「程子曰：非禮處便是私意。既是私意，如何得仁？須是克盡己私，皆歸於禮，方始是仁。」「非禮」即「私意」，「禮」即無「私意」，「居克盡私意便能達到「禮」，也就是「敬」。要之，程氏主張通過格物窮理的自我修養，「居敬」「復禮」，要把封建倫理道德規範，化爲個體內在的自覺要求，而不容許個體感情、慾望的存在，不容許「目則欲色，耳則欲聲，以至鼻則欲香，口則欲味，體則欲安」（卷第二十五）等一切人類「物慾」，直至否定文學藝術創作的必要，公開亮明「作文害道」的觀點。

由此可見，程頤的「敬」在其思想體系中占據著一個重要的地位。它由其道論（理）、人性論直接推演而出，誠如朱熹所言：「自秦漢以來，諸儒皆不識這『敬』字，直至程子方說得親切，學者知所用力。」（《朱子語類》卷十二）還應指出，在程氏這裡，「敬」不僅僅是個體內心的修養術，而且也是治國平天下的大關捩。程氏說：「聖人修己以敬，以安百姓，篤恭而天下平。惟上下一於恭敬，則天地自位，萬物自育，氣無不和，四靈何有不至？此體信達順之道，聰明睿智皆由是出。」（《河南程氏遺書》卷第六）導民以「敬」，才能達於治民安邦，「天地自位、萬物自育、氣無不和」、四靈畢至的理想之境。朱熹也指出過程氏論「敬」的這一層含意。他說：「程先生所以有功於後學者，最是『敬』之一字有力。人之心性，敬則常存，不敬則不存。如釋老等人，卻是能持敬。但是他只知得那上面一截事，卻沒下面一截事。」（《朱子語類》卷十二）這裡所謂的「上面一截事」，即指內心自我修持，「下面一截事」，則指治道政事。釋老只知重己重內，程氏卻由內及外，足見「敬」的意義的重大，也說明蘇軾的反「敬」已成了他反理學的一個焦點。

全祖望等《宋元學案》把三蘇之學標以「蜀學略」而不是「學案」，並附於書末，表示其不能入於理學正宗之列。比之洛學，蜀學更多地接受佛學的影響，糅合三教，顯示出「雜」的特徵。第一位全面批判蘇學的是朱熹。他的《雜學辨》（《朱文公文集》卷七十二）首先指摘的就是《東坡易傳》：「乾之彖辭，發明性命之理，與《詩》《書》《中庸》《孟子》相表裡，而大傳之言亦若符契。蘇氏不知其說，而欲以其所臆度者言之，又畏人之指其失也，故每爲不可言不可見之說，以先後之，務爲閃倏滉漾不可捕捉之形，使讀者茫然，雖欲攻之而無所措其辨。」儘管程子之學也是暗中援佛入儒的，但對蘇軾明目張膽地違離儒學就絕不容忍了。汪應辰曾寫信給朱熹，表示把蘇學「以與王氏（王安石）同貶，恐或太甚。」（《與朱元晦》，《文定集》卷十五）朱熹卻仍堅持此說，並進而認爲蘇學比王學爲害更甚：「至於王氏、蘇氏，則皆以佛老爲聖人，既不純乎儒者之學矣（非惡其如此，特於此可驗其於吾儒之學無所得）。而王氏支離穿鑿，尤無義味，……故其失人人得見之。至若蘇氏之言，高者出入有無而曲成義理（如《易》說性命陰陽，《書》之人心道心，《古史》之中一性善，《老子》之道器中和），下者指陳利害而切近人情，其智識才辨謀爲氣概又足以震耀而張皇之，使聽者欣然而不知倦，非王氏之比也。然語道學則迷大本，論事實則尚權謀，炫浮華，忘本實，貴通達，賤名檢。此其害天理，亂人心，妨道術，敗風教，亦豈盡出王氏之下也哉？」（《答汪尚書》，《朱文公文集》卷三十）朱熹的這一批判，恰恰說出了蘇氏之學的特點：不拘守於傳統儒學的樊籬，在其自身豐富的生活體驗和深刻的人生思考基礎上，大膽地圓攝「異端」，

「貴通達，賤名檢」，追求自我的最高生命價值。蘇軾之學在理論形態上顯然不及程氏的精細成熟，但他的「雜」和「不純」，決不能視之爲一堆支離破碎的「大雜燴」。

朱熹指責蘇氏對「性命之理」的「吾儒之學」無所得，我們就不妨以人性論爲中心，對程、蘇二人的觀點作一番比較對勘和分析。

原始儒學始終宣揚抑情復禮的思想。「禮之近人情，非其至者也」（《禮記．禮器》），「克己復禮」（《論語．顏淵》）之類，不勝例舉。程頤的成名作《顏子所好何學論》（《河南程氏文集》卷八）中說：「真而靜」的人的本性，「其未發也五性具焉，曰仁義禮智信。形既生矣，外物觸其形而動於中矣。其中動而七情出焉，曰喜怒哀樂愛惡欲。情既熾而益蕩，其性鑿矣。是故覺者約其情使合於中，正其心，養其性，故曰性其情。」明確提出性善情惡論，作爲其「順天理，去人欲」的主「敬」修養術的理論前提。蘇軾卻不然。《東坡易傳》卷一釋彖辭「保合大和」條，可以看作他的人性論的論綱。他說：「……性至於是，則謂之命。命，令也。君之令曰命，天之令曰命，性之至者亦曰命。」他認爲性具有「莫知其所以然而然」的人類自然本能，並把這種自然本能的極致提高到與「君命」「天命」鼎足而立的地位。他又說：「情者，性之動也。泝而上至於命，沿而下至於情，無非性者。性之與情，非有善惡之別也」，「其於易也，卦以言其性，爻以言其情。情以爲利，性以爲貞」。蘇軾的性、情合一而無善惡之別的觀點，與程氏性善情惡、需要「性其情」的看法，判然有別。

程氏把這種順理去慾的主「敬」術，又與僞《尚書·大禹謨》的所謂「人心惟危，道心惟微，惟精惟一，允執厥中」所謂「十六字傳心訣」比附起來。他說：「『人心惟危』，人欲也；『道心惟微』，天理也；『惟精惟一』，所以至之；『允執厥中』，所以行之。」（《河南程氏遺書》卷第十一）「『人心』，私欲，故危殆；『道心』，天理，故精微。」（同上卷第二十四）然而蘇軾在《書傳》卷三中從合情於性、情性均無善惡分別的觀點出發，作了不同的訓釋：「人心，衆人之心也，喜怒哀樂之類是也；道心，本心也，能生喜怒哀樂者也。」「道心即人心也，人心即道心也。放之則二，精之則一。桀紂非無道心也，放之而已；堯舜非無人心也，精之而已。」在他看來，「人心」、「道心」，本源上是統一的，之所以歧而爲二，僅在於「放」和「精」的差別而已。在《韓愈論》（《蘇軾文集》卷四）中，更明確批駁把性與情割裂對立起來的觀點：「儒者之患，患在於論性，以爲喜怒哀樂皆出於情，而非性之所有」，對人情人慾作了大膽的肯定。

因而，崇尚人情、肯定人慾成了蘇軾學術思想的一個重要內容。在他早年所作的《中庸論》、《禮以養人爲本論》（同上卷二）等一系列論文中，反覆强調「情」作爲人類與生俱來的自然本能的正當性和合法性。他說：「夫聖人之道，自本而觀之，則皆出於人情；不循其本，而逆觀之於其末，則以爲聖人有所勉强力行，而非人情之所樂者。夫如是，則雖欲誠之，其道無由。」把人情規定爲「聖人之道」之「本」，換言之，「道」必須順應人情，決不能「勉强力行」。他又說：「夫禮之初，緣諸人情，因其所安者，而爲之節文。凡人情之所安而有節者，舉皆禮也，則是禮未始有定論也。然而不可以出於人情之所不安，則亦未始無定論也。執其無定以爲定論，則塗之人皆可以爲禮。」（《禮以養人爲本論》）「禮」也必須順應「人情」，並由「人情」所決定。「禮」隨「情」變，凡是與人情諧和者，都合「禮」，從這個角度看，「禮」並沒有固定的原則，但是，不能與「人情」違戾，這倒是「禮」的原則。「禮」沒有違戾人情的固定不變的原則，這正是禮的原則，因而奔走於途的凡夫俗子、愚夫愚婦都是能實現禮的。這就把神聖邈遠的「聖人之道」拉回到芸芸衆生的生動自然的普通生活。

蘇軾的人性論帶有很强的實踐性的品格，已經成爲他人生思想的一個基點。這不僅表現在他的有關學術性的論著裡，更表現在他的全部詩詞文創作和一生行事之中。秦觀曾說，「蘇氏之道最深於性命自得之際」，甚至比其文學成就、政治才具爲高。（《答傅彬老簡》，《淮海集》卷三十）這固然不無弄筆狡獪之嫌，但就蘇軾深於人生哲學、深於生活「自得」之道而言，確實罕有其儔。他的一生，無論是立朝爲宦，抑或是貶謫蠻荒，一貫珍視自身的生命存在，努力超越種種窘逼和限制，執著於生命價值的實現，獲取生活的無窮樂趣和最大的精神自由。崇尚本真自然，反對對人性的禁錮或僞飾，在蘇軾的心目中，已不是一般的倫理原則和道德要求，而是一種對人類本體的根本追求。它比一般的政見之爭要深刻得多，也重要得多。政治論戰中的雙方，可能都是「君子」。蘇軾對他的不少政敵並不缺乏敬意。他從不輕易爲人撰寫碑誌，卻作《司馬溫公神道碑》（《蘇軾文集》卷十七）；所作《王安石贈太傅》（卷三十八），把王氏視作「希世之異人」，這也不能被硬說成違心之言；連劉安世，他許爲「真鐵漢」（《元城語錄·附行》），都從人格道義上給予極高的評價。對比之下，他對程頤的確嫉「姦」如仇，「未嘗假以色詞」，其原因即在於此。

我們並不認爲程頤是「姦」人，但洛學中的這些消極成分恰爲後世假道學所惡性推演，扼殺和窒息了一切新思想、新事物的成長和發展。在程朱理學剛剛形成，甚至還處於受困的初期，蘇軾超前地成了反對僞道學的先驅者。我們應該充分評估洛蜀黨爭的意義。

總之，保持一己真率的個性，追求無飾的自然人格，是蘇軾人生觀、文學觀構成的核心，通過洛蜀黨爭，這也給蘇門帶來深廣的思想影響，從而促進蘇門崇尚自由的門風的形成。

二

蘇軾和王安石的關係是頗爲複雜的。在熙寧變法時期，他們是勢不兩立的政敵；元豐末，一個作爲退職宰相，歷經宦海風雲，閑居金陵，一個從九死一生的烏臺之獄脫險，嚐盡了黃州之貶種種人生況味，兩人重聚，相逢一笑泯恩仇，發現彼此都是直臣賢士，人間傑才，儒家的理想人格的崇奉是他們融和的紐帶。然而到了元祐時期，蘇軾及其門人卻共同掀起一個批判王氏新學的熱潮，體現出對思想專制、學術專制和文化專制的不滿和反抗。

王安石的新學是他變法思想的哲學基礎，自有其不可抹煞的歷史價值。誠如他的學生陸佃所說：「夫子没而大義乖，道德之體分裂，而天下多得一體。諸子雜家各自爲書，而聖人之大體始亂矣。」「而臨川先生起於弊學之後，不向於末僞，不背於本真，度之以道揆，持之以德操，而天下莫能罔，□□莫能移。故奇言異行，無所遁逃，而聖人之道復明於世。」（《答李賁書》，《陶山集》卷十二）早在《三經新義》（《詩義》《尚書義》《周禮義》）以前，王安石的《易解》、《淮南雜說》、《洪範傳》乃至《上仁宗皇帝言事書》等，已初步建構起「荊公新學」的基本格局。治平時，王安石在金陵講學，一大批要求改革現狀的年輕士子受業門下，儼然形成新學學派。

與此同時，王安石「一道德以同俗」的思想逐漸成熟並固定化。嘉祐三年（西元一〇五八年）他提點江西東路刑獄時，作《與丁元珍書》（《臨川集》卷七十五）說：「古者一道德以同俗。故士有揆古人之所爲以自守，則人無異論。今家異道，人殊德，士之欲自守者，又牽於末俗之勢，不得事事如古；則人之異論，可悉弭乎？」同時又作《答王深甫書二》（《臨川集》卷七十二）說：「古者一道德以同天下之俗。士之有爲於世也，人無異論。今家異道，人殊德，又以愛憎喜怒變事實而傳之。」而到了熙寧時期，他更把這一思想跟科舉改革結合起來，使之付諸實踐而不只停留在口頭宣傳上了。熙寧二年（西元一〇六九年），他說：「今人材乏少，且其學術不一，一人一義，十人十義，朝廷欲有所爲，異論紛然，莫肯承聽。此蓋朝廷不能一道德故也。故一道德則修學校，欲修學校則貢舉法不可不變。」（《文獻通考》卷三十一《選舉》四）於是在宋神宗的支持下，他受命設「經義局」重新訓釋經義，其《三經新義》一變而爲官方哲學，作爲取士的標準答案，「諸生一切以王氏經爲師」（《續資治通鑑長編》卷二七六），「獨行於世者六十年」（《郡齋讀書志》卷一《新經尚書義十三卷》條）。這樣，他運用行政權力來求得學術見解的統一，在經義之爭中夾雜著政見之爭。這裡反映出這位改革家追求思想一統的新的正宗地位，以適應政治改革的需要；但又恰恰窒息了自歐陽修以來所開創的自由討論經學的風氣，中斷了包括王氏新學在內的經學變古新思潮的發展，引起崇尚自由的蘇門的不滿和抨擊，是十分自然的。

上面所引王安石熙寧二年關於「一道德」的那段話，正是他在神宗面前反駁蘇軾時所說的。當時王安石主張以經義論策取士，罷詩賦明經諸科，蘇軾則持異議。王安石的改革貢舉科目，原是爲著更好地選拔吏治實幹人才，實又包含以自己的「新學」一統天下的思想統制的目的，因而在熙寧初年，蘇軾對「新學」中的偏頗已嘖有煩言。《邵氏聞見後錄》卷二十云：「東坡倅錢塘日，答劉道原書云：『道原要刻印《七史》固善，方新學經解紛然，日夜摹刻不暇，何力及此。近見京師經義題：『國異政，家殊俗』，國何以言異？家何以言殊？又有『其善喪厥善』，『其』『厥』不同何也？又說《易·觀》卦本是老鴟，《詩·大小雅》本是老鴉，似此類甚衆，大可痛駭。』時熙寧初，王氏之學務爲穿穴至此」。他後來的《字說》，在解釋字源時，一反「六書」和先儒傳注，把許多形聲字都釋爲會意字，也鬧出不少笑話，如「坡」爲土皮，「富」爲同田，「詩」爲寺人之言，「篤」爲以竹鞭馬。宋曾慥《高齋漫錄》（涵芬樓本《說郛》卷二十七）有云：

東坡聞荊公《字說》新成，戲曰：「以竹鞭馬為『篤』，以竹鞭犬有何可『笑』？」又曰：「鳩字從九從鳥，亦有證據，《詩》曰：『鳲鳩在桑，其子七兮』，和爺和娘，恰是九箇！」

這則諷刺小品當然不能遽斷爲信史，但聯繫其時流行的其他譏嘲《字說》的類似笑話（參看《宋人軼事彙編》卷十），蘇軾對《字說》穿鑿附會的非難，大概是有一定事實根據的

在元祐「蘇門」形成時期，蘇軾更多次批評「新學」，則集中在王氏「一道德以同俗」的思想和實際作爲上。元祐元年（西元一〇八六年）在《答張文潛縣丞書》（《蘇軾文集》卷四十九）中，他說：「文字之衰未有如今日也，其源實出於王氏。王氏之文未必不善也，而患

在於好使人同己。自孔子不能使人同，顏淵之仁，子路之勇，不能以相移，而王氏欲以其學同天下。地之美者同於生物，不同於所生。惟荒瘠斥鹵之地，彌望皆黃茅白葦，此則王氏之同也。……僕老矣，使後生猶得見古人之大全者，正賴黃魯直、秦少游、晁无咎、陳履常與君等數人耳。如聞君作太學博士，願益勉之。」這封信尖銳地抨擊了王安石爲文治學「好使人同己」的作風，指出這正是造成文章雷同單一、學術凋蔽衰落的根本原因，並期望黃、秦諸子起而矯之，有所作爲。蘇軾這裡主要針對王氏的經學而言，但信中把當時朝廷議定的「復詩賦，立《春秋》學官」兩事並讚爲「甚美」，足證其批評範圍也涉及文學領域。在同時所作的《送人序》（《蘇軾文集》卷十）中他又說：「士之不能自成，其患在於俗學。俗學之患，枉人之材，窒人之耳目，誦其師傅造字之語，從俗之文，才數萬言，其爲士之業盡此矣。……王氏之學，正如脫槧，案其形模而出之，不待修飾而成器耳，求爲桓璧彝器，其可乎？」「脫槧」，即依照同一模子而製成，千人一面，千部一腔，沒有個性，沒有特點，正是學術文化和文學藝術發展的大敵。「脫槧」和「黃茅白葦」兩個形象比喻，尖刻準確，把求同斥異的後果揭露無遺。

陳師道也對王氏「新學」深致不滿。《後山談叢》卷一中有一則記載：「王無咎、黎宗孟皆爲王氏學。世謂黎爲『模畫手』，一點畫不出前人；謂王爲『轉般倉』，致無贏餘，但有所欠。以其因人成能，無自得也。」「模畫手」一點一畫，亦步亦趨；「轉般倉」，即轉手運輸的轉運倉庫，日見其少而無增值。這與蘇軾的上述比喻，頗有異曲同工之妙。陳師道早在熙寧時就因「王氏經學盛行」，而「絕意進取」（《宋史》卷四四四《陳師道傳》），在元祐元年（西元一〇八六年）的《贈二蘇公》詩（《後山詩注》卷一）中，他盼望二蘇對於「萬口一律」的新學之弊，「如大醫王治膏肓，外證已解中尚强。探囊一試黃昏湯，一洗十年新學腸」。「黃昏湯」是治療五臟邪氣之藥（參看張世南《遊宦紀聞》卷九），陳師道要求二蘇出此重藥，以醫治「新學」膏肓之症。蘇軾的另一門下士毛滂，在《上蘇內翰書》（《東堂集》卷六）中先追述熙寧間王氏新學風靡天下的情形：「熙寧間作新斯文，而丞相以經術文章爲一代之儒宗，天下始知有王氏學。……當時歷金門、上玉堂，紆青拖紫，朱丹其轂者，一出王氏之學而已。」並進一步指出其風靡之由乃是士人之奔名逐利、趨炎附勢所致：「王氏之學固未必人人知而好之，蓋將以爲進取之階，宮室之奉，妻孥之養，餔啜之具耳。此某所以病今之學者爲利蓋如此而已矣。」他是從士風的墮落、文風的萎靡上批評王學，對蘇、陳的見解作了補充和配合。

黃庭堅對於王氏新學的批評較爲複雜和深刻，他在《奉和文潛贈无咎，篇末多見及，以「既見君子，云胡不喜」爲韻》（《山谷詩內集注》卷四）其二、其七云：

談經用燕說，束棄諸儒傳。濫觴雖有罪，末派瀰九縣。

張侯真理窟，堅壁勿與戰。難以口舌爭，水清石自見。

荊公六藝學，妙處端不朽。諸生用其短，頗復鑿戶牖。

譬如學捧心，初不悟己醜。玉石恐俱焚，公為區別不？

他對「荊公六藝學」，包括兩個區別對待：一是區別王學本身的兩重性，既有一概摒棄前儒傳注、而「郢書燕說」、穿鑿附會的「短」處，又有其「不朽」的「妙處」；二是區別王學和後學者的不同，王學「末流」恰恰用其「短」處，使之流弊益深益廣。這與蘇軾「王氏之文未必不善也，而患在於好使人同己」的看法有一致之處，但他又強調「堅壁勿戰」、「口舌難爭」、「水清石見」，意即應「息躁忍事，毋矜氣好勝；日久論定，是非自分」（《談藝錄》第三三三頁），則與蘇軾之亟亟於是非黑白之明辨，態度是有所不同的。此詩中的「張侯」，是以晉清談家張憑比喻張耒，黃以「堅壁勿戰」向張進言，說明張耒也是不滿新學的。黃庭堅在十六年後猶對張耒重提此語：「水清石見君所知，此是吾家祕密藏」（《次韻文潛》，《山谷詩內集注》卷十七），則從對王學的態度推廣爲處世的一般原則了。

蘇軾《答張文潛縣丞書》云：「近見章子厚言先帝（神宗）晚年，甚患文字之陋，欲稍變取士法，特未暇耳」；晁說之也說：元豐之末，神宗「厭薄代言之臣，謂一時文章不足用，思復辭賦，章惇猶能爲蘇軾道上德音也。」（《邵氏聞見後錄》卷二十四引）；黃庭堅此詩其五亦云：「先皇元豐末，極厭士淺聞。」晁、黃之語，顯然同出蘇軾之源。這説明蘇門對王氏新學的批評，信息交流頗爲迅捷、頻繁，其言論配合有致，不啻是一次集體的清理王學的活動。

蘇軾在反新學中，實際上提出了一個重要原則：多元性和多樣化是發展學術文化的必要前提。這也成了蘇門的著名門規和家法，對推動元祐文學高潮的形成起了直接的作用。

要充分認識這個原則的重大意義，不妨對比一下程朱理學家的議論。程氏在當時就指出過：「今異教之害，道家之學則更沒可闢，唯釋氏之學衍蔓迷溺至深。今日是釋氏盛而道家蕭索。……然在今日，釋氏卻未消理會，大患者卻是介甫之學。」又説：「如今日，卻要先整頓介甫之學，壞了後生學者。」（《河南程氏遺書》卷第二上）他敏鋭地感受到王氏新學的革新傳統儒學的進步因素，説它比佛道爲害更甚，大聲疾呼要加以「整頓」。蘇軾卻不然，他明確地説，「王氏之文未必不善也」，對其學説內容並不一筆抹煞，只是反對他的學術專制和思想統治而已，並不是片面追求多元性和多樣化。朱熹更明確反駁蘇、陳説：「陳後山説，『人爲荊公學，喚作轉般倉、模畫手，致無贏（羸）餘，但有虧欠』。東坡云：『荊公之學，未嘗不善，只是不合要人同己。』此皆説得未是。若荊公之學是，使人人同己，俱入於是，何不可之有？今卻説『未嘗不善，而不合要人同』，成何説話！若使彌望者黍稷，都無稂莠，亦何不可？只爲荊公之學自有未是處耳。」（《朱子語類》卷一三〇）從邏輯上説，朱熹的反駁是順理成章的，人們不能拒絕在正確思想認識基礎上的統一，應該服從真理而不應一味强調個性，標新立異。但朱熹的反駁實際上只是脱離歷史具體情況的簡單推理。還是馬端臨説得好：「然介甫之所謂『一道德』者，乃是欲以其學使天下比而同之，以取科第。夫其書縱盡善無可議，然使學者以干利之故，皓首專門雷同蹈襲，不得盡其博學詳説之功，而稍求深造自得之趣，則其拘牽淺陋，去墨義無幾矣，況所著未必盡善乎？至所謂『學術不一，十人十義，朝廷欲有所爲，異議紛然，莫肯承聽』，此則李斯所以建焚書之議也，是何言歟？」（《文獻通考》卷三十一《選舉四》）對熙寧二年貢舉法之爭時王安石反駁蘇軾之語，馬端臨作了全面深刻的批駁。他認爲，即使王氏之書「盡善無可議」，也不應該「使天下比而同之」的，這只能導致扼殺「博學詳説之功」、「深造自得之趣」的後果。在他看來，不同學術觀點的並存爭勝，這才是正常現象，因而尖鋭指責王氏之舉幾同於李斯焚書之議，揭出其思想專制的實質。他的分析可謂一針見血，鞭闢入裡。但朱熹這裡實又掩藏著一句潛台詞：這位理學大師正是也想把自己的思想來「使人人同己」的。歷史表明：「强人同己」是不少傑出人物常有的思維定式。蘇軾身居領袖地位而不强調整齊劃一，不以自己的模式來塑造門人和追隨者，這是別具識見而又超拔同儕的。

更有説者，在北宋崇尚統序的時代思潮影響下，王安石的「一道德」思想並非他個人的一時之見。曾鞏《王子直文集序》（《曾鞏集》卷十二）早就論述過國家治亂和「道德、風俗」同異的因果關係：治世則「道德同而風俗一」，亂世則「人人異見」「各自爲家」。他說，「至治之極，教化既成，道德同而風俗一，言理者雖異人殊世，未嘗不同其指。何則？理當故無二也。」這是他希求的理想境界，而對「其說未嘗一，而聖人之道未嘗明」深致憂憤。熙寧初程顥云：「古者一道德以同俗，苟師學不正，則道德何從而一？方今人執私見，家爲異說，支離經訓，無復統一，道之不明不行，乃在於此。」（《上神宗請修學校以爲王代之本》，趙汝愚編《宋名臣奏議》卷七十八）呂公著亦云：「學校教化，所以一道德、同風俗之原。今若人自爲教，則師異說，人異習。」（《上神宗答詔論學校貢舉之法》，同上卷七十八）程、呂二人是就學校貢舉問題而發，直接與王安石呼應。凡此種種，不僅反映出宋代士大夫趨羣求同的社會心理，而且也是對面臨的疑經辨僞、異說蜂起的經學變古思潮的反撥。因此，蘇門的批評王學，實針對一種思想傾向而言，具有相當深廣的社會意義。

三

蘇門是這一多元性和多樣化原則最生動的體現。作爲全才，蘇軾沒有以自我爲法，強令門人師範；他的門人也沒有因敬仰備至而匍匐摹擬，喪失自我。蘇黃以詩並稱，卻各領風騷；蘇秦以詞稱雄，而風韻迥異；蘇軾的散文雖於張耒等人有所影響，但也限於平易自然、流暢婉轉的宋文羣體風格的範圍之內，其情性、稟賦、趣味等仍有明顯差別。

更令人稱羨的，**是蘇門內部的自由評論和自由批評之風，達到了坦誠無諱、暢所欲言的最高境界。**

最有興味的是關於蘇軾「以詩爲詞」的爭論。晁補之在李清照《詞論》之前，曾作《評本朝樂章》（見《能改齋漫錄》卷十六、《苕溪漁隱叢話》後集卷三十三，文字稍有出入），是現存較早的一篇詞評專文。他在文中對蘇、黃、秦三人之詞分別作了評價。他評蘇詞云：「蘇東坡詞，人謂多不諧音律，然居士詞橫放傑出，自是曲子中縛不住者。」他評黃詞云：「黃魯直間作小詞，固高妙，然不是當行家語，自是著腔子唱好詩。」他評秦詞云：「近世以來作者，皆不及秦少游，如『斜陽外，寒鴉萬點，流水遶孤村』，雖不識字人，亦知是天生好言語。」這裡提到有「人」不滿於蘇詞的「多不諧音律」，又評論黃秦詞作，揚秦抑黃，很自然地使我們想起著名陳師道的《後山詩話》中的一段話：

> 退之以文為詩，子瞻以詩為詞，如教坊雷大使之舞，雖極天下之工，要非本色。今代詞手，惟秦七、黃九爾，唐諸人不迨也。

這裡指出蘇詞「以詩爲詞」「要非本色」，因而竟在秦、黃等輩之下，意見是大膽和尖銳的。但這段話是否出諸陳師道之口，有些疑惑。據《鐵圍山叢談》卷六，謂「太上皇（徽宗）在位，時屬昇平，手藝人之有稱者」，教坊司有舞者雷中慶，「世皆呼之爲雷大使」，「視前代之伎」「皆過之」。陳師道死於建中靖國元年（西元一一〇一年），即徽宗即位的第二年，他不可能及知徽宗在位「昇平」的中後期，「教坊雷大使之舞」等情況，此語的真實性是有疑問的。《後山詩話》一書，有的學者已指出：「眞贋相雜，瑕瑜互見，貴讀者具眼識別之耳。」（郭紹虞《宋詩話考》卷上《後山詩話》條），可謂知言。但審慎考索，「教坊雷大使之舞」云云雖決非由陳師道說出，但此條的類似意見，他是可能有的。張戒《歲寒堂詩話》卷上，也提到陳師道：「以爲退之於詩本無所得」，與此條的批評「退之以文爲詩」是吻合的。陳師道在《書舊詞後》（《後山居士文集》卷九）中云：「余於他文未能及人，獨於詞，自謂不減秦七、黃九」，論詞每每「秦七、黃九」並稱，也與此條相類。宋金的不少著名學者也認定《後山詩話》此條爲陳師道的意見。南宋胡仔云：「無己稱：『今代詞手，惟秦七、黃九耳，唐諸人不迨也。』无咎稱：『魯直詞不是當家語，自是著腔子唱好詩。』二公在當時，品題不同如此。自今觀之，魯直詞亦有佳者，第無多首耳。少游詞雖婉美，然格力失之弱；二公之言，殊過譽也。」（《苕溪漁隱叢話．後集》卷三十三）金王若虛《滹南詩話》卷二云：「陳後山云：『子瞻以詩爲詞，雖工非本色，今代詞手，唯秦七黃九耳。』予謂後山以子瞻詞如詩，似矣，而以山谷爲得體，復不可曉。晁旡咎云：『東坡詞小不諧律呂，蓋橫放傑出，曲子中縛不住者。』其評山谷則曰：『詞固高妙，然不是當行家語，乃著腔子唱和（好）詩耳。』此言得之。」胡仔認爲陳、晁之評，各有所偏，王若虛卻明言晁是陳非，看法有所出入，但都把陳師道當作晁補之的對立面，「二公在當時，品題不同如此」，都看成蘇門內部的一場詞學爭論。

對於《後山詩話》此條的「真膺」，我們今天實已無法找到更強有力的證據，但關於蘇軾革新詞風的討論和爭論，在蘇門卻確實是並不鮮見的。

東坡在玉堂，有幕士善謳，因問：「我詞比柳詞何如？」對曰：「柳郎中詞，只好十七八女孩兒，執紅牙拍板，唱『楊柳外，曉風殘月』；學士詞須關西大漢，執鐵板，唱『大江東去』。公為之絕倒。

——俞文豹《吹劍續錄》

東坡嘗以所作小詞示旡咎、文潛曰：「何如少游？」二人皆對云：「少游詩似小詞，先生小詞似詩。」

——《王直方詩話》，《苕溪漁隱叢話·前集》卷四十二引這兩則宋人記載的故事，都發生在元祐時的蘇門（「玉堂」即翰林院）。對蘇、秦、黃諸人所組成的元祐詞林，我將另文論述，這裡只想著重指明兩點：

㈠是蘇軾在我國詞史上開創「豪放」詞派即革新詞派是相當自覺的，他要求門下之士以柳永、秦觀來比較他的詞作，反映出他潛意識中以柳、秦作爲競爭的對手，正說明他力圖在當時流傳最廣的柳詞和成就最高的秦詞之外，另闢蹊徑，別開生面。

㈡是蘇軾具有豁達的氣質和藝術上的寬容度量。當時的詞，一般是供歌女在酒筵娛樂場合演唱的，常用琵琶等弦樂器伴奏，如宋翔鳳《樂府餘論》所言：「北宋所作，多付箏琶，故嘽緩繁促而易流」；所以，「幕士」的「關西大漢執鐵板」之喻，實含有戲謔婉諷意味，蘇軾卻「爲之絕倒」，不以爲忤。

他與晁、張二人的對答應和，宛然烘託出平等探討，心情舒坦的藝術氛圍，而「以詩爲詞」之論，準確地抓住了蘇軾革新傳統詞風的主要方法和手段，從現存材料來看，晁、張似是最早發現這一點的。

蘇軾的豁達寬容，對於蘇門中在文學、學術上的自由討論和爭論，不啻是無言的鼓勵，促使門人們在這位尊師面前更大膽地直抒己見，放言高論乃至放肆無所顧忌。例如關於「二蘇」高下的議論。蘇軾曾自謙地說過，他的詩文不及乃弟。《書子由超然臺賦後》（《蘇軾文集》卷六十六）說：「子由之文，詞理精確有不及吾，而體氣高妙吾所不及」，兩人各有短長，「各欲以此自勉」；及至元祐元年（西元一〇八六年）所作《答張文潛縣丞書》（《蘇軾文集》卷四十九）中，他進而說：「子由之文實勝僕，而世俗不知，乃以爲不如」。隨後，秦觀在《答傅彬老簡》（《淮海集》卷三十）中居然也說：「閣下又謂三蘇之中所願學者，登州（指蘇軾）爲最優，於此尤非也。老蘇（指蘇洵）先生，僕不及識其人；今中書（蘇軾）、補闕（蘇轍）二公，則僕嘗身事之矣。中書之道如日月星辰，經緯天地，有生之類皆知仰其高明。補闕則不然，其道如元氣，行於混淪之中，萬物由之而不自知也。故中書嘗自謂『吾不及子由』，僕竊以爲知言。」蘇軾自稱「吾不及子由」，是在他文名已有社會定評的前提下，作爲兄長的謙遜禮讓，並不會在實質上貶損自己；而秦觀的直言申述，就近乎不敬了。然而，這並沒有給蘇秦關係帶來任何陰影。蘇門的寬容性和自由度確較罕見。

從蘇軾一面來看，他常在輕鬆戲謔中對門人進行辯難和批評。蘇黃之間，既互相敬重，也彼此指摘。胡仔《苕溪漁隱叢話．前集》卷四十九云：「元祐文章，世稱蘇黃。然二公當時爭名，互相譏誚。東坡嘗云：『黃魯直詩文，如蝤蛑江珧柱，格韻高絕，盤飧盡廢；然不可多食，多食則發風動氣。』山谷亦云：『蓋有文章妙一世，而詩句不逮古人者』，此指東坡而言也。」葛立方《韻語陽秋》卷二云：「魯直謂東坡作詩，未知句法。而東坡題魯直詩云：『每見魯直詩，未嘗不絕倒。然此卷甚妙，而殆非悠悠者可識能絕倒者己（也），是可人。』

又云：『讀魯直詩，如見魯仲連、李太白，不敢復論鄙事。雖若不適用，然不爲無補。』如此題識（見《蘇軾文集》卷六十八、六十七），其許之乎，其譏之也？」黃詩以追求「不俗」、「不鄙」爲旨歸，部分作品「格韻高絕」，品格上乘，但也傷於單一和單調，爲蘇軾所不滿。蘇軾才情奔放，以揮灑自如、酣暢自適爲藝術真諦，黃庭堅批評他「未知句法」。這些意見都耐人尋味。在談笑中見出嚴肅的藝術沈思，幽默感更有助於深刻評論的淋漓發揮，在蘇門中是隨處可見的。蘇黃二人關於書法的互評，足資參證。曾敏行《獨醒雜志》卷三云：「東坡嘗與山谷論書。東坡曰：『魯直近字雖清勁，而筆勢有時太瘦，幾如樹梢掛蛇。』山谷曰：『公之字固不敢輕議，然間覺褊淺，亦甚似石壓蝦蟆。』二公大笑，以爲深中其病。」對讀蘇黃現存法帖，我們亦當會心而笑。這情形也發生在蘇秦之間。曾慥《高齋詞話》（《歷代詞話》卷五引）云：「少游自會稽入都，見東坡。東坡曰：『不意別後公卻學柳七作詞。』少游曰：『某雖無學，亦不如是。』東坡曰：『「銷魂當此際」，非柳七語乎？』坡又問別作何詞？少游舉『小樓連苑橫空，下窺繡轂雕鞍驟』。東坡曰：『十三個字，只說得一個人騎馬樓前過。』少游問公近作。乃舉『燕子樓空，佳人何在？空鎖樓中燕』。晁无咎曰：『只三句，便說盡張建封事。』」具體意見盡可繼續推敲，其文學空氣卻令人神往。

蘇軾作爲盟主，當然還要對門下之士進行寫作指導，既盡心，又盡責。如對晁補之騷作的指點。《答黃魯直》（《蘇軾文集》卷五十二）云：「晁君騷詞，細看甚奇麗，信其家多異材耶？然有少意，欲魯直以己意微箴之。凡人文字，當務使平和，至足之餘，溢爲怪奇，蓋出於不得已也。晁文奇麗似差早，然不可直云爾。非謂避諱也，恐傷其邁往之氣，當爲朋友講磨之語乃宜。不知以爲然否？」無獨有偶，當年歐陽修曾勸王安石「少開廓其文，勿用造語及模擬前人」（曾鞏《與王介甫第一書》引，《曾鞏集》卷十六），是通過曾鞏轉達的。這裡對晁補之的指點，則委託黃庭堅作爲黃自己的意見「微箴之」，以免斫傷晁氏的年輕銳氣。用心之細密周到，對友生一腔拳拳摯愛之情，千載之下，猶能感人肺腑。

蘇門這種自由品題甚或相互譏評之風，雖尖銳直率而不留芥蒂，因爲它根植於蘇軾對人才的鍾愛和尊重，體現的是平等的人際關係，在某種意義上是彼此間的一種揄揚方式。葉燮《原詩．外篇上》指出，「蘇軾於黃庭堅、秦觀、張耒等諸人，皆愛之如己，所以好之者無不至」，表現了「必以樂善愛才爲首務，無毫髮娼嫉忌忮之心」，這是深得坡公心曲之言。蘇軾在向鮮于侁推薦人才時說：「某非私之也，爲時惜才也」（《與鮮于子駿》，《蘇軾文集》卷五十三）；他聞秦觀謝世，「爲天下惜此人物，哀痛至今」（《與錢濟明》，《蘇軾文集》卷五十三）。他是從「爲時」「爲天下」的高度而愛護、獎掖後進的。明乎此，一些歷來的傳聞、猜測也就不攻自破。前述胡仔、葛立方關於蘇黃「爭名」之說就是一種誤解。黃庭堅的詩壇地位逐漸上升，還與蘇軾相互戲謔揭短，但並不影響他堅執弟子之禮。《邵氏聞見後錄》卷二十一云：「趙肯堂親見魯直晚年懸東坡像於室中，每蚤作，衣冠薦香，肅揖甚敬。或以同時聲實相上下爲問，則離席驚避曰：『庭堅望東坡，門弟子耳，安敢失其序哉？』今江西君子曰『蘇黃』者，非魯直本意。」有此一條親聞目睹的材料，再作辨析就顯得多餘了。

總之，蘇門的組合不是以地位、官爵、利祿爲基礎，而是以共同的生活理想和文化志趣等爲前提，因而真誠而牢固，歷久而彌堅。在元祐以後的政治厄運中仍保持聯繫不斷，無一叛離，這是很不多見的。葉適有一段意味深長的話：「初，歐陽氏以文起，從之者雖衆，而尹洙、李覯、王令諸人，各自名家。其後王氏尤衆，而文學大壞矣。獨黃庭堅、秦觀、張耒、晁補之始終蘇氏，陳師道出於曾而客於蘇，蘇氏極力援此數人者，以爲可及古人，……」（《習學記言序目》卷四十七）葉適在文中以歐曾王蘇諸門加以比較，指出蘇門諸君「始終」從蘇，而歐曾門人卻「各自名家」，並未從一而終，還認爲蘇門人才之盛超過以往。我以爲原因之一即在於蘇門所奉行的多元性和多樣化的原則。蘇軾豁達大度的性格魅力，鮮明濃烈的人文色彩，成了蘇門的凝聚劑。一個羣體的聚合，其自由度越高，凝聚力也越强，事情的辯證法就是這樣。

蘇門的這些政治、學術、文字上的特點，儘管可以作出不同的價值判斷，但是，其所體現的獨立的政治操守，自主的文化人格和主體情性的自由表達的追求，正是蘇軾本人最主要的文化內涵，是他在我國歷史上最突出的人文意義。在這一意義上，這個集合體以他的名字來命名稱爲「蘇門」，是最爲貼切的。

注釋

①惠文，惠文冠，原係武冠，此指掌管糾彈之職的御史台官員。歐陽修《送孫屯田序》（《歐集》卷六十四）「將冠惠文以肅台憲」可證。

（一九九二年五月）

《蘇軾論稿》

思想篇

蘇軾的人生思考和文化性格

蘇軾作品的動人之處，在於展現了可供人們感知、思索的活生生的真實人生，表達了他深邃精微的人生體驗和思考。這位我國文化史上罕見的全才，不僅接受了傳統文化和民族性格的深刻影響，而且承受過幾起幾落、大起大落的生活波折。在此基礎上，他個人特有的敏銳直覺加深了他對人生的體驗，他的過人睿智使他對人生的思考獲得新的視角和高度。蘇軾算不得擅長抽象思辨的哲學家，但他通過詩詞文所表達的人生思想，比起他的幾位前賢如陶淵明、王維、白居易等來，更爲豐富、深刻和全面，更具有典型性和吸引力，成爲後世中國文人競相仿效的對象，影響了一代又一代後繼者的人生模式的選擇和文化性格的自我設計。

一

出處和生死問題，是中國文人面臨的兩大人生課題。前者是人對政治的社會關係，後者是人對宇宙的自然關係，兩者屬於不同的範圍和層次，卻又密切關聯，相互滲透，都涉及到對人生的價值判斷。

出和處的矛盾，中國儒佛道三家已提出過不同的解決途徑。儒家以入世進取爲基本精神，又以「達兼窮獨」「用行捨藏」作爲必要的補充；佛家出世、道家遁世的基本精神，則又與儒家的「窮獨」相通。蘇軾對此三者，染濡均深，卻又融會貫通，兼採並用，形成自己的鮮明特徵。

蘇軾自幼所接受的傳統文化因素是多方面的，但儒家思想是其基礎，充滿了「奮厲有當世志」的淑世精神。儒家的「立德、立功、立言」的「三不朽」古訓，使他把自我道德人格的完善、社會責任的完成和文化創造的建樹融合一體，是他早年最初所確定的人生目標。他的社會責任感和歷史使命感還由於其特殊的仕宦經歷而得到强化和固定化。和他父親蘇洵屢試蹉跌相反，嘉祐二年（西元一〇五七年）他和蘇轍至京應試，就像光彩灼熠的明星照亮文壇的上空，一舉成名，聲譽鵲起。就其成名之早（二十二歲）、之順利、之知名度大，並世幾無匹敵。嘉祐六年他應制舉，又以賢良方正直言極諫取入第三等，此乃最高等級，整個北宋取入第三等者僅四人（見《小學紺珠》卷六《名臣類下》）。宋朝開國百餘年來，免試直任知制誥者極少，歐陽修《歸田錄》卷一云：「國朝之制，知制誥必先試而後命，有國以來百年，不試而命者才三人：陳堯佐、楊億、及修忝與其一爾。」蘇軾又得到同樣的殊榮。這些仕途上的光榮，必將轉爲蘇軾經世濟時、獻身政治的決心。他以「忘軀犯顏之士」（《上神宗皇帝》）自居，又以「使某不言，誰當言者」（《曲洧舊聞》卷五引）自負，並以「危言危行、獨立不回」的「名節」（《杭州召還乞郡狀》）自勵。蘇軾又歷受宋仁宗、英宗、神宗三代君主的「知遇之恩」，更成爲影響他人生價值取向的重大因素。元祐三年（西元一〇八八年）當蘇軾處於黨爭傾軋漩渦而進退維谷時，高太后召見他說：他之所以從貶地起復，乃「神宗皇帝之意。當其（神宗）飲食而停箸看文字，則內人必曰：此蘇軾文字也。神宗每時稱曰：奇才，奇才！但未及用學士，而上仙耳」。蘇軾聽罷「哭失聲，太皇太后與上（哲宗）、左右皆泣。」高太后趁機又以「托孤」的口吻說：「內翰直須盡心事官家，以報先帝知遇。」（《續資治通鑑長編》卷四〇九）在蘇軾看來，朝廷既以國士待我，此身已非己有，惟有以死報恩。我們試看他在元豐末、元祐初的一些奏章。元豐八年（西元一〇八五年）《論給田募役狀》云：「臣荷先帝之遇，保全之恩，又蒙陛下非次拔擢，思慕感涕，不知所報，冒昧進計，伏惟哀憐裁幸。」元祐三年（西元一〇八八年）《大雪論差役不便札子》云：「今侍從之中，受恩之深，無如小臣，臣而不言，誰當言者？」《論特奏名》云：「臣等非不知言出怨生，既忝近臣，理難緘默！」《論邊將隱匿敗亡憲司體量不實札子》云：「臣非不知陛下必已厭臣之多言，左右必已厭臣之多事，然受恩深重，不敢自同衆人，若以此獲罪，亦無所憾。」這類語句，不能簡單地看成虛文套語，而是他內心深處的真實表白。這種儒家的人生觀，强調「捨身報國」，即對社會、政治的奉獻，並在奉獻之中同時實現自身道德人格精神的完善；但是，封建的社會秩序、政治準則、倫理規範對個體的情感、慾望、意願必然產生壓抑和限制的作用，「捨身報國」的崇高感又同時是主體生命的失落感，意味著個體在事功世界中的部分消融。儒家的淑世精神是蘇軾人生道路上行進的一條基線，雖有起伏偏斜，卻貫串始終。

蘇軾的人生苦難意識和虛幻意識，則更帶有獨創性，並由此形成他人生道路上的另一條基線，在中國文人的人生思想史上具有劃時代的意義。翻開蘇軾的集子，一種人生空漠之感迎面而來。「人生識字憂患始」（《石蒼舒醉墨堂》），這位聰穎超常的智者對人生憂患的感受和省察，比前人更加沈重和深微。老子說：「吾所以有大患者，爲吾有身」（《老子》十三章），莊子說：「大塊載我以形，勞我以身」（《莊子．大宗師》），佛教有無常、緣起、六如、苦集滅道「四諦」等說，蘇軾的思想固然受到佛道兩家的明顯誘發，但主要來源於他自身的環境和生活經歷。

首先是西蜀鄉土之戀的文化背景。

西蜀士子從唐五代以來，就有不願出仕的傳統。范鎮《東齋紀事》卷四云：「初，蜀人雖知問學，而不樂仕宦。」蘇洵《族譜後錄》下篇亦云：「自唐之衰，其賢人皆隱於山澤之間，以避五代之亂，及其後僭僞之國相繼亡滅，聖人出而四海平一，然其子孫猶不忍去其父祖之故以出仕於天下。」蘇轍《伯父墓表》也說：「蘇氏自唐始家於眉，閱五季皆不出仕。蓋非獨蘇氏也，凡眉之士大夫，修身於家，爲政於鄉，皆莫肯仕者。」曾鞏《贈職方員外郎蘇君墓誌銘》也說：「蜀自五代之亂，學者衰少，又安其鄉里，皆不願出仕。」後蘇軾伯父蘇渙於天聖二年考中進士，竟轟動全蜀，「蜀人榮之，意始大變」，才打破蜀人不仕的舊例。蘇軾從萬山圍抱的蜀地初到京師，原對舉試也未抱信心，他在《謝歐陽內翰啓》中曾追敍「及來京師，久不知名，將治行西歸，不意執事擢在第二」，不料一帆風順，由此登上仕途。但剛入仕途的嘉祐六年（西元一〇六一年），便與蘇轍訂下對牀夜語、同返故里的誓盟。在以後宦遊或貶謫生活中，他的懷鄉之戀始終不泯。特別是他以視點更易形式而認同異鄉的言論：如「居杭積五歲，自意本杭人」（《送襄陽從事李友諒歸錢塘》），「某睹近事，已絕北歸之望。然中心甚安之。未說妙理達觀，但譬如元是惠州秀才，累舉不第，有何不可？知之免憂。」（《與程正輔書》）「我本海南民，寄生西蜀州」（《別海南黎民表》）等，這種帶有濃厚相對論色彩的思想，其隱含的前提正是對回歸故鄉重要性的強調。我們不妨看一看唐代士人在開放心態中所孕育而成的新的生活原則：他們「仗劍去國，辭親遠遊」，嚮往漫遊生活，嚮往名山大川，嚮往邊塞，嚮往仕途。李白說：「抱劍辭高堂，將役霍冠軍」（《送張秀才從軍》），岑參說：「男兒感忠義，萬里忘越鄉」（《武威送劉單判官赴安西行營便呈高開府》），高適說：「豈不思故鄉？從來感知己」（《登隴》），這與蘇軾是兩種不同的生活觀念。或許可以說，蜀人不仕所引起的深刻的鄉土之戀，促成了蘇軾人生思考的早熟，也預伏和孕育著他整個的人生觀。王粲《登樓賦》云：「人情同於懷土，孰窮達而異心」，在蘇軾心中得到放大、延伸和昇華，正是從懷鄉作爲思考的起點，推演出對整個人生旅程無常和虛幻的體驗。

其次是他一生坎坷曲折的經歷。

蘇軾一生經歷兩次「在朝——外任——貶居」的過程。他既經順境，復歷逆境。得意時是譽滿京師的新科進士，獨當一面的封疆大吏，赤紱銀章的帝王之師；失意時是柏臺肅森的獄中死囚，躬耕東坡的陋邦遷客，啾芋飲水的南荒流人。榮辱、禍福、窮達、得失之間反差的巨大和鮮明，使他咀嚼盡種種人生況味。元祐時，二十幾天之間由登州召還，從禮部郎中、中書舍人升到翰林學士兼侍讀，榮寵得來迅速，連他自己也不免愕然。紹聖時，從定州知州南貶，先以落兩職、追一官以左朝奉郎（正六品上）知英州；誥命剛下，又降爲充左承議郎（正六品下）；途中又貶建昌軍司馬、惠州安置；再改貶寧遠軍節度副使、惠州安置。

三改謫命，確乎需要超凡的承受能力。這種希望和失望、亢奮和淒冷、軒冕榮華和踽踽獨處，長時間的交替更迭，如環無端，不知所終，也促使他去領悟宇宙人生的真相，去探索在紛擾爭鬥的社會關係中，個體生命存在的目的、意義和價值。從生活實踐而不是從純粹思辨去探索人生底蘊，這是蘇軾思維的特點。

蘇軾的人生苦難意識和虛幻意識是異常沈重的，但並沒有發展到對整個人生的厭倦和感傷，其落腳點也不是從前人的「對政治的退避」變而爲「對社會的退避」。他在吸取傳統人生思想和個人生活體驗的基礎上，形成了一套從苦難——省悟——超越的思路。以下從他反覆詠嘆的「吾生如寄耳」和「人生如夢」作些分析。

在蘇軾詩集中共有九處用了「吾生如寄耳」句，突出表現了他對人生無常性的感受。這九處按作年排列如下：

㈠熙寧十年《過雲龍山人張天驥》：「吾生如寄耳，歸計失不蚤。故山豈敢忘，但恐迫華皓。」

㈡元豐二年《罷徐州往南京馬上走筆寄子由五首》：「吾生如寄耳，寧獨爲此別。別離隨處有，悲惱緣愛結。」

㈢元豐三年《過淮》：「吾生如寄耳，初不擇所適。但有魚與稻，生理已自畢。」

㈣元祐元年《和王晉卿》：「吾生如寄耳，何者爲禍福。不如兩相忘，昨夢那可逐。」

㈤元祐五年《次韻劉景文登介亭》：「吾生如寄耳，寸晷輕尺玉」，「清游得三昧，至樂謝五欲。」

㈥元祐七年《送芝上人遊廬山》：「吾生如寄耳，出處誰能必？」

㈦元祐八年《謝運使仲適座上，送王敏仲北使》：「聚散一夢中，人北雁南翔。吾生如寄耳，送老天一方。」

㈧紹聖四年《和陶擬古九首》：「吾生如寄耳，何者爲吾廬？」「無問亦無答，吉凶兩何如？」

㈨建中靖國元年《鬱孤臺》：「吾生如寄耳，嶺海亦閒游。」

這九例作年從壯（四十二歲）到老（六十六歲），境遇有順有逆，反復使用，只能說明他感受的深刻。在他的其他詩詞中還有許多類似「人生如寄」的語句。

應該指出，「人生如寄」的感嘆，從漢末《古詩十九首》以來，在詩歌史中不絕於耳。《古詩十九首》（驅車上東門）云：「浩浩陰陽移，年年如朝露；人生忽如寄，壽無金石固。」曹植《浮萍篇》：「日月不常處，人生忽如寄；悲風來入懷，淚下如垂露。」直至白居易《感時》：「人生詎幾何，在世猶如寄」，「唯當飲美酒，終日陶陶醉」。《秋山》：「人生無幾何，如寄天地間。心有千載憂，身無一日閒」等。蘇軾顯然承襲了前人的思想資料。他們的共同點是發現了人生有限和自然永恆的矛盾，這是產生人生苦難意識的前提。

然而，第一，前人從人生無常性出發，多强調其短暫，或以朝露爲喻，或以「幾何」致慨，或逕直呼爲「忽」；而蘇軾側重强調生命是一個長久的流程。（參看山本和義《蘇軾詩論稿》，《中國文學報》第十三册）「別離隨處有」，「出處誰能必」，「何者爲禍福」，「何者爲吾廬」等，聚散、離合、禍福、凶吉都處在人生長途中的某一點，但又不會固定在某一點，總是不斷地交替嬗變，永無止息。他的《和子由澠池懷舊》說：「人生到處知何似？應似飛鴻踏雪泥：泥上偶然留指爪，鴻飛那復計東西！」「雪泥鴻爪」的名喻，一方面表現了他初入仕途時的人生迷惘，體驗到人生的偶然和無常，對前途的不可把握；另一方面卻透露出把人生看作悠悠長途，所經所歷不過是鴻飛千里行程中的暫時歇脚，不是終點和目的地，總有未來和希望。

白居易《送春》詩說：「人生似行客，兩足無停步。日日進前程，前程幾多路。」雖也有人生是流程的意思，但時間短暫，前程無多。因此，第二，前人在發現人生短暫以後，大都陷入無以自抑的悲哀；而蘇軾的歌唱中固然也如實地帶有悲哀的聲調，但最終卻是悲哀的揚棄。前人面對人生短暫的難題，一是導向長生的追求，服藥求仙，延年長壽；二是導向享樂，或沈湎杯酒，或優遊山水，以精神的麻醉或心靈的安息來盡情享樂人生，忘卻死亡的威脅；三是導向順應，或如莊子那樣，以齊生死、取消一切差別的相對主義來達到「天地與我並生，而萬物與我爲一」（《齊物論》）的境界，或如陶淵明那樣「縱浪大化中，不喜亦不懼」(《神釋》)的委運任化，混同自然。他們不求形骸長存轉而追求精神上的永恆，這在中國文人的人生思想上開闢了新的天地。蘇軾接受過順應思想的深刻影響，早在嘉祐四年的《出峽》詩中，他就說：「入峽喜巉岩，出峽愛平曠。吾心淡無累，遇境即安暢。」但是，莊子是從「坐忘」「心齋」的途徑，達到主體與天地萬物同一的神祕的精神境界，陶淵明則認爲「人生似幻化，終當歸空無」(《歸園田居五首》)，是一種放棄追求的追求。蘇軾與這種反選擇的被動人格實異其趣。他從人生爲流程的觀點出發，對把握不定的前途仍然保持希望和追求，保持曠達樂觀的情懷，並從而緊緊地把握自身，表現出主體的主動性和選擇性。在《送蔡冠卿知饒州》中，既感喟「世事徐觀真夢寐」，又表達了「人生不信長坎坷」的信念。《遊靈隱寺得來詩復用前韻》說：「盛衰哀樂兩須臾，何用多憂心鬱紆。」在《浣溪沙》詞中，更高唱「誰道人生無再少？門前流水尚能西，休將白髮唱黃雞」的生命頌歌。承認人生悲哀而又力求超越悲哀，幾乎成了他的習慣性思維。他的《水調歌頭》中訴說了「人有悲歡離合，月有陰晴圓缺」這個永恆的缺憾，而以「但願人長久，千里共嬋娟」的樂觀祝願作結。另一首寫兄弟聚散的詩《潁州初別子由》也敘寫他對「離合既循環，憂喜迭相攻」的發現，雖也不免發出「語此長太息，我生如飛蓬」的感喟，但仍以「多憂髮早白，不見六一翁」相戒相勸，「作詩解子憂」，排憂解悶才是最終的主旨。蘇軾以人生爲流程的思想，對生活中可能遇到的挫折和困苦具有淡化、消解的功能，所以，同是「人生如寄」，前人作品中大多給人以悲哀難解的感受，而在蘇軾筆下，卻跟超越離合、憂喜、禍福、凶吉乃至出處等相聯繫，並又體現了主體自主的選擇意識，表現出觸處生春、左右逢源的精神境界。

蘇軾詩詞中又常常有「人生如夢」的感嘆，這又突出表現了他對人生虛幻性的感受。如果說，「人生如寄」主要反映人們在時間流變中對個體生命有限性的沈思，蘇軾卻從中寄寓了對人生前途的信念和追求，主體選擇的渴望，那麼，「人生如夢」主要反映人們在空間存在中對個體生命實在性的探尋，蘇軾卻從中肯定個體生命的珍貴和價值，並執著於生命價值的實現。

僅從蘇詞取證。「人生如夢」原是中國文人的常規慨嘆，蘇軾不少詞句亦屬此類。如「世事一場大夢，人生幾度新涼」（《西江月》），「笑勞生一夢，羈旅三年，又還重九」（《醉蓬萊》），「一夢江湖費五年」（《浣溪沙》），「十五年間真夢裡」（《定風波》），「萬事到頭都是夢，休休，明日黃花蝶也愁」（《南鄉子》）等，大都從歲月流駛、往事如煙的角度著眼，似尚缺乏獨特的人生思考的新視角。白居易曾說：「百年隨手過，萬事轉頭空」（《自詠》），蘇軾則說：「休言『萬事轉頭空』，未轉頭時是夢」（《西江月》），意謂不僅將來看現在是夢，即過去之事物是夢，而且現存的一切也本是夢，比白詩翻進一層，較之「世事一場大夢」等常規慨嘆來，他對人生虛幻性的感受深刻得多了。但更重要的是，蘇軾並不沈溺於如夢的人生而不能自拔，而是力求超越和昇華。他說：「古今如夢，何曾夢覺，但有舊歡新怨」（《永遇樂》），意謂人生之夢未醒，蓋因歡怨之情未斷，也就是說，摒棄歡怨之情，就能超越如夢的人生。李白《春日醉起言志》說：「處世若大夢，胡爲勞其生？所以終日醉，頹然臥前楹。」蘇軾反其意而用之：「寄懷勞生外，得句幽夢餘」（《谷林堂》），同樣表現了對如夢勞生的解脫。蘇軾還從生存虛幻性的深刻痛苦中，轉而去尋找被失落的個體生命的價值，肯定自身是唯一實在的存在。他說，「長恨此身非我有，何時忘卻營營。」（《臨江仙》）這也是反用《莊子》的意思。《莊子．知北遊》云：「舜問乎丞曰：『道可得而有乎？』曰：『汝身非汝有也，汝何得有夫道？』舜曰：『吾身非吾有也，孰有之哉？』曰：『是天地之委形也。生非汝有，是天地之委和也；性命非汝有，是天地之委順也；孫子非汝有，是天地之委蛻也。』」莊子認爲人的一切都是自然的賦予，把「吾身非吾有」、「至人無己」當作肯定的命題；蘇軾卻肯定主體，認爲主體的失落乃因拘於外物、奔逐營營所致，對主體失落的悲哀同時包含重新尋找自我的熱忱。他的《六觀堂老人草書》也說：「物生有象象乃滋，夢幻無根成斯須。方其夢時了非無，泡影一失俯仰殊。清露未晞電已阻，此滅滅盡乃真吾。」佛家把人生看成如夢如幻如泡如影如露如電，稱爲「六如」，蘇軾卻追求六如「滅盡」以後的「真吾」。他的名篇《百步洪》詩也是因感念人生會晤頓成「陳迹」而作。前半篇對水勢湍急的勾魂攝魄的精彩描寫，卻引出後半篇「我生乘化日夜游，坐覺一念逾新羅」，「覺來俛仰失千劫，回視此水殊委蛇」，「但應此心無所住，造物雖駛如吾何」等哲理感悟，就是說，人們只要把握自「心」，就能超越造物的千變萬化，保持自我的意念，就能超越時空的限制而獲得最大的精神自由。蘇軾又說：「身外儻來都是夢」（《十拍子》）、「夢中了了醉中醒」（《江城子》）等，也從否定身外的存在轉而肯定自身的真實存在，並力圖在如夢如醉的人生中，保持清醒的主體意識。

蘇軾的人生思想，作爲一個整體，它的各個部分是從互相撞擊、制約中而實現互補互融的。他的經世濟時的淑世精神和貫串一生的退歸故土的戀鄉之情，對剛直堅毅的人格力量的追求和自由不羈的個人主體價值的珍重，都奇妙地統一在他身上。隨著生活的順逆，他心靈的天平理所當然地會發生向某一方向的傾斜和側重，但同時其另一方向並沒有失重和消失。挫折和困境固然無情地揭開了人生的帷幕，認識到主體以外存在的可怕和威脅，加深了對人生苦難和虛幻的感受，但是，背負的傳統儒家的淑世精神又使他不會陷入徹底的享樂主義和混世、厭世主義，而仍然堅持對美好生活的追求和信念。直到他晚年，他既表白「君命重，臣節在」，但又說「新恩猶可覬，舊學終難改，吾已矣，乘桴且恁浮於海。」（《千秋歲》）北還過贛州，他作《剛說》，反駁「剛者易折」的說法，認爲此乃「患得患失之徒」的論調，彷佛重現了風節凜然的直臣儀範；但同時又說：「人世一大夢，俯仰百變，無足怪者」（《與宋漢傑書》），顯出一個歷經滄桑的老者的了悟。他任開封府推官時，曾結識愛好道術和煉丹的李父，此時恰逢其子，他說：「曾陪令尹蒼髯古，又見郎君白髮新」（《次韻韶倅李通直》），對煉丹那一套也似失去信仰；他臨終寫過「平生笑羅什，神咒真浪出」的絕筆，更拒絕高僧維琳「勿忘西方」的勸誡。確如他所説，「莫從老君言，亦莫用佛語。仙山與佛國，終恐無是處。」（《和陶神釋》）他揚棄了佛道的愚妄和虛無。他的人生思考的多元取向，最終落實到對個體生命、獨立人格價值的腳踏實地的不倦追求。直到生命之旅的終點，他没有遺憾、没有牽掛地離去。他有了一個很好的完成。

二

蘇軾對人生價值的多元取向直接導致他文化性格的多樣化，而他人生思考的深邃細密，又豐富了性格的內涵。千百年來，他的性格魅力傾倒過無數的中國文人，人們不僅歆羨他在事業世界中的剛直不屈的風節、物胞民與的灼熱同情心，更景仰其心靈世界中灑脫飄逸的氣度，睿智的理性風範，笑對人間厄運的超曠。中國文人的內心裡大都有屬於自己的精神綠洲，正是蘇軾的後一方面，使他與一代又一代的讀者建立了異乎尋常的親切動人的關係。從人生思想的角度來努力掌握他有血有肉的性格整體，是很有意義的。以下僅從狂、曠、諧、適四個方面作些探索。

中國文人中不乏狂放怪誕之士，除了生理或病理的因素外，從文化性格來看，大致可分避世和傲世兩類。前者佯狂僞飾以求免禍，但也有張揚個性的意味，如阮籍；後者卻主要爲了保持一己真率的個性，形成與社會的尖銳對抗，如嵇康。而其超拔平庸的性格力度和個性色彩，吸引後世文人的廣泛認同。

蘇軾早年從蜀地進京，原也心懷惴惴，頗有「盆地意識」；作爲這種意識的反撥，他又具有狂放不羈的性格特徵。文同《往年寄子平（即子瞻）》中回憶當時兩人交遊情景說：「雖然對坐兩寂寞，亦有大笑時相轟。顧子（蘇軾）心力苦未老，猶弄故態如狂生。書窗畫壁恣掀倒，脫帽褫帶隨縱橫。喧詉歌詩詶文字，蕩突不管鄰人驚」，爲我們留下了青年蘇軾任誕絕俗的生動形象。但是，正如他當時《送任伋通判黃州兼寄兄孜》詩所說：「吾州之豪任公子，少年盛壯日千里」，蘇軾的「豪」，跟他的這位同鄉一樣，主要是「少年盛壯」、揮斥方遒的書生意氣，尚未包含深刻的人生內涵。岳珂《桯史》卷八云：「蜀士尚流品，不以勢詘」，木强剛直、蔑視權威的地方性格顯然也對蘇軾早期的狂豪起過作用。他當時也有「君不見阮嗣宗臧否不掛口，莫誇舌在齒牙牢，是中惟可飲醇酒。讀書不用多，作詩不須工，海邊無事日日醉，夢魂不到蓬萊宮」（《送劉攽倅海陵》）的强烈感嘆，也是激憤的宣洩多於理性的思考。

到了「烏臺詩案」以前的外任期間，隨著人生閱歷的豐富，他在多次自許的「狂士」中，增加了傲世、忤世、抗世的成分。在《次韻子由初到陳州》一詩裡，他要求蘇轍像東晉周謨那樣「阿奴須碌碌，門戶要全生」，因爲他自己已像周謨之兄周顗、周嵩那樣抗直不爲世俗所容。他在此詩中所說的「疏狂托聖明」，是憤懣的反話，其《懷西湖寄晁美叔同年》詩就以「嗟我本狂直，早爲世所捐」的正面形式逕直說出同一意思了。細品他此時的傲世，也夾雜畏世、懼世的心情。《潁州初別子由》說：「嗟我久病狂，意行無坎井」，嗟嘆悔疚應是有幾分真情；《送岑著作》說：「人皆笑其狂，子獨憐其愚」，並說「我本不違世，而世與我殊」，似也表達與世諧和的一份追求。

「烏臺詩案」促成了蘇軾人生思想的成熟。巨大的打擊使他深切認識和體會到外部存在著殘酷而又捉摸不定的力量，轉而更體認到自身在茫茫世界中的地位。這場直接危及他生命的文字獄，反而導致他對個體生命價值的重視和珍視，他的「狂」也就從抗世變爲對保持自我真率本性的企求。他的《滿庭芳》說：「事皆前定，誰弱又誰強，且趁閒身未老，須放我些子疏狂。百年裡，渾教是醉，三萬六千場」，對命運之神飄忽無常的慨嘆，適見其對生命的鍾愛，而酣飲沈醉即是保持自我本性的良方，正如他自己所說「醉裡微言卻近真」（《贈善相程傑》）。他的《十拍子》在「身外儻來都似夢」的感喟後，決絕地宣稱：「莫道狂夫不解狂，狂夫老更狂。」他在《又書王晉卿畫．四明狂客》中譏笑賀知章退隱時奏乞周宮湖之舉：「狂客思歸便歸去，更求敕賜枉天真」，斫傷「天真」就配不上「狂客」的稱號。

蘇軾狂中所追求的任真，是一種深思了悟基礎上的任真。晏幾道有「殷勤理舊狂」的奇句，「狂已舊矣，而理之，而殷勤理之，其狂若有甚不得已者。」（況周頤《蕙風詞話》卷二）小晏的任真，像黃庭堅在《小山詞序》所描述的「四癡」那樣，更近乎一種天性和本能，沒有經過反省和權衡。據說蘇軾曾欲結識小晏而遭拒絕，事雖非可盡信，但其吸引和排拒卻象徵著兩狂的同異。

曠和狂是相互涵攝的兩環。但前者是內省式的，主要是對是非、榮辱、得失的超越；後者是外鑠式的，主要是真率個性的張揚。然而都是主體自覺的肯定和珍愛。蘇軾以「坡仙」名世，其性格的實在內涵主要即是曠。

蘇軾的曠，形成於幾次生活挫折之後的痛苦思索。他一生貶居黃州、惠州、儋州三地，每次都經過激烈的感情衝突和心緒跌宕，都經過喜——悲——喜（曠）的變化過程。元豐時貶往黃州，他的《初到黃州》詩云：「自笑平生爲口忙，老來事業轉荒唐。長江繞郭知魚美，好竹連山覺筍香。逐客不妨員外置，詩人例作水曹郎。只慚無補絲毫事，尚費官家壓酒囊。」他似乎很快地忘卻了「詬辱通宵」的獄中生活的煎熬，對黃州「魚美」「筍香」的稱賞之中，達到了心理平衡。但是，貶居生活畢竟是個嚴酷的現實，不久又不免悲從中來：他寫孤鴻，是「有恨無人省」，「揀盡寒枝不肯棲」；寫海棠，是「名花苦幽獨」，「天涯流落俱可念」，都是他心靈的外化。隨後在元豐五年出現了一批名作：前後《赤壁賦》、《定風波》（莫聽穿林打葉聲）、《浣溪沙》（山下蘭芽短浸溪）、《西江月》（照野彌彌淺浪）、《臨江仙》（夜飲東坡醒復醉）等，都共同抒寫出翛然曠遠、超塵絕世的情調，表現出曠達文化性格的初步穩固化。紹聖初貶往惠州，他的《十月二日初到惠州》詩云：「彷彿曾遊豈夢中，欣然雞犬識新豐。吏民驚怪坐何事，父老相攜迎此翁。蘇武豈知還漠北，管寧自欲老遼東。嶺南萬戶皆春色，會有幽人客寓公。」這似是《初到黃州》詩在十幾年後的歷史迴響！他又抒寫「欣然」，描述口腹之樂。「蘇武」一聯明云甘心老於惠州，實寓像蘇武、管寧那樣最終回歸中原之望，基調是平靜的。但不久又跌入悲哀：《十一月二十六日松風亭下梅花盛開》詩，思緒首先牽向黃州之梅：「春風嶺上淮南村，昔年梅花曾斷魂」，繼而感嘆於「豈知流落復相見，蠻風蜑雨愁黃昏。」經過一段時期悲哀的沈浸，他又揚棄悲哀了：他的幾首荔支詩，「人間何者非夢幻，南來萬里真良圖」（《四月十一日初食荔支》），「日啖荔支三百顆，不辭長作嶺南人」（《食荔支》），借對嶺南風物的賞愛抒其曠達之懷。紹聖四年貶往儋州，登島第一首詩《行瓊儋間，肩輿坐睡，夢中得句云：「千山動鱗甲，萬谷酣笙鐘」。覺而遇清風急雨，戲作此數句》，以其神采飛揚、聯想奇妙而成爲蘇詩五古名篇：「應怪東坡老，顏衰語徒工，久矣此妙聲，不聞蓬萊宮。」自賞自得之情溢於言表。但不久在《上元夜過赴儋守召，獨坐有感》等作中，又不禁勾引起天涯淪落的悲哀：「搔首淒涼十年事，傳柑歸遺滿朝衣」。但以後的《桄榔庵銘》、《在儋耳書》、《書海南風土》、《書上元夜遊》等文中，又把曠達的思想發揮到極致。

蘇軾三貶，貶地越來越遠，生活越來越苦，年齡越來越老。然而這「喜——悲——曠」的三部曲過程卻越來越短，導向曠的心境越來越快；同時，第一步「喜」中，曠的成分越來越濃，第二步的「悲」，其程度越來越輕，因而第三步「曠」的內涵越來越深刻。蘇軾初到貶地的「喜」，實際上是故意提高對貶謫生活的期望值，借以掙脫苦悶情緒的包圍，頗有佯作曠達的意味；只有經過實在的貶謫之悲的浸泡和過濾，也就是歷經人生大喜大悲的反復交替的體驗，才領悟到人生的底蘊和真相，他的曠達性格才日趨穩定和深刻，才經得住外力的任何打擊。

蘇軾的曠達不是那類歸向滅寂空無的任達。南宋宋自遜《賀新郎・題雪堂》云：「一月有錢三十塊，何苦抽身不早！又底用北門摛藻？儋雨蠻煙添老色，和陶詩翻被淵明惱。到底是，忘言好。」指出蘇軾未能徹底任達，其實蘇軾自己早就說過，「我比陶令愧」（《辯才老師退居龍井……》）、「我不如陶生，世事纏綿之」（《和陶飲酒二十首》），殊不知這點「不如」，正是他的思想性格始終未曾完全脫離現實世界的地方。

「東坡多雅謔」（《獨醒雜志》卷五）。他的諧在人生思想的意義上是淡化苦難意識，用解嘲來擺脫困苦，以輕鬆來化解悲哀。作爲內心的自我調節機制，在他的性格結構中發揮著潤滑劑、平衡器的作用。他的諧首先具有對抗挫折、迎戰命運的意義。他在惠州作《縱筆》詩，以「白頭蕭散滿霜風」的衰病之身，卻發出「報道先生春睡美，道人輕打五更鐘」的趣語，豈料因此招禍再貶海南；他到海南後又作《縱筆》：「寂寂東坡一病翁，白須蕭散滿霜風，小兒誤喜朱顏在，一笑那知是酒紅！」同題同句，表現了他對抗迫害的倔强意志，而滿紙諧趣更透露出他的蔑視。晚年北返作《次韻法芝舉舊詩》：「春來何處不歸鴻，非復羸牛踏舊蹤。但願老師真似月，誰家甕裡不相逢。」九死一生之後而仍向飄忽無常的命運「開玩笑」，實含對命運的征服。對蘇軾頗有微詞的朱熹，在《跋張以道家藏東坡枯木怪石》中說：「蘇公此紙出於一時滑稽詼笑之餘，初不經意。而其傲風霆、閱古今之氣，猶足以想見其人也。」他的「滑稽詼笑」跟「傲風霆、閱古今」互為表裡，因而他的諧趣又表現出「含著眼淚的微笑」和「痛苦的智慧」的特點，不同於單純具有可笑性的俏皮，更不同於徒呈淺薄的油滑。

他的諧又是他眞率個性的外化和實現，與狂、曠根植於同一性格追求，同時又表現了他對自我智商的優越感，增添了他文化性格的光彩。林紓《春覺齋論文》論「東坡詩文咸有風趣，而題跋尤佳」，「風趣之妙，悉本天然」，「能在不經意中涉筆成趣」，「見諸無心者為佳」，揭示了諧趣或風趣在個性性格上的內涵。蘇軾《六觀堂老人草書》云：「逢場作戲三昧俱」，這裡的「三昧」，也不妨理解為自然真率之性。《砦溪詩話》卷十追溯俳諧體的淵源時指出，東方朔、孔融、禰衡、張長史、顏延年、杜甫、韓愈多有詼語，但「大體材力豪邁有餘，而用之不盡自然如此」，至蘇軾筆下遂蔚為大國：「坡集類此不可勝數。《寄蘄簟與蒲傳正》云：『東坡病叟長羈旅，凍臥饑吟似饑鼠。倚賴東風洗破衾，一夜雪寒披故絮。』《黃州》云：『自慚無補絲毫事，尚費官家壓酒囊。』《將之湖州》云：『吳兒膾縷薄欲飛，未去先說饞涎垂。』又『尋花不論命，愛雪長忍凍。天公非不憐，聽飽即喧哄。』《食筍》云：『紛然生喜怒，似被狙公賣。』《種茶》云：『饑寒未知免，已作太飽計。』『平生五千卷，一字不救饑。』『饑來憑空案，一字不可煮。』皆斡旋其章而弄之，信恢刃有餘，與血指汗顏者異矣。」黃徹所舉數例，多爲生活困頓時期的日常細事，但生活的苦澀卻伴隨著諧趣盎然的人生愉悅，其原因即是其中躍動著孩提般純真自然的心靈。

適是中國士人傾心追求的精神境界，包含多方面的內容：充分實現個體生命價值的人生哲學，平和恬適的文化性格，寧靜雋永、淡泊清空的審美情趣。蘇軾人生思考的落腳點和性格結構的樞紐點即在於此，並以此實現從現實人生到藝術人生的轉化。

王維晚年所寫的《與魏居士書》是他後半生人生哲學的總結。他說：「孔宣父云：『我則異於是，無可無不可。』可者適意，不可者不適意也。……苟身心相離，理事俱如，則何往而不適？」王維借助孔子的話頭，以禪宗的教義來闡發「適」的意義。他認爲人只要「明心見性」，「身心相離」，達到「理事俱如」即對精神本體和現象界大徹大悟的境界，也就「何往而不適」了。王維當然沒有放棄塵世的享受，但他的禪理思辨主要幫助他從精神上達到自適，因此他的生活和創作更多地呈現出「不食人間煙火味」的高人雅士式的特點，並以體驗空無、寂靜作爲最大的人生樂趣和最高的藝術精神。白居易《隱几》詩云：「身適忘四支，心適忘是非，既適又忘適，不知我是誰。百體如槁木，兀然無所知；方寸如死灰，寂然無所思。」則更是一種泯滅一切、忘卻自我的閑適觀。蘇軾與他們並不完全相同。他的適，主要反映了個人主體展向現實世界的親和性，從凡夫俗子的普通日常生活中發現愉悅自身的美。他在黃州時期所寫的四則短文反復地敍說這一點。《記承天寺夜遊》在簡練地寫出月夜清景後說：「何夜無月，何處無竹柏，但少閑人如吾兩人耳。」《臨皋閑題》說：「江山風月，本無常主，閑者便是主人。」正如西方哲人所說，「心境愈是自由，愈能得到美的享受。」（海德格語）蘇軾也認爲「閑人」才是無主江山的真正主人，多少佳景勝概被「忙人」匆匆錯過。他的《書臨皋亭》說：「東坡居士酒醉飯飽，倚於几上，白雲左繚，清江右洄，重門洞開，林巒岔入。當是時，若有思而無所思，以受萬物之備，慚愧慚愧！」在一種寓意於物而不受制於物的精神狀態下，領受大千世界的無窮之美，達到主體的完全自適和充分肯定。他在《雪堂問潘邠老》中，更自稱追求「性之便，意之適」的極境，並云「吾非逃世之事，而逃世之機」。在這種思想支配下，他的文學創作展示了「微物足以爲樂」的充盈的誘人的世界。他寫《謫居三適》，一是《旦起理髮》：「老櫛從我久，齒疏含清風。一洗耳目明，習習萬竅通」；二是《午窗坐睡》：「神凝疑夜禪，體適劇卯酒」，「謂我此爲覺，物至了不受，謂我今方夢，此心初不垢」；三是《夜臥濯腳》：「況有松風聲，釜鬲鳴颼颼。瓦盎深及膝，時復冷暖投。明燈一爪剪，快若鷹辭鞲。」或寫安適之趣，或寫禪悅之味，於平庸卑瑣中最大限度地發掘詩意。他的《六月十二日，酒醒步月理髮而寢》云：「千梳冷快肌骨醒，風露氣入霜蓬根」，《真一酒》云：「曉日著顏紅有暈，春風入髓散無聲」，寫閑適心情下才能體會到的梳髮舒體、酒氣上臉並周流全身的幽趣，而《汲江煎茶》更是於靜默中見清麗醇美的名篇。化俗爲雅、以俗爲雅，這是蘇軾思想性格和文學創作的顯著特點，也是宋代整個人文思潮的共同趨向：理學與日常生活的貼近，宋詩的不避凡庸，宋詞題材的日趨生活化，都可說明，但蘇軾應是傑出的代表。

蘇軾對閑適的追求，並不停留在單純世俗化的淺層次上。黃州知州之弟徐得之建造「閑軒」，秦觀作《閑軒記》，從儒家入世思想出發，不滿徐得之「閑」的人生態度，「竊爲君不取也」；蘇軾作《徐大正閑軒》卻云：「冰蠶不知寒，火鼠不知暑，知閑見閑地，已覺非閑侶。五年黃州城，不踏黃州鼓。人言我閑客，置此閑處所。問閑作何味，如眼不自睹。頗訝徐孝廉，得閑能幾許？」「應緣不耐閑，名字掛庭宇。我詩爲閑作，更得不閑語。」他不滿徐得之的是對閑適的自我標榜和刻意追求，他認爲真正的閑適是性靈自然狀態的不自覺的獲得，是不能用語言說出、思維認知的。正如他論畫所說：「君從何處看，得此無人態？無乃槁木形，人禽兩自在。」（《高郵陳直躬處士畫雁二首》）這是高層次的自在境界。從這種意義上說，他的作品，特別是後期創作，都是真情的自然流露，既是閑適的表現，又是自適的手段。文藝創作使無可忍受的世界變得可以忍受，使他體認到個人生命活力的樂趣，主體自由的享受。他說：「某平生無快意事，惟作文章，意之所到，則筆力曲折，無不盡意。自謂世間樂事無逾此者。」（《春渚紀聞》卷六引）坎坷的境遇卻因此化作充滿藝術審美情趣的人生，藝術創作是蘇軾的真正生命。

蘇軾的狂、曠、諧、適構成一個完整的性格系統，統一於他的人生思考的結果之上。這些性格因子隨著生活經歷的起伏，發生變化、嬗遞、衝突，但他都能取得動態的平衡。這一性格系統具有很强的調節、自控和制約的機制，使他對每一個生活中遇到的難題，都有自己一套的理論答案和適應辦法。儘管他的思想性格有著駁雜騷動的特點，以致有「大蘇死去忙不徹，三教九流都扯拽」（《堅瓠九集》卷二引董遐周語）的笑談，爲各類人引爲知己和楷模，但他畢生爲之謳歌的，畢竟是人生之戀的讚歌。

（原載《文學遺產》一九八九年第五期）

蘇、辛退居時期的心態平議

中國詞史中「蘇辛」並稱是有充分理由的：他們都是革新詞派的領袖，在對詞的觀念和功能的看法上，在題材的擴大和內涵的深化上，在對詞風中陽剛之美的追求上，特別是使詞脫離音樂的附庸進而發展成爲一種以抒情爲主的長短句格律詩，他們之間有著明顯的繼承和發展關係。但是，超過這個範圍，他們之間的相異點往往大於相同點，因而成就爲各具面目的詞中雙子星座。這裡擬從他們貶退時期心境的比較，作些說明。

蘇辛各有兩次較長時期的退居生活。蘇軾一在黃州，元豐三年（西元一〇八〇年）至元豐七年（西元一〇八四年），一在惠州、儋州，紹聖元年（西元一〇九四年）至元符三年（西元一一〇〇年）。所謂「問汝平生『功業』，黃州、惠州、儋州」，前後達十多年。辛棄疾則一在上饒帶湖，淳熙九年（西元一一八二年）至慶元二年（西元一一九六年），一在鉛山瓢泉，慶元二年（西元一一九六年）至開禧三年（西元一二〇七年）。所謂「帶湖吾甚愛」，「一日走千回」，「便此地（瓢泉），結吾廬」，除其間幾度出仕外，前後廢居長達二十年。仕途的坎壈和挫折卻帶來創作上的共同豐收。蘇軾的二七〇〇多首詩中，貶居期達六〇〇多首，二四〇〇多首編年詞中，貶居期達七十多首，還有數量衆多的散文作品；辛棄疾詞共六〇〇多首，帶湖、瓢泉之什共約四五〇多首。這表明藝術創造日益成爲他們退居生活的一個注意中心。

然而，首先是兩人退居的身分不同。蘇乃帶罪之身的「犯官」，元豐時從幸免於死的「烏臺詩獄」中釋放貶黃州，紹聖時三改謫命，懲處逐一加重，來至瘴癘之地的惠州，最後竟至天涯海角的儋州。在他的周圍，仍處處佈滿政治陷阱，情勢險惡。辛棄疾雖然被劾落職，但實際上近乎退休賦閑。他不斷地與朝廷命官、地方長官交往，他更有太多的復出任職的機會，「東山再起」始終是個現實的前景，而非渺茫的幻想。

其次是生活條件的不同。蘇軾自稱「初到黃，廩入既絕」，只好「痛自節儉」，把每月費用分成三十分掛於樑上，每日用畫叉挑取，以免超支（《答秦太虛書》、《與王定國書》），拮据窘迫之態，宛然可見；以後到了海南，更是「食無肉，病無藥，居無室，出無友，冬無炭，夏無寒泉，然亦未易悉數，大率皆無耳」（《與程秀才書》），幾乎瀕於絕境。但辛棄疾的帶湖新居，其「宏麗」曾使朱熹驚嘆爲「耳目所未曾睹」（陳亮《與辛幼安殿撰書》），而其瓢泉，更是一處頗富山水之趣，足供優遊林泉的勝地。

但更爲重要的，是兩人人生思想和文化性格類型的不同。蘇軾對《易經》、《論語》等作過詮釋，但畢竟算不得建立了哲學體系的思想家，然而他對天道、人道以及知天知人之道，尤其是以出處爲中心的人生問題，表現在他文學作品中的思考，超過了他的不少前輩，因而他是一位具有思辨型傾向的智者。辛棄疾卻是醉心於事功的、帶有强烈的現實行動要求的實踐型人物，他似乎無意於對生死、天人關係等作形而上的思考，而執著於現實人生的此岸世界，真所謂「未知生，焉知死」。兩人雖然都出入儒佛道三大傳統思想，但蘇軾已整合成一套具有靈活反應功能的思想結構，足以應付他所面對的任何一個政治的、生活的難題；在貶居時期，佛學思想占據了主導地位，藉以保持樂觀曠達的人生態度。辛棄疾卻始終把社會責任的完成、文化創造的建樹和自我價値的實現融爲一體，並以此作爲終生奮鬥的目標；雖然隨著境遇的順逆，這個目標有所傾斜，但基本導向一生未變。陳廷焯《白雨齋詞話》卷一云：「蘇辛並稱，然兩人絕不相似。魄力之大，蘇不如辛；氣體之高，辛不逮蘇遠矣。」王國維《人間詞話》云：「東坡之詞曠，稼軒之詞豪。」這裡的「魄力」和「氣體」之別，「曠」和「豪」之分，從一個角度説出了蘇辛人生思想和態度的不同特色，在中國文人中各具典型性。

一

蘇辛二人在退居時期的作品中，所抒寫的主要感情狀態是悲愁和閑適。拙作《蘇軾的人生思考和文化性格》（《文學遺產》一九八九年，五期，已收入本書第六十七頁）已對蘇軾的「愁」和「適」作過較詳的分析，本文著重研究辛棄疾的悲憤詞和閑適詞及其與蘇作的異同。

悲愁是辛棄疾晚年的一種基本心態。其內容一是失地難復、故土難回的家國之痛。「夜中狂歌悲風起，聽錚錚、陣馬檐間鐵。南共北，正分裂。」（《賀新郎・用前韻送杜叔高》）「布被秋宵夢覺，眼前萬里江山。」（《清平樂・獨宿博山王氏庵》）中宵不眠，念念在茲。二是憂讒畏譏、功名未成的英雄失路之悲。從他經營帶湖新居起，畏懼謠諑的心理陰影一直籠罩著他：「秋江上，看驚弦雁避，駭浪船回」（《沁園春・帶湖新居將成》），以後在《水龍吟》（被公驚倒瓢泉）中一再說：「倩何人與問：『雷鳴瓦釜，甚黃鐘啞？』」正聲暗啞，奸邪之聲卻甚囂塵上，在在加深了他報國無門之慨：「短燈檠，長劍鋏，欲生苔。雕弓掛壁無用，照影落清杯。」（《水調歌頭・嚴子文同傅友道和前韻，因再和謝之》）髀肉復生，事業無成，怎不一腔悲憤？三是年華逝去、老衰兼尋的遲暮之恨。《鷓鴣天・重九席上再賦》

云：「有甚閑愁可皺眉？老懷無緒自傷悲。百年旋逐花陰轉，萬事長看鬢髮知。」《鷓鴣天・鵝湖歸病起作》云：「不知筋力衰多少，但覺新來懶上樓。」《新居上梁文》云：「人生直合在長沙，欲擊單于老無力。」光景日逼、年事漸老的緊迫感，使他的心情更爲盤鬱沈重。悲哀成了他反覆吟誦的主題，應該說，他對悲哀的感受，與蘇軾一樣，是很深刻的。

辛棄疾的悲，從總體性質上説，乃是英雄失志的悲慨，處處顯出悲中有豪的軍事强人的個性特色，他的感傷也具有力度和强度的爆發性，是外鑠式的。蘇軾也寫淪落異鄉的悲苦：「豈知流落復相見，蠻風蜑雨愁黃昏」（《十一月二十六日松風亭下梅花盛開》），「枯腸未易禁三碗，坐聽荒城長短更」（《汲江煎茶》）；抒發孤獨老衰之愁：「忽逢絕艷照衰朽，嘆息無言揩病目」（《寓居定惠院之東》），「衰鬢久已白，旅懷空自清」（《倦夜》）。但他作爲流人逐客對悲哀的咀嚼之中，逐漸發現主體之外存在著可怕的異己世界，進而引起對整個人生的思考，因此，他的感傷是理智沈思的，是內省式的。其次，辛棄疾並不追求悲哀的最終解脫。他填詞陶寫抑鬱，把自己所感受、所積累的悲哀予以宣洩，也就得到了心理平衡。在這位「氣吞萬里如虎」的豪傑之士身上，完全能擔當這份悲哀，而不會被悲哀所擊倒。而蘇軾卻遵循自己「悲哀——省悟——超越」的思路，最後導致悲哀的化解，如我以前的文章所論。當然，辛棄疾也有過「避愁」、「去愁」、「消愁」的努力，罷居前早就唱過：「欲上高樓去避愁，愁還隨我上高樓。經行幾處江山改，多少親朋盡白頭」（《鷓鴣天》），「是他春帶愁來，春歸何處？卻不解、帶將愁去」（《祝英台近》）。欲避而復隨，欲捨而又來，他之於愁，如影隨形，始終未能擺脫。約作於晚年的《醜奴兒》云：「近來愁似天來大，誰解相憐？誰解相憐，又把愁來做個天。　都將今古無窮事，放在愁邊。放在愁邊，卻自移家向酒泉。」末句化爲杜詩「恨不移封向酒泉」（《飲中八仙歌》），企求在酒杯之中消解一片愁天恨海。這在蘇軾看來，可能會「笑落冠與纓」的，他明確提出「無愁可解」的命題。他認爲，以酒解愁，自「以爲幾於達者」，其實，「此雖免於愁，猶有所解也。若夫游於自然而托於不得已，人樂亦樂，人愁亦愁，彼且惡乎解哉！」（《無愁可解》詞序）《莊子·逍遙遊》云：「若夫乘天地之正而御六氣之辯，以游無窮者，彼且惡乎待哉！」蘇軾這裡仿效莊子的口吻和思想，認爲人的個體只要順乎自然，親和爲一，樂愁一任衆人，也就用不著「解」什麼愁了。從根本上取消「愁」的實在性存在，也就取消了「解」的前提，這才是真正的「達者」。

蘇辛二人的悲哀內涵、表達形式和對付方法的不同，是由他們不同的時代條件、個人的政治環境和文化性格所致。從時代條件、政治環境來說，蘇軾的被貶，是北宋尖銳激烈黨爭的犧牲品，而封建宗派傾軋的殘酷和褊狹是駭人聽聞的，達到了必欲置於死地而後快的地步。烏臺詩案的被罰和元祐黨人的被逐，都曾使蘇軾瀕臨死境，因此他在政治上完全絕望無告，對貶居之地無權自由選擇，其命運任人擺佈。辛棄疾卻是另一種情況。他選擇信州作爲退居之地是頗堪玩味的。洪邁應他之請而作的《稼軒記》中明確說到：「國家行在武林，廣信最密邇畿輔。東舟西車，蜂午錯出，勢處便近，士大夫樂寄焉。」這正是一個退可居、進可仕的理想的地理位置，正如蘇軾在《靈壁張氏園亭記》中所說的「開門而出仕，則跬步市朝之上；閉門而歸隱，則俯仰山林之下。」但蘇軾一生從未找到這樣的居處，而且此文在「不必仕不必不仕」的議論中，著重以「不必仕」來自警自戒，反映出他追求自適的人生理想；而辛棄疾卻含有待時而沽的東山之志。南宋時的信州又是人文會萃、寓公亭園密佈之地。葉適說：「方渡江時，上饒號稱賢俊所聚，義理之宅，如漢許下、晉會稽焉。」（《徐斯遠文集序》）退職名臣韓元吉的南澗蒼筤，信州知州鄭舜舉的蔗庵，與辛的帶湖新居，皆一時之選。趙蕃、韓淲、徐文卿等亦當地聞人。趙蕃《憶趙蘄州善扛詩》云：「吾州（信州）憶當南渡初，居有曾呂守則徐。……爾來風流頗寂寞，南池二公也不惡：李公作州大如斗，公更蘄春方待守。」詩中謂趙文鼎（名善扛）和李正之（名大正）築居南澗爲鄰，而辛亦與他們有詞唱和（見其《蝶戀花．用趙文鼎提舉送李正之提刑韻，送鄭元英》）。辛與先後幾任信州知州錢象祖、鄭舜舉、王桂發、王道夫等，更是過從甚密。至於他卜居瓢泉，除了鍾情於佳泉外，也與它地處當時官道，南通福建，朝發夕至，東連上饒，便於友朋交遊，便於獲取政治信息有關。事實也正如此。他在帶湖、瓢泉閑居期間，都曾先後出仕，正如黃榦《與辛稼軒侍郎書》所說，「一旦有驚，拔起於山谷之間，而委之以方面之寄，明公不以久閑爲念，不以家事爲懷，單車就道，風采凜然，已足以折衝於千里之外。」再從個人文化性格來說。蘇軾基於險惡環境所形成的人生思想，並由此構成狂、曠、諧、適的完整的性格系統，以應對環境，堅持生活的信心。他的性格因子比較豐富，同時也可說具有駁雜變動的特點。辛棄疾的性格，固然也有狂、諧、適的一面，但其實際意義與蘇軾大異其趣（詳下），尤爲重要的是，他的剛强果毅的個性異常突出，在或進或退時期始終居於支配地位。黃榦讚美辛說：「果毅之資，剛大之氣，真一世之雄也。」（《與辛稼軒侍郎書》）驗其生平，確爲的評。追殺義端，活捉張安國，活現一位叱吒疆場的傳奇式英雄形象；誘降賴文政，施之正法，創建飛虎軍，公然抗拒朝廷停辦的詔命，此兩事雖引起前人或今人的議論，而其果斷手腕令人咋舌；隆興辦荒政，「閉糴者配，强糴者斬」八字方針，字挾風霜；福建治政，「厲威嚴，以法治下」，凜然不少貸。「虎」是他自稱或被人推許的一個常用物象，連他的外貌也具有不可一世的英雄氣概：「精神此老健於虎，紅頰白鬚雙眼青」（劉過《呈稼軒詩》），「眼光有棱，足以照映一世之豪；背胛有負，足以荷載四國之重」（陳亮《辛稼軒畫像贊》）。任職時期的「辛帥」到罷退時期的「辛老子」，這一剛强果毅的强烈個性特徵仍一脈相承，他的一些「壯詞」即作於此時。如果說，蘇軾是一位了悟人生真諦的智者，他就是一位百折不撓、不倦地追求政治理想的强者，由此導致他們悲愁的不同內涵和應對態度。

閑適詞是辛棄疾退居時期的另一重要內容。這些詞寫得蕭散清逸，翛然世外，特別是一些田園山水詞，以閑適之趣融攝自然景象，達到很高的藝術水平。但與蘇軾相比，他又表現出「健者之閑」和「儒者之適」的特點。

健者之閑。辛曾以「真閑客」自居：「並竹尋泉，和雲種樹，喚作真閑客。」（《念奴嬌・賦雨岩效朱希真體》）但實際上是不甘於閑而不得不閑。他在帶湖夜讀《李廣傳》而作的《八聲甘州》說：「誰向桑麻杜曲，要短衣匹馬，移住南山。看風流慷慨，談笑過殘年。漢開邊、功名萬里，甚當時、健者也曾閑？紗窗外，斜風細雨，一陣輕寒。」這裡以李廣自喻，表達了大丈夫應立功萬里而不甘桑麻終老的心情，「健者之閑」真是確切的自我寫照。因而，他經常處於身閑心不閑的矛盾苦悶之中。他的《南歌子・山中夜坐》云：「世事從頭減，秋懷徹底清。夜深猶送枕邊聲，試問清溪，底事未能平？　月到愁邊白，雞先遠處鳴。是中無有利和名，因甚山前，未曉有人行？」這是作者少有的靜夜靜思：既已徹底擺脫世事，情懷猶如清溪澄澈，——但溪水長流嗚咽不平；既處月白雞啼、無名無利之清境，——但山前仍有人犯曉奔走，辛苦營營。全詞上下兩片，同是反詰，主旨重迭；每片五句，前二後三，語意一正一反，表現了作者「清懷」的無法維持，對世事的不能忘情。他說過：「此身忘世渾容易，使世相忘卻自難」（《鷓鴣天・戊午拜復職奉祠之命》），說準確點是「兩難忘」：他作為當時抗金實幹家的才具和膽識，作為南來「歸正人」的實際領袖，使朝廷難於忘卻而將他長久置之於投閑之地；而他自己更渴望報國，伺機復出，實未能「忘世」。他的兩句詞説得好：「莫避春陰上馬遲，春來未有不陰時」（《鷓鴣天．送歐陽國瑞入吳中》），這可喻指仕途中不免有蹉跌困頓，但「上馬」殺賊的戰鬥要求不能放棄。

儒者之適。辛棄疾卜居瓢泉的原因之一，是他在此發現了一眼周氏泉，觸發了這位來自泉城濟南的南渡人的無限鄉思。他改名瓢泉，誠然由於泉形似瓢，更重要的是仰慕顏回「一瓢自樂」的道德人格，他讚美瓢泉的詞作多達十多首，可見志趣所在。如《水龍吟．題瓢泉》云：「人不堪憂，一瓢自樂，賢哉回也。料當年曾問：『飯蔬之水，何爲是，栖栖者？』」孔子稱頌顏回之「賢」：「一簞食，一瓢飲，在陋巷」而「不改其樂」（《論語．雍也》），主張「飯蔬食，飲水，曲肱而枕之，樂亦在其中矣」（《論語．述而》）。這是儒家的憂樂觀和閑適觀，也就是追求一種人格的獨立、道德的情操和理想的自由，以此來超越迍邅命運，以苦爲樂。這是辛棄疾所服膺的。而蘇軾在飽嘗人世滄桑，歷經坎坷曲折以後，對憂樂、閑適卻有別一番省悟。他嚮往「性之便、意之適」（《雪堂問潘邠老》）的精神境界，善於從凡夫俗子的日常生活中發現愉悦自身的美，表現個人主體展向現實世界的親和性。這種自得自適，既不完全同於莊子式的與天地萬物同一，從而取消主體的自主選擇，也不完全同於佛家從根本上否定人的此岸性，否定人的生理的、物質的存在本身。

當然，從帶湖到瓢泉，辛棄疾的悲憤情緒日趨沉重，因而他對閑適的感悟也從莊子哲學中汲取思想啓迪而日趨深刻。他也吟詠「進亦樂，退亦樂」（《蘭陵王．賦一丘一壑》），認爲用舍行藏皆樂，用莊子的絕對相對主義來取消事物的差別；又說：「少日嘗聞：『富不如貧，貴不如賤者長存。』由來至樂，總屬閑人。且飲瓢泉，弄秋水，看停雲」（《行香子・博山戲呈趙昌甫、韓仲止》），則進一步認爲「閑人」才有至樂，似與蘇軾「江山風月，本無常主，閑者便是主人」（《臨皋閑題》）同一思路，以爲只有在主體完全自適的精神狀態下，才能享受大千世界的無窮之美。

蘇辛二人似乎一起走到了「閑適」，但他們的出發點仍是不相同的。辛棄疾的《鷓鴣天・博山寺作》中說：「不向長安路上行，卻教山寺厭逢迎。味無味處求吾樂，材不材間過此生。寧作我，豈其卿。人間走遍卻歸耕。一松一竹真朋友，山鳥山花好弟兄。」這是他退出仕途、決意歸隱的自白，已在「長安」和「山寺」之間作出抉擇。「味無味」四句用四個典故來說明這種抉擇的思想基礎。「寧作我」語出《世說新語・品藻篇》：「桓公（溫）少與殷侯（浩）齊名，常有競心。桓問殷：『卿何如我？』殷云：『我與我周旋久，寧作我。』」「寧作我」即寧作獨立不阿之我，毋須與他人競爭攀比，保持自我價值。殷浩此語，辛在《賀新郎》（肘後俄生柳）等詞中也多次用過，其含義完全可以納入儒家所遵奉的道德人格的範疇。「豈其卿」，語出揚雄《法言・問神》：有人主張君子與其「沒世而無名」，何不攀附公卿以求名。揚雄回答說：「谷口鄭子真不屈其志而耕乎岩石之下，名震於京師。豈其卿，豈其卿。」豈其卿，謂豈能攀公卿以求名。鄭子真是漢成帝時隱士，大將軍王鳳禮聘而不出；但辛棄疾在另一首《浣溪沙・壬子春赴閩憲別瓢泉》中，一面表示要「對鄭子真岩石臥」，一面卻自愧「而今堪誦《北山移》」，應召復出了。所以，這首《鷓鴣天》透過肯定隱逸、老莊語句（「味無味」出於《老子》，「材不材」見於《莊子・山木篇》）的背後，辛棄疾的鍾情自然以求閑適，原是保持一種道德人格的自我，不屈其「志」，而最終仍企求「名震於京師」。這顯然仍是儒家的積極於事功的道德節操。由不屈己求名到最終功成名就，這正是隱藏在辛棄疾心底的最大「心事」——「了卻君王天下事，贏得生前死後名」（《破陣子・爲陳同甫賦壯詞以寄》）。蘇軾在閑適中追求的卻是自然人格。他在《閑軒記》中，批評徐得之以「閑軒」自我標榜，刻意求之，實即失之。他認爲真正的閑適是性靈的自然狀態的不自覺的獲得，是不能用語言說出、思維認知的。當然不能存在絲毫的求名意識，甚或連下意識都不可。陶淵明《歸園田居》其一，寫歸田閑適之樂：「戶庭無塵雜，虛室有餘閑，久在樊籠裡，復得返自然」，寫衝出官場「樊籠」而回歸自然之樂；蘇軾和詩卻寫在貶地「樊籠」中自適情趣：「禽魚豈知道，我適物自閑。悠悠未必爾，聊樂我所然」（《和陶歸園田居》其一）。他知「道」得「適」，與物相融相親；悠悠萬物縱然未必盡能相融相親，但他自適其適即得無窮之「樂」了。這裡所謂的「道」，即是對棄絕塵網、復歸爲自然人格的體認。他的《和陶歸園田居》其六回憶當日在揚州初作和陶《飲酒》詩時，「長吟《飲酒》詩，頗獲一笑適。當時已放浪，朝坐夕不夕」，已在飲酒中自獲怡然閑適之趣；而今在惠州，「矧今長閑人，一劫展過隙。江山互隱見，出没爲我役。斜川追淵明，東皋友王績。詩成竟何爲，六博本無益」。則在劫後的「長閑」生涯中，更體驗到自身與自然的合而爲一，尚友古代高士陶潛、王績，盡情地享受自然之樂，甚至連詩棋等藝事也屬多餘。「江山」爲我所「役」，亦即「適然寓意而不留於物」（見晁補之《雞肋集》卷三十三《題淵明詩後》引蘇軾語），更突出了他這種自然人格中自主選擇的强烈傾向，他的自適並非泯滅自我。總之，蘇軾的「適」是達者之適，與辛棄疾的「適」具有不同的涵義。

二

對陶淵明的推崇和認同，也是蘇辛貶退時期的共同祈向，從中又反映出兩人人生思想的歧異之處。

蘇辛兩人都宣稱自己師範陶淵明。蘇軾從黄州時起，其作品中大量地詠陶讚陶：《江城子》：「夢中了了醉中醒。只淵明，是前生。走遍人間，依舊卻躬耕。」以後「淵明吾所師」（《陶驥子駿佚老堂二首》其一），「愧此稚川翁，千載與我俱。畫我與淵明，可作三士圖」（《和陶讀山海經》）之類的話，不絕於口。辛棄疾也説：「陶縣令，是吾師」（《最高樓・吾擬乞歸，犬子以田產未置止我，賦此罵之》），「傾白酒，繞東籬，只於陶令有心期」（《鷓鴣天・重九席上作》），「老來曾識淵明，夢中一見參差是」（《水龍吟》），對陶同所尊仰取法。蘇軾在黃州初得陶集，「每體不佳，輒取讀，不過一篇，惟恐讀盡後，無以自遣耳」（《書淵明羲農去我久詩》）。後貶嶺海，竟把陶柳二集視作南遷「二友」（《與程全父書》），並追和全部陶詩。辛棄疾在廢退時也「讀淵明詩不能去手」（《鷓鴣天》詞序），並自云：「暮年不賦短長詞，和得淵明數首詩」（《瑞鷓鴣》），「更擬停雲君去，細和陶詩」（《婆羅門引》），惜其和詩並未傳世。兩人還擅長「檃括」陶作爲詞，如蘇用《哨遍》檃括《歸去來辭》，辛則把《停雲詩》改寫爲《聲聲慢》詞。可謂亦步亦趨，相似乃爾。

蘇軾認定陶淵明的主要精神是歸向自然，是個體與自然的諧和混一，以求得心靈的自由和久恒。他對陶的一番「蘇化」功夫首先即是對這一精神的深化。在他的評陶言論中，總是反復强調陶的真率和自然。他讀了陶的《飲酒》後說：「予嘗有云，言發於心而衝於口，吐之則逆人，茹之則逆予。以謂寧逆人也，故卒吐之。與淵明詩意，不謀而合。」（《錄陶淵明詩》）他認爲陶的不「遺己」，就是自得其性，自適其意，這才是人生的最大完善。他又說：「陶淵明欲仕則仕，不以求之爲嫌；欲隱則隱，不以去之爲高；飢則扣門而乞食，飽則雞黍以延客。古今賢之，貴其真也。」（《書李簡夫詩集後》）出處問題是封建士人的最大人生問題，蘇軾以陶淵明崇尚「任真」的理想人格爲最高典範，提出了簡明而深刻、形易而實難的答案。蘇軾還是第一個對陶詩藝術精髓作出正確評賞的人。他概括陶詩藝術特徵爲「外枯而中膏，似淡而實美」（《評韓柳詩》），「質而實綺，癯而實腴」，從而認爲陶乃古今詩人之冠，「自曹劉鮑謝李杜諸人，皆莫及也」（見《子瞻和陶淵明詩集引》）。這在評陶史上具有里程碑的意義。他之所以能作出如此精深的品評，正是基於他對陶的「高風絕塵」的人生哲理的認識的結果。

其次是蘇軾對陶的選擇取向。陶淵明並非「渾身靜穆」，也有「金剛怒目式」的一面，但蘇軾似有意予以淡化或揚棄。陶詩中表現「猛志固常在」的著名詩篇有《讀山海經十三首》其十、《詠三良》、《詠荊軻》等，我們不妨看看蘇軾的和詩。陶詩《讀山海經十三首》其十，以精衞填東海、刑天舞干戚寄憤抒志，表現了踐償昔日「猛志」的强烈期待；蘇軾和詩卻以「金丹不可成，安期渺雲海」發端，謂神仙煉丹之事，渺茫無憑；又以「丹成亦安用，御氣本無待」作結，「御氣無待」，典出《莊子．逍遙遊》，已見前引。這兩句說，即使丹成也無助於成仙之事，而應御六氣（陰陽風雨晦明）之變以遊無窮，順萬物之性，遊變化之途，即可與宇宙同終始，自不待外求。這與陶有憂世之志與超世之懷之別。陶蘇各詠三良，卻一讚一貶。陶讚其君臣相得，殉於「忠情」、「投義」，死得其所，頗寓異代之悲；蘇則認爲「顧命有治亂，臣子得從違」，大膽地提出對於君主的「亂命」，可以而且應該「違」抗，不應盲從，他並進一步說：「仕宦豈不榮，有時纏憂悲。所以靖節翁，服此黔婁衣」，指出仕途充滿憂患，寧可像黔婁那樣臨死僅得一牀「覆頭則足見，覆足則頭見」的布被，也不向君王乞求，陶翁自己所爲正復如此，對陶的殉義説微含異議。陶的詠荊軻，惜其「奇功不成」，全詩悲慨滿紙，爲蹉跌豪俠一掬「千載有餘情」之淚，是陶詩中最富慷慨之氣者。正如龔自珍所云：「陶潛詩喜説荊軻，想見《停雲》發浩歌。吟到恩仇心事湧，江湖俠骨恐無多。」（《己亥雜詩》）蘇軾和詩卻純出議論，但把議論主要對象從荊軻轉到燕太子丹：「太子不少忍，顧非萬人英」，批評他竟把國家命運寄託在「狂生」荊軻的冒險一擊上，而不認識暴秦「滅身會有時，徐觀可安行」。這裡顯示的是道家順應自然的政治觀。

蘇軾對陶潛精神的主要方面作了引人注目的深化和突出，辛棄疾卻作了別有會心的引申和發揮。他用以擬陶的歷史人物是諸葛亮、謝安等人，特別是諸葛亮。他説：「往日曾論，淵明似勝臥龍些」（《玉蝴蝶·叔高書來戒酒用韻》），「看淵明、風流酷似，臥龍諸葛」（《賀新郎·陳同父自東陽來過余》），慨嘆陶潛「歲晚淒其無諸葛，惟有黃花入手」（《賀新郎·題傅岩叟悠然閣》）。陶和諸葛，除了躬耕壟畝外，其勛業成就、思想性格相距甚遠，辛棄疾這種「易地而皆然」的人物比擬，卻有著深刻的淵源和含義。

對陶潛精神的不同理解和强調，是評陶史上的一個特殊問題。透過表面的紛紜衆説，卻確切地折射出評説者的不同旨趣和心態。在陶潛的文化性格中存在著平淡和豪健兩種不同的素質，亦如朱熹所云：「陶淵明詩，人皆説是平淡，據某看他自豪放，但豪放得來不覺耳」（《朱子語類》卷一四〇）。倏然曠達的胸襟，脱塵拔俗的情操，憂患意識和歷史責任感等都融合爲一體，因而後世人們把他塑造成「古今隱逸詩人之宗」和矢志晉室的忠臣這「高士」和「節士」兩種形象。這兩種形象固然也可以統一，但陶潛精神的最主要內涵無疑是他超越人生的無常感和虛幻感、而在與自然和諧中獲得心靈自由的人生思想，這也是他作爲「高士」的真正意義。最早以諸葛亮比陶的大概是黃庭堅。他在《宿舊彭澤懷陶令》中說：「潛魚願深渺，淵明無由逃。彭澤當此時，沈冥一世豪。司馬寒如灰，禮樂卯金刀。歲晚以字行，更始號元亮。淒其望諸葛，骯髒猶漢相。」他認爲陶潛晚號元亮即寓有自喻孔明之意。關於晚號元亮之說，宋吳仁杰《陶靖節先生年譜》已指出，「此則承《南史》之誤耳」，「其實先生在晉名淵明字元亮，在宋則更名潛，而仍其舊字」。然而，自喻說與其說是一種無意的誤解，不如說是刻意思索後的特殊理解。黃庭堅在《次韻謝子高讀淵明傳》中已明確說：「風流豈落正始後，甲子不數義熙前」，已把他推入伯夷、叔齊式的行列了。北宋末蔡絛《西清詩話》云：「淵明意趣真古，清淡之宗，詩家視淵明，猶孔門視伯夷也。」這可代表宋末士人的一般觀點。而在社會混亂動蕩時期，則更易得到人們的廣泛認同。元吳澄《湖口縣靖節先生祠堂記》中說：「觀《述酒》《荊軻》等作，殆欲爲漢相孔明之事，而無其資」，他還把陶與屈原、張良、孔明並稱爲「明君臣之義」的四君子。元貢師泰《題淵明小像》云：「烏帽青鞋白鹿裘，山中甲子自春秋，呼童檢點門前柳，莫放飛花過石頭。」也極度誇說陶淵明忠於晉室、敵視劉宋的立場，連自己門前的柳絮也不讓它飛往劉裕稱帝的金陵。龔自珍《己亥雜詩》

說：「陶潛酷似臥龍豪，萬古潯陽松菊高。莫信詩人竟平淡，二分《梁甫》一分騷。」由此可見，蘇辛師陶，實在是各師所師，站在他們各自面前的，是坡仙化了的「高士」和辛老子式的「節士」、「豪士」。

蘇辛二人又都宣稱自己學陶而不及陶。蘇軾說：「此所以深愧淵明，欲以晚節師範其萬一也。」（見《子瞻和陶淵明詩集引》）辛棄疾也說：「我愧淵明久矣，猶借此翁湔洗，素壁寫歸來。」（《水調歌頭．再用韻答李子永提干》）皆有愧陶之感。蘇說：「我不如陶生，世事纏綿之。」（《和陶飲酒》）辛也說：「待學淵明，酒興詩情不相似。」（《洞仙歌．開南溪初成賦》）又同有不及之嘆。這並非自謙之詞，因爲陶淵明的自然人格在本質上是「可致而不可求」、「莫之求而自至」的，而非「力强而致」的。蘇辛二人都寫過和陶詩，但辛作今未見。和陶詩在創作前提上就遇到一個兩難選擇：第一怕學得不像，因既是和陶，必得像陶，第二怕學得像，因即使學得可以亂真，卻從根本上喪失了陶詩的真精神，喪失了陶詩可遇而不可求的天然真率本色之美。楊時說得好：「陶淵明詩所不可及者，沖澹深粹，出於自然。若曾用力學，然後知淵明詩非著力之所能成。」（《龜山先生語錄》卷一）陶詩實在是不能學也是不可學的，然而蘇軾卻找到了一個適當的學習方法，即學與不學之間的不學之學，貴得其「真」，重在獲「意」。他不追求個別思想觀點的附和，更不拘泥於外在風格、字句的摹擬，而力求在人生哲理的最高層次上契合。他自己說：「淵明形神似我」（《王直方詩話》引），黃庭堅評他：「彭澤千載人，東坡百世士。出處雖不同，風味乃相似」（《跋子瞻和陶詩》），著重點在「神似」、「風味」之似。我們並不是無視和陶詩中所反映的陶蘇之間性格的差異：蘇有陶的真率、超脫，但於沖淡、微至有所不及，蘇軾也戲稱自己是「鏖糟陂里（粗野之意）陶靖節」（《與王定國書》）；但我們更看到兩位異代知友促膝談心，站在對人生妙諦領悟的同一高度上，共同真誠地探討求索。在人生哲理妙悟層次上的高度吻合，這是兩人「神似」、「風味」之似的最好說明。《形影神》三首是體現陶淵明自然觀和人生觀的重要文獻。第一首《形贈影》述說「形」因不可常恃，故主張及時行樂；第二首《影答形》則謂「影」主張立善求名；第三首《神釋》則力辯「行樂」、「立善」之非，提出「甚念傷吾生，正宜委運去；縱浪大化中，不喜亦不懼。應盡便須盡，無復獨多慮」，謂個體生命在一任自然流轉變化之中求得超脫。面對人生有限和自然無限的生存困惑和缺憾，陶淵明清楚地表明，他摒棄俗士的及時行樂、儒士的立德立功立言，而追求達士的超越。蘇軾晚年在海南島所作《和陶形影神三首》，雖無陶詩原作的條貫明晰，卻機趣隨發，對陶的思想作了多方面的補充。聯繫元祐五年作的《問淵明》更易理解其旨意所在。

第一，陶認爲「神」是人與天、地並立爲三的根本，所謂「人爲三才中，豈不以我（神）故」，蘇把「神」推廣爲一切事物的根本，高者如日星，低者如山川，「所在靡不然」，並認爲去形影之累方可全神。

第二，陶的理想是「委運」、「縱浪大化」，即順遂自然的轉運變化才能擺脫對死亡的恐懼；蘇則翻進一層說：「委運憂傷生，憂去生亦還。縱浪大化中，正爲化所纏。應盡便須盡，寧復事此言。」指出「委運」去憂卻未必能「存生」，「縱浪大化」卻可能又被物化所糾纏，而應更徹底地取消生和死的觀念。他說：「無心但因物，萬變豈有竭」，謂我心本無所著，但因物而現，萬化豈有竭盡，我亦隨之無竭。又說：「忽然乘物化，豈與生滅期」，謂隨物而化，豈論生和滅，即超然於生滅之外。而破除滅執之妄，就能「此滅滅盡乃真吾」（《六觀堂老人草書》），獲得真如本性。

蘇軾的這些抽象思辯，表現他殫精竭慮地在探索人生苦難和虛幻之謎，力求達到自得自適之境，這正是他和陶公最深刻的相契之處。他在《問淵明》詩的自注中有言：「或曰東坡此詩與淵明相反，此非知言也，蓋亦相引以造於道者，未始相非也。」「相引以造於道」，共同探求人生答案，他可謂陶公六百年後第一位真正知己。他說：「吾前後和其（陶）詩凡百數十篇，至其得意，自謂不甚愧淵明。」（見《子瞻和陶淵明詩集引》）千古相契之樂，可謂溢於言表。

與蘇軾學陶不同，辛棄疾卻是有所學、有所不學。應該說，他也是識陶真諦的人。他推崇陶公的「高情」，並拈出「清真」爲其「高情」的內涵。他反復說：「高情千載，只有陶彭澤」（《念奴嬌．重九席上》），「千載襟期，高情想像當時」（《新荷葉．再題傅岩叟悠然閣》）；又說陶公「更無一字不清真。若教王謝諸郎在，未抵柴桑陌上塵。」（《鷓鴣天・讀淵明詩不能去手，戲作小詞送之》）他甚至批評蘇軾不了解陶已「聞道」：「淵明避俗未聞道，此是東坡居士云。身似枯株心似水，此非聞道更誰聞。」（《書淵明詩後》）①他也偶有哲理的思辯，從人生妙悟上來理解陶公。《水調歌頭・再用韻答李子永提幹》云：「我愧淵明久矣，猶借此翁湔洗，素壁寫歸來。斜日透虛隙，一線萬飛埃。」在《南歌子・獨坐蔗庵》中具體發揮道：「玄入參同契，禪依不二門。細看斜日隙中塵，始覺人間，何處不紛紛！」微塵一經陽光照射，由隱而顯，見出紛紜萬狀，正如渾沌人生，一經參悟，原是紛爭之場，結論當然是超越是非得失之外。基於此，他也有一些蕭散閑雅之作，頗具陶詩恬淡雋永的風格，越到晚年，越爲明顯。然而，畢竟由於襟抱、氣質和環境的差異，他學陶主要偏重在外在物象景象的認同上。如仿陶《停雲》詩的《驀山溪・停雲竹徑初成》、《賀新郎・邑中園亭，僕皆爲賦此詞。一日，獨坐停雲，水聲山色，競來相娛，意溪山欲援例者，遂作數語，庶幾彷彿淵明思親友之意云》，如對斜川的嚮往：「斜川好景，不負淵明」（《沁園春・再到期思卜築》），如愛柳：「待學淵明，更手種門前五柳」（《洞仙歌・訪泉於奇師村，得周氏泉爲賦》），如賞菊松：「自有淵明方有菊」（《浣溪沙・種梅菊》），「千古黃花，自有淵明比」（《蝶戀花》），「須信採菊東籬」（《念奴嬌・重九席上》），「淵明最愛菊，三徑也栽松」（《水調歌頭・賦松菊堂》）等。由此可見，在同一陶淵明面前，辛與他僅是散點契合，始終保持志士本色，因而景仰而自占身份，認同而不廢商榷。蘇對陶卻是「我即淵明，淵明即我」（《書淵明東方有一士詩後》）的全身心投入，雖也有《問淵明》等作，卻是同一水準上對人生的互商互補，不像辛棄疾在「知音弦斷，笑淵明空撫餘徽」（《新荷葉．再和趙德莊韻》）、「愛說琴中如得趣，弦上何勞聲切」（《念奴嬌．重九席上》）等作中，對陶的「撫弄」無弦之琴「以寄其意」，作了揶揄和質疑，表示他對陶仍保持相當的距離。

在共同學陶上，最能反映蘇辛二人人生思想和文化性格異點的有趣題目是飲酒。彭乘《墨客揮犀》說：「子瞻嘗自言平生有三不如人，謂著棋、吃酒、唱曲也。」其實，最懂得棋、酒、曲三味的正是他。他的《書李岩老棋》云：「著時似有輸贏，著了並無一物」，從棋道中悟出人生之道。他不善唱曲，但深諳詞樂而不爲音律所縛，終於開拓了詞的新境界。他對飲酒的體認更意味深長。在《書東皋子傳後》中他說：「余飲酒終日不過五合，天下之不能飲無在余下者。然喜人飲酒，見客舉杯徐引，則余胸中爲之浩浩焉，落落焉，酣適之味乃過於客。閑居未嘗一日無客，客至未嘗不置酒，天下之好飲亦無在余上者。」他在《和陶飲酒詩序》中也說：「吾飲酒至少，常以把盞爲樂，往往頹然坐睡，人見其醉而吾中了然，蓋莫能名其爲醉爲醒也。在揚州，飲酒過午輒罷，客去，解衣槃礡終日，歡不足而適有餘。」在酒精的適度麻醉下，「曉日著顏紅有暈，春風入髓散無聲」（蘇軾《真一酒》），酒氣上臉並周流全身，獲得不可名狀的「酣適之味」和「適有餘」，從中體會擺落拘限、忘懷物我的妙趣。宋費袞《梁溪漫志》卷六「晉人言酒猶兵」條引蘇軾《和陶飲酒詩序》後説：「東坡雖不能多飲，而深識酒中之妙如此。晉人正以不知其趣，濡首腐脅，顛倒狂迷，反爲所累。」也就是説，蘇軾與迷狂式的泥醉不同，追求「半醺」，在半醒半醉或「人見其醉而吾中了然」之際，體認個體生命既超脱世俗束縛又把握自我意識的微妙境界。

辛棄疾一生寫了大量有關飲酒的詞，僅退居時期即達二百多首，其飲酒方式卻是豪飲、狂飲。他不止一次地戒酒、破戒，直至臨終也没有把酒戒掉。他是英雄失志、解愁破悶的豪飲。他的《水調歌頭．九日遊雲洞，和韓南澗尚書韻》云：「淵明謾愛重九，胸次正崔嵬。酒亦關人何事，政自不能不爾，誰遣白衣來？醉把西風扇，隨處障塵埃。 爲公飲，須一日，三百杯。此山高處東望，雲氣見蓬萊。翳風驂鸞公去，落佩倒冠吾事，抱病且登臺。」這裡「一日須傾三百杯」的李白式的豪飲，是與「倒冠落佩兮與世闊疏」（杜牧《晚晴賦》）的憤世悶鬱相聯繫的，而對陶淵明飲酒的認識，又別有會心地賦予「胸次崔嵬」、鄙棄權貴「塵污」的意義（「醉把」句用《世説新語．輕詆篇》王導之典）。另一首與陶公飲酒有關的《玉蝴蝶．叔高書來戒酒，用韻》云：「儂家。生涯蠟屐，功名破甑，交友摶沙。往日曾論，淵明似勝臥龍些。算從來、人生行樂，休更説、日飲亡何。快斟呀，裁詩未穩，得酒良佳。」也表達了用酒作爲「人生行樂」之具，來宣洩人生有限、功名破滅、友朋沙散之悲，並認爲這正是陶淵明比諸葛亮高明之處。但蘇軾在《書淵明詩》中説：「孔文舉云：『坐上客常滿，樽中酒不空，吾無事矣。』此語甚得酒中趣。及見淵明云：『偶有佳酒，無夕不傾，顧影獨盡，悠然復醉。』便覺文舉多事矣。」在蘇軾看來，陶高於孔融之處，在於並不刻意追求友朋常聚、美酒常滿，而是偶然興會、率意悠適的情趣，這是他對陶公飲酒的理解。指出下面這點也許有些意義：他在引用陶的《飲酒二十首序》時，把原文「忽焉復醉」寫成「悠然復醉」，足見對「悠然」的强調。能獲「悠然」之「一適」，能「偶得酒中趣」，那麼「空杯亦常持」也是無妨的（《和陶飲酒》其一），原來他並不計較事實上的有酒或無酒，只求「悠然」、「適」、「趣」等精神愉悅。但辛棄疾卻不以爲然。他調侃陶公說：「試把空杯，翁還肯道：何必杯中物？臨風一笑，請翁同醉今夕。」（《念奴嬌·重九席上》）他是現實的，悲哀悒鬱是實在的，以酒麻醉消憂也是實在的，空靈虛幻的精神超越是無濟於事的。對於陶淵明飲酒後「採菊東籬下，悠然見南山」（《飲酒》其五）的可遇而不可求的怡然心會，或「試酌百情遠，重觴忽忘天。天豈去此哉？任真無所先」（《連雨獨飲》）的飲酒而存「真」的省悟，辛棄疾大概是沒有耐心去體會這種「濁醪妙理」的。

辛棄疾又表現爲放浪形骸、泯滅自身的狂士痛飲。《定風波·大醉自諸葛溪亭歸，窗間有題字令戒飲者，醉中戲作》生動地描繪出他泥醉的情態：「昨夜山公倒載歸，兒童應笑醉如泥。試與扶頭渾未醒，休問，夢魂猶在葛家溪。」這裡的「濡首腐脅，顛倒狂迷」蘊含著痛苦無以自抑的突發性的宣洩，但他對自我的斫傷也是顯然的。他的《卜算子》即以「飲酒成病」爲詞題，但另一首《卜算子・飲酒不寫書》又以「一飲動連宵，一醉長三日」自誇自傲了。蘇軾卻明確認爲，海量如張方平、歐陽修、梅堯臣者，算不得善飲者，「善飲者，澹然與平時無少異也」（《書淵明詩》）。他還說：「《飲酒》詩云：『客養千金軀，臨化消其寶。』寶不過軀，軀化則寶亡矣。人言靖節不知道，吾不信也。」（《書淵明飲酒詩後》）即以半醉半醒的微醺爲飲酒的最佳選擇，目的是追求「醉中味」，而不是口腹之慾的無度滿足，更不是斫性伐體、對自我「寶軀」的作踐。這是蘇軾對陶公飲酒的又一層理解。這種半醺境界，辛棄疾直到開禧三年（西元一二〇七年）八月病中才開始有所體會：「深自覺、昨非今是。羨安樂窩中泰和湯，更劇飲無過，半醺而已。」（《洞仙歌・丁卯八月病中作》）但到九月十日，他卻懷著陶淵明「覺今是而昨非」的醒悟離開了人間。他曾說：「飲酒已輸陶靖節」（《讀邵堯夫詩》），如果從把握陶公飲酒的人生意義來看，這句客氣話含有深刻的道理。

注　釋

①「淵明避俗未聞道」，實是杜甫之意，見其《遣興五首》其三：「陶潛避俗翁，未必能達道。觀其著詩集，頗亦恨枯槁，」辛棄疾把它指爲蘇軾之語，不確。

（原載《文學遺產》一九九一年第二期）

「蘇門」諸公貶謫心態的縮影

——論秦觀《千秋歲》及蘇軾等和韻詞

秦觀《千秋歲》（水邊沙外）詞，以「花影亂，鶯聲碎」，「飛紅萬點愁如海」等名句膾炙人口，又是其詞風從前期淒婉轉爲後期淒厲的代表作之一。這首詞在當時就先後得到孔平仲、蘇軾、黃庭堅、李之儀、惠洪五人的唱和，在南宋又有王之道、丘崈的四首和詞。在宋代詞人中，一首詞能獲得兩宋七位詞人九首作品的唱和，應是一種極爲罕見的殊榮。這一特殊文學現象，不僅反映了和韻之風從詩壇到詞壇的展延，並影響到詞的內容和藝術的變化，而且具體地表現出所謂「元祐黨人」橫遭貶謫後彼此心靈的交融和撞擊，他們共同的和不同的心理反應。本文即擬對此作些探索。

一

《千秋歲》寫作的時間、地點和作意，歷來衆說紛紜，這是首先應予研究的問題。從文獻資料到今人研究，大致有三說。

一說作於紹聖二年（西元一〇九五年），時秦觀監處州茶鹽酒稅，爲其遊園懷舊之作。宋范成大《次韻徐子禮提舉鶯花亭詩》序云：「秦少游『水邊沙外』之詞，蓋在括蒼（處州一名括州，以地近括蒼山故）監徵時所作。」此說後黃昇《唐宋諸賢花庵詞選》卷四、明楊慎《詞品》卷三等從之。清秦瀛《重編淮海先生年譜節要》更明確地在紹聖二年條記云：「四十七歲，先生（秦觀）在處州。……又遊府治南園，作《千秋歲》詞。後范成大愛其『花影鶯聲』之句，即其地建鶯花亭。」由此遂成爲一般通行的看法。

二說在衡陽贈孔平仲之作。宋吳曾《能改齋漫錄》卷十七「秦少游唱和《千秋歲》詞」條云：「秦少游所作《千秋歲》詞，予嘗見諸公唱和親筆，乃知在衡陽時作也。少游云：『至衡陽，呈孔毅甫使君』。其詞云云，今更不載。毅甫本云：『次韻少游見贈』。」曾敏行《獨醒雜志》卷五云：「秦少游謫古藤，意忽忽不樂。過衡陽，孔毅甫爲守，與之厚，延留待遇有加。一日，飲於郡齋，少游作《千秋歲》詞。」

三説先作於處州，紹聖三年至衡陽時又寫贈孔平仲。此説實調和以上兩説。因「處州説」係通行看法，固宜尊重；「衡州説」被認爲與時令不合。（秦觀於紹聖三年由處州貶赴郴州，歲暮抵達，其經過衡州，至少在秋天，與詞中所寫春景不符）故兼顧而言之。見徐培均先生《淮海居士長短句》校注本。

我認爲一説證據稍弱，二説最堪重視，三説頗有啓發，但後兩説似均需加以補充、修正。

處州説爲通行看法，從者雖衆，但細審材料，尚缺乏足夠的説服力。范成大並沒有説明他的根據，只因提舉徐子禮巡視過處州，「勸予（按，范成大時知處州）作小亭記少游舊事，又取詞中語名之曰『鶯花』」，不免有好事附庸之嫌。劉克莊《後村詩話》續集卷一云：「秦少游嘗謫處州，後人摘『柳邊沙外』詞中語爲『鶯花亭』，題詠甚多。」他對此詞是否作於處州，似乎已持審愼的態度。在文獻不足的情況下，這是可取的。至於秦瀛「遊府治南園」而作此詞的説法，不過是以後世鶯花亭亭址在城南附會而成。（清光緒《處州府志》卷九「古迹」：「鶯花亭，在南園，郡守范成大建。」）而且詞的主旨是懷人思遠，亦非單純記遊寫景之作。

衡陽説的兩條材料，卻具體翔實。吳曾生當南、北宋之交，又以博洽多聞著稱，其《能改齋漫錄》成書於紹興二十四至二十七年（西元一一五四～一一五七年）間，離秦觀之死不過五十多年，而范成大乾道三年（西元一一六七年）始知處州，所以，吳曾此書所述，應是有關《千秋歲》本事的最早記載。他親見「諸公唱和親筆」，並詳細記述了孔平仲、蘇軾、黃庭堅三首次韻詞的內容和寫作背景，自當可信。他記黃庭堅於崇寧三年（西元一一〇四年）貶往宜州，「道過衡陽，覽其遺墨」而作和詞的；王之道的和詞，有「銀鉤雖可漫，琬琰終難改。愁浩蕩，臨風令我思淮海」之句，也以目睹秦觀此詞墨迹成爲他寫作和詞的契機，他又曾任湖南轉運判官等職，證明當時確有秦少游此詞手迹在衡陽傳存。《獨醒雜志》的作者曾敏行是胡銓、楊萬里的朋友，《四庫全書總目提要》說他因病不能仕進，「遂專意學問，積所聞見成此書」，書由其子編成，時在淳熙十三年（西元一一八六年）。書中記載蘇軾及其交遊事迹尤多，對這方面情況知之甚稔。但曾氏所記，與吳曾有兩點不同：

㈠是他認爲其時秦觀是在「謫古藤」途中而道過衡陽的，這顯係錯誤。秦觀是在元符三年（西元一一〇〇年）自雷州遇赦內遷北還，八月至藤州而卒。這裡的「古藤」當是「橫州」之誤（說詳下）。

㈡是說此詞是秦觀受孔平仲款待，「飲於郡齋」，爲酬謝主人而作，賓主同座，則又與此詞懷人思遠的內容相忤；《能改齋漫錄》卻記秦觀自云：「至衡陽，呈孔毅甫使君」，則意味著此詞業已先作，到了衡陽才寫贈給孔平仲的。也就是說，此詞懷人思遠的內容，原先並不是針對孔平仲而發的。

那麼，秦觀《千秋歲》詞所懷之人爲誰呢？南宋曾季貍《艇齋詩話》云：「少游『水邊沙外，城郭春寒退』詞，爲張芸叟作。有簡與芸叟云：『古者以代勞歌，此真所謂勞歌。』」曾季貍曾師事韓駒、呂本中，與朱熹、陸游均有交往，《艇齋詩話》成書在隆興、乾道之間（西元一一六三～一一七三年），稍遲於《能改齋漫錄》而早於《獨醒雜志》。但這條材料卻罕爲歷來研究秦觀此詞者所引述，實際上卻是不應忽視的重要線索。

㈠它明確說明此詞是寄贈給張舜民的「代勞歌」。「勞歌」，意即送別慰勞之歌。駱賓王《送吳七游蜀》「勞歌徒欲奏，贈別竟無言」即是。「代勞歌」也是當時一般用語。黃庭堅《書贈王長源詩後》（《豫章黃先生文集》卷三十）：「……輒以舊詩十許爲贈，長源若行，登山臨水，亦可以代勞歌耳。」秦觀《與張芸叟簡》今未見，揣摩所引兩句，似謂此詞可代勞歌，以慰道路之苦；但此詞內容正是惜別，本是勞歌，與如黃庭堅以「舊詩」充代者不同。這與秦詞內容是吻合的。

㈡秦詞中的「憶昔西池會」一句，指的是元祐七年三月金明池的一次盛會，秦詞對象必亦參與。據秦觀《西城宴集》詩序：「元祐七年三月上巳，詔賜館閣官花酒，以中澣日遊金明池、瓊林苑，又會於國夫人園，會者二十有六人。」秦觀這兩首詩，一云「次王敏中少監韻」，王敏中，應作王敏仲，即王古，時任太府少卿（一說太常少卿）；一云「次王仲至侍郎韻」，王仲至即王欽臣，時任工部侍郎。張耒有《次韻王敏仲至西池會飲》《次韻王敏仲池上》兩詩，與秦詩用韻全同，但他似乎未參加集會。（有《休日不出，聞西池游人之盛》詩）其他諸人已不可詳考。但這次以館閣諸臣爲主的盛會，張舜民是極有可能參加的。他和秦觀、王古、王欽臣、張耒以及孔平仲、蘇軾、黃庭堅、李之儀等和詞作者，都是名列《元祐黨籍碑》的。元祐元年，蘇軾以翰林學士知制誥召試學士院，選拔畢仲游、黃庭堅、張耒、晁補之等九人擢任館職，張舜民即其一，任祕閣校理，直至元符二年正月才罷（《續資治通鑑長編》卷三九三、五〇五）。元祐二年，他以承議郎祕閣校理通判虢州，蘇軾有《次韻張舜民自御史臺出倅虢州留別》詩送行。元祐五年還朝，直至元祐末，仍以祕閣校理任殿中侍御史、左司員外郎等職。他雖被視爲劉摯爲首的「朔黨」，但與蘇軾等人關係甚密。他的《祭子由門下文》（《畫墁集》失收，見欒貴明輯《四庫輯本別集拾遺》）記敘了他與蘇軾兄弟早自熙寧元年起的交遊過程。今《畫墁集》中也有《再過黃州蘇子瞻東坡雪堂，因書即事題於武昌王叟齋扉》、《蘇子瞻哀辭》等文字。他的《郴行錄》在記途經潭州時，特筆點明：「秦少游死藤州，其子護喪，藁殯潭州。黃魯直有詩云：『長眠橘洲風雨寒』。」《郴行錄》作於元豐時，此段文字當是後來的補筆。蘇軾僚屬趙令畤在《侯鯖錄》卷二中說：「浮休居士張舜民芸叟，忠義人也」，可以代表蘇門中人對他的評價。特別是秦觀在京時曾和他唱酬往返，有其《次韻傳道自適兼呈都司芸叟學士》爲證（都司，張時任左司員外郎）。因此，曾季狸的記載雖屬單文孤證，目前還不能確證，但也不能遽然否定。明乎此，秦詞本事上的難點（孔平仲不是直接寄贈對象，季節矛盾實無關宏旨）才能渙然冰釋。

現再論秦、孔衡陽之會的時間。據《宋史紀事本末》卷四十六《紹述》載，紹聖四年（西元一〇九七年）二月癸未（二十八日），「流呂大防、劉摯、蘇轍、梁燾、范純仁於嶺南，貶韓維等三十人官」，其中就有秦觀從郴州編管橫州居住，「孔平仲落職知衡州」。從郴州至橫州，當時必須先北上至衡州，然後南循湘水，入廣西境，至桂州興安，由靈渠順漓水下梧州，復由潯江、鬱水西至橫州。估計秦孔在衡陽會合當在紹聖四年。秦瀛《重編淮海先生年譜節要》說秦觀此年仍在郴州，至次年（元符元年）才離郴州赴橫，不知何據。在當時大清洗的高壓氣候下，恐不能如此從容。《續資治通鑑長編拾補》卷十四記紹聖四年二月，秦觀移橫詔令時，特注明「所在州郡差得力州職員押伴前去，經過州軍交割，仍仰所差人常切照管，不得別致疏虞。」依此情勢，秦孔衡陽之會很可能趕在此年春天以前（是年有閏二月），則與孔平仲和詞亦寫春景吻合。這樣，上述第三說把兩人會面定在紹聖三年秦觀由處州赴郴州途中，似不確當，因其時孔平仲尚未貶知衡州。

總之，秦觀《千秋歲》詞原係別有所贈（張舜民是極有可能的人選），至紹聖四年他赴橫州途經衡陽時重又寫贈給孔平仲。由於詞的特定內容，在政治大清洗的背景下，這首詞超越了規定接受對象的局限，從個別到一般，賦予了更廣泛的意義和作用。它作爲某類貶謫心態的藝術載體，撥動了當時被貶元祐黨人的心弦，演成了詞壇上此呼彼應、相互唱和的動人景象。

二

秦觀《千秋歲》中撫今追昔的感情導向是引起元祐黨人特別是蘇門中人心理共鳴的基礎。「憶昔西池會，鵷鷺同飛蓋」兩句尤其是牽動和詞作者心靈的觸媒劑。「蘇門」正式形成於元祐時代。元祐元年，蘇軾（中書舍人、翰林學士知制誥）、蘇轍（右司諫、中書舍人）、黃庭堅（集賢校理）、晁補之（太學正）、張耒（太學錄）、陳師道等皆在開封，僅秦觀外任蔡州教授。二年，秦觀也被召入京，三年起任宣教郎、太學博士、校正祕書省書籍等職。一時文人會萃，爲史羨稱。惠洪《石門文字禪》卷二十七云：「秦少游、張文潛、晁旡咎，元祐間俱在館中，與黃魯直爲四學士，而東坡方爲翰林。一時文物之盛，自漢唐已來未有也。」元祐七年的金明池盛會正是這種文化環境的一個縮影。在孔平仲、蘇軾、黃庭堅、李之儀這四位和詞作者中，孔平仲時任集賢校理，他的《孔氏談苑》卷四「西池唱和詩」條即是關於此次集會的記錄，或許得自親見。蘇、黃、李於史無考，但都有相關的記載。黃庭堅有《次韻宋楙宗三月十四日到西池，都人盛觀翰林公出遊》詩，極讚蘇軾「出遊」風儀，「人間化鶴三千歲，海上看羊十九年。還作遨頭驚俗眼，風流文物屬蘇仙。」蘇軾有《和宋肇遊西池韻》詩云：「故山西望三千里，往事回思二十年。自笑區區足官府，不如公子散神仙。」雖自笑貪祿忘歸，實頗躊躇滿志。李之儀在《祭秦少游文》中也念念不忘兩人「並轡闕廷之下，與委蛇班列之中，或相與追逐樽俎之地」的「昔遊」生涯。而他們寫作和詞時，都已遭到政敵接二連三的殘酷打擊和瘋狂迫害，蘇、黃兩人且已貶至「茅菅茂盛，蓄藏瘴毒」的嶺南「遠惡軍州」。（孔平仲、秦觀後亦貶至嶺南）面對境遇的强烈反差，秦詞中關於元祐盛遊生活的追憶，不能不在他們心中激起巨大的波瀾，作出合乎情理的反響。

然而，對待相似的厄運和苦難，每個人的心理反應並不全同。同時代人已注意及此。惠洪《冷齋夜話》卷三「少游魯直被謫作詩」條云：「少游調雷，悽愴有詩曰：『南土四時都熱，愁人日夜俱長。安得此身如石，一時忘了家鄉。』魯直謫宜，殊坦夷，作詩云：『老色日上面，懽情日去心。今既不如昔，後當不如今。輕紗一幅巾，短簟六尺牀。無客白日靜，有風終夕涼。』少游鍾情，故其詩酸楚；魯直學道休歇，故其詩閒暇。至於東坡南中詩曰：『平生萬事足，所欠唯一死。』則英特邁往之氣，不受夢幻折困，可畏而仰哉！」此條亦見北宋末的《古今詩話》「蘇黃秦南土詩」條。南宋劉克莊《後村詩話》後集卷一，也記黃庭堅貶宜州，「其《別元明》猶云：『術者謂吾兄弟俱壽八十』，谷亦不自料大期止此（按，黃六十一歲亡）。少游在藤州自作挽歌之屬，比谷尤悲哀。惟坡公海外筆力，益老健宏放，無憂患遷謫之態。黃、秦皆不能及。」其意與惠洪相類。他們對貶謫心態和態度的三種類型的概括，是有識見的，爲貶謫文學提供某種研究視角，在《千秋歲》及其次韻詞中也得到反映。

秦觀《千秋歲》詞以哀怨愁苦無以自解爲基調。他撫今追昔的感情導向，緊緊地通過春景的今昔對比加以强烈的表現。開頭寫即目所見的「花影亂，鶯聲碎」的暮春景色，以烘託「飄零」「離別」的哀感，是明寫；過片寫「憶昔西池會」，逗引起對昔日京城春遊的追憶，是暗寫，以盛襯衰，直逼「日邊清夢斷，鏡裡朱顏改」的絕望呼喊；最後「春去也，飛紅萬點愁如海」一句，既進一層中寫眼前春景，又把哀情導向極致：理想的仕途，青春的生命，都隨春天一去不可復返。秦觀雖説「嘗學至言妙道」，但他本質上卻是一位純情者。他一生仕途坎坷，元祐京城時期，儘管物質生活清苦，「日典春衣」「家貧食粥」，但一個小小的校正祕書省書籍之職，似乎在他面前展現了誘人的政治前景。與蘇門甚熟的王直方，在《王直方詩話》中用「秦少游炫耀」爲題，記他當時晚出左掖門，有「出門塵漲如黄霧，始覺身從天上歸」之句，「識者以爲少游作一黄本校勘，而炫耀如此，必不遠到。」順境的情緒升溫越快，逆境的降溫亦速。王直方還舉出他作蔡州教授時，以爲「朝夕便當入館」，欣然命筆：「更無舟楫礙，從此百川通」，以爲平步青雲，唾手可得；但「久不召用」，立刻發出「鬢毛今白紛」的哀嘆。（「少游詩意氣之盛衰」條）所以，這位純情者的學養、素質，使他對境遇的順逆升黜缺乏必要的心理承受能力。南遷遭斥的打擊，自非「久不召用」可比，更何況他在嗣後的《元祐黨籍碑》的「餘官」一類中，竟作爲首惡名列第一（蘇軾在侍郎以上一類中居首），可以推知他所受政治壓力之大，他的哀感自然一發而不可收拾了。孔平仲對《千秋歲》有「少游盛年，何爲言語悲愴如此！」「秦少游氣貌，大不類平時，殆不久於世矣」之感嘆（《獨醒雜志》卷五），曾布有「秦七必不久於世，豈有『愁如海』而可存乎」之評說（《艇齋詩話》），惠洪也有「想見其神清在絳闕道山之間」之預測（《苕溪漁隱叢話》前集卷五十引《冷齋夜話》，今本無），都說明秦觀沈浸於「悽愴」「酸楚」「悲愴」之中無以自拔的貶謫心態。

孔平仲與蘇門交往亦甚密。他的《千秋歲》和詞是因秦詞原唱過於「悲愴」，「遂賡其韻以解之」的（《獨醒雜志》卷五）。詞以「春風湖外，紅杏花初退」發端，也用暮春開筆，但卻採用以男女離情寄託政治感慨的手法：「淚餘痕在枕，別久香銷帶」，「錦書消息斷，玉漏花陰改」。宋黃公度《菩薩蠻》（高樓目斷南來翼）詞題下注云：「有懷汪彥章而作。以當路多忌，故託玉人以見意。」孔詞也可作如是觀，反映了他對政治迫害的警覺和餘悸。其詞也承秦詞「人不見，碧雲暮合空相對」的懷人主旨（用江淹《休上人怨別》詩：「日暮碧雲合，佳人殊未來」意），以「遲日暮，仙山杳杳空雲海」作結，迷茫惆悵，但也曲含排解超脫之意。

這種對貶謫苦難的超越意識，在黃庭堅貶謫時期的詩詞中就表現得比孔詞更爲成熟了。他從三十六歲自號山谷道人開始，日益服膺禪宗。惠洪在《山谷老人讚》中，稱他「情如維摩詰，而欠散花之天女；心如赤頭璨，而著折角之幅巾」，儼然佛門居士！但他這首作於貶宜途中、秦觀死後四年的和詞，卻主要抒發悼念之情。黃庭堅和秦觀同於元祐時在館閣修《神宗實錄》，又以「竄易增減，誣毀先烈」的同一罪名外貶。兩人交誼甚篤，黃有「國士無雙秦少游」的讚語，對秦觀之死他自然物喪其類，不免動容。在作此和詞以前不久，他曾在長沙遇秦觀子秦湛、婿范溫扶柩北歸，贈詩餽銀，使人有「前輩於死生交友之義如此」的評語（《獨醒雜志》卷三），同時也蘊積了對亡友的哀感。由於題旨的限制，黃庭堅的和詞沒有更多地發揮禪宗超越苦難的思想，而把筆墨集中在對往昔的追憶之中：「記得同朝退。飛軌，嗚珂碎」，「杯盤狼藉猶相對」。詞中雖然有對「人已去，詞空在」的「感慨」，對「波濤萬頃珠沈海」人才凋落的惋惜，但通觀全篇，比之原唱的「飛紅萬點愁如海」來，畢竟顯得沈穩豁達得多，並沒有失去心理的平衡。能夠助證這點的是，他當時在衡陽花光寺還看到另一秦、蘇詩卷，又寫了一首悼念詩：《花光仲仁出秦蘇詩卷，思兩國士不可復見，開卷絕嘆，因花光爲我作梅數枝及畫煙外遠山，追少游韻，記卷末》。這首和詩就顯出他隨緣任運、超絕塵寰的思想性格了。他稱秦觀爲「夢蝶真人貌黃槁，籬落逢花須醉倒」，實以自己「扶持愛梅說道理，自許牛頭參已早」的遊戲人生、參悟物理的個性來改鑄秦觀的形象。

蘇軾的和詞作於貶居海南島時期。從詞中「新恩猶可覬」句來看，當作於遇赦北還前夕（約元符二年，西元一〇九九年），時秦觀尚在世。他因侄孫蘇元老寄他秦、孔兩詞，讀而有感而作。他自稱此詞主旨是「超然自得、不改其度」。（《能改齋漫錄》卷十七）這首和詞是蘇軾對秦、孔貶謫態度的一種反響、異議和誨導，也是他晚年歷經磨難的政治自白，更是他一生人生思考的最後結晶。詞云：

島邊天外，未老身先退。珠淚濺，丹衷碎。聲搖蒼玉佩，色重黃金帶。一萬里，斜陽正與長安對。道遠誰云會？罪大天能蓋。君命重，臣節在。新恩猶可覬，舊學終難改。吾已矣，乘桴且恁浮於海。

蘇軾在黃州、惠州、儋州的長期貶謫生活中，咀嚼盡孤獨、窘困、淒苦等種種況味，並從佛老哲學中尋求過擺脫、超越悲哀的思想武器，以保持對生活、對美好事物的信心和追求，堅持對自我價值的肯定。就其成熟和典型而言，代表了封建文人士大夫人生思考的最高境界。但是，他根植於傳統儒學的社會責任感、使命感並未完全泯滅，而是作了深層的思索。這首和詞中依然有對京城的眷戀，對「君命」「臣節」神聖性的崇奉，但其重點已落在「舊學終難改」，爲堅持自己初衷而甚至不惜浮海遠去，超越政治。這就既不同於把自身完全依附於「君主」的儒家愚忠，也不同於遺世獨立、絕意功名，彷彿置身於杳杳仙山的出世思想，而是在直面嚴酷現實中，肯定獨立人格，頑強地追求自我價值的實現。他在黃州時曾說過：「長恨此身非我有，何時忘卻營營！」「小舟從此逝，江海寄餘生。」（《臨江仙・夜歸臨皋》）把對個人價值的損害僅僅歸結爲奔名逐利，不惜優游江海以避「營營」。而這首晚年的和詞中，卻對整個社會和政治，交織著抗爭和超越，是他經歷早年的積極入世、中年的消極出世後的思想昇華，標誌著貶謫心態的最高層次。

李之儀和惠洪跟蘇門也有交往。蘇軾知定州時，李之儀被辟爲掌機宜文字。秦觀的《李端叔見寄次韻》說起元祐時兩人在京城的景況：「伊我籃輿抵京縣，溽暑黃埃負初願。君家只在御城東，彌月不能三兩見」。在《秋夜病起懷端叔作詩寄之》中，說李「與時真楚越，於我實伯仲」，彼此情投意合；「陰持含沙毒，影射期必中」，互相同遭誣諂。李之儀也有《采桑子・席上送少游之金陵》、《朝中措・望新開湖有懷少游》等詞贈他，寫得情真意切，頗足動人。但他這首和詞，卻完全沿襲孔平仲和詞，只不過把孔詞的春景改成秋景而已。李詞中還有五首《千秋歲》詞，也是和人韻的。這首大概是秋天讀孔詞時即興率意之作，所以沒有表露他個人對秦觀的真切情意，平庸不足道了。惠洪與蘇黃爲方外交，他的這首和詞是受兄之命、題崔徽寫真所作。詞寫唐代名妓崔徽和裴敬中的愛情故事，其中云：「十分春易盡，一點情難改。多少事，卻隨恨遠連雲海。」有否言外之意，已難確考，但其情調卻與秦觀原唱相似，表現了這位「不守面壁宗風」的「浪子和尚」的本來面目。

三

詩人唱和，古已有之。但原先僅答來意，不必拘其體制也不襲原韻，更不必用其原韻原字、連先後次序都須相同（次韻）。唐代李端和盧綸始有次韻詩，元稹和白居易、皮日休和陸龜蒙更推波助瀾。在宋代詩人中，此風更烈，蔚爲大國，成爲突出現象。蘇軾即是代表。據統計，蘇軾從元祐元年直至臨終，共作詩九九五篇，次韻詩四五六篇，包括「和陶詩」，佔四十五・八％。（見内山精也《蘇軾次韻詩考》，載日本《中國詩文論叢》第七集）這一現象說明了詩歌日益參與文人社交生活，擴大和提高了詩歌的社會應用價值，從而使詩歌内容更趨日常生活化，加重了議論和思辨成分；在藝術上也有切磋詩藝、因難見巧、爭奇鬥妙的作用。但又不免作繭自縛，引起人們對詩人浪費才華的惋惜。如金王若虛《滹南詩話》說，蘇軾詩集中「次韻者幾三之一，雖窮極技巧，傾動一時，而害於天全者多矣。使蘇公而無此，其去古人何遠哉！」

和韻之風延及詞壇，似在北宋中葉「詞」作爲文學樣式的觀念確立之時。「六客詞」即是一例。這是詞打破「詩莊詞媚」的界限，脫離從屬於音樂的附庸地位，日益詩歌化的一個標誌，也是詞人們創作觀念變化的結果。詞原先作爲供歌妓演唱以娛賓遣興的歌詞，造成了狹深的內容特點和柔婉的藝術風格。和韻之風卻使詞具有和詩一樣的文人社交功能，把娛賓助歡導向個人抒情，加強了詞的個性化，促成了詞體的新變。

文人們互相直接唱酬的次韻詩詞，一般應具備兩個條件：形式上，依次用其原韻原字；內容上，與原唱意義銜接（或對話，或引申，或轉語）。此外，在風格上也應力求與原唱保持一致。這樣，次韻作品之間，既是同向的交流、融合，又暗含著異向的撞擊、競爭，在一定條件下，起了推動藝術發展的作用。蘇軾《水龍吟・次韻章質夫楊花詞》、辛棄疾《水調歌頭・舟次揚州和楊濟翁、周顯先韻》都是成功的和詞。

在圍繞秦觀《千秋歲》紛起和韻的同時，又有李之儀、黃庭堅、黃大臨、惠洪等人所作的四首賀鑄《青玉案》的和詞，後三首又都是圍繞黃庭堅貶往宜州事件而發的。賀鑄名作《青玉案》約作於元符末；崇寧元年（西元一一〇二年），李之儀首起唱和，作《青玉案・用方回韻，有所禱而作》；崇寧二年，黃庭堅謫宜州，其兄黃大臨作《青玉案・和賀方回韻，送山谷弟貶宜州》；三年，黃庭堅抵宜，又作《青玉案・至宜州次韻上酬七兄》答之；同時惠洪也有《青玉案》（綠槐煙柳長亭路）送黃庭堅。（以上均據黃、賀有關年譜）後三首和詞，都從傳統詞寫膩了的戀情向親情、友情開掘。黃大臨的「弟兄華髮，遠山修水，異日同歸處」，表達了深沉的手足情誼（他另一首《青玉案》和詞寫自己離萍鄉令時的悲苦心情）。黃庭堅答詞云：「猶能損性休朝暮，憶我當年醉時句。（按：舊詩云：我自只如常日醉，滿川風月替人愁）」則表現他豁達飄逸、置貶謫於度外的超曠情懷，是他貶謫時期的主導心態。兩詞用語或清疏或放曠，對傳統婉約詞穠麗柔婉的語言風格有所改革。惠洪贈詞云：「解鞍旅舍天將暮。暗憶叮嚀千萬句，一寸柔腸情幾許」，則仍保持他哀艷婉曲的本色。

圍繞秦觀《千秋歲》的九首宋人和詞，也同樣表現出不同於傳統婉約詞的一些新因素。這九首詞可分爲兩組。一組是孔平仲、蘇軾、黃庭堅、李之儀等秦觀師友的和詞（惠洪也可屬此）。他們用不同的手法（或直抒其志、或比興寄託），從不同的角度（或慰解、或誨導、或悼念），表現出同遭貶謫的不同心態，擴展了詞的題材內容的疆域，甚至爲研究元祐黨人提供了形象具體的史料。（據統計，《元祐黨籍碑》共三百零九人，流放嶺南者三十二人，蘇、秦、黃、孔皆在內）特別是蘇軾和詞，一反模擬原唱風格的常規，不假外景，直抒胸臆，大氣貫注，應是他最後一首豪放詞名作。在他以前的傳統詞中，如此鮮明而又深刻地表達了主體意識、人生思考的作品，幾乎還舉不出第二首，這與「次韻」所引進的交融、撞擊、競爭的機制是有一定關係的。

另一組是南宋的王之道和丘崈。王之道（西元一〇九三～一一六九年）是位抗金詞人。他的《相山居士詞》中和詞特多，和蘇軾詞者就有十五首。他的這首《千秋歲·追和秦少游》似是觀摩秦詞手迹後抒發悼念之情的作品，與黃庭堅相同。其用語頗多承襲前作，如「山前湖外」之於孔詞的「春風湖外」，「憶昔東門會」之於秦詞的「憶昔西池會」，「人已遠，歌如在」之於黃詞的「人已去，詞空在」。但他改春景爲夏景，可能是他寫作時的實景。從「黃鸝求友新成對」句看，含有尚友古人之意。結尾「愁浩蕩，臨風令我思淮海」，情意綿邈，但畢竟由於歲月推移，時代久遠，情緒已趨平靜。丘崈（西元一一三五～一二〇九年）的《千秋歲・用秦少游韻》三首；實是三首梅詞，除形式上次韻外，其内容和風格都與秦詞原唱無關，但這現象說明了原唱所受到的推崇，反映了它的深遠影響，對研究和評價原唱也是有意義的。

附錄

《千秋歲》／秦觀

水邊沙外，城郭春寒退。花影亂・鶯聲碎。飄零疎酒盞，離別寬衣帶。人不見，碧雲暮合空相對。　憶昔西池會，鵷鷺同飛蓋。攜手處，今誰在？日邊清夢斷，鏡裡朱顏改。春去也。飛紅萬點愁如海。

《千秋歲》／孔平仲

春風湖外，紅杏花初退。孤館靜，愁腸碎。淚餘痕在枕，別久香銷帶。新睡起，小園戲蝶飛成對。　惆悵人誰會？隨處聊傾蓋。情暫遣，心何在。錦書消息斷，玉漏花陰改。遲日暮，仙山杳杳空雲海。

《千秋歲·次韻少游》／蘇軾

島邊天外，未老身先退。珠淚濺，丹衷碎。聲搖蒼玉佩，色重黃金帶。一萬里，斜陽正與長安對。　道遠誰云會？罪大天能蓋。君命重，臣節在。新恩猶可覬，舊學終難改。吾已矣，乘桴且恁浮於海。

《千秋歲》／黃庭堅

少游得謫，嘗夢中作詞云：「醉臥古藤陰下，了不知南北。」竟以元符庚辰，死於藤州光華亭上。崇寧甲申，庭堅竄宜州，道過衡陽。覽其遺墨，始追和其《千秋歲》詞

苑邊花外，記得同朝退。飛騎軋，鳴珂碎。齊歌雲繞扇，趙舞風回帶。嚴鼓斷，杯盤狼藉猶相對。　灑淚誰能會？醉臥藤陰蓋。人已去，詞空在。兔園高宴悄，虎觀英游改。重感慨，波濤萬頃珠沉海。

（按：此詞又見晁補之《琴趣外篇》卷二。《能改齋漫錄》卷十七云：「晁无咎集中嘗載此詞，而非是也。」可從。）

《千秋歲・用秦少游韻》／李之儀

深秋庭院，殘暑全消退。天幕迥，雲容碎。地偏人罕到，風慘寒微帶。初睡起，翩翩戲蝶飛成對。　嘆息誰能會？猶記逢傾蓋。情暫遣，心常在。沈沈音信斷，冉冉光陰改。紅日晚，仙山路隔空雲海。

《千秋歲》／惠洪

半身屏外，睡覺唇紅退。春思亂，芳心碎。空餘簪髻玉，不見流蘇帶。試與問，今人秀整誰宜對？　湘浦曾同會。手搴輕羅蓋。疑是夢，今猶在。十分春易盡，一點情難改。多少事，卻隨恨遠連雲海。

《千秋歲・追和秦少游》／王之道

山前湖外，初日浮雲退。荷氣馥，槐陰碎。葵花紅障錦，萱草青垂帶。誰得似，黃鸝求友新成對。　憶昔東門會。千古同傾蓋。人已遠，歌如在。銀鈎雖可漫，琬琰終難改。愁浩蕩，臨風令我思淮海。

《千秋歲・用秦少游韻》／丘崈

梅妝竹外，未洗唇紅退。酥臉膩，檀心碎。臨溪閑自照，愛雪春猶帶。沙路曉，亭亭淺立人無對。似恨誰能會？遲見江頭蓋。和鼎事，終應在。落殘知未免，韻勝何曾改。牽醉夢，隨香欲渡三山海。

又

征鴻天外，風急驚飛退。雲彩重，窗聲碎。初凝鋪徑絮，漸捲隨車帶。凝望處，巫山秀聳寒相對。高臥傳都會。茅屋傾冠蓋。空往事，今誰在？梅梢春意動，澤國年華改。樓上好，與君浩蕩浮銀海。

又

窺檐窗外，酒力衝寒退。風絮亂，瓊瑤碎。凌波爭繚繞，點舞相縈帶。應愜當，凝香燕寢佳人對。恰與花時會。小阻尋芳蓋。猶自得，春多在。日烘梅柳競，翠入山林改。但只恐，別離恨遠如雲海。

（原載香港《中華國學》創刊號，一九八九年六月）

蘇軾的政治態度和政治詩

蘇軾是一位比較複雜的著名作家，他在政治上和創作上存在著種種明顯的矛盾。過去學術界對他的評論有分歧，這是正常的現象。然而，「四人幫」出於其政治需要，竟然對這位九百多年前的作家發動了一場討伐。在他們控制的一九七四年第二期《紅旗》上，拋出了由羅思鼎炮製、姚文元改定的《從王安石變法看儒法論戰的演變》一文，一口氣給蘇軾扣上了「投機派」、「兩面派」等大帽子；在同一期上，梁效們又給加上「頑固派蘇軾」的惡謚。嗣後，江天之流又出來從「文藝」的角度把蘇軾的政治詩一概斥爲「誣蔑新法」的「黑詩」。一時間，南呼北應，在他們所鼓噪的「儒法鬥爭繼續到現在」的大合唱中，也算得一支高調門的插曲。這是「四人幫」政治陰謀的一個組成部分，同時也對蘇軾的評論和研究製造了混亂。現在必須加以批判和澄清。

一

蘇軾生活的時代，正是北宋積貧積弱的局勢逐漸形成、社會危機急劇發展的時代。王安石變法就是當時各種社會矛盾交互作用的產物。相應於王安石變法的發生、發展和失敗的全過程，依據蘇軾的政治態度和政治經歷，可以把他一生的政治道路劃分爲如下四個時期，以便於考察和評論他的政治態度。

㈠從宋仁宗趙禎嘉祐二年（西元一〇五七年）蘇軾考中進士、走入仕途，到宋英宗趙曙治平三年（西元一〇六六年）他返蜀爲父服喪，這是王安石變法前的醞釀期。這時蘇軾的基本政治傾向是要求變法。代表作是西元一〇六一年考「制舉」（區別於進士、明經之類的「常舉」）時所寫的《進策》（包括《策略》五篇、《策別》十七篇、《策斷》三篇）和西元一〇六三年的《思治論》。在這些文章中，他針對當時「財之不豐，兵之不强，吏之不擇」等社會政治積弊，提出了一系列的改革主張。其主旨正像他後來所說的，是爲了促使趙禎「勵精庶政，督察百官，果斷而力行」①。其中不乏一些對社會矛盾較爲深入的分析和個別較爲激進的議論。

㈡從宋神宗趙頊熙寧二年（西元一〇六九年）蘇軾從蜀返京，到元豐八年（西元一〇八五年），這是王安石變法的推行期。這時蘇軾的基本政治傾向是反對變法。代表作是西元一〇七一年的《上神宗皇帝》萬言書和《再論時政書》。在這些文章中，他公開提出反新法的政治綱領，即所謂「結人心，厚風俗，存紀綱」。把新法比爲「毒藥」，危言聳聽地說：「今日之政，小用則小敗，大用則大敗，若力行而不已，則亂亡隨之」，要求趙頊不要「求治太速，進人太銳，聽言太廣」，一反前一時期的主張，完全是守舊派的論調。在這長達十六年的變法推行期中，又以熙寧九年（西元一〇七六年）王安石第二次罷相爲標誌，新法逐漸失去打擊豪强兼併的勢頭，封建統治階級內部變法和守舊兩派的鬥爭部分地變成了封建宗派的傾軋和報復。蘇軾也遭到了他一生第一次嚴重的政治挫折：西元一〇七九年因「烏臺詩案」被捕入獄，幾乎喪生。

㈢從元豐八年趙頊去世、蘇軾召回汴京，到宋哲宗趙煦元祐八年（西元一〇九三年），這是守舊派司馬光等全面廢除新法的所謂「元祐更化」時期。這時蘇軾的基本政治傾向是維護某些新法，從而跟司馬光等發生尖銳的衝突。這突出地表現在反對廢除免役法的論爭上。這場論爭規模不小，在一些維護免役法的人物中，蘇軾是最爲激進的一個。

㈣從元祐八年趙煦「親政」，到元符三年（西元一一〇一年），這是變法派章惇執政、守舊派下台的所謂「紹聖」時期。這時蘇軾長期被貶官在外，遠離鬥爭的漩渦。最後他遠謫海南，近於流放，並不由於是堅持「舊黨」立場，而是因爲封建宗派的打擊。

上面勾勒的輪廓表明，從對王安石新法的關係來說，蘇軾的政治態度有兩次重要的轉化：一是熙寧王安石當政時期，一是元祐司馬光等執政時期。這兩次轉化，卻成了「四人幫」喉舌們指控蘇軾爲「投機派」、「兩面派」等的全部根據。在封建的政治鬥爭中，人們政治態度的改變是經常發生的，爲什麼一發生改變就注定是「投機派」、「兩面派」了呢？「四人幫」的喉舌們沒有什麼像樣的論證。所謂「投機派」，一般總有隨風轉舵以博取個人功利的特徵吧，而蘇軾每每把當朝的實權人物作爲自己的論敵；「兩面派」則以真假兩面兼備、以「假」掩真爲手段，而蘇軾的那些攻擊王安石、責難司馬光的言論，昭昭在人耳目，彰彰載諸簡册。「四人幫」的這些帽子，除了説明他們另有政治目的外，又能説明什麼呢？蘇軾在元祐六年（西元一〇九一年）的《杭州召還乞郡狀》②中回顧自己的經歷時説：「是時（指熙寧時）王安石新得政，變易法度。臣若少加附會，進用可必」，但他「上疏六千餘言，極論新法不便」；元祐時，也因爲堅持「獨立不倚、知無不言」的信條，論「衙前差顧（雇）利害」，而「與司馬光異論」。蘇軾的這個自述，今天看來正好是對「四人幫」强加給他的誣蔑之詞的駁斥。蘇軾的一生，對新法的態度有變化，但他不是「四人幫」所指責的翻雲覆雨的「政治投機商」；他的政治思想中存在著保守落後的方面，但他不是玩弄兩面派手法的「反動政客」。這在下面還將進一步論及。

蘇軾的政治態度爲什麼會發生這樣的轉化？應該怎樣評價？

這個轉化決定於蘇軾政治思想的深刻矛盾。他的自然觀就充滿著變革和反變革的對立因素。他說:「夫天以日運故健,日月以日行故明,水以日流故不竭,人之四肢以日動故無疾,器以日用故不蠹。天下者,大器也,久置而不用,則委靡廢放,日趨於弊而已矣」③。主張萬事萬物都只有在不斷地運動變化中才能求得生存發展;直到晚年,他仍說:「夫天豈以剛故能健哉?以不息故健也。流水不腐,用器不蠹,故君子莊敬日强,安肆日媮;强則日長,媮則日消。④」這樣的自然觀當然只能引出變法改革的政治主張。但是,他有時又鼓吹「處靜」、「人主常靜而無心」⑤。他在那篇著名的《前赤壁賦》中所發揮的「變」與「不變」的議論,在既承認「變」又承認「不變」的二元論背後,核心的仍然是「不變」,是莊周的形而上學相對主義。這就是他要求變革又害怕變革過「度」的緣故。

仁宗趙禎和神宗趙頊的施政方針有著顯著的差別。趙禎晚年,在范仲淹等的「慶曆新政」失敗後,朝廷內外彌漫著習故蹈常、委靡不振的政治空氣⑥;趙頊即位,社會危機的緊迫感加重了,他企圖挽狂瀾於既倒,支持王安石在較爲深廣的範圍內進行改革。蘇軾在這兩朝的不同政見正是他政治思想的矛盾性和這個具體政治環境互相作用的結果。他後來在元祐元年(西元一〇八六年)爲試館職而草擬的一道策題中說:「欲師仁祖(仁宗)之忠厚,而患百官有司不舉其職,或至於媮;欲法神考(神宗)之勵精,而恐監司守令不識其意,流入於刻。」⑦反映了蘇軾對兩朝不同政治風氣的看法和態度。當他不滿於趙禎因循苟且的

「婾」時，他是比較清醒的。他說：「當今之患，外之可畏者西戎北胡（指西夏和遼），而內之可畏者天子之民也。西戎北胡不足以爲中國大憂，而其動也有以召內之禍；內之民實執存亡之權，而不能獨起，其發也必將待外之變。」⑧這裡，他比王安石的《上仁宗皇帝言事書》中所謂「顧內則不能無以社稷爲憂，外則不能無懼於夷狄」的議論，更明確、更透闢地預先說出了王安石變法的真正目的：緩和民族矛盾、特別是階級矛盾。這是威脅趙宋王朝生存的真正危險，猶如那把懸掛在皇座上、只用一根馬鬃繫著的達摩克利斯劍。但當蘇軾害怕於趙頊時「刻」的改革勢頭時，他又顯得胡塗昏瞶。他要求趙頊「以簡易爲法，以清淨爲主」，無所作爲，一仍舊章；他自食前言，空喊「崇道德」、「厚風俗」，反對所謂「急於功」、「貪富强」，自我否定前此提出的「豐財、强兵、擇吏」的改革主張⑨。他原先說過要「變政易令」⑩，要「厲法禁自大臣始」⑪，現在卻爲豪强兼併戶、品官形勢戶被損抑的某些利益辯護。他針對王安石的「三不足畏」精神，提出「必畏天，必從衆，必法祖宗」⑫的口號，儼然以封建秩序的護法神自居。這類言論表明，他政治思想中的保守方面已占主要地位，使他追隨守舊派走得很遠。到了「元祐更化」時期，一切回到熙寧前的原樣，蘇軾又不滿：「矯枉過直，或至于婾。而神宗勵精核實之政，漸致惰壞。深慮數年之後，馭吏之法漸寬，理財之政漸疏，備邊之計漸弛」⑬，又以新法辯護人的姿態出現，甚至被他的同輩視爲王安石第二⑭。所以，蘇軾的政治態度是隨著他所生活的政治環境的變化而變化，而其政治思想的矛盾性卻是一以貫之的。

蘇軾政治態度的「之」字形轉化，也反映了一度曾是他的對立面——王安石變法的內在矛盾。體現在諸項新法中的基本辦法是：力圖不再加重北宋五等戶中的中戶和下戶，即沒有免稅免役特權的中小地主、自耕農等的負擔，相對穩定他們的經濟地位；適當裁抑上戶即豪强兼併戶及官戶的利益；增加以皇族地主爲代表的封建國家的財政收入。王安石說：「善理財者不加賦而國用足」⑮，實質上就是皇族地主和豪强地主對於農民階級的剩餘勞動價值（乃至一部分必要勞動價值）的重新分配問題。王安石指責豪强兼併戶「以與人主爭黔首」⑯，其實，他的新法的出發點是代表皇族地主從豪强兼併戶手中奪取一部分剝削果實，從而也減輕了中小地主和自耕農的負擔。所以，新法雖然有歷史的進步作用，但它沒有也不可能去觸動封建制度、特別是封建土地所有制的一根毫毛。同時，它的法令雖然主要是裁抑豪强兼併戶的一些利益，但也在某些方面損害了中戶或下戶。如從差役法改爲免役法，使原先沒有差役負擔的女戶、未成丁戶等也要跟官戶一樣交納「助役錢」、「免役寬剩錢」；青苗法規定，戶等越高，可貸之錢越多，對於不需要借貸的上戶實施强行「抑配」，使封建國家獲取百分之四十的年息，而對於急需借貸的下戶和客戶所助甚微；至於保甲法之類，其鎮壓人民反抗的性質更是不言而喻的。尤其應該指出，新法理論和新法實踐之間存在著很大的距離。新法只能依靠封建官僚機構來推行，而北宋官僚機構的腐敗是駭人聽聞的。如下級吏胥沒有或很少有俸金，明目張膽地縱容他們貪贓枉法，漁肉人民，新法到了這批害民之徒手裡只能變成壓榨人民的新的枷鎖了。王安石曾用發給正式俸金的辦法來糾正這種積習，也只是一種幻想。又如，免役法是按戶等不同來徵稅的，而要使全國戶等平均，這在封建官僚制度下也無法辦到，連王安石也承認：「苟不得其人而行，則五等必不平，而募役（即免役法）必不均矣。」⑰鎮定州民發生「拆賣屋木以納免役錢」事件，王安石也說，「臣不能保其無此，緣以今之官吏行今之法，必多輕重不均之處。」⑱熙寧時王安石的學生陸佃從山陰進京，對王說：「法（新政）非不善，但推行不能如初意，還爲擾民。」⑲這些史料應該說是較爲可靠的。所以，王安石新法的矛盾悲劇是雙重的：它企圖緩和社會危機，但絲毫沒有解決引起危機的任何一個社會矛盾，沒有觸動造成危機的封建制度；他的新政又只能依賴腐朽的封建官僚機器來推行，因而他主觀上的「良法美意」在實踐中卻部分地變成了「擾民」的工具。這就決定了新法必然失敗的歷史命運。

蘇軾在熙寧時的反對新法，就反映了新法的這種矛盾。如對免役法，蘇軾既有「自古役人，必用鄉戶」這類典型的守舊派論調，指斥新法「欲使坊廓等第之民，與鄉戶均役；品官形勢之家，與齊民並事」；但在具體論述時，又主要著眼於「女戶單丁，蓋天民之窮者也。古之王者，首務恤此。而今陛下首欲役之。」⑳這裡對「女戶單丁」的同情，不能視作是一種姿態而已。特別是新法在實際推行過程中的流弊，更是蘇軾攻擊的重點。例如青苗法的硬性「抑配」問題。他曾指出，「初散青苗，本爲利民」，但「提舉官速要見功，務求多散，諷脅州縣，廢格詔書，名爲情願，其實抑配。」㉑這連中央朝廷也不得不承認，曾下令禁止：「（熙寧）三年正月二十二日，詔諸路常平廣惠倉給散青苗錢，本爲惠恤貧乏，並取民情願，今慮官吏不體此意，追呼均配抑勒，翻成搔（騷）擾。」㉒蘇軾又進一步指出：「青苗不許抑配之說，亦是空文。」㉓祕密在哪裡呢？他說：「陛下以爲青苗抑配果可禁乎？不惟不可禁，乃不當禁也。何以言之？若此錢放而不收，則州縣官吏，不免責罰；若此錢果不抑配，則願請之戶，後必難收。前有抑配之禁，後有失陷之罪，爲陛下官吏，不亦難乎」？㉔就是說，官吏們只有向並不需要借貸的上戶强行「散俵」，才能收回本利；那些真正的「願請之戶」（下戶）又因本利難付而很少得到借貸。蘇軾提出的這個實際存在的矛盾，確是變法派無法解決的。又如農田水利法規定，凡言興水利者，「隨功利大小酬獎」。今天有的論者對此讚美爲「羣衆路線」，其實，與人民羣衆利益根本敵對的封建專制主義國家，這種措施只能導致蘇軾所說的「妄庸輕剽、浮浪奸人，自此爭言水利矣」的結果㉕。事實上也是如此。當時侯叔獻、楊汲等人都因興修水利而得到十頃以上的賜田，而所修水利卻收效甚微；不少地區發生虛報成績的事件㉖。這也是蘇軾在熙寧時反對新法的一個重要原因。

蘇軾爲什麼在元祐時改變對新法的態度了呢？如上所說，對新法的根本目的，蘇軾和王安石並沒有什麼分歧，本來就是蘇軾完全可以接受的。在長達十六年的新法推行過程中，蘇軾在朝只有兩年多，大都在地方任職。在地方官任上，蘇軾對緩和社會危機、發展農業生產做過一些事情，對於新法還能「常因法以便民，民賴以少安」㉗。這逐漸使他看到新法的精神只不過用裁抑少數豪强兼併戶某些利益的辦法，來鞏固整個地主階級政權。他在不少書信中談到這種思想認識的演變。如果說，他在黃州被貶時期給章惇寫信，「追思所犯（指反對新法），真無義理，與病狂之人蹈河入海者無異」㉘，可能夾雜著個人求助的動機；或者在王安石退居金陵時，他《上荊公書》說：「近者經由，屢獲請見，存撫教誨，恩意甚厚」，以致相約卜鄰，發出「從公已覺十年遲」（《次荊公韻四絕》）的感嘆，他們之間敵意的消除也可能含有對個人所謂「道德文章」的傾慕；那麼，元祐元年（西元一〇八六年）他給朋友滕元發的信，是表達他的真實思想的：「蓋爲吾儕新法之初，輒守偏見，至有異同之論。雖此心耿耿，歸於憂國，而所言差謬，少有中理者。今聖德日新，衆化大成，回視向之所執，益覺疏矣。若變志易守，以求進取，固所不敢；若譊譊不已，則憂患愈深。」㉙他認識了自己過去反對新法的「差謬」，「少有中理」，承認神宗朝推行新法在造成一定流弊的同時，也獲得一定的成效，所謂「聖德日新，衆化大成」。正是由於對新法的這一新認識，使他在「元祐更化」時期，要求對新法「較量利害，參用所長」㉚，對司馬光的一概廢棄，斥之爲「司馬牛」的蠻橫無理和「鱉廝踢」的倒行逆施㉛。這就是他元祐時對新法態度有所改變的一個原因。

蘇軾政治態度的轉化，除了上述兩個主要原因以外，還由於宋朝專制主義的某種統治政策和他特殊的仕宦經歷。我們熟知宋太祖趙匡胤「杯酒釋兵權」的故事，他並規定「以文馭武」，防止唐末藩鎮混戰的重演；同時，宋王朝又常在朝臣中有意地培植對立派系，使之互相攻訐，便於皇帝控制，其中尤其著重發揮諫官的牽制作用。宋真宗趙恆在起用寇準時就說，「且要異論相攪，即各不敢爲非。」㉜就透露出其中的消息。蘇軾在《上神宗皇帝》中詳細地闡述了這一項防止「內重之弊」的統治權術：「歷觀秦漢以及五代，諫諍而死蓋數百人；而自建隆（宋太祖年號）以來，未嘗罪一言者。縱有薄責，旋即超升，許以風聞。……言及乘輿，則天子改容；事關廊廟，則宰相待罪。」爲什麼給諫官這樣大的權力呢？是爲了「折奸臣之萌，而救內重之弊」，即避免大權旁落到宰執大臣之手，重覆楊國忠、李林甫專權誤國的歷史。蘇軾把這一宋朝相沿已久的統治術强調到「朝廷紀綱，孰大於此」的程度，是他向神宗提出「結人心、厚風俗、存紀綱」的三大綱領之一。蘇軾自幼崇拜東漢時因反對宦官而死的名士范滂，以「忘軀犯顏之士」自居㉝。他考制舉，又以賢良方正直言敢諫取入第三等（宋時取第三等者僅四人）㉞，更使他以「使某不言，誰當言者」自負㉟，一心要博取「危言危行、獨立不回」的「名節」㊱。這就使他跟王安石、司馬光、章惇等各朝宰相的議論常常處在既定的敵對地位。司馬光曾自慚在反王安石時，他不及蘇軾、孔文仲（也是「制舉」入三等的四人之一）敢於進言，劉安世也稱述「東坡立朝大節極可觀」，「在元豐則不容於元豐，人欲殺之；在元祐則雖與老先生（指司馬光）議論亦有不合處，非隨時上下人也。」㊲有兩句關於蘇軾的笑話：一句是他的侍妾朝雲說他「一肚皮不入時宜」；一句是他自述「到處被鱉相公廝壞」㊳。這兩句笑話包含了嚴肅的內容：他實際上成了趙宋王朝統馭羣臣的這種特殊統治術的工具和犧牲品。他自己後來也多少覺察到這一點。他在《答李端叔書》中說，他「舉制策，其實何所有？而其科號爲直言極諫，故每紛然誦說古今，考論是非，以應其名耳。」「然世人遂以軾爲欲立異同，則過矣。妄論利害，攙說得失，此正制科人習氣，譬之候蟲時鳥，自鳴自已，何足爲損益！」當然，蘇軾政治態度的轉化，主要決定於他政治思想的矛盾性，也是王安石變法內在矛盾影響的結果，並不是毫無是非、「妄論利害」的「制科人習氣」。但這適應趙宋王朝專制主義統治的「習氣」，對於蘇軾政治上的所言所行發生過相當的作用，也是事實。

蘇軾一生變動不居的政治立場和態度，在他主觀上確是爲了堅守所謂「危言危行，獨立不回」的自立自斷的政治操守；但在客觀的政治鬥爭中，卻使他有時作了守舊派的附庸，有時又成爲「舊黨」中變法派的代言人。這固然使他得不到任何一方的全部支持，但也使他得到過來自兩派的某種同情。圍繞著「烏臺詩案」等事件，守舊派自然大力援救，仁宗妻曹太后、退職宰相張方平及范鎮等元老重臣紛紛出面說情，而變法派中也有王安石之弟王安禮、以後又有章惇等人爲他緩頰，最後王安石說：「豈有聖世而殺才士者乎？」這場轟動一時的詩案就以王安石這樣「一言而決」，從輕發落㊴。這是他依違兩派的一個佐證。

蘇軾的政治態度中的深刻矛盾，歸根結底，是當時社會矛盾、尤其是北宋統治階級內部鬥爭中的諸種矛盾在蘇軾這樣一位具體人物身上的反映，不能把它僅僅歸結爲個人的某種主觀動機。過分追究歷史人物個人的主觀動機，本來就不是歷史科學正確的研究視角和方法，而「四人幫」的指控蘇軾爲「投機派」、「兩面派」，更是超出了正常的學術研究範圍，而是別有政治企圖的不實之詞。

二

現存蘇軾詩約二千七百多首，社會政治詩所占比重並不大，但仍是蘇詩的一個重要內容，表達了詩人對於政治和社會重大生活的態度和觀點。這是評價蘇詩思想意義時理應注意的問題。「四人幫」的喉舌們把它一概斥之爲「誣蔑新法」的「黑詩」，既不符實際又別有用心。

蘇軾的許多政治詩，包括被列入「烏臺詩案」的不少詩作，和新法並沒有關係。這些詩篇表明，作者的政治視野比較廣闊，敢於揭露社會矛盾和政治弊病，反映了下層人民的一些苦難生活。年輕的蘇軾就從辭歲的富貴人家「寘盤巨鯉橫，發籠雙兔臥」中，看到「富人事華靡，彩繡光翻坐；貧者愧不能，微摯出舂磨」（《歲晚三首·饋歲》），兩種不同的辭歲時的饋贈禮品反映出兩種不同的生活地位。他經常作這種貧富懸殊的對比：「蜀人衣食常苦艱，蜀人遊樂不知還。千人耕種萬人食，一年辛苦一春閑。」（《和子由蠶市》）同是「蜀人」，苦樂不均。這些説明他對封建社會階級對立的基本矛盾有較深的感受。「人間行路難，踏地出賦租」（《魚蠻子》）、「不辭脫袴溪水寒，水中照見催租瘢」（《五禽言五首》其二），對橫徵暴斂的譴責；「誰憐屋破眠無處，坐覺村飢語不囂」（《十二月十四日夜微雪，明日早往南溪小酌至晚》），對農村破產景象的描繪；「三年東方旱，逃戶連敧棟。老農釋耒嘆，淚入飢腸痛」（《除夜大雪留濰州。元日早晴遂行。中途雪復作》），對旱災中人民痛苦的反映，都概括了一定的現實生活。直到晚年，在經過「烏臺詩案」以後，他仍然用詩干預政治，直斥時弊。著名的如《荔枝嘆》。杜牧寫荔枝説：「一騎紅塵妃子笑，無人知是荔枝來。」（《過華清宮絕句三首》之一）蘇軾此詩開篇有意相反：「十里一置飛塵灰，五里一堠兵火催，顛阬仆谷相枕藉，知是荔枝龍眼來」。一個説「無人知」，詞意含蘊；一個直寫「知」，渲染出一幅塵土飛揚、死者滿途的慘象。蘇詩接著又説：「宮中美人一破顏，驚塵濺血流千載」，也比杜詩的「妃子笑」寫得筆酣墨飽，對比鮮明。這種藝術上的不同來源於蘇軾政治憤激的强烈。不僅如此，蘇軾寫歷史上的進貢荔枝，是爲了指斥當朝風行一時的貢茶和貢花，而且指名道姓地譴責當時「名臣」丁謂、蔡襄、錢惟演：「武夷溪邊粟粒芽，前丁後蔡相寵加」，「洛陽相君忠孝家，可憐亦進姚黃花」，把他們比作唐朝貢荔枝的權奸李林甫，獻媚邀寵，殘民以逞。這種批判精神是有進步性的。

作爲「烏臺詩案」主要「罪證」材料的《蘇子瞻學士錢塘集》三卷今已不傳，但從現存宋人朋九萬《東坡烏臺詩案》、周紫芝《詩讞》和清人張鑒《眉山詩案廣證》等所錄被指控爲攻擊新法的幾十首詩文來看，其中不少和新法根本無關，或沒有直接關係。這原是可以理解的。圍繞「烏臺詩案」的鬥爭，不僅有變法派借以打擊反變法派的意義，而且夾雜封建派系互相傾軋、報復的因素，因此，必然存在羅織周納、鍛鍊逼供等封建官場司空見慣的現象。前幾年，有的論者卻提出要「重勘烏臺詩案」，實際上完全認可當時御史們李定、舒亶、何大正等人對蘇軾的控告，這是不對的。例如《八月十五日看潮五絕》之四：「吳兒生長狎濤淵，冒利輕生不自憐。東海若知明主意，應教斥鹵變桑田。」舒亶第一個指責此詩是攻擊「陛下（指神宗）興水利」，後來竟據以定案，直至現在的一些論著、注本仍相沿此說。其實，這首絕句的本意是明白暢曉的。蘇軾自己解釋說：「弄潮之人，貪官中利物，致其間有溺而死者」。又說：「是時新有旨禁弄潮」。後兩句詩是說：東海龍王假如領會神宗禁止弄潮的旨意，應該把滄海變爲桑田，讓弄潮兒得以耕種自食，免得他們再去「冒利輕生」。四句詩的意思是連貫的，不能片面摘出後兩句說是攻擊農田水利法，而且攻擊的矛頭是「明主」，這是連神宗也不會相信的㊵。說蘇軾敢於直刺神宗，在今天看來，豈不是對蘇軾的美化嗎？

「烏臺詩案」中還有像説《書韓幹牧馬圖》是譏執政大臣無能，説《和李邦直沂山祈雨有應》是誣蔑執政、羣臣爲「社鬼」，説「荒林蜩蟹亂，廢沼蛙蟈淫」（《張安道見示近詩》）是形容朝廷中蛙蟲鼓噪等等，其周納構陷，是顯而易見的。至於像《祭常山回小獵》結句所云：「聖明若用西涼簿，白羽猶能效一揮」，用晉朝西涼主簿謝艾「乘軺車、冠白帽」而大敗敵軍的典故，來表達蘇軾效力破遼的決心，也被指爲罪責，更是黑白顛倒了。

「詩案」中還有一組涉及攻擊鹽法的詩，實際上也與新法没有多大關係。宋朝自宋太祖建隆以來，厲行鹽的專利制度，民間私自煎鹽三斤、或向「禁地」私販官鹽十斤者，都要處以死刑㊶。王安石變法派只是採取舊有的分區專賣的辦法，加强控制而已。這一制度首先是針對普通百姓的用鹽需要的。蘇軾曾幾次上書朝廷，説販鹽的貧民因鹽稅直線上升，「刑法日峻，告捕日繁」，「若不爲盜，惟有忍飢」；他指出：「五六年來，課利（指鹽稅）日增，盜賊日衆」㊷。這種「官逼民反」的思想，一般説來，還是封建士大夫所能達到的較高思想認識。蘇軾還指出，連濱海地區的登州「居民」，也「頓食貴鹽，深山窮谷，遂至食淡」㊸，這裡，對封建國家長治久安的關心和對社會下層生活的關心交織在一起。蘇詩也反映了這一内容。如《李杞寺丞見和前篇復用元韻答之》，對於「坐同保、徙其家」的被捕「鹽賊」，喊出了「誤隨弓旌落塵土，坐使鞭箠環呻呼，追胥連保罪及孥」的悲嘆之聲。《戲子由》中也説：「生平所慚今不恥，坐對疲氓更鞭箠」，這裡的「疲氓」也是「徙配犯鹽之人」。又如《山村》之三：「老翁七十自腰鐮，慚愧春山筍蕨甜；豈是聞韶解忘味？邇來三月食無鹽」。孔丘用「三月不知肉味」來形容韶樂的「美妙」，這是誇張；蘇詩說山中老翁三月不知鹽味，卻是現實。這些當時被判爲有罪的詩篇不也概括了一定的歷史生活內容、反映了作者一些較爲可取的思想觀點嗎？

蘇軾的確寫過一些反對新法的詩。王安石新法在歷史上有進步作用，因而反對新法的詩歌一般說來表現了保守的政治傾向，這點是應該肯定的。對新法的態度，可以作爲評價這類詩歌的一項標準，然而不是唯一的標準。作爲形象地反映生活的文學作品，主要看作者是否反映了生活的真實，是否概括出生活的某些本質方面以及在文學形象中所體現的作者思想和作品的客觀意義怎樣，文學作品不可能僅僅是作者某種政治觀點的簡單圖解，這就造成像蘇軾這類詩的複雜情形。我們試以《吳中田婦嘆》爲例：

今年粳稻熟苦遲，庶見霜風來幾時。霜風來時雨如瀉，杷頭出菌鐮生衣。眼枯淚盡雨不盡，忍見黃穗臥青泥！茆苫一月壟上宿，天晴獲稻隨車歸。汗流肩赬載入市，價賤乞與如糠粃。賣牛納稅拆屋炊，慮淺不及明年飢。官今要錢不要米，西北萬里招羌兒。龔黃滿朝人更苦，不如卻作河伯婦！

這詩作於熙寧五年（西元一〇七二年）秋。詩的前半篇藉一位江南農婦的口吻，訴說淫雨連緜的災害：「眼枯淚盡雨不盡，忍見黃穗臥青泥」，比較真切地刻畫出農民憂災愁稻的心理，有一定的生活氣息。當然，前半篇對於天災嚴重和農事艱辛的描寫，是爲了突出後半篇對「錢荒」問題的指責。錢荒問題是新法帶來的社會經濟後果。青苗法用錢收支，免役法要徵收免役錢、助役錢、免役寬剩錢，農田水利法要發放貸款，連「西北招羌兒」也得用錢招撫。正如蘇軾後來在元祐四年（西元一〇八九年）講到免役法流弊時所指出的那樣：「行之數年，錢愈重，穀帛愈輕，田宅愈賤」，錢米之間的比價，因地因時因人而異，地方官吏因緣爲奸，受害的還是「貧下之人」。蘇軾公允地指出，「雇役法例出役錢，雖所取不多，而貧下之人，無故出三五百錢，未辦之間，吏卒至門，非百錢不能解免，官錢未納，此費已重。」㊹蘇軾另一首詩中說：「而今風物那堪畫，縣吏催錢夜打門」（《陳季常所蓄朱陳村嫁娶圖二首》之二），就是指的這種情況。因此，「賣牛納稅拆屋炊，慮淺不及明年飢」，確是當時部分的歷史真實，而這又曲折地反映出新法爲封建國家聚斂財富的實質，反映出它所依靠的封建官僚機器的腐朽本質。自然，爲了招納當時遊離於西夏、北宋之間的西北蕃部，對羌族「首領」發放飧錢、對「蕃官」支給月俸，還不失爲一項削弱西夏的措施㊺，蘇軾對此進行攻擊，就是不適當的了。

蘇詩對新法的攻擊，有時是全篇，有時是斷句，涉及到幾乎全部新法。這種攻擊在反映蘇軾保守政治傾向的同時，又常常反映出新法不可克服的內在矛盾，這是蘇軾這類詩的一個普遍特點。如青苗法等的推行，蘇軾後來在元祐時回顧說：「官吏無狀，於給散之際，必令酒務設鼓樂倡優、或關撲賣酒牌子，農民至有徒手而歸者。但每散青苗，即酒課暴增，此臣所親見而爲流涕者也。」㊻這類流弊，蘇軾說得可能有些誇大，但爲部分現狀，是可信的。蘇詩中也說：「杖藜裹飯去匆匆，過眼青錢轉手空。贏得兒童語音好，一年强半在城中。」（《山村》之三）王安石的方田均稅法規定，丈量全國土地，以其多寡、好壞分成五等，來均平賦役負擔，這對豪强兼併戶隱瞞田產有抑制作用；但在封建官僚制度下，這又是無法真正實現的幻想。此法後來也終於流產，未見實效。蘇軾指責說：「方田訟牒紛如雨」（《寄劉孝叔》），真實地反映了丈量土地後發生大量訴訟案件、爭辯不已的情況。新法的這些流弊，不能看作是個別的偶然的事件，是與官僚制度相聯繫的必然產物。又如蘇軾反對王安石的「明法取士」，認爲專求法律將導致空疏不實之學。在《戲子由》中他譏諷地說：「讀書萬卷不讀律，致君堯舜終無術」。蘇軾講求《詩》《書》，固然不能達到他理想中的「堯舜」之治；王安石注重法律，也主要是加强地主階級的專制主義。總之，蘇軾從反對派立場所提出的這些變法派無法解決的難題，包含著新法的深刻的內在矛盾，反映出新法必然失敗的歷史命運的某些原因。

蘇軾攻擊新法的有些詩篇，由於沒有反映出歷史生活的某些本質，只是他保守政治觀點的直接演繹，或者是對新法敵意的單純發洩，因而其思想內容就毫不足取了。他在《上神宗皇帝》中反對削減封建衙門的公使錢，竟然聲稱對於「捐親戚、棄墳墓」的封建官吏，應該滿足他們「取樂」等的要求，如果「雕弊太甚，廚傳蕭然」，就是「危邦之陋風」，不是「太平之盛觀」，爲官僚厚祿作辯護。他在詩中也這樣寫道：「憂來洗盞欲强醉，寂寞虛齋臥空甒。公廚十日不生煙，更望紅裙踏筵舞？」（《寄劉孝叔》）對官僚利益的些許損抑，他充滿著牢騷和怨恨。又如熙寧五年（西元一〇七二年）他曾奉命到湖州視察堤堰情況，卻在《贈孫莘老》中說：「作堤捍水非吾事，閑送苕溪入太湖。」其實，他和湖州知州孫覺（莘老）都還算是關心水利的地方官，僅僅出於對新法的偏見，就採取不合作的決絕態度。這類詩歌，雖然不占他詩中的主導地位，但內容淺薄，是他保守思想和消極情緒的反映，這也是不必諱言的。

蘇轍在《東坡先生墓誌銘》中說：蘇軾寫這類詩，是「緣詩人之義，托事以諷，庶幾有補於國」。在蘇軾主觀上和作品客觀上確也符合這一從《詩經》以來的傳統「詩教」。必須說明，「托事以諷」只是借助具體事件寄托諷喻，而不是搞影射，更不是玩陰謀。他這類詩的政治背景一般說來都較爲確定。正如他自己所說，「作爲詩文，寓物托諷，庶幾流傳上達，感悟聖意」。他的這類詩歌是表達政見的特殊手段，而不是讓人猜測比附的詩謎或符讖。自從李定等人在「烏臺詩案」中大搞穿鑿附會的羅織構陷以後，對蘇詩的解釋造成過一些誤會。而「四人幫」的喉舌們卻胡說蘇軾的政治詩一律都是含沙射影的「黑詩」，這是別有用心的捏造。

注釋

①《辯試館職策問札子二首》，見《經進東坡文集事略》卷三十一。
②見《東坡七集．奏議集》卷九。
③《御試制科策一道》，見《經進東坡文集事略》卷二十。
④《蘇氏易傳》卷一。
⑤《朝辭赴定州狀》，見《經進東坡文集事略》卷三十四。
⑥馬永卿《元城語錄》記劉安世語：「嘉祐之末，天下之弊在於舒緩」。
⑦《策問．師仁祖之忠厚、法神考之勵精》，見《經進東坡文集事略》卷二十二。
⑧《策斷上》，見《經進東坡文集事略》卷十九。
⑨以上均見《上神宗皇帝》，見《經進東坡文集事略》卷二十四。
⑩《思治論》，見《經進東坡文集事略》卷十一。
⑪《厲法禁》，見《經進東坡文集事略》卷十六。
⑫《擬進士廷試策》，見《經進東坡文集事略》卷二十一。

⑬《辯試館職策問札子二首》。

⑭劉延世《孫公談圃》記孫升語：「若欲以軾爲輔佐（宰相），願以安石爲戒。」

⑮《宋史紀事本末》卷三十七，《續資治通鑑》卷六十六。

⑯《度支付使廳壁題名記》，見《臨川先生文集》卷八十二。

⑰《上五事札子》，見《臨川先生文集》卷四十一。

⑱《續資治通鑑長編》卷二五一，熙寧七年三月庚戌條。

⑲《宋史紀事本末》卷三十七，《續資治通鑑》卷六十八。

⑳㉓《上神宗皇帝》，見《經進東坡文集事略》卷二十四。

㉑《乞不給散青苗錢斛狀》，見《經進東坡文集事略》卷三十一。

㉒《宋會要輯稿．食貨四．青苗》。

㉔《再論時政書》，見《經進東坡文集事略》卷二十九。

㉕《上神宗皇帝》，見《經進東坡文集事略》卷二十四。

㉖如《續資治通鑑長編》卷二一二，熙寧三年六月壬申條，記查辦唐州簽判張恂「僞加水田頃畝，並開修黃王池二陂不實事狀」。

㉗蘇轍《東坡先生墓誌銘》。

㉘《與章子厚書》，見《東坡七集．續集》卷十一。

㉙《與滕達道》，見《東坡七集·續集》卷四。
㉚《辯試館職策問札子二首》。
㉛見《鐵圍山叢談》卷三、《調謔編》。
㉜《續資治通鑑長編》卷二一三，熙寧三年七月壬辰條。
㉝《上神宗皇帝》。
㉞《小學紺珠》卷六《名臣類下》。
㉟《曲洧舊聞》卷五。
㊱《杭州召還乞郡狀》，見《東坡七集·奏議集》卷九。
㊲《元城語錄》卷上。
㊳《梁溪漫志》卷四、《侯鯖錄》卷八。（又見毛晉輯《東坡筆記》卷上「是中何物」和「臥游水晶宮」條）
㊴見宋代周紫芝所錄《詩讞》一書的跋。
㊵當時宰相王珪曾舉出蘇軾《王復秀才所居雙檜二首》之二：「根到九泉無曲處，世間唯有蟄龍知」，說蘇軾有「不臣」之心。神宗說：「軾固有罪，然於朕不應至是」。又說：「彼自詠檜，何予朕事！」見《石林詩話》等。
㊶《宋會要輯稿·食貨二三·鹽法雜錄》。

㊷《論河北京東盜賊狀》，見《經進東坡文集事略》卷三十三。

㊸《乞罷登萊榷鹽狀》，見《經進東坡文集事略》卷三十三。

㊹《論役法差雇利害起請畫一狀》，見《東坡七集・奏議集》卷六。

㊺參看《宋史・兵志五》「蕃兵」條。

㊻《乞郡札子》，見《經進東坡文集事略》卷三十五。

一九七八年一月

（原載《文學評論》一九七八年第三期）

蘇軾《與滕達道書》的繫年和主旨問題

蘇軾《與滕達道書》是表現他政治態度的重要書簡，常爲一些研究論著所引證。曾棗莊先生《蘇軾〈與滕達道書〉是『懺悔書』嗎？》一文（載《文學評論》一九八〇年第四期），就這封信的「寫作時間」和「基本精神」乃至蘇軾在司馬光當政時是否改變了反對王安石變法的態度等問題，對我和其他一些先生的看法，提出了不同意見，讀後很受啓發；但對他的主要結論，仍不敢苟同。現再作申述，共同探討。

弄清這封信的寫作時間有助於了解它的中心思想。這封信是《東坡續集》卷四《與滕達道二十三首》（實有二十四封）的第十九封（以下即稱「第十九封」）。曾文認爲此信不作於元豐二年（王文誥說）或元祐元年（蔡上翔說），而是作於蘇軾「貶官黃州期間」；並進一步論證應作於滕達道「安州既罷，入朝」之時，即元豐六年（西元一〇八三年）十一月。證據之一是保存在《續集》的二十四封給滕的書信中（卷五又有一封，實共計二十五封），「有三封(引者按:指第十三、十九、二十一封)提到滕進京之事」,「語氣一致,有的用語都相同(如「清光」、「至意」等語),應寫於同時」,而其中第十三封確係作於元豐六年,由此推論我們所要討論的第十九封信也作於是年。這似尚可商榷。

《東坡續集》所保存的二十五封給滕達道的書信,並不是現存書信的全部。例如清人周心如《紛欣閣叢書》本《東坡先生翰墨尺牘》八卷所收蘇軾給滕的書簡即達四十七封。周心如跋云:此書原本「字極么麼,刻亦草草,然於宋時廟諱皆不敢觸,蓋宋刻之最劣者」,斷定爲宋刊本;又云,「與世所傳蘇黄尺牘,不啻倍蓰」(據掃葉山房翻校本),驗之給滕達道的書札,果然多於《續集》本近一倍。兩本(紛欣閣本和《續集》本)互有存佚,去其重覆,實得六十多封。(清人弓翊清所刊《三蘇全集》本卷四十八所收《與滕達道》信亦達六十八封)就這些書信進行排比、爬梳,對考訂第十九封信的寫作時間便較爲容易了。

這些書信主要集中寫於兩個時期:

一是蘇軾貶官黄州時期,時滕任池州、安州等地知州;

二是蘇軾離黄州改遷汝州、後神宗死又起知登州時期,時滕任湖州知州。

尤以後一時期所作書信爲多。第十九封信提到滕達道進京之事,曾文說,「蘇軾在神宗去世前後給滕的大量信件也表明滕未進京」,從而排除第十九封信作於神宗去世前後的可能性,爲元豐六年說作佐證。但據紛欣閣本及其他材料來看,這個判斷是令人懷疑的。

在蘇軾為滕達道所作的《故龍圖閣學士滕公墓誌銘》中早已提到，滕達道辨謗乞郡被任為湖州知州後，「方且復用，而帝（神宗）升遐」，表明神宗去世前夕已有滕進京任職的消息。元豐八年（西元一〇八五年）三月，神宗死，哲宗即位，起用一些反變法派人物。四月，在湖州的滕達道派專使告訴蘇軾，說蘇已被起用，蘇軾即檢閱四月十七日邸報，未見此訊（見《續集》本第三封）；蘇軾後又寫信告滕：「近日京口時有差除，或云當時亦未是實計；當先起老鎬，僕或得連茹耶？」（第四封）。這裡的「老鎬」，是蘇軾對滕達道的戲稱，他在《答賈耘老》中曾稱滕達道為「偉人」，並比為唐代宰相張鎬。（《續集》卷六）蘇軾在這第四封信中猜測：按情理該是先起用滕，然後他自己或可一併任用，他的這個猜測應有所依據。五月，蘇軾被證實任命為登州知州。他寫信給滕說：「某已被命，實獎借之素。已奉候遠接人，計不過七月中下旬行，伏恐知之。士論望公入覲，久未聞，何也？想亦不遠。無由面別，瞻望愧悵。溽暑方熾，萬冀順時為國自重，不宣。」（紛欣閣本第二十六封）這封信明確地說到當時上層輿論要滕「入覲」，蘇軾估計不久即可實現；並對「無由面別」表示遺憾。蘇軾究竟要對傳聞中即將入覲的滕達道面談些什麼呢？他不久又寫信給滕說：「某受命已一月，甚欲速去，而遠接人未至，船亦未足，督之矣。向雖有十日之約，勢不可往，愧負無限。區區之學，頃亦試之矣，竟無絲毫之補，復此強顏，歸於無成，徒為紛紛，益可愧也。心之伊鬱，非面莫能道，想識此意，唯萬萬為人自重。」（同上第十四封）這封信和第十九封信都以同一的追悔口吻，回顧自己的政治道路：所謂「徒爲紛紛」，跟第十九封中說的「吾儕新法之初，輒守偏見，至有異同之論」語意甚爲相類，而第十九封中的「所言差謬，少有中理者」，「益覺疏矣」等語，正是此信「竟無絲毫之補」、「歸於無成」的具體說明。把第十九封信看作是對此信中所說的「非面莫能道」的「意」的闡發和補充，把第十九封信看作此信的續篇，似是合理的。

元豐六年十一月，滕達道罷任安州知州進京，在黃州的蘇軾也一再要求面敍，終因途中錯過，未能如願。蘇軾那次要談些什麼呢？他在滕達道已過信陽時寫信給他說：「某比謂公有境上之約，必由黃陂，遂逕來此」，不料滕逕從信陽北上，蘇軾到黃陂撲了個空；接著說：「然所言者豈有他哉？徒欲望見顏色，以慰區區；且欲勸公摒黜浮幻，厚自輔養而已，想必深照此誠」（紛欣閣本第十八封），這就是說，他之需要面敍，不爲別的，一爲老友多年隔絕，見面以慰渴望；二爲勸滕摒絕俗務，修真養性。（蘇軾《答秦太虛》中曾介紹他在黃州天慶觀「用道書方士之言，厚自養煉」的情況）前者是一般寒暄，後者卻是他倆當時認真研練的調氣養生之術。第二十封信中即詳細討論養生之法，並說：「意謂中途必一見，得相參扣，竟不果」（又見《續集》本第十七封），證明蘇軾迎滕於途中是想要共同「參扣」養生術，卻未能實現。

蘇軾在元豐六年和八年滕達道「入覲」之際（後一次「入覲」是否實現，史無明文

①），都想「面見一言」，一次是想談養生，一次是想談政治，都跟當時「整個政治情勢」和滕的具體處境密切相關。第十九封信的直接目的是勸說滕達道不要再反對新法，以言爲戒。但從熙寧九年（西元一〇七六年）王安石第二次罷相以後，變法派和反變法派的兩次鬥爭高潮已經過去，「新政」在宋神宗的直接主持下已逐漸帶上溫和的色彩；他所任用的有些宰執大臣如王珪、吳充等人，都是出名的顢頇庸碌的官僚，在新法問題上的爭吵已趨平靜，蘇軾沒有必要叮囑滕達道緘言。恰恰相反，在蘇軾貶居黃州時期，倒是滕達道常寫信囑咐蘇軾「益務閉藏而已」，蘇軾深有領悟，以爲「終日無一語一事，則其中自有至樂」，還把這稱爲「奇祕」之法，「惟不肖與公共之不可廣也」（紛欣閣本第三十六封），兩人似乎在這點上完全默契。再從滕當時的處境來看。早在元豐初年，他因妻兄李逢謀反事牽連，幾遭殺身之禍，幸被貶爲池州知州。元豐三年他移知蔡州，御使何正臣彈劾他「嘗阿縱大逆之人，法不容誅，朝廷寬容，尚竊顯位，于甫（滕甫，即滕達道）之分，僥倖已多，豈可更移大藩，乞別移遠小一州」，結果詔改安州。（《續資治通鑑長編》卷三〇五）「附逆」的大罪確非他在熙寧初因反對新法而外調可比，這是變法派手中控制他命運的一張王牌，並一再使用。在這種處境下，曾勸蘇軾「閉藏」的滕達道怎麼會再去「譊譊不已」地論說新法「異同」呢？豈不是自招麻煩嗎？果然，他那次從安州「入覲」，連神宗的面也未見到，就被政敵們抓住老把柄予以掊擊，「以前過貶居筠州。」（《宋史》卷三三二本傳）所以，第十九封

信的內容與元豐六年時的情勢是不合的。

元豐八年夏的情勢卻已不同。這是「元祐更化」前夕、政局將變而未大變時期。這個短時期有兩個特點：一是舊黨積極醞釀廢棄新法；一是新黨組織抵制。當時的執政大臣有舊黨的司馬光，又有新黨的蔡確、章惇等。就是雙方力量暫時均衡的產物。三月，司馬光還未出任執政大臣就上疏要求下詔廣開言路，以製造反新法輿論。直到五月才擬出詔令草稿。但這個草稿在提出求直言的同時，還要求「以六事防之」，如不能「觀望朝廷之意」等。司馬光建議刪去此段，說這實際上是禁止人們「言新法不便當改」。他是感受到頗有阻力的（《長編》卷三五六）。高后、哲宗執政之初，改變了神宗朝的一些設施，但後來逐漸放慢，對新法遲遲未能罷廢。九月，舊黨監察御史王岩叟上疏，認爲「七月於今，未聞勇決，猶鬱天下之望」；原因是什麼呢？「蓋忠賢少而奸邪衆，陰爲朋黨沮隔於其中耳。」（《長編》卷三五九）十二月，侍御史劉摯上言：「一兩月來，政事號令之見於施行者，曠然稀闊，中外顒顒，無所聞見。深求其故，皆以謂執政大臣情志不同，議論不一之所由致也。」（《長編》卷三六三）他還直截了當地指出，人們「疑貳依違」，「以（蔡）確與（章）惇持權當路，人畏他日反覆之禍也。」（卷三六四）害怕「反覆」確是一度瀰漫當時官場的政治空氣。滕達道是反對新法的中堅分子，又以敢言直諫聞名於世。蘇軾說他「在帝前論事如家人父子，言無文飾」；又說王安石在新法之初，怕他「有言而帝信之」，設法把他排擠出朝。然而，

「移定州，許入覲，力言新法之害」的是他；熙寧七年天下大旱，詔求直言，上疏罷廢新法，「則民氣和而天意解」的，又是他（見《滕公墓誌銘》）。歷史事件好像將要重演，現在又在下詔求直言，又是「士論望公入覲」，一場關於新法是非的爭論又重新挑起，作爲滕達道晚輩和知交的蘇軾，根據自己對新法的新認識，力勸他不要再非議新法，以免引起愈來愈深的「憂患」，自然成爲迫切的需要了。曾文還提到第十九封信中「變志易守，以求進取」的話跟當時的「政治情勢」是否吻合的問題。元豐八年夏與以後舊黨全面專政時期是不同的，當時新黨的力量在某些方面還保持一定的優勢。甚至在年底蘇軾由登州返京任禮部郎中時，由於蔡確、章惇、韓縝、張璪、李清臣等所謂「羣奸盤踞政地」，司馬光作爲門下侍郎頗受章惇「譴侮」之「苦」，竟求助蘇軾爲之斡旋、解困；蘇軾婉辭起居舍人之職，宰相蔡確仍決定提升他（蘇轍《東坡先生墓誌銘》）；舊黨推薦范純仁、范祖禹、蘇轍等五人爲諫官，經章惇反對，二范不得不改任他職（《續資治通鑑》卷七十八）。在這種「情勢」下，「變志易守，以求進取」的話並不與時悖違。其實，在信中這句話不過是虛筆，主要是强調下句「譊譊不已，則憂患愈深」的意思。因此，第十九封信的內容與元豐八年夏的情勢是一致的。

順便說明，第十九封信的「今聖德日新，衆化大成」一句，應該指高后、哲宗。這類頌讚性的話頭當然也可以稱頌神宗，但此時卻成了蘇軾用以稱頌「二聖」的套話。如《續集》本第三封信中說，「所喜保馬戶、導洛堆垛皆罷，茶鹽之類亦有的耗矣。二聖之德日新，可賀可賀」。罷保馬戶、導洛司等事在元豐八年，可定作此信的繫年。其他如其《與楊康功》說：「嗣皇繼聖，聖化日新，勉就功業，遂康斯民，知識之望也」。元祐初，他在《辯試館職策問札子》說：「伏觀二聖臨御已來，聖政日新，一出忠厚」；《謝對衣金帶馬》也說：「伏遇皇帝陛下總覽衆工，財成大化」，等等，不勝枚舉。這也可以作爲第十九封信作於哲宗時期的旁證。

曾文又從《東坡續集》編排的「雜亂無章」，來論證它對於考訂繫年沒有什麼價值，這似也可斟酌。《東坡七集》本刻於明成化年間，爲現存蘇集的較早刊本。據明人李紹《重刊蘇文忠公全集序》說，明仁宗時，曾以內閣所藏宋本「命工翻刻」，「工未畢而上升遐」，後來海虞程某爲吉州守，「得宋時曹訓所刻舊本及仁廟（明仁宗）所刻未完新本，重加校閱。仍依舊本卷帙。舊本無而新本有，則爲《續集》並刻之」。這說明《續集》到明代才始有。蘇轍《東坡先生墓誌銘》及其他宋人晁公武《郡齋讀書志》卷十九、陳振孫《直齋書錄解題》卷十七等，都只著錄《前集》、《後集》、《奏議》、《內制》、《外制》等而不見《續集》，李紹的話是可信的。這是《續集》的編排不如其他按分體編年編列的六集的原因。然而，從十二卷《續集》來看，它還是經過一番編排的：嚴格按文體分類，詩還細分爲古詩、律詩、絕句、六言四言、和陶詩等。進一步逐一檢查屬於「書簡」類的《與滕達道》的二十四封信的內容，卻發現「雜而不亂」：從第一封到第十一封，都作於蘇軾離黃州後，即由黃州赴汝州、常州居住直至知登州時期。如與王安石金陵相會，「遽聞國故（神宗死）」，關於起知登州消息的前前後後，顯屬此時之事；而托滕代置「朱紅累子」和贈送鰒魚，則一在赴知登州之前，一在其後，有蘇軾《鰒魚行》詩可參見；關於滕達道避諱改名字事，也在此時，最後改定在元祐初，有王明清《揮麈後錄》卷六「章敏初名甫，字元發。元祐初，以避高魯王諱，以字爲名」爲證。最後第十一封信則作於元豐八年十一月離登州赴京之時，正宜編在末尾。此信說：「子由想已過矣。青州資深相見極歡，今日赴其盛會」。資深，即李定，於元豐八年七月至元祐元年四月任青州知州（《長編》卷三五八、三七六）。其時蘇轍罷績溪令進京，從桐廬、杭州、京口等地北上（見《欒城集》卷十四《初聞得校書郎示同官》、《舟過嚴陵灘》、《寄龍井辯才法師》、《將游金山》等詩），有機會與時任蘇州知州的滕達道會面。蘇轍《滕達道龍圖挽詞二首》其二云：「南竄逢公弄水亭（原注：公時守池），北歸留我闔閭城。」（《欒城集·後集》卷二）他們果然見了面的。從第十二封起，卻又回到貶居黃州時期，再到離黃州赴汝州、起復登州爲止。（只有最後一封時間無考）這些情況使我們有理由推斷：這二十四封信原是兩種本子的合刻，前十一封是一個本子，後十三封是另一本子；這兩種本子基本上都是編年的。值得注意的是，「書簡」一類爲《前集》、《後集》所無。據李紹說，《前集》、《後集》等是「仍依舊本卷帙」的，而《續集》是按「舊本無新本有」的原則錄存的。陸心源《儀顧堂題跋》卷十一《弘治本東坡七集跋》也贊同此說。如果這些話完全没有例外，那就意味著曹訓「舊本」裡連一封「書簡」也没有（因《前集》、《後集》等没有「書簡」），則《續集》所刊「書簡」全部來自明仁宗未完新本，也就是「内閣」所藏宋本的翻刻。這就是說，《續集》「書簡」類保持了宋本的原始面貌，版本價值較高。②

現在來看我們所討論的第十九封信。它前面第十八封講「紅朱累子」，後面從第二十直至最末處的第二十三封，講上表乞常州居住、去湖州見滕等，都作於離黄州以後的元豐七年、八年之時。由此推論第十九封作於同時，並參照前面的論述，定爲元豐八年（西元一〇八五年）神宗去世以後，似較爲確當。第十九封跟第二十一封確如曾文所説「語氣一致」、「用語相同」，應作於同時，但跟元豐六年所作的第十三封信細審後並無「一致」、「相同」之處，這在《續集》的編年編排次序上也得到了印證。把這三封信定爲同時，似根據不足。我原來採用蔡上翔元祐元年（西元一〇八六年）之説，也是缺乏根據的。

確定第十九封信的作年在哲宗即位初而不是神宗朝（蘇軾貶居黄州時），對於理解這封信的内容，特別是以此評論蘇軾在哲宗朝的政治態度，具有一定的意義。它是表明蘇軾在哲宗朝的政治動向的最初的可靠材料。曾文認爲，這封信的「基本精神」，「與其說是在對過去反對新法表示懺悔，還不如説是在勸老友以言爲戒。戒則戒矣，但並没有因此放棄自己的政治主張」；並進而認爲蘇軾在哲宗朝並未改變對新法的反對態度，他「一生都反對王安石變法」。這裡提出不少值得深入探討的問題，本文不擬展開申述，僅談兩點。

接觸蘇軾材料時會發現一個突出的現象：他不僅常常前後說法牴牾，而且甚至同一時期見解矛盾。例如曾文引述他在黃州所寫的不少書、表、記，對反對新法自斥爲「與病狂之人蹈河入海者無異」（《與章子厚書》），但向侄子表示「獨立不懼者，惟司馬君實與叔兄弟耳」（《與千之侄》），也是他。《呂惠卿責授節度副使敕》中痛責呂惠卿「行助役」，這是他的手筆，而力反司馬光廢棄此法的也是他。《到黃州謝表》中說自己「叛違義理，辜負恩私」，悔恨自責之意溢於言表；但不久前出獄時所作詩卻高唱「卻對酒杯渾似夢，試拈詩筆已如神」，紀昀曾評爲「卻少自省之意」。如此等等，不一而足。這就要求我們對所使用材料進行一番鑒別，弄清它在具體環境下的具體目的，弄清哪些是真實矛盾，哪些是門面話、違心話，分別給予恰當的估價。仍以曾文所引的貶斥呂惠卿的敕令爲例。此文聲罪致討，措詞激烈，其中夾有蘇軾報復洩憤情緒也是不必諱言的。但是：第一，這是代皇帝、朝廷立言，在多大程度上代表蘇軾自己的觀點是要打個折扣的；

第二，不能離開呂惠卿被貶事件的全過程。呂惠卿是王安石變法派的首腦人物，自然是「元祐更化」的重點打擊對象。元祐元年六月十八日，詔令奪呂惠卿資政殿學士職，落四官，以中散大夫守光祿卿分司南京，蘇州居住。當時中書舍人范百祿草制，認爲造成當時「法弊」、「民勞」之禍，「稽其所自，汝爲厲階」；二十日，王岩叟等四名諫官上書，認爲罪大謫輕，要求「重行誅竄」，把他比爲「堯之四凶，魯之少正卯，既非常人不當復用常法治也」，甚至以「投之四裔，以御魑魅」爲快；當天，最高統治者在諫章後批出：「呂惠卿罪惡貫盈」，再加貶竄，才由蘇軾草制。（《長編》卷三八〇）在當時一片「大奸」、「巨蠹」的咒罵聲中，蘇軾草制的調子逐漸升級，以致罵倒許多新法，實是很自然的。但曾文用這類材料得出蘇軾當時對王安石變法的「各項措施」都「持反對態度」的結論，那就很難令人完全信服了。

我們之所以重視第十九封信，就是因爲它眞實。它以明確的語言表達了蘇軾當時對新法的眞實思想。蘇、滕關係並非一般，六十多封書簡就是明證。他們在熙寧時各任地方官，就書信往還，計議反對新法，蘇軾曾多次指責將兵法，要求滕予以配合，「乞爲論列」。（紛欣閣本第二十四、二十五封）當滕以親黨謀反受累時，上書辨謗，也與蘇軾商量，把草稿寄他過目；蘇軾細加修改，還指出原稿要求「乞養疾之類，亦恐不宜」，互相磋商後改爲「乞郡」。（第三十八封、三十九封）現存蘇集中爲滕捉刀之作有四篇之多。蘇軾聲言生平不作墓誌銘文字，然而對滕卻是很少的例外。滕達道是蘇軾另一恩主張方平（安道）的兒女親家，同爲他心目中的兩個「偉人」。蘇、滕之間在政治上聲氣相通，融密無間，第十九封書簡也體現了這種傾心懇談的特點，從中看到了蘇軾的許多官樣文章中看不到的思想動向：「某欲面見一言者，蓋爲吾儕新法之初，輒守偏見，至有異同之論。雖此心耿耿，歸於憂國，而所言差謬，少有中理者。……若變志易守，以求進取，固所不敢；若譊譊不已，則憂患愈深。」這裡講了兩層意思：

㈠過去——反對新法的態度是有偏差、有錯誤的；

㈡現在——不是要因此而加入變法派，但不應再繼續反對。前者是後者的前提和基礎。表達明確而不模棱兩可，態度真誠而不閃閃爍爍，並爲他後來的一些政治活動所證實，似不能指爲空泛無根的。

曾文指出蘇軾《乞常州居住表》講自己被貶是由於「受性剛褊」和「怨仇交織」，因而與「所言差謬」的話「不協調」。其實，「剛褊」、「怨仇」云云是這類內容的表狀文章的題中應有之義，本來就不宜看得過分實在，也不能要求在表狀中承認他私下承認的東西；但此表中倒同時承認自己「狂狷妄發，上負恩私」，與《到黃州謝表》中的「叛違義理，辜負恩私」幾乎雷同，然而後面這段文字曾文卻認爲與第十九封信的「所言差謬」等話「類似」，從而證明此信作於黃州，這就稍覺不夠圓通了。總之，對材料性質進行鑒別似很必要，對蘇軾這樣複雜矛盾的作家尤其如此。這是一。

其次，研究蘇軾在哲宗即位初期對新法的態度，只有緊密聯繫當時統治階級內部鬥爭的整個形勢，才能得到較好的說明。曾文引述的蘇軾當時反青苗法、反科舉改革等材料是真實可靠的，必須如實地承認；但他當時反對司馬光廢棄免役法的材料同樣是真實可靠、必須如實承認的。綜合這兩個事實，對照蘇軾在熙寧時對新法的激烈反對態度，說他的態度有所改變而不是完全改變，說他維護某些新法而不是維護一切新法，應能成立。但對這「有所改變」的估計仍有分歧。

前面說過，元豐八年三月哲宗即位初的一個短時期裡，新舊兩派力量暫時均衡。但舊黨在高后的支持下，勢力迅速膨脹，終於在元祐元年閏二月，蔡確、章惇先後被罷，舊黨全面專權。保甲、方田、市易、保馬、青苗等法在此前後逐一被廢，幾乎未遇什麼阻力，也未引起較大的論爭。連變法派首領章惇也說：「保甲、保馬一日不罷，則有一日害」（《長編》卷三六七），對其他諸法，特別是青苗法的存廢，他也未予論列。蘇軾的反青苗法、反科舉改革等，也是可以理解的，他不能比變法派走得更遠。

然而，在廢棄免役法的問題上卻掀起一場軒然大波。各種政治類型的人物都被捲入論爭，衆說紛紜，爭執不已。但他們都一致强調這一問題的重要性。舊黨首領司馬光說：「當今法度所宜最先更張者，莫如免役錢」（《長編》卷三六四）；他的喉舌侍御史劉摯也說取消免役法是「最今重事」（《長編》卷三七八）。舊黨中表現出某種離異傾向的人物，如蘇轍也說：「近歲所行新法，利害較然。其間免役，所繫尤重」。（《長編》卷三六六）新黨首領章惇說：「今日更張政事，所繫生民利害，免役差役之法最大，極須詳審，不可輕易。」（《長編》卷三六七）退居金陵的王安石在聽到罷廢其他新法的消息時，尚能「夷然不以爲意」，及至得知免役法爲差役法所代替，不禁愕然失聲道：「亦罷至此乎？」又說：「此法終不可罷！安石與先帝議之兩年乃行，無不曲盡。」（《名臣言行錄．後集》卷六）政治上的大論戰往往是衡量人們政治立場的重要根據，也是考察政治分野的可靠標尺。免役差役之爭正是當時政治鬥爭中的焦點，它不僅使新舊兩黨更加營壘分明，而且也使人們清楚地看到舊黨中的某種離異勢力。

蘇軾從第十九封信裡所表達的對新法的新認識出發，對司馬光等人「專欲變熙寧之法，不復校量利害，參用所長」的政策，表示極大的不滿和憂慮：「然臣私憂過計，……神宗勵精核實之政，漸致惰壞，深慮數年之後，馭吏之法漸寬，理財之政漸疏，備邊之計漸弛」，將會導致不堪設想的後果。（《辯試館職策問札子》）這裡在對神宗的讚美中，也包含對新法有所肯定，承認新法對「馭吏」、「理財」、「備邊」有所裨益。元祐元年三月，他和司馬光之間就免役法的存廢問題展開了激烈的爭論。他針對司馬光的「五大罪狀」說，分析道：「差役、免役各有利害：免役之害，掊斂民財，十室九空，錢聚於上而下有錢荒之患；差役之害，民常在官，不得專力於農，而貪吏猾胥得緣爲奸。此二害輕重，蓋略相等」。這種頗爲中肯的分析態度，與第十九封信所闡述的思想是一脈相承的：他在力圖避免「偏見」，減少「差謬」。當然，他對這兩法並不真的無所抉擇。他接著說，免役法相當於前代的募兵制：「農出穀帛以養兵，兵出性命以衞農，天下便之，使聖人復起，不能易也。今免役之法，實大類此」。（同上）出錢以求免役自然也是人民的負擔，但跟從前的差役法比，不能不說是一種進步。激烈抨擊王安石變法的王夫之，在《宋論》卷六裡從歷代稅制的演變過程，指責免役法是「庸外徵庸」，額外賦斂，但又不得不承認「民寧受免役之苛索，而終不願差役者，率天下通古今而無異情」，「寧復納錢以脫差役之苦」，見解與蘇軾相類，比較全面。尤應指出，蘇軾的這些見解，跟當時章惇等變法派的意見如出一轍。章惇在反駁司馬光的奏疏時，也說「差役免役，各有利害」，說過去推行免役法後，「差役之舊害雖已盡去，而免役之新害隨而復生」，現在「司馬光變法之意雖善，而變法之術全疏。苟在速行，無所措置，免役之害雖去，差役之害復生」，從而堅決反對取消免役法。（《長編》卷三六七）蘇軾確也沒有「變志易守」而投入變法派的懷抱，然而，現實的政治鬥爭竟使他和變法派異口而同聲了。

蘇軾維護免役法的態度始終是堅決的。他不僅親自與司馬光爭辯於政事堂，阻止免役法的取消；而且在被取消之後，他仍根據恢復差役法後的實際情況，上疏指出：「差役之法，天下皆云未便。昔日雇役（即免役法），中戶歲出幾何？今日差役，中戶歲費幾何？更以幾年一役較之，約見其數，則利害灼然。而況農民在官，吏百端蠶食，比之雇人，苦樂十倍」。（《宋史紀事本末》卷四十三）前後維護，不遺餘力。蘇軾曾參加詳定役法局，也堅持己見，不肯稍屈，「臣既不同，決難隨衆簽書」，幾次要求退出。（《乞罷詳定役法札子》）

真像他自己所說：「上與執政不同，下與本局異議」，上下樹敵，卻不動搖。（《再乞罷詳定役法狀》）最後不惜跟交情甚篤的司馬光鬧翻，「君實（司馬光）始怒，有逐公（蘇軾）意」（《東坡先生墓誌銘》）。蘇軾爲此作出了政治犧牲。

蘇軾維護免役法的態度不是孤立的。在當時舊黨中出現一股與司馬光政見不合的離異勢力，反對全部、立即罷廢新法。司馬光竟也說：「爲今之計，莫若擇新法之便民益國者存之，病民傷國者悉去之。」（《長編》卷三五五）這句假話不過是對離異勢力的迎合而已。這一勢力與司馬光的矛盾，集中地在免役法存廢問題上表現出來。范純仁、蘇轍、范百祿、李常等人都表示反對取消免役法。蘇軾就是其中突出的一個。從當時派別鬥爭的情勢來估量，蘇軾的維護免役法和反對青苗法等新法，兩者在他當時對新法的整個態度中所占的地位是不能等同的：「維護」是其主要的一面，「反對」是屬於第二位的。正是在這個意義上我曾說蘇軾其時的「基本政治傾向是維護某些新法」。

注　釋

①類似情況如范鎮。蘇軾《答范蜀公》云：「始者，竊意丈丈絕意軒冕，然猶當强到闕，一見嗣聖，今乃確然如此，殊乖素望，然士大夫高此舉也。」哲宗嗣位之初，元老重臣入闕覲見，似是擬議中普遍之舉。

②孔凡禮先生《關於蘇軾書簡版本的一點資料》（《文學評論》一九八一年第六期），同意本文關於《續集》書簡保持宋本面貌的論點，並提出兩點補證，可參看。

一九八〇年八月（原載《文學評論》一九八一年第一期）

《蘇軾論稿》

品評篇

蘇軾豪放詞派的涵義和評價問題

蘇軾在我國詞史上的主要貢獻在於開創豪放一派，打破了傳統婉約詞獨占詞壇的局面，爲詞的繼續發展開闢道路。但這一評價並沒有取得詞學研究者的一致同意。或謂詞分豪放、婉約乃是「似是而非不關痛癢語也」（陳廷焯《白雨齋詞話》卷一），不能反映宋詞風格流派的多樣性，因而把宋詞分爲婉麗、豪宕、醇正三派（謝章鋌《賭棋山莊詞話》卷九引）或雄放豪宕、嫵媚風流、沖淡秀潔三派者有之（清高佑釲《迦陵詞全集序》引其友顧咸三語）；分爲真率明朗、高曠清雄、婉約清新、奇艷俊秀、典麗精工、豪邁奔放、騷雅清勁、密麗險澀等八派者有之（詹安泰《宋詞風格流派略談》，見《宋詞散論》）。或謂今存蘇詞真正體現豪放風格的最多不過二三十首，實不能概括其全部風格甚至基本風格。明俞彥《爰園詞話》更認爲蘇軾「其豪放亦止《大江東去》一詞，何物袁綯，妄加品隲，後代奉爲美談，似欲以概子瞻生平」，豪放詞僅只一首，當然不能用以品評蘇詞了。或謂詞的「本色」就是合樂應歌，蘇詞衝破音律限制，導致宋詞的衰微：「蘇軾出而開豪放一派，詞也就衰了」（劉堯民《詞與音樂》）。這些駁難都有一定根據，值得繼續研究和探討。

一　豪放和豪放詞派

「豪放」一詞，一般用以指人的氣度性格，或指藝術風格。前者古人習用，後者作爲藝術風格的類別之一，始見於唐末司空圖《二十四詩品》。此二義宋人仍舊沿用。如黃庭堅云：「太白豪放，人中鳳凰麒麟」（《詩人玉屑》卷十四引），指前者；王安石云：「白之歌詩，豪放飄逸，人固莫及」（同上引），指後者；蘇轍云：「李白詩類其爲人，俊發豪放」（同上引），則兼指氣度、風格而言。蘇軾亦有用「豪放」指風格者，如評韓愈云：「要當斗僧清，未足當韓豪」（《讀孟郊詩》），又云韓詩比之柳宗元詩，「豪放奇險則過之，而溫麗靖深不及也」（《評韓柳詩》）。然而在蘇軾論藝術和宋人評蘇詞的言論中，「豪放」還含有另一種意義：主要指放筆快意、揮灑自如、擺脫束縛的創作個性。蘇軾嘉祐六年的《王維吳道子畫》云：「道子實雄放，浩如海波翻。當其下手風雨快，筆所未到氣已吞」；元豐八年《書吳道子畫後》云：「出新意於法度之中，寄妙理於豪放之外」；紹聖元年《子由新修汝州龍興寺吳畫壁》云：「人間幾處變西方，盡作波濤翻海勢。細觀手面分轉側，妙算毫釐得天契。

始知真放本精微，不比狂花生客慧。」先後三次評吳道子畫，意見是一致的，「雄放」、「豪放」、「放」，含義相同。吳道子畫風固然宏偉奔放，但此處的「雄放」，細細體味實側重指創作個性，「浩如」以下三句即是「雄放」注釋；與「妙理」相結合的「豪放」，與「精微」相結合的「真放」，也不單指具有陽剛之美的「風格」。紀昀評「始知」兩句云：「至言可佩，於此知詩家好喜作迷離惝怳語，及喜作豪橫語者，皆狂花客慧耳」，指出「豪放」不等同於「豪橫語」，所言頗是。蘇軾《答陳季常》云：「又惠新詞，句句警拔，詩人之雄，非小詞也。但豪放太過，恐造物者不容人如此快活。一枕無礙睡，輒亦得之耳，公無多奈我何，呵呵！」今存陳慥（季常）詞僅《無愁可解》一首①，係議論縱橫的談禪悟道之作：「光景百年，看便一世。生來不識愁味。問愁何處來，更開解箇甚底。……」這首詞雖不能斷定就是蘇軾信中所說的「新詞」，但也不能排除這種可能。詞前有蘇軾所寫短序，詞所抒寫的任情逍遙的主旨，與信中所謂「如此快活」亦甚吻合。但從藝術風格看，此詞很難加以「豪放」的評語。當然，氣度豪邁舉磊者如從事創作，一般表現爲放筆快意的創作個性，其作品一般具有豪放的風格，但三者並不是同一概念。蘇軾自稱：「某平生無快意事，惟作文章，意之所到，則筆力曲折，無不盡意」。（《春渚紀聞》卷六）「萬斛泉源，不擇地而出」的「滔滔汩汩」的創作個性確是體現在蘇軾一生詩、詞、文的全部創作之中，但這一創作個性既可以表現爲豪橫恣縱，也可以表現爲韶秀明麗、平淡自然，並不與「豪放」風格等同。

至於胡寅所說「詞曲者，古樂府之末造也。……然文章豪放之士，鮮不寄意於此者，隨亦自掃其迹，曰謔浪遊戲而已也。」（《題酒邊詞》）此處「文章豪放之士」，更是泛言放筆寫作之人，與藝術風格無關。

最早以「橫放」、「豪放」論蘇詞的是蘇軾門人晁補之和南宋陸游、朱弁。晁說蘇軾「橫放傑出，自是曲子中縛不住者。」②（《能改齋漫錄》卷十六「黃魯直詞謂之著腔詩」條）陸游說蘇軾「非不能歌，但豪放，不喜裁剪以就聲律耳。」（《老學庵筆記》卷五）朱弁說，「章質夫《楊花詞》，命意用事，瀟灑可喜。東坡和之，若豪放不入律呂，……」（《曲洧舊聞》卷五）這裡的「橫放」、「豪放」顯然不指風格而指創作個性：晁、陸是泛言蘇軾整個詞作，自然不能全以豪放風格評之；朱弁所言《水龍吟．詠楊花》其風格素以蘊藉婉曲見稱的。其次，他們又都把「豪放」一詞跟蘇軾詞的不合樂律聯繫起來，跟蘇詞與音樂的初步分離問題聯繫起來。這是值得注意的兩點。此外曾慥於紹興年間所作《東坡詞拾遺跋》也用「豪放」一詞評蘇詞：「想像豪放風流之不可及也。」似也不是從藝術風格立論的。

蘇軾及其他宋人並沒有把「豪放」與「婉約」對舉而言。最早以兩者對舉論詞的是明人張綖。他在《詩餘圖譜．凡例》後云：

按詞體大略有二：一體婉約，一體豪放。婉約者欲其辭情蘊藉，豪放者欲其氣象恢弘。蓋亦存乎其人，如秦少游之作，多是婉約，蘇子瞻之作，多是豪放。大抵詞體以婉約為正，故東坡稱少游「今之詞手」，後山評東坡詞「雖極天下之工，要非本色」。今所錄為式者，必是婉約，庶得詞體，又有惟取音節中調、不暇擇其詞之工者，覽者詳之。③

張縮關於婉約、豪放的界說，是從藝術風格著眼的，與宋人論詞言「豪放」含義有別；但他把它作爲詞的兩「體」，並進一步認爲「詞體以婉約爲正」，則此兩體又隱然含有正、變之別的意義。張縮此說一出，學者多所稱引。如明徐師曾《文體明辨序說．詩餘》，清王又華《古今詞論》、王士禎《花草蒙拾》、徐釚《詞苑叢談》卷一、張宗橚《詞林紀事》卷六、沈雄《古今詞話．詞品》卷上、江順詒《詞學集成》卷五、陳廷焯《白雨齋詞話》卷一等。

清人論宋詞多用「兩分法」：一以豪放、婉約分派，一以正，變分派。但兩者的實際內容往往相同或相近。前者如王士禎。他把張綖的兩體說引申爲詞中兩大派：「張南湖論詞派有二：一曰婉約，一曰豪放。僕謂婉約以易安爲宗，豪放惟幼安稱首，皆吾濟南人，難乎爲繼矣。」後者如《四庫總目提要》。該書卷一九八云：「詞自晚唐五代以來，以清切婉麗爲宗。至柳永而一變，如詩家之有白居易；至軾而又一變，如詩家之有韓愈，遂開南宋辛棄疾等一派，尋源溯流，不能不謂之別格。然謂之不工則不可。故至今日，尚與花間一派並行，而不能偏廢。」以「清切婉麗」的花間一派爲正格，以蘇辛詞爲別格，正與婉約、豪放之分相近。周濟《介存齋論詞雜著》說：「向次《詞辨》十卷，一卷起飛卿爲正，二卷起南唐後主爲變，」今《詞辨》僅存此正變二卷，以溫庭筠、韋莊、歐陽炯、馮延巳、晏殊、歐陽修、晏幾道、柳永、秦觀、周邦彥、陳克、史達祖、吳文英、周密、王沂孫、張炎、唐珏、李清照等十八家爲正；而以李煜、孟昶、鹿虔扆、范仲淹、蘇軾、王安國、辛棄疾、姜夔、陸游、劉過、蔣捷等十一家爲變。他的所謂正變，大抵亦以《花間》爲標準，其列於正體的諸家，都以婉約見長，列於變體的諸家，大都帶有豪放或創新的精神。因而，調停兩派者往往合豪放婉約和正變而論之。沈祥龍《論詞隨筆》云：「唐人詞，風氣初開，已分二派：太白一派，傳爲東坡諸家，以氣格勝，於詩近西江；飛卿一派，傳爲屯田諸家，以才華勝，於詩近西昆。後雖迭變，總不越此二者。」又云：「詞有婉約，有豪放，二者不可偏廢，在施之各當耳。房中之奏，出以豪放，則情致絕少纏綿；塞下之曲，行以婉約，則氣象何能恢拓？蘇辛與秦柳，貴集其長也。」田同之《西圃詞說》云：「填詞亦各見其性情。性情豪放者，强作婉約語，畢竟豪氣未除；性情婉約者，强作豪放語，不覺婉態自露。故婉約自是本色，豪放亦未嘗非本色也。」這裡或謂詞的初源即有豪放、婉約，後人各承其源，平行發展，當然無所謂正變之別；或謂詞有不同題材，於是自有不同風格，或詞人性情有異，風格因之不侔，當然也談不上正變、本色非本色了。從這裡可以看出，在不少清代詞評家的心目中，豪放與別格、婉約與本色實際上是同一內容的不同説法。

正變、本色問題確是評論蘇詞的關鍵。這個爭論在蘇軾當時及稍後就已發生。署名陳師道的《後山詩話》云：「退之以文爲詩，子瞻以詩爲詞，如教坊雷大使之舞，雖極天下之工，要非本色。」據《鐵圍山叢談》卷六，謂「太上皇（徽宗）在位，時屬昇平，手藝人之有稱者」，教坊司有舞者雷中慶，「世皆呼之爲雷大使」，「視前代之伎」「皆過之」。陳師道與蘇軾同年逝世，皆在建中靖國元年（西元一一〇一年），即徽宗即位的第一年，此語當非出自其口，但指蘇詞「以詩爲詞」爲「非本色」，卻代表當時詞壇的一派觀點。

蘇軾對詞的本質的認識卻與此相反。他的爲數不多的論詞文字總是反覆强調一個觀點，就是「詩詞一家」。正是在這個認識的基礎上，他一反傳統「本色」，大力改革詞風，「以詩爲詞」成了他開創革新詞派的主要手段。他在《與蔡景繁》信中説：「頒示新詞，此古人長短句詩也，得之驚喜。試勉繼之，晚即面呈。」而李清照卻説蘇詞乃「句讀不葺之詩」（《詞論》），張炎《詞源》論辛、劉（過）「豪氣詞」爲「長短句之詩耳」，沈義父《樂府指迷》論詞四標準，其第一條即爲「音律欲其協，不協則成長短之詩」。同一句「長短句詩」，兩者褒貶不同，態度迴異：蘇軾認爲詞早該如此作，「得之驚喜」，並當即加以試作，急切欣喜之情，溢於言表；李清照等傳統詞派的理論代表卻認爲詞絕不應如此作，嚴加申斥，不假稍貸。蘇軾説：「近卻頗作小詞，雖無柳七郎風味，亦自是一家，呵呵！」

(《與鮮于子駿》)他力圖按「詩詞一家」的原則來求「自是一家」,而李清照卻聲稱詞乃「別是一家」,堅守詩、詞的森嚴壁壘。一字之差,意味著維護傳統和革新傳統的兩種傾向。這就是正變之爭的實質。

蘇軾論詞還崇尚作爲藝術風格的「豪放」,並與「詩詞一家」的主張聯繫起來。前引《答陳季常》已云:「又惠新詞,句句警拔,詩人之雄,非小詞也。」另一封《與陳季常》信中自稱「日近新闋甚多,篇篇皆奇」。這與《與鮮于子駿》中謂《江城子·密州出獵》「令東州壯士抵掌頓足而歌之,吹笛擊鼓以爲節,頗壯觀也」,同一充滿自豪、自誇的口吻。言「雄」言「奇」言「壯」,足見蘇軾藝術個性中崇尚豪邁俊發的一面。也應指出,在「詩詞一家」認識的前提下,他也並不絕對排斥婉約、合樂。其《祭張子野文》云:「清詩絕俗,甚典而麗,搜研物情,刮發幽翳。微詞宛轉,蓋詩之裔。」在《和致仕張郎中春晝》詩中還讚揚張先「淺斟杯酒紅生頰,細琢歌詞穩稱聲」,對張先詞的「宛轉」,「細琢稱聲」亦多褒揚。他對秦觀詞的俚俗媟黷表示過不滿,但對其雅正婉麗的作品卻極爲傾倒。蘇軾自己詞作不限於豪放風格一路也可從這裡得到解釋。然而,聯繫蘇軾詩詞文整個創作,其藝術個性無疑更傾向於豪健的一面。

我們在前面說過,蘇軾及晁補之、陸游、朱弁等人在使用「豪放」一語時多從放筆快意的創作個性著眼,並不單指藝術風格。其實,這一創作個性與蘇軾革新傳統詞風的「以詩爲詞」的手段是互爲表裡、互爲因果的。他正是爲了使詞從「娛賓遣興」的工具變爲獨立的文學樣式，抒寫自己的真情實感，追求最大的表達自由，才斷然「以詩爲詞」進行多方面的改革：在題材内容上，跟詩一樣，衝破「艷科」藩籬，達到「無意不可入，無事不可言」（《藝概》卷四）的境地；在手法風格上，跟詩一樣，既有比興含蓄，更擅直抒胸臆，以高遠清雄的意境和豪健奔放的風格爲主要藝術標準，對婉約詞風也進行某些變革和發展；在形體聲律上，不以應歌合樂爲能事，而是追求詞的詩律化，追求誦讀的美聽。這些原屬「以詩爲詞」的主要内容也即是他所開創的革新詞派的主要内容，卻跟「豪放」一語牽合起來：既然作爲創作個性的「豪放」與「以詩爲詞」是互爲表裡、互爲因果的，晁補之、陸游、朱弁等人還用來解釋過蘇詞不合樂律的原因，既然作爲藝術風格的「豪放」又爲蘇軾所傾心，他還常與「詩詞一家」的觀點合在一起來論述，更由於清人兩種「兩分法」在實際内涵上的相同或相近，因此，所謂豪放詞派和婉約詞派實際上成了革新詞派和傳統詞派的代名詞。龍榆生先生說：「後人把它分作豪放、婉約兩派，雖不十分恰當，但從大體上看，也是頗有道理的。這兩派分流的重要關鍵，還是在歌唱方面的成分爲多。」（《宋詞發展的幾個階段》，見《詞學研究論文集》）劉永濟先生也說：「按詞以婉約爲正宗，其理由實因婉約派詞家如美成、白石、玉田皆知音，其詞皆協律，而詞本宋之樂府，樂府詩皆應協律。正宗之說，根據在此。」（《詞論》卷上《風會》）這兩位詞學前輩論豪放、婉約，都没有偏限在張綖的風格分派之說內，而是從詞的發展流變著眼，是很有見地的。

蘇軾開創的革新詞派以「豪放」命名，確有些名實不符。但只要了解它的歷史來由和實際內容，且又約定俗成，今天仍可沿用。總之，豪放、婉約兩派，不是嚴格意義上的文學流派，也不是對藝術風格的單純分類，更不是對具體作家或作品的逐一鑒定，而是指宋詞在內容題材、手法風格特別是形體聲律方面的兩大基本傾向，對傳統詞風或維護或革新的兩種不同趨勢。認識這種傾向和趨勢對於宋詞的深入研究是有重要意義的。對「二分法」的一些駁難都是以風格分派為立論前提的，但「二分法」的涵義實不僅如此，這些駁難也就迎刃而解了。

二、蘇詞和協律

指責蘇詞不協音律，是傳統詞派極為普遍的論點，成為蘇詞評價中的突出問題之一。其實，蘇詞有兩種「律」：一種是樂譜式的詞律，目的是付之歌喉，被之管弦，以求歌唱的諧婉動人；一種是平仄式的詞律，主要不為歌唱，而是追求文字聲韻的和諧，以求誦讀的美聽。

說蘇詞不協律，是指前者。但在宋人的言論中對其違律程度的估計卻不一致。李清照說他「往往不協音律」（《詞論》），陸游引「世言」，謂「東坡不能歌，故所作樂府詞多不協」（《老學庵筆記》卷五），其他泛稱其詞「不入腔」者屢見記載。然而，曾爲蘇軾僚屬的趙令時卻言時人「或謂」蘇詞「於音律小不諧」（《侯鯖錄》卷八），胡仔說他「間有不入腔處，非盡如此」（《苕溪漁隱叢話・後集》卷二十六），沈義父《樂府指迷》「豪放與叶律」條亦認爲「不豪放處，未嘗不叶律也」。由於詞樂失傳，宋詞唱奏情況已莫明究竟，因此今天已不能準確判斷上述兩種估計孰是孰非。詞的平仄或格式，原是爲配合樂譜而形成的，我們雖不能從平仄聲韻直接求得樂譜的宮商節拍，但還是能從中窺測大致的情形，捨此也無他途了。

就蘇詞與樂譜式詞律的關係而言，大致有下列幾種情形：

㈠**對當時仍保留舊時歌法而且「聲詞相從」的流行詞調和配合演奏的琴曲等，蘇詞守律頗嚴**。《苕溪漁隱叢話・後集》卷三十九云：「唐初歌詞多五七言詩，……今止存《瑞鷓鴣》、《小秦王》二闋。」可見《陽關曲》（即《小秦王》）在宋時仍爲有譜之詞。《夢溪筆談》卷五《樂律》云：「古詩皆詠之，然後以聲依詠以成曲，謂之協律」，因此歌詞內容和曲調聲情互相吻合；但到沈括時已大都不相一致，「今聲詞相從，唯里巷間歌謠及《陽關》、《搗練》之類，稍類舊俗」，說明只有《陽關曲》等少數詞牌尚能配合曲調聲情。李之儀《跋吳思道小詞》云：「唐人但以詩句而用和聲抑揚以就之，若今之歌《陽關詞》是也。」也說明此調爲當時習唱。

蘇軾在密州時曾據古本《陽關》對「陽關三疊」的唱法作過專門的考證（《東坡題跋》卷二「記陽關第四聲」條）。宋楊偍《古今詞話》（《花草粹編》卷十一引）、元楊朝英《陽春白雪》所載《陽關三疊》詞，其結構即與蘇說相符（第一句不疊，餘三句疊）。正因爲蘇軾對此調熟稔，他所作《陽關曲》三首與王維原作《渭城曲》平仄四聲嚴格相合：

王維《渭城曲》	去平平上入平平 渭城朝雨浥輕塵，	入上平平上入平 客舍青青柳色新。
蘇軾《中秋作》	去平平上入平平 暮雲收盡溢清寒，	平去平平上入平 銀漢無聲轉玉盤。
蘇軾《贈張繼願》	去平平上上平平 受降城下紫髯郎，	去上平平上去平 戲馬台前古戰場。
蘇軾《答李公擇》	去平平上入平平 濟南春好雪初晴，	平去平平上入平 行到龍山馬足輕。
王維《渭城曲》	去平去上入平上 勸君更盡一杯酒，	平入平平平去平 西出陽關無故人。

蘇軾《中秋作》	上平上去入平上 此生此夜不長好，	平入平平平去平 明月明年何處看？
蘇軾《贈張繼願》	去平入上入平上 恨君不取契丹首，	平入平平平去平 金甲牙旗歸故鄉。
蘇軾《答李公擇》	上平入去入平上 使君莫忘霅溪女，	平入平平平上平 還作陽關腸斷聲。

從上表可知：

(1)若以平仄論，僅第二句第一字有兩字不合（銀、行），其他全合。俞樾解釋道，此字「似乎平仄不拘，然塡詞家每每以入聲字作平聲用，右丞用客字，正是入聲，或客字宜讀作平也。蓋此調第一句、第三句以仄平起，第二句、第四句以平仄起，若客字讀仄聲，便不合律。東坡《答李公擇》及《中秋月》兩首，次句均以平仄起可證也。惟《贈張繼願》用戲字，則是去聲，於律失諧，或坡公於此小疏，又《玉篇》戲字有忻義、虛奇二切，此字借作平聲讀，或亦無害也。」（《湖樓筆談》卷六，見《第一樓叢書》九）則平仄全部相符了。

(2)若以四聲論，蘇詞三首共八十四字，僅「銀」、「戲」、「行」、「漢」、「到」、「戰」、「此」、「使」、「此」、「不」十字不合，餘七十四字全合。其他有出入各字，因依陽上作去、入派三聲規律可以相通。如浥（影母）、溢（以母）、雪（心母）三字皆清入轉上，因與紫（上聲）同，莫（明母）字次濁入轉去，與更（去聲）同，盡（從母）陽上作去，與夜（去聲）、取（上聲）、忘（去聲）相通，斷（定母）陽上作去，與故（去聲）同。

⑶第一句第一字皆用去聲，結尾兩平中皆同夾一去聲字，一在句首，一在句尾，是在「起調畢曲」的歌唱吃緊之處，故毫不假借。第二句第五字必用上聲，第三句末三字必用「入平上」，亦似非偶合，徐棨《詞通．論律》曾指出蘇軾此三詞於王維原作「不獨謹於句調，謹於平仄，抑且謹於四聲」（《詞學季刊》一卷三號），是正確的，總之，此乃蘇詞守律最嚴之著例。

蘇軾著有《雜書琴事》、《雜書琴曲》多則（見《東坡題跋》卷六），其中不乏此中人語，他的兩首琴曲《醉翁操》和《瑤池燕》也是深諳樂律之作。

先說《醉翁操》。據蘇軾此詞自序，滁州琅琊山「泉鳴空澗，若中音會」，爲歐陽修所激賞。後太常博士沈遵往遊，「以琴寫其聲，曰《醉翁操》，節奏疏宕，而音指華暢，知琴者以爲絕倫。然有其聲而無其辭」，只是一首器樂曲。歐陽修「雖爲作歌，而與琴聲不合」，成爲琴界憾事。三十餘年後，沈遵琴友崔閑「恨此曲之無詞，乃譜其聲」，請蘇軾補詞。又據《澠水燕談錄》卷七，蘇軾作此詞時，「閑爲弦其聲，居士倚爲詞，頃刻而就，無所點竄」，「然後聲詞皆備，遂爲琴中絕妙，好事者爭傳。」蘇軾還寫信給沈遵之子本覺法真禪師說：

「二水同器，有不相入；二琴同手，有不相應。沈君信手彈琴而與泉合，居士縱筆作詞而與琴會，此必有真同者矣。」能夠頃刻之間一字不改地寫出與琴曲音樂「真同」的詞，又爲當時和後世爭傳不絕，既見出蘇軾對音樂的一定造詣，又說明這首詞與樂曲音律的融合無間。葉夢得在《避暑錄話》卷下中說，他於大觀末亦遇崔閑於泗州南山，崔閑「坐玻瓈泉上」，配合「涓涓淙潺」的泉聲作琴曲多首，要求葉爲他配詞，方法是「閑乃略用平側四聲分均（韻）爲句以授余」，葉因對此道「了了略解」而未能當即應命。其實，葉幼時已向信州道士吳自然學過琴。由此可以推知蘇軾此詞必合矩矱，否則不會引起時人的驚嘆和他本人的自許。今日誦讀原詞：「琅然。清圜。誰彈。響空山。無言。惟翁醉中知其天。月明風露娟娟。人未眠。……」短句多，韻位密，多用平韻，間有拗句，吟誦一過，琴音的清圓婉和，泉聲的琤琮叮咚，彷彿依稀可聞。鄭文焯云：「讀此詞，髯蘇之深於律可知。」（《東坡樂府箋》卷二引）這首詞的音樂效果是毋庸置疑的。

再說《瑤池燕》。《侯鯖錄》卷三云：「東坡云：琴曲有《瑤池燕》，其詞不協，而聲亦怨咽，變其詞作閨怨寄陳季常云：此曲奇妙，勿妄與人。」按，《瑤池燕》即《越江吟》。《續湘山野錄》云：「世傳琴曲宮聲十小調，皆隋賀若弼所製，最爲絕妙。」其五即《越江吟》。宋太宗極爲愛賞，「命詞臣各探調製詞。時北門學士蘇易簡探得《越江吟》。」因其首句爲「非煙非霧瑤池宴」，故又名《瑤池燕（同宴）》。今即以兩蘇之作對勘如下：

蘇易簡《越江吟》	非煙非霧瑤池宴。片片。碧桃冷落誰見。
蘇　軾《瑤池燕》	飛花成陣。春心困。寸寸。別腸多少愁悶。
蘇易簡《越江吟》	黃金殿。蝦鬚半卷。天香散。　春雲和、
蘇　軾《瑤池燕》	無人問。偷啼自搵。殘妝粉。　抱瑤琴、
蘇易簡《越江吟》	孤竹清婉。入霄漢。紅顏醉態爛漫。金輿轉。
蘇　軾《瑤池燕》	尋出新韻。玉纖趁。南風未解幽慍。低雲鬢。
蘇易簡《越江吟》	霓旌影亂。簫聲遠。④
蘇　軾《瑤池燕》	眉峯斂暈。嬌和恨。

兩詞差別是：

⑴韻腳。東坡詞首句於第四字多押一陣字韻。（但《苕溪漁隱叢話・前集》卷十六首句作「非雲非煙。瑤池宴。」煙字亦是韻腳。）其他只有兩個韻腳聲調不同：易簡詞之婉（上）、遠（上），東坡作韻（去）、恨（去）。散、轉有上去兩讀，故與粉（上）、鬢（去）同聲。其他韻腳聲調全同。

⑵平仄四聲。全詞除韻腳外僅三個字四聲不合：易簡詞之「落」（入）、「態」（去）、「爛」（去），東坡作「少」（上）、「解」（上）、「幽」（平）。其他「冷」

（上）可通「零」（平）（一本即作「零」），與「多」（平）同聲。「春」（平）實爲「奏」（去）之誤，考《周禮・春官・大司樂》云：「孤竹之管，雲和之琴瑟，雲門之舞，冬日至，於地上之圜丘奏之」，《歷代詩餘》卷十九即作「奏」，應從，故與「抱」（陽上作去）同聲。「斂」有上去兩讀，故與「影」（上）同聲。若以平仄論，全詞竟只有一字不合（「爛」與「幽」）！蘇軾謂易簡原詞「不協」，究其實僅止如此而已。這說明蘇軾此詞必嚴於守律，同時也使我們對於宋人的所謂「不協」有個具體的分寸感。

㈡部分蘇詞曾付之歌喉、被之管弦，其守律情形時嚴時鬆，頗多參差。根據蘇軾詞序及其他有關記載，今可考知曾被歌唱過的蘇詞大約有：《水調歌頭》（昵昵兒女語）、《哨遍》（爲米折腰）、《江城子》（夢中了了醉中醒）、《減字木蘭花》（維熊佳夢）以及上述《陽關曲》等三調五首，以上見詞序；還有《江城子》（老夫聊發少年狂），見《與鮮于子駿》，《水調歌頭》（明月幾時有），見《鐵圍山叢談》卷四，《滿江紅》（東武城南），見《歲時廣記》卷十八引《古今詞話》，《永遇樂》（明月如霜），見《獨醒雜志》卷三，《南歌子》（師唱誰家曲），見《苕溪漁隱叢話・前集》卷五十七引《冷齋夜話》，《戚氏》（玉龜山），見李之儀跋，《蝶戀花》（花褪殘紅青杏小），見《瑯環記》卷中引《林下詞談》，《玉樓春》（烏啼雀噪昏喬木），見《王直方詩話》，《鵲橋仙》（緱山仙子），見陸游《跋東坡七夕詞後》，共十八首。如果再加上自度曲《皂羅特髻》、《翻香令》、《清華引》、《荷華媚》和其他「檃括」體《定風坡》（與客攜壺上翠微、好睡慵開莫厭遲），則共二十四首。其中有的守律頗嚴。如《戚氏》（玉龜山），此詞長達二百十幾字。分三段。萬樹《詞律》卷二十曾以它與柳永同調「晚秋天」一闋比較云：「『雲璈』句（第三段第七句）七字叶韻，與前調（指柳詞）『別來』句六字不叶異，其餘俱同。人每謂坡公詞不叶律，試觀如此長篇，字字不苟，何常（嘗）不協乎？」萬樹僅從平仄格式來衡量，「字字不苟」也嫌過譽。其實，平仄四聲時有出入，叶韻方式亦有不同：柳詞是平仄韻同部參錯互叶，蘇詞大都用平聲韻。但總的看來，確較嚴格，尤其像柳詞的五個領格字，第一段「正」字，第三段「遇」、「念」、「漸」、「對」字，蘇詞一律遵依，同作去聲。（僅「杳」字在句式上不屬領格句，但字聲仍爲陽上作去）柳詞第三段「當年少日」、「對閑窗畔」二句，皆上一下三句式，蘇詞作「獻金鼎藥」、「望長安路」，亦並遵依。毛晉本調下注引李之儀（端叔）跋云：「東坡在中山（定州），宴席間，有歌《戚氏》調者，坐客言調美而詞不典，以請於公。公方觀《山海經》，即敍其事爲題，使妓再歌之，隨其聲填寫，歌竟篇就，才點定五六字而已。」⑤李之儀爲蘇軾知定州時僚佐，其言當可信。此詞逕爲應歌而作，且實有意與柳詞爭勝，故嚴於守律，因難逞才。今蘇詞有三處在相同位置上與柳詞用字全同：「當時」、「正」、「留連」，便見此中消息。陸游《老學庵筆記》卷九說蘇軾對此詞「最得意」，當包括妙合音律而言。

但有的守律頗疏。試以上述兩首《江城子》爲例。《江城子》上下兩片各三十五字，格式相同。五代時僅只單片，至宋多依原曲重增一片，以不同的歌詞重唱一遍。但以蘇軾此兩詞四片對勘，結果是：

(1)「老夫聊發少年狂」一首，上下片四聲不合者十一字，占三分之一，若以平仄不合者論，亦有二字；

(2)「夢中了了醉中醒」一首，上下片四聲不合者十三字，平仄不合者四字；

(3)兩首逐字對照，四聲不合者二十三字，平仄不合者四字。

這個數字比起《陽關曲》三首的情況來，相差就很大了。兩首詞雖說可歌，但一則說「令東州壯士抵掌頓足而歌之，吹笛擊鼓以爲節」（《與鮮于子駿》），與當時一般用琵琶伴奏者完全異趣；⑥一則自謂東坡之雪堂猶如陶潛之斜川，「乃作長短句，以《江城子》歌之」，係隨興所書，然後借用詞調付之歌喉而已。要之，此兩詞皆非酒宴應酬或爭勝逞才之作，而是「滿心而發，肆口而成」，自然於音律有所不顧了。這是他守律時嚴時鬆的原因之一。

㈢蘇軾的大部分詞作沒有歌唱的記載，其中多數可以大致推斷並無應歌的創作目的，其守律情況總的來說比較鬆弛。今試以蘇、柳詞作比較。柳永號稱知律，今存《樂章集》其詞調與蘇軾同者有二十調，其中除《卜算子》、《定風波》名同而調異（柳爲慢詞）、《瑞鷓鴣》格式大異外，以相同的十七調對勘，平仄四聲互異之處頗爲經見。例如《少年游》一闋，柳詞有五十字、五十一字、五十二字三式，蘇詞兩首皆五十一字，但句式有稍異處。以句式與柳詞全同者比較，即柳之「層波瀲灩遠山橫」與蘇之「銀塘朱檻麴塵波」，兩詞四聲異者達二十字。再以柳五十字之「參差煙樹灞陵橋」與蘇之「去年相送」對照，不但柳詞首七字句蘇軾改爲兩個四言句，柳詞結尾四、四、五句式蘇改爲七、三、三，而且四聲異者達十八字，所占比例亦較大。尤如蘇詞結尾「恰似姮娥憐雙燕」句，四平連用，於歌唱亦似有礙，且又在「畢曲」樂調吃緊之處。他如《清平樂》柳之「繁華錦爛」與蘇之「清淮濁汴」，《訴衷情》柳之「年漸晚」與蘇之「花盡後」等，四聲異者隨處皆有，幾無清楚條理可尋，不再縷述。句式出入的情況也較突出。如《八聲甘州》柳詞首句「對瀟瀟、暮雨灑江天」爲領格句，「對」字去聲，蘇詞作「有情風萬里卷潮來」，未合；其結尾倒數第二句柳詞「倚欄干處」，中兩字連屬，爲特殊句法。如吳文英同調「渺空煙」之「上琴臺去」、張炎「記玉關」之「有斜陽處」皆同，而蘇詞作「不應回首」，又未合。《醉蓬萊》柳詞「漸亭皋葉下」全詞共有五個五言句，皆用上一下四句式，蘇詞「笑勞生一夢」首，四句合，一句未合；過片柳詞爲四個四言句，蘇詞變爲六、六、四句式。《鷓鴣天》柳詞「吹破殘煙入夜風」首第三、四句，例作對偶（晏幾道等皆如此），蘇詞此調共兩首，一首合（「翻空白鳥時時見，照水紅蕖細細香」），一首不合（「夜來綺席親曾見，撮得精神滴滴嬌」）。謝章鋌《賭棋山莊詞話》卷四曾舉蘇軾的兩首詞云：「其句法連屬處，按之律譜，率多參差」，其實，這種情況不限於少數詞作。至於用韻方面，魯國堯先生曾以蘇軾等二十位宋代四川詞人的作品進行細緻而全面的分析比較，其結果也以蘇軾「出格」爲多，他是「合韻（指不同的韻部的合用）項目最多者之一，達七項。合韻較之於本韻，有礙於歌唱則是肯定的。」（《宋代蘇軾等四川詞人用韻考》，見《語言學論叢》第八輯）

應該指出，上述四聲、句式、用韻等出入之處並非全部都是對樂律的違礙。以柳詞而言，其同一詞牌即有多種格式，如《傾杯樂》即有九十四、九十五、一〇四、一〇六、一〇七、一〇八（兩體）、一一六字等八體，《洞仙歌》有一一九、一二三、一二六字等三體，《輪臺子》有一一四、一四一字兩體，《少年游》有五十、五十一、五十二字等三體，其四聲、句式、用韻也不全同，甚至差別很大。但他精於樂律，深知何處應守、何處可守可不守，掌握了詞牌的靈活性。蘇詞就不完全如此。後來詞譜作者往往把這些歧異看成可平可仄或又一體之類，從歌唱樂律角度看，是不對的。例如蘇軾的《歸朝歡》（我夢扁舟浮震澤）與柳永同調之「別岸扁舟三兩隻」，句式全同，所押十二個韻腳竟有五個字同（淅、白、客、色、隔），連柳詞上下片兩結首字皆用入聲（隻、玉），蘇詞亦遵依（覺、莫），但平仄四聲仍有參差。鄭文焯《手批東坡樂府》云：「此與柳詞同一體，其平側微異處，正是音律之清濁相和，匪若萬紅友（樹）所注可平可仄之例也。」（轉引自《東坡樂府箋》卷二）這一審察是十分精細的。請以近事喻之。傳唱一時的岳飛《滿江紅》（怒髮衝冠）歌曲，原來是楊蔭瀏先生在二十年代利用無名氏爲薩都剌《滿江紅》（六代豪華）所譜寫的曲調，配上岳飛詞而成的。

兩詞若衡以通常詞譜，都是合律的；但在歌唱岳詞時，不僅原曲譜未能充分表達岳詞激昂慷慨的情緒，而且在字調配合曲譜音符上頗多牴牾。楊先生指出如「怒髮」、「欄處」、「望眼」、「仰天」、「里路」、「胡虜」、「待從」等處，在歌唱時發生了「倒字」（四聲不合）的不良效果，這是由於違反了「以低音配上聲字，以高音配去聲字」的原則。（《我和《滿江紅》》，見《人民音樂》西元一九八二年十期）而一般詞譜僅分平仄，且在「怒」、「欄」、「望」、「仰」、「里」、「待從」等處皆注可平可仄。這說明歌唱確要區分上、去，平仄也不是隨便可以通用的。今日宋詞樂譜已亡，蘇詞與柳詞等的歧異處，籠統地說是可平可仄或又一體之類顯然不符歌唱的實際情形，但我們又無法確指哪些違例哪些不違例。從比勘的絕對數字來看，我們只能推測這第三類詞，比起《陽關曲》等五首詞來，比起曾經配樂歌唱的詞來，違律較多、較普遍，而這類詞正占蘇詞的大多數。夏承燾先生說：「蘇辛但工文字，不顧拗盡天下嗓子」，即概指蘇詞的一般情況。

蘇軾對樂律雖非精詣但亦粗通。其《與子明兄》云：「記得應舉時，見兄能謳歌甚妙。弟雖不會，然常令人唱，爲何（作）詞。近作得《歸去來引》一首，寄呈請歌之。」則在嘉祐應舉時尚不諳謳歌，但後常研習。呂居仁《軒渠錄》記載蘇軾有「歌舞妓數人」，常飲客侑歌。蘇軾知密州時，劉攽曾聽到蘇詞數闋，作詩贈之云：「千里相思無見期，喜聞樂府短長詩。靈均此祕未曾睹，郢客探高空自知（原誤作欺）。不怪少年爲狡獪，定應師法授微辭。吳娃齊女聲如玉，遙想明眸嚬黛時。」（《見蘇子瞻所作小詩因寄》）借屈原「未睹此祕」（《南史・陸厥傳》引沈約論聲韻有「自靈均以來，此祕未睹」語）及宋玉曲高和寡之說來讚美蘇詞，戲謂蘇軾當有師法授受，獨得樂理之祕，與當時輕浮少年以歌詞爲戲不同。蘇軾晚年常自歌詠，亦屢見記載。這都說明他對音樂的愛好和熟悉。上述《陽關曲》等五首的實例更是明證。

蘇軾粗通樂律而其大部分詞作又多違律，說明什麼呢？這正是對詞的一種新的創作意識的形成——主文不主聲。就是說，蘇軾主要不是以應歌爲塡詞目的，而是把詞作爲與詩一樣的獨立抒情藝術手段，不願思想感情的表達因遷就樂律而受到損害，不願自由奔放的創作個性受到拘束，表現了詞與音樂初步分離的傾向。蘇軾最有名的《念奴嬌》（大江東去），其句式就有四句與常格不同（浪淘盡、小喬初嫁了、羽扇綸巾、故國神遊），所押入聲韻也是物、錫、薛、月諸部混而用之，就是因直抒胸臆而不拘樂律的突出例子。這一創作意識並不僅是蘇軾一人如此。《碧雞漫志》卷二云：「王荊公長短句，不多合繩墨處，自雍容奇特。」「雍容奇特」往往是「不多合繩墨處」，與沈義父評蘇詞「不豪放處，未嘗不叶律」，正反角度不同，含意完全一樣，都反映出反傳統的新的創作意識。只不過王安石畢竟彼衆我寡，未能獨立門戶，而蘇軾以傾蕩磊落之才馳騁詞筆，恣意抒寫，突破倚聲協律的常規，才開一代新風氣。

鍾嶸《詩品序》提出，「韻入歌唱，此重音韻之義也」，這是講歌唱之律；但梁時的詩歌「既不被管弦，亦何取於聲律耶？」「但令清濁通流，口吻調利，斯爲足矣」，這是講「諷讀」之律。蘇詞算不上歌唱之律的典範，但他對諷讀的音樂性卻是潛心追求的。這完全適應蘇軾當時詞壇所面臨的詞與音樂初步分離的情勢。

誦讀但求平仄，不講四聲，這是從沈約「永明體」到唐代律詩形成的一條經驗教訓。宋詞在與音樂初步分離的情勢下，其格律亦趨於詩律化，即以兩平兩仄交替迭用的重覆平仄律爲基礎；但又充分發揮其句式上的長短互節、奇偶相生，韻位的疏密變化、韻部通用以及平仄字聲在聯、節、篇的多種變化，而形成另一種聲情相稱、諧婉美聽的音律。所以，它是詩律化而不是被律詩所同化。蘇軾對此作出了自己的貢獻。

仍以《江城子》爲例。前面從歌唱樂律的角度，我們已推測它可能違律較多；但就平仄式詞律而言，則又十分謹嚴。蘇詞此調共九首，每首十八句，全是律句，每句平仄亦全同（個別字在一三五處小有出入），以構成全詞和諧的一面；但律句之間，多不符粘對規律，如上下片前面的兩個三言句，皆作「仄平平，仄平平」的重覆句，又構成拗怒的一面；而上下片後面的兩個三言句，又皆作「平仄仄，仄平平」，且處於結句地位，這又使全詞在拗怒中顯出和諧的統一基調。九首平仄一律，見其守律不苟。

如果說，《江城子》的格律多依前人成例，那麼，他的兩首《洞仙歌》則證明他對音律的匠心獨運。《洞仙歌》一調，首見於唐《教坊記》，柳永《樂章集》兼入中呂、仙呂、般涉三調，句式不一，字數也有一二一、一二三、一二六字不等。蘇軾兩詞「冰肌玉骨」爲八十三字，「江南臘盡」爲八十四字，除下片第四句一爲五言句、一爲六言句外，其他句式及平仄基本相同，極少例外。兩詞一詠花蕊夫人，一詠柳樹，極盡纏綿悱惻之能事，其音節舒展回環，聲情融爲一體，全詞亦以律句爲主，僅上片安排兩個拗句。韻腳全用去聲，去聲激厲勁遠，轉折跌宕，收到瀏亮而又含蓄之效。尤如兩詞結句：「但屈指西風幾時來，又不道流年，暗中偷換」和「又莫是東風逐君來，便吹散眉間，一點春皺」，都由兩個領格句一氣聯綴而成，領字（但、又、又、便）皆用去聲，所領之句一爲七言，一爲兩個四言，又富變化，把時不我待的感慨或東風催春的期望表達得深曲和深沈。

蘇詞的平仄有的與通行格式不同，他對音節的推敲正可從這類不同處尋味。如《滿江紅》下片第五句，一般作「仄平平仄仄」（如岳飛《滿江紅》的「駕長車踏破」），蘇軾五首此句爲「空洲對鸚鵡」、「文君婿知否」、「相將泛曲水」、「相看怳如昨」、「何辭更一醉」，都改作「平平仄平仄」（「曲」、「一」，入作陰平，「看」有平去兩讀），這就不是偶然的了。他大概有意打破兩平兩仄相間的復式平仄律，而變爲一平一仄相間的單式平仄律。例如他的《念奴嬌》（大江東去），全詞大都爲律句，僅三個拗句，而此三個拗句都符合單式平仄律：一爲過片句「遙想公瑾當年」作「平仄平仄平平」，一爲上下片結句「一時多少豪傑」，「一樽還酹江月」，皆作「仄平平仄平仄」，都有一平一仄更迭，對全詞悲壯勃鬱情懷的表達，助益甚大。又如《雨中花慢》一調，蘇軾有三首（今歲花時深院、邃院重簾何處、嫩臉羞蛾），其前片結句各爲「有國艷帶酒，天香染袂，爲我留連」，「空悵望處，一株紅杏，斜倚低牆」，「又豈料正好，三春桃李，一夜風霜」，皆第一句作拗句（僅一個平聲字），二、三兩句卻爲律聯，先拗後諧。而一般格式卻先諧後拗：第一句作律句，二、三兩句律句失對，爲重疊句，如柳永「墜髻慵梳」之「把芳容陡頓，恁地輕孤，爭忍心安」，張孝祥「一葉凌波」之「恨微顰不語，少進還收，佇立超遙」，皆取「仄平平仄仄，仄仄平平，仄仄平平」格式。蘇詞的這些變化，都爲了造成別一種吟誦腔吻。從數首變化相同來看，他不是率意爲之的。

以上數例可以說明蘇軾對誦讀的音樂性的重視。因此他的詞一般讀來朗朗上口，而無棘喉澀舌之弊，偶有拗折處，適足以表示盤旋吞吐、勃鬱不平的胸襟。後世的許多詞譜作者往往以蘇詞作爲詞牌的實例。如萬樹《詞律》取蘇詞者有正體十三調，又一體七調，共二十調。他的詞在平仄式詞律中具有相當重要的示範作用。

三、從詞樂分離的客觀趨勢看蘇詞的革新意義

蘇詞產生以後一直受到「變體」、「別格」，「非本色」等嚴重指責。有趣的是，一些辯護者也往往從尊體的角度來肯定蘇詞。南宋初年王灼的《碧雞漫志》是第一部詞學專著，最早對蘇詞的革新意義給以崇高而正確的評價：「東坡先生非心醉於音律者，偶爾作歌，指出向上一路，新天下耳目，弄筆者始知自振。」（卷二）但此書的主旨是揭櫫「合樂而歌」的標準追溯詞的遠祖，借以抬高詞的地位，所謂「古歌變爲古樂府，古樂府變爲今曲子，其本一也」（卷一），這使他對蘇軾的突破音律採取事實上承認口頭上否認的矛盾態度：既然蘇軾「非心醉於音律」，無異承認了於律有舛，但又指斥「今少年妄謂東坡移詩律作長短句」，其實，何「妄」之有？清代劉熙載則從內容、風格上立論：「太白《憶秦娥》，聲情悲壯，晚唐、五代，惟趨婉麗，至東坡始能復古。後世論詞者，或轉以東坡爲變調，不知晚唐、五代乃變調也。」（《藝概》卷四）其言辯而有據，把「變調」的帽子扔給了對方。但囿於「正變」之爭並不能說明問題的實質。蘇詞的革新意義在於它代表著詞史發展中的兩個趨勢：詩詞合流（不是同化）的趨勢和詞樂分離的趨勢。這兩個趨勢是統一的：不僅死守樂律不能充實內容、提高意境和風格，內容的革新和擴大必然導致體制的變革，而且後者是前者

的重要標誌，使詞脫離音樂的附庸地位而變成一種律化的句數固定的長短句詩，一種新型的格律詩。不少論者卻認爲，「詞一經和樂脫離了關係，也就加速它的僵化和死亡」（孫正剛《詞學新探》），或認爲詞的題材擴大便「失去了抒情的價值」，「蘇軾出而開豪放一派，詞也就衰了」（劉堯民《詞與音樂》），似可商榷。

歌唱是一種複合藝術，包括音樂因素和文學因素。音樂和文學原本都是獨立的藝術，兩者結合得好，音樂可以借歌詞而使其所表現的思想感情明確化，歌詞則由樂調的渲染而獲得更豐富的情韻和意境。《古今樂錄》云：「詩敍事，聲成文，必使志盡於詩，音盡於曲。」但這樣高度融爲一體的天衣無縫之作，一般很難達到，甚至是不可能的。托爾斯泰《藝術論》在論及歌劇時說：「爲了使一個藝術領域中的作品和另一個藝術領域中的作品相符合，就必須有下述的不可能的事發生：既要使兩個屬於不同的藝術領域的作品顯得非常有特色，和過去存在的任何東西都不相似，同時又要使它們符合，而且彼此非常相似」。他甚至斷言，如果音樂作品和文學作品能相符合，「那麼其中之一是藝術作品，另一個便是贋造品，或者兩者都是贋造品」。此論或許有偏，但他從歌唱藝術聲辭相得的極詣要求出發，深刻地揭露了兩種因素的內在矛盾。

由辭配樂還是依樂作辭就是一個突出的矛盾，實質上是何者爲主的問題。我國的早期文獻大都記載先有詩後才合樂製曲，如《尚書·堯典》云：「詩言志，歌永言，聲依永，律和聲。」但在實際創作中，兩種方式並行發展。沈約《宋書·樂志一》云：「凡此諸曲（按，指吳歌雜曲），始皆徒哥（歌），既而被之弦管。又有因弦管金石，造哥以被之」，即是兩種配合樂器伴奏的不同方式。元稹《樂府古題序》把《詩經》、《楚辭》之後的韻文合樂的情況分爲兩大類：「操」以下八體「皆由樂以定詞，非選詞以配樂」，即先樂後辭，爲樂造文；「詩」以下九體，「皆屬事而作，雖題號不同，而悉謂之爲詩可也。後之審樂者，往往採取其詞，度爲歌曲。蓋選詞以配樂，非由樂以定詞也」，即先辭後樂，爲文造樂。前一方式「因聲以度詞，審調以節唱。句度短長之數，聲韻平上之差，莫不由之準度」，這樣，歌詞的寫作往往爲了遷就曲譜而影響其思想感情的自由抒發；後一方式，率意爲辭而後協律配曲，則又影響樂曲旋律的自由演進。所以詩歌和音樂理應「合則兩美」以發揮更大的藝術作用，但卻不免「合則兩傷」影響各自特性的發揮。

詞的創作，除初創詞牌及自度曲外，絕大多數是屬前種方式，即按譜填詞，這比之後種方式更擴大了詩歌和音樂的矛盾。填詞必以曲拍爲準，一個詞牌篇有定句，句有定字，字有定聲，不僅講平仄，而且講四聲陰陽，限制過嚴，束縛手腳，降及南宋的部分詞家，更是其法益密，其境益苦了。填詞又必須顧及曲調的音樂形象和情調，但如前所述，沈括曾指出北宋時大多數詞已是聲辭相違，甚至「哀聲而歌樂詞，樂聲而歌怨詞」，齟齬抵觸，格格不入（《夢溪筆談》卷五《樂律》），即使聲和辭，在全首基本相合，但要達到每字每句情調一致還是十分困難的。詞牌的曲調又不是一成不變的，而一般作者只能按固定腔式填詞，則又跟不上曲調的實際變化。最後，歌唱藝術的重心又不能不在音樂方面，花間宴筵，尊前侑酒，人們追求的是歌喉的動聽，管弦的美妙，而忽略文辭的文野高下。沈括說：「後之爲樂者，文備而實不足。樂師之志，主於中節奏，諧聲律而已」（同上），說明北宋「樂師」但求節奏準確、音律和諧，不重歌唱內容。迄至南宋，鄭樵又提出：「詩在於聲，不在於義。猶今都邑有新聲，巷陌競歌之，豈爲其辭義之美哉，直爲其聲新耳。」（《正聲序論》，見《通志》卷四十九《樂略第一》）把歌詞置於歌唱的無足輕重的地位，自然阻礙詞在文學方面的發展。

從北宋開始，不少人在「復古」的口號下對這一方式提出責難。王安石說：「古之歌者，皆先有詞，後有聲，故曰：『詩言志，歌永言，聲依永，律和聲』。如今先撰腔子，後填詞，卻是『永依聲』也。」（《侯鯖錄》卷七）王灼雖然承認古樂府「當時或由樂定詞，或選詞配樂，初無常法」，但「古法」卻是先詞後譜：「古人初不定聲律，因所感發爲歌，而聲律從之。」「今先定音節，乃製調從之，倒置甚矣。」（《碧雞漫志》卷一）到了北宋末年，這種「倒置」的創作方式波及「雅樂」，也引起人們的不滿。《宋史．樂志五》記紹興四年「國子丞王普言：按《書．舜典》，命夔曰：『詩言志，歌永言，聲依永，律和聲。』蓋古者既作詩，從而歌之，然後以聲律協和而成曲。自歷代至於本朝，雅樂皆先製樂章而後成譜。崇寧以後，乃先製譜，後命詞，於是詞律不相諧協，且與俗樂無異。」「崇寧以後」，指宋徽宗崇寧間設立大晟府以後；所謂「俗樂」即指詞。朱熹《答陳體仁》亦云：「詩之作本爲言志而已。方其詩也，未有歌也，及其歌也，未有樂也。以聲依永，以律和聲，則樂乃爲詩而作，非詩爲樂而作也。」他更進一步說：「故愚意竊以爲詩出乎志者也，樂出乎詩者也。然則志者詩之本，而樂者其末也。末雖亡不害本之存。」（《朱文公文集》卷三十七），與鄭樵之說截然相反，這不啻聲言詞脫離音樂而獨立的合理性。

蘇軾對歌唱藝術中文學和音樂因素的矛盾有過實際的體會。在《醉翁操．引》中，他於稱讚沈遵所作《醉翁操》器樂曲爲「絕倫」後說：「然有其聲而無其辭，翁（歐陽修）雖爲作歌，而與琴聲不合；又依楚詞作《醉翁引》，好事者亦倚其辭以製曲，雖粗合韻度，而琴聲爲詞所繩約，非天成也。」這裡指出先譜後詞使歌詞「與琴聲不合」，先詞後譜則又使琴聲未臻於「天成」。他填寫的新詞才達到「真同」，即聲辭融合的極致。但這樣成功的合作實在是可遇而不可求的了。就詞的創作而論，既然合則難求兼美，不如離則各不相妨，歌唱藝術以後將由元曲代興了。

宋詞從合樂到不合樂已成爲實際的發展趨勢。文人詞日益多不可歌，或不以可歌爲創作目的。楊纘《作詞五要》的第三要說：「第三要填詞按譜。自古作詞，能依句者已少，依譜用字者百無一二。詞若歌韻不協，奚取焉！」張炎《詞源序》提到「舊有刊本《六十家詞》，可歌可誦者，指不多屈。」《詞源》「音譜」條還提到填詞不能「只依舊本之不可歌者一字填一字」，即是舊本中多有不可歌之詞。他還感嘆當時「賞音者」之少：「余謂有善歌而無善聽，雖抑揚高下，聲字相宣，傾耳者指不多屈。」（《意難忘・序》）音樂的耳朵是由音樂培養而成的，「傾耳者指不多屈」正是「可歌可誦者指不多屈」的結果。沈義父《樂府指迷》云：「前輩好詞甚多，往往不協律腔，所以無人唱」，都是有力的說明。

原因之一是依譜填詞，協律太難。張炎說：「詞之作必須合律，然律非易學，得之指授方可。」還說：「今詞人才說音律，便以爲難，正合前說，所以望望然而去之。」（《詞源》「雜論」條）沈義父也指出，「詞之作難於詩」即在於「音律欲其協」之不易。朱熹早已說過，「今之士大夫，問以五音十二律，無能曉者。」（《朱子語類》卷九十二《樂類》）一般詞人緬律病呂，勢所必然。兩宋號稱知律的詞家，不過柳永、周邦彥、姜夔、吳文英、楊纘以及張樞、張炎父子數人而已，他們的作品也難做到嚴絲合縫。方成培《香研居詞麈》卷三「李清照論詞」條云：「余嘗取柳永《樂章集》按之，其用韻與段（安節）說合者半，不合者半，乃知宋詞協韻，比唐人較寬」，「大抵宋詞工者，惟取韻之抑揚高下與律協者押之，而不拘拘於四聲。」周邦彥身爲大晟府提舉官，他的詞傳唱頗廣，但張炎猶謂其「而於音譜且間有未諧，可見其難矣！」（《詞源序》）謝章鋌《賭棋山莊詞話》卷四謂姜夔於音律「時有出入」，「細校之不止一二數也」。

其實，宋人對於字調的四聲陰陽和音律的七音關係的認識，還處於摸索的幼稚階段，並没有找出明確的對應相配的規律，協律與否必須按之管弦始能判斷。張炎記他父親張樞關於修改「瑣窗深」的有名例子，即由「深」而「幽」而「明」（見《詞源》下卷），據後世不少學者解釋，這是因「深」字前面的「窗」字是陰平，應配陽平的「明」字，而「深」「幽」皆爲陰平，故不協。如果張樞知此規律，就不必一改再改，逕直找個陽聲字即可。周密《志雅堂雜鈔》卷七云：「余向游紫霞翁（楊纘）門。翁精於琴，善音律。有畫魚周大夫者善歌，間令寫譜參訂，雖一字之誤，必隨證其非。余嘗叩之云：『五凡上尺，有何義理，而能暗誦如流？且既未按管，安知其誤？』翁笑曰：『君特未究此事耳，其間義理，更有甚於文章。不然，安能記之！』」也謂「既未按管，安知其誤」；楊纘雖精於此道，比時人高出一頭，但也語焉不詳。於是詞人因求協律而殫精竭慮的記載不絕於書。姜夔的《慶宮春》「蓋過句涂稿乃定」（《慶宮春·序》），他要作一闋平韻《滿江紅》，「久不能成」，後於偶然機緣才得作成。（《滿江紅·序》）周密詠西湖十景的《木蘭花慢》是「冥搜六日而詞成」，但楊纘仍指出於律未諧，「遂相與訂正，閱數月而後定。」（《木蘭花慢·序》）從這些行家裡手的身上不也可窺見詞與音樂分離的必然趨勢嗎？事實上，像張炎的詞，從詞序和題材內容看，似也大都非爲應歌，如不少題書畫卷冊之作，如「以詞寫之」，「作此解以寫我憂」，「久欲述之」，「述此調」乃至「不能倚聲而歌也」等語，都是明證。

原因之三是詞的樂譜日漸亡失，或雖有樂譜卻不在文人中流傳。唐五代的有些樂譜在北宋前期就已失傳。蘇軾《浣溪沙》（西塞山邊白鷺飛）序云：「玄真子（張志和）《漁父》詞極清麗，恨其曲度不傳，故加數語，令以《浣溪沙》歌之。」因《漁父》是七七三三七句式，與《浣溪沙》六句七言句大致相合。後黃庭堅《鷓鴣天》（西塞山邊白鷺飛）序云：「表弟李如篪云：『玄真子漁父語，以《鷓鴣天》歌之，極入律，但少數句耳。』因以玄真子遺事足之……」因《鷓鴣天》除七句七言句外，還有兩個三言句，與張志和原詞句式更合，故謂「極入律」，但都說明原譜已失。李之儀《跋小重山詞》云：「右六詩，托長短句寄《小重山》，是譜不傳久矣。」則《小重山》譜亦已不傳。因此，姜、吳一派重律的詞人得一樂譜，往往鄭重叮嚀，極爲珍視。如姜夔從「樂工故書中得商調《霓裳曲》十八闋，皆虛譜無辭。……予不暇盡作，作《中序》一闋傳於世。」（《霓裳中序第一》序）周密《解語花》序：「羽調《解語花》，音韻婉麗，有譜而亡其辭」，他因「倚聲成句」。他們都有配詞以傳譜的用意，反證此類樂譜在他們心目中已是遺韻絕響。不僅古譜時有亡佚，即同時人所作亦常失傳。秦觀《醉鄉春》（喚起一聲人悄）一闋，「東坡愛其句，恨不得其腔。」（《苕溪漁隱叢話·前集》卷五十引《冷齋夜話》）吳文英有自度曲《西子妝慢》，張炎喜而填之，但「舊譜零落，不能倚聲而歌」（《西子妝慢》序），只好成爲一首脫離音樂的文學詞。樂譜的極易亡佚說明它不被一般詞人所普遍重視，正是大多數文人詞已從音樂爲主發展到文學爲主的反映。

與文人詞大都不可歌的情況相反，當時傳唱者多爲市井率俗俚詞。張炎云：「昔人詠節序，不惟不多，付之歌喉者，類是率俗，不過爲應時納祜之聲耳」，並舉例說在清明、端午、七夕時常歌柳永等俚詞，而周邦彥、史達祖等「措辭精粹」之作反而「絕無歌者」。（《詞源》卷下《節序》）沈義父更云：「秦樓楚館所歌之詞，多是教坊樂工及市井做賺人所作，只緣音律不差，故多唱之。求其下語用字，全不可讀。」（《樂府指迷》「可歌之詞」條）陶宗儀《南村輟耕錄》卷二十七「燕南芝庵先生唱論」條更把「子弟不唱作家歌」作爲「凡唱所忌」的第一忌（又見元楊朝英《陽春白雪》）。「作家歌」即《避暑錄話》卷三稱秦觀詞「語工而入律，知樂者謂之作家歌」，也就是歐陽炯《花間集序》所說的「詩客曲子詞」。沈曾植《全拙庵溫故錄》謂芝庵「蓋金、宋間人」，則更在張、沈之前。文人詞之多不傳唱，來由已久。

這裡還需一提的是南宋一部樂譜總集《樂府混成集》。（其他見於記載的宋代詞譜還有《宴樂新書》、《行在譜》，今俱失）周密《齊東野語》卷十「混成集」條云：「《混成集》，修內司所刊本，巨帙百餘，古今歌詞之譜，靡不備具。」此書錢大昕《元史新編藝文志》「詞曲類」謂有「一百五冊」。明萬曆間張萱等編《內閣藏書目錄》卷五「樂府混成集」條亦存一百五冊，謂「莫詳編輯姓氏，皆詞曲也。內有腔、板譜，分五音十二律類次之。原一百二十七冊，今闕二十二冊」。明王驥德《曲律》卷四云：「予在都門日，一友人攜文淵閣所藏刻本《樂府大全》又名《樂府渾成》一本見示，蓋宋元時詞譜（原注：即宋詞，非曲譜）。」此書今亦失。修內司原是負責宮城、太廟修繕之事的機構，紹興三十一年廢教坊司後，它又掌管樂工，「每遇大宴，則撥差臨安府衙前樂人等充應，屬修內司教樂所掌管」。（《都城紀勝》「瓦舍衆伎」條）此書卷帙浩繁，當時僅在樂工中流傳，詞人很少接觸。周密說到此書有《霓裳》一曲共三十六段」，又有《杏花天》，此「二曲皆今人所罕知云」。而姜夔從「樂工故書中」所得《霓裳曲》卻爲十八闋（《霓裳中序第一》序），好樂如姜夔，此書亦未寓目。其次，王驥德云：「林鍾商一調中，所載詞至二百餘闋，皆生平所未見。」既云「生平所未見」，則知調皆僻腔，詞非文人雅詞。他又謂「所列凡目，亦世所不傳。所畫譜絕與今樂家不同。有《卜算子》、《浪淘沙》、《鵲橋仙》、《摸魚兒》、《西江月》等，皆長調，又與詩餘不同」。而其所稱「佳句」，則舉「酒入愁腸，誰信道都做淚珠兒滴。又怎知道恁地相憶，再相逢，瘦了才信得」，其辭俚俗淺顯，可見一斑。誠如蔡嵩雲先生所說：「兩宋詞家雖多，其協律之作，實如鳳毛麟角，今世所傳雅詞，在當時多不能唱，可唱者，反爲當時盛行、後世不傳之俚詞。詞之音律與辭章分離，蓋自宋代已然矣。」（《樂府指迷箋釋．引言》）從《樂府混成集》也可反映這種「文士不重律，樂工不重文」的情況，看出宋詞向元曲過渡的軌迹。

總之，蘇軾所開創的豪放詞派即革新詞派適應了宋詞發展的客觀趨勢，改變了詞附屬於音樂的地位，打破了詞與詩的森嚴壁壘，使詞作爲獨立的文學樣式得以繼續發展，才造成宋詞繁榮發達、多姿多態的局面。平心而論，比之唐代律詩，蘇軾對詞體的革新精神和成果，還沒有得到充分的發揚和利用，宋詞在形式體制上的長處還大有可以用武之地。我們今天建立新的格律詩必須借鑒古典詩歌的藝術經驗，蘇軾的豪放詞派比之律詩乃至周、姜一派詞，似可提供更多的東西。

注釋

①此詞亦載東坡詞中。《全宋詞》據《山谷題跋》卷九等定爲陳慥所作，是。

②但趙令畤《侯鯖錄》卷八謂是黃庭堅語：「魯直云：東坡居士曲（一作詞），世所見者數百首，或謂於音律小不諧。居士詞橫放傑出，自是曲子縛不住者。」

③《詩餘圖譜》之明刻通行者爲汲古閣《詞苑英華》本，卻無《凡例》及按語。此據北京圖書館所藏明刊本及萬曆二十九年游元涇校刊的《增正詩餘圖譜》本。

④蘇易簡詞，《續湘山野錄》、《苕溪漁隱叢話．前集》卷十六引《冷齋夜話》所載文字不同，《欽定詞譜》卷九錄此詞「從《花草粹編》訂定」，今從之。（又參見《詞律》卷五杜文瀾等校注）蘇軾詞据《全宋詞》本，但「來」、「鬢」兩字據別本改爲「未」、「鬢」。

⑤李之儀《姑溪居士文集》卷三十八《跋〈戚氏〉》記此事，文字有異。其中還說：「一日歌者輒於（東坡）老人之側，作《戚氏》，意將索老人之才於倉卒，以驗天下之所向慕者，老人笑而頷之。」

⑥宋翔鳳《樂府餘論》：「北宋所作，多付箏琶，故嘽緩繁促而易流。」姚華《與邵伯絅論詞書》：「五代北宋歌者皆用弦索，以琵琶爲主器。」(《詞學季刊》二卷一號)

(原載《中華文史論叢》一九八四年第二輯)

蘇軾的書簡《與鮮于子駿》和《江城子・密州出獵》

蘇軾在密州所作詞今可考知者近二十首，其中包括《江城子・密州出獵》、《水調歌頭》（明月幾時有）、《江城子》（十年生死兩茫茫）等膾炙人口的名篇，是其詞創作的重要發展階段。此時他對詞風的革新和詞的歌唱等問題，也多所探索。如他根據友人文勛（安國）所提供的古本《陽關曲》，對「陽關三疊」的唱法作過專門考證，認爲「三疊」之義在於第一句不疊，餘三句疊（見《東坡題跋》卷二），得到後世學者的肯定。劉攽親聞他當時「歌詞數首」，讚其獨得樂理之祕（《彭城集》卷十五《見蘇子瞻所作小詩因寄》），反映出他對詞樂的研習。比之前一時期即通判杭州時期來（他在通判杭州時才正式開始填詞），他對詞的創作無疑投入更多的精力和具有更高的自覺性。更重要的是他當時所寫的《與鮮于子駿》一信，信中說：

近卻頗作小詞，雖無柳七郎風味，亦自是一家，呵呵！數日前獵於郊外，所獲頗多，作得一闋，令東州壯士抵掌頓足而歌之，吹笛擊鼓以為節，頗壯觀也。寫呈取笑。

這是蘇軾革新詞體的宣言，他自覺地追求在風靡一時的柳詞之外「自是一家」，開宗立派，樹立新的詞風。信中所說的「一闋」獵詞，即指《江城子·密州出獵》。此詞爲蘇軾第一首成熟的豪放之作，塑造了牽黃擎蒼、胸膽開張、誓射天狼的詞人英雄形象，正與「壯觀」相合。一信一詞，互相印證，對研究蘇軾豪放詞風的一些問題很有幫助。

香港中文大學羅忼烈先生卻提出了新說。在《東坡詞雜說》（見《兩小山齋論文集》）中他認爲蘇軾此信乃作於徐州，信中所說「一闋」詞已佚，不指《江城子·密州出獵》。後來他又對此作了補充論述，列舉了三條理由。（見《蘇軾轉變詞風的幾個問題》一文所引，《學習與思考》西元一九八三年第一期）這一新說得到一些先生的贊同，認爲羅先生「考證精確，是可信的」，「否定了學術界多年成見」。我卻仍有疑異，謹對羅先生所舉三條理由逐一質疑如下，望羅先生及讀者有以教正。

第一，羅先生說，蘇軾此信見《東坡續集》卷五，而《續集》係編年排列，此信前後之作都是徐州時所寫，「有注腳可證。」按，《東坡續集》所收書簡確如羅先生所說是編年的，但只能說大致編年，並不嚴格。即以所收《與鮮于子駿》三信而論，編次在《與文與可》三首和

《與何正道教授》三首之間，在《與文與可》題下注有「徐州」二字，似乎《與鮮于子駿》三信也都作於徐州。其實並不如此。我們所要討論的這一封在《與鮮于子駿》三信中排列第二，其前一封（「久不奉狀，方深愧悚」）卻可肯定作於密州而非徐州。此第一封信中提到鮮于侁當時不做京官而在外任，「聞一路蒙被仁政，不爾，吏民皆在倒懸中也，况鄉井墳墓在焉。」鮮于侁是四川閬中人，此即指他時在家鄉任利州路轉運副使。秦觀《鮮于子駿行狀》說，鮮于侁於神宗「熙寧初」因范鎮薦，「除利州路轉運判官」；《續資治通鑑長編》卷二二七熙寧四年十月條云：「利州路轉運判官、屯田郎中鮮于侁權發遣轉運副使」，是其由判官升任副使之時在熙寧四年；《行狀》謂鮮于侁離利州任後，改任京東西路轉運副使，後升任京東路轉運使，《續資治通鑑長編》卷三六一亦謂「熙寧末，（鮮于）伯已嘗爲京東轉運使」。熙寧共十年，則他離蜀赴京東漕任之時當在熙寧九、十年間。蘇軾《東坡題跋》卷三《題鮮于子駿八詠後》云：「始予過益昌，子駿始漕利路。其後八年，予守膠西（即指密州），而子駿始移漕京東」，又說鮮于侁在蜀任職「爲之九年」。益昌，即利州路轉運使署所在地。蘇軾在英宗治平四年四月至神宗熙寧元年十二月因守喪在蜀，而《行狀》又言鮮于侁任利州路轉運判官在「熙寧初」，則知兩人益昌之會當在熙寧元年。此年年底蘇軾離蜀從陸路赴京，見於諸種蘇軾《年譜》，因能途經益昌，與鮮于侁相會。《行狀》又謂鮮于侁在蜀「奉使九年」，與蘇跋「爲之九年」、《宋史·鮮于侁傳》謂「凡居部九年」同，則其「移漕京東」應在熙寧九年。

而蘇軾於熙寧七年十一月至熙寧九年十二月在密州任。這就是説，當蘇軾離密之時，鮮于侁也已離利州漕任。蘇軾在熙寧十年二月離密赴京途經鄆州時，鮮于侁曾留飲新堂，有蘇軾次年所作《和鮮于子駿〈鄆州新堂月夜〉》「去歲遊新堂，春風雪消後」詩句可證，也説明其時鮮于侁早在京東漕任上。所以，蘇軾此第一封信既從内容上考知當時鮮于侁尚在利州，則可斷定不能作於徐州。蘇軾知徐的時間在熙寧十年至元豐二年，鮮于侁已改任京東漕，繼又改任揚州知州了①。此信中還自謂「某到郡正一年，諸況粗遣，歲凶民貧，」「到郡正一年」，則此信可進一步考定爲熙寧八年十一月左右所作。此一年旱蝗相繼，正合「歲凶民貧」之語。而蘇軾於熙寧十年四月至徐州，七月黄河決堤，水淹城下，境況頗窘；但一年後水退災弭，蘇軾建黄樓，開石炭，高唱「農夫掉臂免狼顧，秋穀布野如雲屯」（《答吕梁仲屯田》），豐收在望，既喜且慰，與「歲凶民貧」扞格難通。因此，蘇軾此第一封信作於密州無疑。《續集》既非嚴格編年（參看本書《關於蘇軾〈與滕達道書〉的繫年和主旨問題》一文），「徐州」這一題下注本身大成問題，當然不能由此推斷第二封也作於徐州了。

第二，羅先生説，據《宋史·地理志㈠》，徐州屬「京東路」，符合信中所説的「東州」。按，《宋史·地理志㈠》載，徐州「本屬京東路。元豐元年，割屬京東西路。」（元豐元年，正蘇軾知徐一年之後）而密州卻一直屬京東東路。因此，徐州如因屬京東路可稱「東州」，則密州更可稱「東州」。尤可注意的，在蘇軾筆下，「東州」正常指密州。如密州時的《薄薄酒・引》中說：「膠西先生趙明叔，家貧，好飲，不擇酒而醉。常云：薄薄酒，勝茶湯；醜醜婦，勝空房。其言雖俚，而近乎達，故推而廣之以補東州之樂府。」趙明叔係密州鄉貢進士，故謂其語可入密州鄉土文學。與《江城子・密州出獵》同時所作的《和梅戶曹會獵鐵鈎》詩亦云：「東州趙傁飲無敵，南國梅仙詩有聲」。「東州趙傁」即趙成伯，時任密州通判。所以，信中的「東州壯士」，應指密州壯士，而不是徐州壯士。信中還說，「抵掌頓足而歌之，吹笛擊鼓以爲節」，與北宋詞一般由歌妓演員、琵琶伴奏的情趣迥異，可以看出蘇軾在尋求另一種音樂效果，與他在密州時期注意詞樂的情況亦復一致。

第三，羅先生說，蘇軾於元豐二年正月在徐州作過兩首出獵的詩，即《人日獵城南，會者十人。以『身輕一鳥過，槍急萬人呼』爲韻，軾分得『鳥』字》、《將官雷勝得『過』字，代作》，「失傳」的那首獵詞也寫這次出獵。按，密州、徐州兩次出獵，情況實有不同。熙寧八年，密州春旱，蘇軾禱於常山；五月復旱，再禱；十月「祭常山回，與同官習射放鷹」（《烏臺詩案》）。蘇軾有《祭常山回小獵》詩云：「青蓋前頭點皂旗，黃茅岡下出長圍。弄風驕馬跑空立，趁兔蒼鷹掠地飛」，是一次場面壯闊、氣氛緊迫的真會獵；《和梅戶曹會獵鐵溝》詩有自注云：「是日，惟梅（戶曹）、趙（成伯）不射」，說明蘇軾是這次會獵的主角。這與《江城子》的描繪一致，也與《與鮮于子駿》信中「所獲頗多」一語吻合。徐州會獵的主角卻是武將雷勝。蘇軾《獵會詩序》記其事云：雷勝「爲京東第二將，武力絕人，騎射敏妙，按閱於徐，徐人欲觀其能，爲小獵城西」，雖說是日「觀者數千人」，但不言獵獲之多，重點似在觀賞雷勝的武藝表演。蘇軾的兩詩，乃分韻之作，其中不免說到雷勝「得免不暇燎」、「射殺雪毛狐」之類，實爲題中應有之義，又係用典，而言及自己卻謂「歸來仍脫粟，鹽豉煮芹蓼」，則一無所獲，無野味可嘗，與信中所謂「獵於郊外，所獲頗多」牴牾。其時鮮于伯已做過京東轉運使。信中卻不提及「京東第二將」雷勝和此次會獵十人唱和之事（此信前半是談詩歌問題，還說「所索拙詩，豈敢措手，然不可不作，特未暇耳。」），亦是一個疑點。因此，從兩次會獵情況來看，也以密州那次與信中所述爲近。

總之，羅先生的新說似仍難以令人信服，不足以推翻成說。明確信中所言的「一闋」獵詞即《江城子·密州出獵》，對於蘇軾豪放詞風形成的時間和自覺性等問題，可以得出更確切的結論。

注釋

①鮮于伯何時改任揚州知州，史無明文。《續資治通鑑長編》卷二九四記元豐元年十一月「詔知揚州鮮于伯……罰銅二十斤」，則知元豐元年十一月已知揚。《北宋經撫表》謂元豐二年四月「京東轉運使鮮于伯知揚州」，誤。

（原載《學術月刊》一九八四年五月號）

從蘇軾、秦觀詞看詞與詩的分合趨向

——兼論蘇詞革新和傳統的關係

明人張綖在《詩餘圖譜・凡例》中說：「按詞體大略有二：一體婉約，一體豪放。婉約者欲其辭情蘊藉，豪放者欲其氣象恢弘。蓋亦存乎其人，如秦少游之作，多是婉約，蘇子瞻之作，多是豪放。大抵詞體以婉約爲正。」這是最早以婉約、豪放對舉論詞的意見。他主要從藝術風格立論，以蘇、秦兩人爲代表，把婉約、豪放視作「詞體」的兩大分野。他的意見受到後來詞評家的重視。一類從藝術風格繼續加以發揮，如江順詒《詞學集成》：「秦少游得《尊前》、《花間》遺韻，卻能自出清新；東坡詞雄姿逸氣，高軼古人，具神仙出世之姿。」高佑釲《迦陵詞全集序》引清顧咸三語：「蘇辛之雄放豪宕，秦柳之嫵媚風流，判然分途，各極其妙。」吳梅《詞學通論》：「子瞻胸襟大，故隨筆所之，如怒瀾飛空，不可狎視；少游格律細，故運思所及，如幽花媚春，自成馨逸。」都把蘇、秦兩人作爲兩種對立風格的主要代表。一類從兩大「詞體」加以引伸。最突出的是王士禎。他在《花草蒙拾》中，把張綖的兩體說引伸爲詞中兩大派：「張南湖論詞派有二：一曰婉約，一曰豪放。僕謂婉約以易安爲宗，豪放惟幼安稱首，皆吾濟南人，難乎爲繼矣。」同書又以蘇軾、柳永爲例說：「名家當行，固有二派。」他又說：「正調至秦少游、李易安爲極致」，「變調至東坡爲極致。」（《分甘餘話》卷二）又說：「語其正則南唐二主爲之祖，至漱玉、淮海而極盛」，「語其變則眉山導其源，至稼軒、放翁而盡變」。（《蕙風詞話》續編卷一引《倚聲集序》）這就把蘇、秦兩人從兩種藝術風格的代表引申爲兩大詞派的巨擘，秦觀的詞，遠紹《花間》、《尊前》，近承晏歐柳永，爲傳統詞派「集大成」的詞家，蘇軾則是革新詞派的開創者。

詞原是配合音樂歌唱的歌詞，從民間詞發展到文人詞後，詞作爲「娛賓遣興」、侑酒助樂的艷曲，逐漸在韻文文學中形成一個獨特的藝術系統，創造出一種深婉幽微、寄情纖柔的審美特質。這一藝術傳統對詞的發展固然是一種助力，但相沿成習，又成爲歷史的惰力。然而，有價值的藝術傳統對任何成功的革新，又起著矯正力的作用，不使革新完全脫離傳統的軌道，而造成文學藝術歷史的斷裂。

蘇軾對詞的革新就是如此。他的主要功績在於使詞擺脫對於音樂的依附，而成爲一種新型的獨立抒情工具，從而在題材、意境、手法等方面開創了新的面貌。而其主要方法就是「以詩爲詞」。據說，蘇軾曾向兩位門生晁補之、張耒問及自己詞比之秦觀如何，「二人皆對云：少游詩似小詞，先生小詞似詩。」（《苕溪漁隱叢話．前集》卷四十二引《王直方詩話》）《後山詩話》也說：「蘇子瞻詞如詩，秦少游詩如詞」，這個藝術感覺是敏銳而正確的。本文擬從蘇、秦兩人的題材相同或相近的詞和詩的比較對勘，對上述問題作些探索和說明。

一

秦觀詞具有傳統詞派的典型特點。儘管他的詩，特別是近體詩，已有詞化的傾向，一再被前人評爲「清新嫵麗」（王安石《回蘇子瞻書》）、「待入小石調」（《苕溪漁隱叢話·前集》卷五十一引《王直方詩話》）、「以其善作詞也，多有（詩）句近乎詞」（方回《瀛奎律髓》卷十二）、「婦人語」（《中州集》卷九引金人王中立語）、「女郎詩」（元好問《論詩》其二十四）、「如時女步春，終傷婉弱」（《詩人玉屑》卷二引敖陶孫《臞翁詩評》）等等，但仍然可以看出他嚴守「詩莊詞媚」的傳統界限，詩詞的風貌頗多異趣。

㈠**艷冶軟媚**。秦觀以抒寫男女之情和貶謫之愁的詞最爲傑出，而這兩類詞都表現出詞最初作爲艷曲的特點，與他的同題之詩迥然有別。例如：

《夢揚州》

晚雲收。正柳塘、煙雨初休。燕子未歸，惻惻輕寒如秋。小欄外、東風軟，透繡幃、花蜜香稠。江南遠，人何處？鷓鴣啼破春愁。　長記曾陪燕遊。酬妙舞清歌，麗錦纏頭。殢酒為花，十載因誰淹留？醉鞭拂面歸來晚，望翠樓、簾卷金鉤。佳會阻，離情正亂，頻夢揚州。

《泊吳興西觀音院》

金剎負城闉，閒然美棲止。卞山直穹窿，苕水相依倚。霜檜郁冥冥，海棕鮮薿薿。廣除庇夏蔭，飛棟明朝晷。溪光晃鷺邊，天色菰蒲裡。緒風傳晝梵，壁月窺夜禮。洩云彗層空，規荷鑒幽沚。艅艎煙際下，鐘磬林端起。聱牙戲清深，嶔崟撲空紫。所遇信悠然，此生如寄耳。志士恥溝瀆，征夫念桑梓。攬衣軒楹間，嘯歌何窮已。

詞和詩都以抒寫離情爲主旨。詞中有「江南遠」、「夢揚州」等句，當是作者身處江南而懷想揚州之作；詩作於作者赴越州途經吳興之時，兩者似寫於同時。詩詞都從寫景到抒情，構思亦相類。詞的上片設想歌妓懷念自己，下片則寫懷念對方。上片寫欄外之景，設色淡雅，朦朧淒迷；下片寫宴遊，辭藻華艷。色彩的鮮明對比無疑加大心靈波折的幅度。從「麗錦纏頭」「十載淹留」來看，所懷者是歌妓無疑。詩也寫欄外之景，卻是作者即目所見，用筆清幽高雅，與結尾「所遇信悠然」等六句感嘆諧調。詩也寫離情，但所念者爲「桑梓」，所感者爲「此生如寄」，而不是詞中的冶遊生活。詞從欄外之景，逗引起對江南情人的思念，爲詞中常用手法；詩則在「軒楹間」「攬衣」「嘯歌」，在思鄉中融注著深沈的人生感慨。又例如：

《滿庭芳》

山抹微雲，天連衰草，畫角聲斷譙門。暫停征棹，聊共引離尊。多少蓬萊舊事，空回首、煙靄紛紛。斜陽外，寒鴉萬點，流水繞孤村。 消魂，當此際，香囊暗解，羅帶輕分。漫贏得青樓，薄倖名存。此去何時見也？襟袖上、空惹啼痕。傷情處，高城望斷，燈火已黃昏。

《別程公辟給事》

人物風流推鎮東，夕郎持節作元戎。尊前倦客劉師命，月下清歌盛小叢。裘弊黑貂霜正急，書傳黃犬歲將窮。置舟江上辭公去，回首蓬萊夢寐中。

這也是一組離別詩詞。秦觀於元豐二年曾從會稽守程公辟遊八個月，詩中寫到別宴有「清歌盛小叢」，盛小叢爲唐時越地歌妓；又以「蓬萊夢寐」結尾，蓬萊係指會稽蓬萊閣。他後來所作《送蔡子驥用蔡子駿韻》回憶這段生活時說：「三休上與蓬萊接，登眺使人遺寵辱，」「惟應月下小叢歌，尚有哀音傳舊俗」。詞中的「蓬萊舊事」即指此，故詩詞也作於同時。但詩寫與知州程公辟離別，詞卻寫跟一位盛小叢式的歌妓分手，詩從頌讚程公辟起筆，暗點知州身分，次寫離宴和感慨，連用四個典故，最後寫到離別而去，表現出事件的逐次推演過程；詞則集中在離別的短暫之時，用輕筆層層皴染，名句迭出，細膩地傳達出詞人內心的感情波瀾，足以代表傳統婉約詞柔媚深微的特色。

秦觀詞從整體上看是傳統婉約詞的「集大成」，但他在蘇軾之後，又不能不受革新潮流的影響。然而，這種影響仍然帶有傳統的惰性。陳廷焯《白雨齋詞話》卷一說：「秦少游自是作手，近開美成，導其先路；遠祖溫韋，取其神不襲其貌，詞至是乃一變焉。然變而不失其正，遂令議者不病其變，而轉覺有不得不變者。」這是從藝術角度立論的，在題材內容上也可作如是觀。秦觀後期抒寫貶謫之感的詞，對傳統詞的狹窄題材有所突破，但又表現出「將身世之感打並入艷情」（周濟《宋四家詞選》）的特點，跟他的詩又是判然有別的。例如：

《如夢令》五首

門外鴉啼楊柳，春色著人如酒。睡起熨沈香，玉腕不勝金斗。消瘦，消瘦，還是褪花時候。

遙夜沈沈如水，風緊驛亭深閉。夢破鼠窺燈，霜送曉寒侵被。無寐，無寐，門外馬嘶人起。

幽夢匆匆破後，妝粉亂痕霑袖。遙想酒醒來，無奈玉銷花瘦。回首，回首，繞岸夕陽疏柳。

樓外殘陽紅滿，春入柳條將半。桃李不禁風，回首落英無限。腸斷，腸斷，人共楚天俱遠。

池上春歸何處？滿目落花飛絮。孤館悄無人，夢斷月堤歸路。無緒，無緒，簾外五更風雨。

《題郴陽道中一古寺壁二絕》

門掩荒寒僧未歸，蕭蕭庭菊兩三枝。行人到此無腸斷，問爾黃花知不知？

哀歌巫女隔祠叢，飢鼠相追壞壁中。北客念家渾不睡，荒山一夜雨吹風。

詩詞同寫途中苦況，一在驛亭，一在古寺。其中「夢破鼠窺燈」詞句與「飢鼠相追壞壁中」詩句、「簾外五更風雨」詞句與「荒山一夜雨吹風」詩句等又極相類，「人共楚天俱遠」也表明詞作於貶官郴州之時。《如夢令》五首似爲連章組詞，寫在驛亭懷人，但夢縈魂牽者乃是「玉銷花瘦」、「妝粉亂痕霑袖」的薄命美女；「睡起」兩句，化用李商隱《效徐陵體贈更衣》：「輕寒衣省起，金斗熨沈香」，頗有齊梁艷靡之風，復加「玉腕」香軟字眼，更顯綺麗；前寫「春色如酒」，後寫「消瘦」、「褪花」，哀艷兩絕。但詩語蕭疏蒼涼，直呼「行人腸斷」、「北客念家」，悲感卻扣人心弦。縱有「哀歌巫女」一句作陪景出現，仍覺與詞的艷麗不同。

秦觀詩中寫貶謫之感者甚少。他似乎習慣於用詞來發揮這一主題，但都摻合著艷情艷語。如《阮郎歸》（瀟湘門外水平鋪），寫「紅妝」離別時「揮玉箸，灑真珠，梨花春雨餘」；《臨江仙》（千里瀟湘挼藍浦）寫旅途中江上聽瑟，「遙聞妃瑟泠泠，新聲含盡古今情」；傳爲他所作的《青門飲》（風起雲間）也寫旅次「湘瑟聲沈，庾梅信斷」，結句「任人攀折，可憐又學，章臺楊柳」，則透露出所懷者又是歌妓；《鼓笛慢》（亂花叢裡曾攜手）寫別後相思，則是「念香閨正杳，佳歡未偶」，「仗何人、細與丁寧問呵，我如今怎向？」一種無法排遣的戀情力透紙背。這四首詞背景都係貶謫，從離別，到途中，到別後，所抒之情都未能脫離詞爲「艷科」的範圍。

即使是寫景遊賞的詩和詞，也有這樣的差異。我們試以秦觀「女郎式」的詩和他同題的詞來比較，例如：

《虞美人》

行行信馬橫塘畔，煙水秋平岸。綠荷多少夕陽中，知為阿誰凝恨背西風？　紅妝艇子來何處？蕩槳偷相顧。鴛鴦驚起不無愁，柳外一雙飛去卻回頭。

《游鑒湖》

畫舫珠簾出繚牆，天風吹到芰荷鄉。水光入座杯盤瑩，花氣侵人笑語香。翡翠側身窺淥酒，蜻蜓偷眼避紅妝。葡萄力緩單衣怯，始信湖中五月涼。

同寫遊湖，詞中頗有南朝樂府民歌風調，寫「荷花」，則有「凝恨」，言「鴛鴦」，也非

「無愁」;而寫艇上「紅妝」偷眼相覷,一個「偷」字憑添多少香艷風流。詩中雖也有「翡翠」一聯,前人評爲「甚麗」(《苕溪漁隱叢話·前集》卷五十引《雪浪齋日記》),確有「女郎詩」「小石調」的嫵媚色彩,但這首詞化的七律,最後還是突出鑒湖五月已涼,酒不敵寒,在前面六句所寫的旖旎風物上,重重地抹上了淒清的一筆。

㈡情深言長。在抒情、寫景、敍事、說理四項中,我國古代詩歌本以抒情爲主,而傳統詞比詩更著重於抒情性,把景、事、理都統攝於加强抒情的目的。詞的長短句形式,也有利於發揮錯落有致、抑揚回旋的特長,使抒情更爲深婉、細膩和懇摯,加强深度和厚度。抒情性應是詞的本質特徵。

《金明池》

瓊苑金池,青門紫陌,似雪楊花滿路。雲日淡、天低晝永,過三點兩點細雨。好花枝、半出牆頭,似悵望、芳草王孫何處。更水繞人家,橋當門巷,燕燕鶯鶯飛舞。怎得東君長為主?把綠鬢朱顏,一時留住。佳人唱、金衣莫惜,才子倒、玉山休訴。況春來、倍覺傷心,念故國情多,新年愁苦。縱寶馬嘶風,紅塵拂面,也則尋芳歸去。

《西城宴集，元祐七年三月上巳，詔賜館閣官花酒，以中浣日遊金明池、瓊林苑，又會於國夫人園，會者二十有六人二首》其一

春溜決決初滿池，晨光欲轉萬年枝。樓臺四望煙雲合，簾幕千家錦繡垂。風過忽聞花外笑，日長時奏水中嬉。太平誰謂全無象，寓在羣仙把酒時。

詩詞同寫金明池春遊，都有寫景敍事的筆墨。詩的前四句純係寫景，簡練地勾畫出遊覽勝地的絢麗圖景，五、六兩句寫人事活動，也是作爲景物的點綴。結兩句點出歌頌「太平」的主旨。詞則上片寫景，下片抒情。但上片層層鋪寫池邊景物，物物含情，尤如「好花枝」四句，一筆兩意，既寫花，又寫思遠的美人，直逼「故園情多」、「新年愁苦」。結尾處謂「尋芳歸去」，不見所思，徒添悵怨而已。儘管詩中「簾幕千家錦繡垂」等句，被王仲至譏爲可入「小石調」（小石調以「旖旎嫵媚」爲特點），但比之同題之詞，仍顯質實、凝重。總之，詩樂詞悲，詩不免帶有唱和應酬的痕迹，詞則以情韻見勝，使讀者體會到詞人更深層次的內心情思。

據說蘇軾曾批評秦觀《水龍吟》「小樓連苑橫空，下窺繡轂雕鞍驟」，爲「十三個字，只說得一個人騎馬樓前過。」（《高齋詩話》）其實，這正是婉約詞（特別是長調）反覆叮嚀的「言長」特點，而蘇軾的美學趣尚與之稍有不同。比如蘇軾的《菩薩蠻》：「凄音休怨亂，我

已無腸斷」，《臨江仙》：「歸來欲斷無腸，殷勤且更盡離觴」等，但這一層「無腸斷」的意思，在秦觀詞中卻以「言長」的形式來表達，如他的《阮郎歸》：「人人盡道斷腸初，那堪腸已無」等。有趣的是，在秦觀詩中卻說：「行人到此無腸斷，問爾黃花知不知」（《題郴陽道中一古寺壁二絕》其一），與蘇詞相同而不同於自己的詞，說明秦詞更傾心於委婉深曲的表達方式，而蘇詞卻與詩的較爲簡潔的語言風格接近。秦觀詞的這種表示轉折、遞進的句式，在傳統詞中是常見的。晏幾道也有一首《阮郎歸》（舊香殘粉似當初），其中有「夢魂縱有也成虛，那堪和夢無」句，以後柳永《傾杯樂》（樓鎖輕煙）：「夢難極，和夢也多時間隔」，趙佶《燕山亭》：「怎不思量，除夢裡有時曾去。無據，和夢也有時不做」，趙長卿《攤破醜奴兒》：「待要作個巫山夢，孤衾展轉，無眠到曉，和夢都休」，似都胎息晏詞，但秦詞仿其一波三折的句型，用以抒寫「無腸斷」之意。他的另一首《阮郎歸》云：「衡陽猶有雁傳書，郴陽和雁無」，以及蘇軾批評過的《水龍吟》，也有「名韁利鎖，天還知道，和天也瘦」等句，看似復沓，實則適合傳統詞抒情深細幽微的藝術要求。

㈢要眇婉曲。張惠言《詞選序》謂詞「低徊要眇，以喻其致」，王國維《人間詞話删稿》謂「詞之爲體，要眇宜修」，繆鉞《詩詞散論》謂「詩顯而詞隱，詩直而詞婉」，詩雖也講究含蓄蘊藉，但詞更顯出要眇婉曲的特點。

試以《踏莎行．郴州旅舍》與前引《題郴陽道中一古寺壁二絕》爲例。此詞爲秦詞名作，但有一樁公案。蘇軾激賞其結尾兩句「郴江幸自繞郴山，爲誰流下瀟湘去」，有「少游已矣，雖萬人何贖」之嘆。（《苕溪漁隱叢話・前集》卷五十引《冷齋夜話》）王世貞《弇州山人詞評》也指出「此淡語之有情者也。」王士禎《花草蒙拾》讚爲「千古絕唱」。但徐釚《詞苑叢談》卷三云：此詞「東坡絕愛尾二句，余謂不如『杜鵑聲裡斜陽暮』，尤堪腸斷」。王國維《人間詞話》也說：「少游詞境最爲淒婉，至『可堪孤館閉春寒，杜鵑聲裡斜陽暮』，則變而爲淒厲矣。東坡賞其後二語，猶爲皮相」。其實，這兩聯皆見警策，不必强爲軒輊；並且，其佳處又須從全詞的委曲氣脈中尋求。「可堪」兩句，王國維又作爲「有我之境」的例證，「以我觀物，故物皆著我之色彩」，可知他推許之由。「可堪」帶起四種意象，即「孤館」、「春寒」、「杜鵑聲」、「斜陽暮」。「可堪」乃豈堪、不堪之意，四種意象不言淒厲而淒厲自在其中，這是此聯佳處所在。但如果没有前三句的鋪墊，寫出旅舍外霧重月濃一片淒迷之景，桃源理想之境茫然無覓之悲，則「可堪」兩句就不可能聚集如此震撼人心的力量。「郴江」兩句亦復如此。「驛寄」換頭處，謂雖在孤館獨愁，猶有親友書物往還，差慰寂寞，詞情爲之一轉；但又陡接「此恨無重數」，謂書物難於達意，反而逗起無限悲恨。愁而喜，喜而愁，經過情思的這一頓挫，然後眺望郴江，從即目所見中，發出深思後的痛苦疑問。前人謂此兩句從「沅湘日夜東流去，不爲愁人住少時」化出（見宋本《淮海居士長短句》調末注），不爲無見。這兩句詩見於戴叔倫《湘南即事》絕句，前兩句還說：「盧橘花開楓葉衰，出門何處望京師」，比之秦詞，畢竟直露得多。秦詞卻可作多層次的理解：從「幸自」著眼，謂郴江本自繞山而流，似是慨羡郴江原有依憑，反襯自己的無依無靠；從「流下瀟湘」而言，則又感嘆郴江有幸北流，入長江，奔大海，而自己卻遠謫荒遠。宋周煇《清波雜志》卷九評此詞時有「語盡而意不盡，意盡而情不盡」之語，允爲佳評。以這首詞與前引《題郴陽道中一古寺壁二絕》相較，就顯得詩顯而詞隱，詩直而詞婉了。

如上所述，儘管秦觀詩已有「詞化」即女性化的傾向，儘管他的詞在蘇軾之後也受詩化的影響，但從同題詩詞比較看來，基本上仍保持著詩詞的傳統界限。王象晉《秦張兩先生詩餘合璧序》云：「及淮海一鳴，即蘇黃且爲遜席」，理由是：詞的特徵乃在於「其情至，其詞婉」，「此少游先生所獨擅也」。夏敬觀《吷庵手校淮海詞跋》亦云：「少游則純乎詞人之詞也」。秦觀詞確是隸屬於傳統詞的藝術系統之內的。

二

「以詩爲詞」，即以寫詩的態度來填詞，把詩的題材內容、手法風格和體制格律引入詞的領域，這是蘇軾革新詞的主要方法和手段。因而，他的帶有革新特點的詞，就與他自己的詩存在許多類似點。研究這些類似點，對進一步了解革新詞乃至傳統詞的特點，很有意義。

秦觀的離別詞，大都寫男女戀情，很少發生在男性朋友之間。在會稽與程公辟離別，寫詩不寫詞，詞則寫與其歌妓分手，即是一例。（只有《江城子》「南來飛燕北歸鴻」、「重見兩衰翁」是罕見的例外）蘇軾卻不然。送陳襄（述古）、楊繪（元素）、別蘇堅（伯固）、徐大受（君猷）等，官場贈別，親友分袂，開始大量地入詞。我國詩歌本來具有很廣泛的應用價值，賦詩送別已成慣例。但蘇軾在詞的創作初期，即通判杭州時，偏偏填了七首詞送別當時的知州陳襄，即《虞美人・有美堂贈述古》、《訴衷情・送述古迓元素》、《菩薩蠻・西湖席上代諸妓送陳述古》、《江城子・孤山竹閣送述古》、《菩薩蠻・西湖送述古》、《清平樂・送述古赴南都》、《南鄉子・送述古》，卻無一首詩送他。這標誌著蘇軾對詞的寫作意識的新變化：詞可以替代詩的實用功能。此後，蘇軾赴密州別楊繪，亦作詞六首，即《泛金船・流杯亭和楊元素》、《南鄉子・和楊元素時移守密州》三首、《浣溪沙・自杭移密守，席上別楊元素，時重陽前一日》二首；當時又作送楊繪還朝詞三首，即《南鄉子・沈强輔霅上出文犀麗玉作胡琴送元素還朝，同子野各賦一首》、《南鄉子》（旌旆滿江湖）、《定風波・送元素》。在密州時期，詩集中除《和子由四首》外（亦非離別題材），再無其他送弟之作，而詞中則有《水調歌頭》（明月幾時有）、《畫堂春・寄子由》等抒寫離情之作。其時有《立春日，病中邀安國……》詩，而當文安國離密州時，卻不作詩而作詞贈別，即《滿江紅・正月十三日，雪中送文安國還朝》，等等。他的《蝶戀花》（簾外東風交雨霰）題序云：「微雪，客有善吹笛擊鼓者，方醉中，有人送苦寒詩求和，遂以此答之」，有人求和者爲《苦寒詩》，蘇軾卻用詞酬答。正如他當時所説，「詩詞如醇酒，盎然熏四支」（《答李邦直》），在他的寫作意識中，詩詞並無二致。

不僅如此，在他送別詞的內容和風格上，也明顯地與傳統送別詞異趣，而與其詩卻有相近的地方。大凡傳統送別詞，抒情纖細，風格柔婉，而蘇軾同類詞，語言明淨，意境高遠，且多政治、社會和人生的內容。例如：

《浣溪沙·彭門送梁左藏》

怪見眉間一點黃，詔書催發羽書忙。從教嬌淚洗紅妝。上殿雲霄生羽翼，論兵齒頰帶風霜，歸來衫袖有天香。

《和子由送將官梁左藏仲通》

……伏波論兵初矍鑠，中散談仙更清遠。

《送將官梁左藏赴莫州》

……豈如千騎平時來，笑談謦咳生風雷。葛巾羽扇紅塵靜，投壺雅歌清燕開。東方健兒虓虎樣，泣涕懷思廉恥將。彭城老守亦淒然，不見君家雪兒唱。

一詞兩詩，都讚美梁交富有軍事韜略，議論犀利深刻，有關詞句都相類。（蘇軾後來所作《寄高令》亦有「詩成錦繡開胸臆，論極冰霜繞齒牙」句）杜甫《奉和賈至舍人早朝大明宮》：「朝罷香煙攜滿袖」，亦爲「歸來」句所本，表現出詞詩內容和風格上的接近。詞中又寫到離宴歌女垂淚，自是傳統詞的痕迹，但詩中亦有「不見君家雪兒唱」句，卻用李密歌姬雪兒之典，兩者在技巧上仍微有不同。其他的同題送別詞詩，如《江城子》（前瞻馬耳九仙山）與《留別釋迦院牡丹》詩，《臨江仙・送李公恕》與《送李公恕赴闕》詩，別徐州作《江城子・別徐州》、《減字木蘭花・彭門留別》二詞與《留別叔通、元弼、坦夫》、《罷徐州往南京馬上走筆寄子由》二詩，《虞美人・送馬中玉》與《次前韻答馬中玉》詩，《西江月・杭州交代林子中席上作》與《和林子中待制》、《次韻答黃安中兼簡林子中》二詩等，或字句相同，或意境相類，應是「以詩爲詞」的產物。

有時蘇軾的同題詩詞，各從不同的側面開掘同一主題，更似有機整體。例如他赴密州途中贈海州知州陳某的詩詞，可以看作姐妹篇。《浣溪沙・贈陳海州，陳嘗爲眉令，有聲》詞中說：「升沈閑事莫思量，仲卿終不忘桐鄉」，《次韻陳海州書懷》詩中說：「雅志未成空自嘆，故人相對若爲顏。酒醒卻憶兒童事，長恨雙鳧去莫攀。」詞用漢代循吏朱邑之典，從陳海州懷念眉山百姓的角度落筆，詩卻用「雙鳧」之典，（東漢時葉縣令王喬嘗化雙鞋爲雙鳧，後借爲地方官的故實），從眉山百姓追懷陳海州的方面著眼，互相補充，相得益彰，在題材內容上蘇軾確實視詩詞一體化了。

我們發現在蘇軾的離別詞中，越來越加重政治的內容甚至說理的成分，這在秦觀等傳統詞中是極少見的。如《西江月．送錢待制穆父》與《送錢穆父出守越州絕句二首》，都以酒作爲構思的契機。詞云：「深杯百罰休辭，拍浮何用酒爲池，我已爲君德醉」；詩云：「樽酒今應一笑開」，「勸君莫棹酒船回」，不僅字面相類，而且借以抒發的「須信人生如寄」的思想也是一致的。當錢勰（穆父）罷越州守時，蘇軾又作《臨江仙．送錢穆父》，詠嘆「人生如逆旅，我亦是行人」，這與同時所作《聞錢道士與越守穆父飲酒，送二壺》云：「金丹自足留衰鬢，苦淚何須點別腸」，同一曠達自遣的情懷。在蘇詩中，「吾生如寄耳」的句子多達九處，是他人生思想的重要支柱，而在詞中也反覆吟唱。其他如《浣溪沙．送梅庭老赴上黨學官》、《八聲甘州．寄參寥子》、《歸朝歡．和蘇堅伯固》等，都寫得感慨深沈，境界曠遠，完全不是傳統離別詞所能範圍的。蘇軾在詞中找到了自己。

在描寫自然風光的作品中，也有類似的情況。如觀潮，蘇軾有《南歌子．八月十八日觀潮》、《瑞鷓鴣．觀潮》詞，前者寫潮聲，「坐中安得弄琴牙，寫取餘聲，歸向水仙誇」，後者寫弄潮兒在「碧山影裡小紅旗」的背景裡，「拍手」歌唱的場面；而詩中《八月十五日看潮五絕》則寫潮勢掀天揭地，並抒寫「造物亦知人易老，故教江水向西流」的人生感慨和「東海若知明主意，應教斥鹵變桑田」的善良願望。臨安有一名勝「風水洞」，蘇軾《臨江仙》詞以「四大從來都偏滿，此間風水何疑」發端，然後緊扣「風」「水」題意，「借與玉川生兩腋」，寫風，「還憑流水送人歸」，寫水；而同時所作《往富陽新城，李節推先行三日，留風水洞見待》、《風水洞二首和李節推》詩，也圍繞「風」「水」生發，有「風岩水穴舊聞名」等句，但如「馮夷窟宅非梁棟，禦寇車輿謝轡銜。世事漸艱吾欲去，永隨二子脫譏讒，」則用馮夷水居、列禦寇馭風之典，意謂追隨此二人而去，以脫謗毀。這些詩詞內容，互有偏重，詩中更多社會、現實感慨，但仍可清晰地體會到兩者的相通和一致。

詠物詞也不例外。如《減字木蘭花》（銀箏旋品）和《潤州甘露寺彈箏》詩，詞云：「風裡銀山，擺撼魚龍我自閑」，詩云：「江妃出聽霧雨愁，白浪翻空動浮玉」，寫樂舞之妙竟感動自然之山、風和水族之江妃，其誇張手法如出一轍。其他如《雨中花慢》（今歲花時深院）和《惜花》詩、《西江月》（怪此花枝怨泣）和《次韻曹子方龍山真覺院瑞香花》詩、《浣溪沙．詠橘》和《食甘》詩，也是如此。

蘇軾詞中也有艷情之作。如前所述，秦觀詞是「將身世之感打並入艷情」，而蘇軾的一部分艷情詞卻打並入「身世之感」。如《減字木蘭花》（江南遊女）：「江亭夜語，喜見京華新樣舞。蓮步輕飛，遷客今朝始是歸」；《浣溪沙》（一夢江湖費五年）：「遷客不應常躃睛，使君爲出小嬋娟，翠鬟聊著小詩纏」。這裡的舞女和歌女是詞中常見的兩類女性形象，蘇詞雖有形體姿容的艷筆，但又融入「遷客」之愁，創造出所謂「歌舞助淒涼」（《浣溪沙》「珠檜絲杉冷欲霜」詞句）的意境，這是對傳統艷詞的改造和提高。而秦觀詞則相反。如前所述，秦觀的這類詞原本按題材應是集中抒寫貶謫之悲的，這對傳統詞的狹窄內容是個突破，卻又不離艷情艷筆，說明他不能完全擺脫「艷科」的羈絆。

我們再以《殢人嬌・贈朝雲》和《朝雲詩》來比較。詩詞都用維摩詰和天女的佛典來比喻自己和朝雲的志趣投合、相知甚深。詩云：「天女維摩總解禪」，詞云：「白髮蒼顏，正是維摩境界。」《苕溪漁隱叢話・後集》卷二十九評《朝雲詩》云：「略去洞房之氣味，翻爲道人之家風，非若樂天所云『櫻桃樊素口，楊柳小蠻腰』，但自吒其佳麗，塵俗哉！」用以評《殢人嬌》詞，也大致適合。當然，詞中又不免有「朱唇箸點」、「斂雲凝黛」等「佳麗」詞藻，但結尾又云：「待學紉蘭爲佩，尋一首好詩，要書裙帶」。這首詞的格調，在傳統艷詞中是罕有其匹的。

從上論述可知，蘇軾詞與詩的距離較小，也就意味著與秦觀詞在內的傳統婉約詞的距離較大。能夠直接證明這點的還有蘇軾「次韻少游」的《千秋歲》：

島邊天外，未老身先退。珠淚濺，丹衷碎。聲搖蒼玉佩，色重黃金帶。一萬里，斜陽正與長安對。道遠誰雲會，罪大天能蓋。君命重，臣節在。新恩猶可覬，舊學終難改。吾已矣，乘桴且恁浮於海。

這首詞見於《能改齋漫錄》卷十七「秦少游唱和千秋歲詞」條。從「新恩」句看，當是晚年在海南島遇赦將返中原時所作。按照古人詩詞唱和的慣例，和作應模擬原唱的風格，蘇軾性喜逞才，尤擅此道。如《石鼓歌》學韓愈，《水龍吟．詠楊花》亦與章質夫原詞風格近似。但這首《千秋歲》卻是發人深省的例外。雖然同處貶謫之境，但蘇詞「超然自得，不改其度」（蘇軾自語，見《能改齋漫錄》卷十七），而秦詞陷入愁情深淵難以自拔，兩詞立意是不同的。秦詞又採用傳統詞的情景交融手法，「花影亂，鶯聲碎」，「飛紅萬點愁如海」，都是典型的詞中名句，興而兼比，意味深永；而蘇詞不假借外景，直抒胸臆，一氣呵成，尤其是下片結尾處，決然絕然，擲地作金石聲，是蘇軾晚年政治態度的明確自白。在蘇軾以前的傳統婉約詞中，如此直露地表達了主體意識出處哲學的作品，幾乎還舉不出第二首，確是蘇軾革新詞的新境界。

還有兩類情況可以進一步證明蘇詞的詩化傾向。一是所謂「檃括」。他把張志和的《漁父》改成《浣溪沙》（西塞山邊白鷺飛），韓愈的《聽穎師彈琴》改成《水調歌頭》（昵昵兒女語），杜牧的《九日齊山登高》改成《定風波》（與客攜壺上翠微）等。他的《定風波》（雨洗娟娟嫩葉光），乃是「集古句作墨竹詞」，採用了杜甫、白居易等的詩句，《木蘭花令》（烏啼鵲噪昏喬木），是「略改樂天寒食詩歌之」（此詞《詩人玉屑》卷十六引《王直方詩話》作郭生詩，但據《東坡志林》應爲蘇詞）。他還「檃括」自己的詩入詞，如《定風波》（好睡慵開莫厭遲）即是他的《紅梅三首》之一。這些詩詞之間一般僅改動或增添數字，其內容意境完全相同。二是集子中詩詞相混，不少詞見於詩集。如《陽關曲》「答李公擇」、「中秋月」、「贈張繼願」三首，詩集並見；《瑞鷓鴣》（城頭月落尚啼烏），見於詩集，題作《寒食未明至湖上，太守未來，兩縣令先在》；《生查子．送蘇伯固》，見於詩集，題作《古別離送蘇伯固》；《木蘭花令．四時詞》四首，以《四時詞》爲題，誤入詩集。這些作品屬詩抑或屬詞，疑異難明，歷有爭論，正可作爲蘇軾詩詞風格相近的旁證。

三

傳統婉約詞在長期的歷史發展過程中，已經形成區別於其他文學樣式的獨特的藝術系統，這是具有巨大藝術穩固性和傳承性的傳統。蘇軾用「以詩爲詞」的手段革新詞風，固然給詞壇帶來嶄新的面貌，所謂「指出向上一路，新天下耳目，弄筆者始知自振」（《碧雞漫志》卷二），所謂「一洗綺羅香澤之態，擺脫綢繆宛轉之度」（胡寅（《題酒邊詞》）。但是，歷史不能割斷，傳統詞作爲一種藝術系統仍然深深地影響著蘇軾。這不僅表現在蘇詞中還有爲數不少的婉約詞（包括典型的艷詞），「綺羅香澤之態」、「綢繆宛轉之度」並非完全洗淨和擺脫；更爲深刻的是，他的革新，只是努力使詞詩化，但沒有使詞與詩同化，即取消詞固有的重情尚婉的特點而導致詩詞界限的完全泯滅，取消詞的本身。也就是說，他的「以詩爲詞」仍然十分尊重詞之所以爲詞的個性特徵，這樣，又使他的詞與同題之詩呈現出互有區別的面貌。

密州時期是蘇軾豪放詞風的正式形成時期，代表作品是《江城子・密州出獵》和《水調歌頭》（明月幾時有）。試以此兩詞與同題之詩對讀：

《江城子・密州出獵》

老夫聊發少年狂，左牽黃，右擎蒼。錦帽貂裘，千騎卷平岡。為報傾城隨太守，親射虎，看孫郎。　酒酣胸膽尚開張，鬢微霜，又何妨！持節雲中，何日遣馮唐？會挽雕弓如滿月，西北望，射天狼。

《祭常山回小獵》

青蓋前頭點皂旗，黃茅岡下出長圍。弄風驕馬跑空立，趁兔蒼鷹掠地飛。回望白雲生翠巘，歸來紅葉滿征衣。聖明若用西涼簿，白羽猶能效一揮。

詩詞爲同一圍獵事件而作。不僅字句相類，如「千騎卷平岡」就是「黃茅岡下出長圍」，「右擎蒼」就是「趁兔蒼鷹掠地飛」，而且主題相同，一以魏尚（一說馮唐）自比，一以謝艾自喻，表達慷慨報國的志願。但是，相比之下，詩重於敍事性，前六句寫出圍獵的全過程，詞則著力於內心鬱結的傾瀉。開頭「老夫聊發少年狂」一句，提示了全詞的結構脈絡，提出了「老夫」和「少年狂」的矛盾。「老夫」實際上並不老，時蘇軾年僅四十；「少年狂」也並非真狂，而是借圍獵抒寫報國豪情。上片寫圍獵盛況是爲了突出下片「老夫」感慨。這首詞雖然像詩一樣，用了許多典故（孫權、馮唐、魏尚爲明典，牽黃擎蒼、傾城隨太守爲暗典），也有一些圍獵的具體描寫，但就抒情性來說，詞比詩更充沛、更生動，表達他當時的心情更爲淋漓盡致。蘇軾的這首「自是一家」的豪放詞，正是由於仍然遵循傳統詞的藝術規律，才使它的整個藝術水平，超過了同題的詩。

《水調歌頭》（明月幾時有）一詞，上片寫對月飲酒，下片寫對月懷弟。上片問天，下片問月，也不重敍事，而在抒情。上片突出入世和出世的矛盾，下片意在揭示情和理的矛盾，懷念弟弟的手足之情和人生哲理之間的矛盾。蘇軾兩年後中秋日又作《中秋月寄子由三首》，詩詞相較，用語也有相類之處：詩的「徘徊巧相覓，窈窕穿房櫳」，就是詞的「轉朱閣，低綺戶，照無眠」；詩的「悠哉四子心，共此千里明」，就是詞的「但願人長久，千里共嬋娟。」有的構思表面上相反，實際上同出一源。如詞中寫「我欲乘風歸去，惟恐瓊樓玉宇，高處不勝寒」，謂欲乘風去月宮，立足點在地上，詩中卻寫「天風不相哀，吹我落瓊宮」，謂被風從月宮吹落，立足點在天上；但天上人間之不能兼美則是一致的。從全首來看，詩敍事較實，感情趨於平和，詞則在一種雋永理趣的觀照下，蘇軾內心的激浪怒濤俱收眼底，空靈迷惘卻令人低徊不盡，具有動人的藝術力量。

抒情是詞的天職。詞是人的感情的最爲稱心如意的載體。《河滿子・湖州寄馮當世》寫熙寧七年「西山八國初平」的洮、岷之捷，與詩集中的《聞捷》、《聞洮西捷報》兩篇內容相近。但詩嚴正雄俊，出語莊重，詞則風流蘊藉，除了「旋聞江漢澄清」、「西南自有長城」的祝頌之詞外，下片宕開一筆：「莫負花溪縱賞，何妨藥市微行，試問當壚人在否，空教是處聞名。唱著子淵新曲，應須分外含情。」純借益州「本地風光」，花溪，藥市，卓文君當壚，王褒（子淵）替益州刺史作《中和樂職宣佈詩》等，字裡行間，才跳動著勝利喜悅之情。其他如《臨江仙・送王箴》與《仲天貺、王元直自眉山來，見余錢塘，留半歲，既行，作絕句五首送之》詩，《漁家傲・送吉守江郎中》與《送江公著知吉州》詩等，詩都有較多的敍事成分，詞則緊緊抓住重情這個詞的特質，主題相同而仍具兩副面目。

傳統詞「要眇婉曲」的特點，也同樣影響著蘇詞。如前所述，詞的長短句形式，比之五七言古近體詩，應是一種解放；其語言成分也更豐富多樣（更多的虛詞、俚語入詞）；音律節奏也比詩靈活多變，各個詞牌可以隨意選擇，這都爲抒情的婉曲提供內在條件。清查禮《銅鼓書堂詞話》云：「情有文不能達、詩不能道者，而獨於長短句中可以委宛形容之。」原因即此。

蘇軾因親戚柳瑾赴舒州靈仙觀，作一詩一詞相送。詩云：「世事方艱便猛回，此心未老已先厭。何時夢入真君殿，也學傳呼觀主來。」（《送柳子玉赴靈仙》）僅就提舉道觀題意發揮，寫得比較平板；詞卻不然：

《昭君怨·金山送柳子玉》

誰作桓伊三弄，驚破綠窗幽夢。新月與愁煙，滿江天。人欲去還不去，明日落花飛絮。飛絮送行舟，水東流。

開端用漁笛發端，綠窗人被笛聲驚醒，一折。推窗所見，新月煙霧，江天迷濛一片。兩句頗類孟浩然《宿建德江》：「移舟泊煙渚，日暮客愁新。野曠天低樹，江清月近人」的意境，二折。換頭「人欲」句，倒剔出本來今日當行，卻依戀未去，三折。「明日」以下三句皆爲設想之辭，而「飛絮」隨風送舟西去（舒州在今安徽灊山，金山之西），江水偏偏東流而返，又一對比轉折。這首詞在一氣流轉、舒卷自如之中卻曲折善變，傳達出心情的淒楚和情誼的深厚。另一組送別李公擇的詩詞也是如此。《送李公擇》詩，直抒「欲別不忍言，慘慘集百憂」，「他年林下見，傾蓋如白頭」，語直而情厚；而《蝶戀花·暮春別李公擇》詞，上片純寫暮春景色，似無一語關涉離情，但物物皆獻愁供恨，下片云：「路盡河回人轉柁，繫纜漁村，月暗孤燈火。憑仗飛魂招楚些，我思君處君思我」，回腸蕩氣，更顯誠摯。詩貴含蓄，但詞更長於包蘊綿密，玩味不盡。如《送劉寺丞赴餘姚》詩，爲指明其所赴目的地，徑直以「餘姚古縣亦何有」喝起，下以該地產茶可供品茗爲答，用筆直截明白；而同時所作《南歌子》（山雨蕭蕭過），上片寫景，以「門外月華如水，採舟橫」暗點離舟；下片云：「苕岸霜花盡，江湖雪陣平。兩山遙指海門青。回首水雲何處，覓孤城。」錢塘江海門，有兩山對峙，用以暗示劉撝的去處。詩詞對讀，都顯示出一直露一隱蓄的不同風貌。

在這個問題上，清末詞學家鄭文焯對蘇詞的評析也很有啓發。與以前推重蘇詞者不同，他處處從詞的「本色」的角度來讚賞蘇詞。他認爲辛棄疾詞不如蘇詞，其《手批東坡樂府》（見《詞學季刊》第一卷第三號龍榆生輯錄《大鶴山人詞話》，下同）評《水調歌頭》（落日繡簾卷）時說：「此等句法，使作者稍稍矜才使氣，便入粗豪一派；妙能寫景中人，用（因）生出無限情思」。評《滿庭芳》（三十三年）時更明確地說：「健句入詞，更奇峯巒起，此境匪稼軒所能夢到。」蘇詞比之傳統詞，固然明快疏放，但如果「稍稍矜才使氣」，便會流入辛派末流詞人的「粗豪」之失；「粗豪」的根本藝術缺點在於詞境直尋，而無一筆多意、「奇峯鬱起」，「無限情思」之妙。正如他在評夏敬觀《竹馬子》詞時說「蓋學之者（指學習「疏放」一路寫法者）寫景易驚露，切情難深折，稍一縱便放筆爲直幹，恐失詞之本色爾。」也就是說，詞的特質要求寫景不要太露，抒情不要太直，而應「委曲形容」，「出之幽窈詠嘆之情」。（《大鶴山人論詞遺札·致夏吷盦書》，見《詞學季刊》第二卷第四號）在有些對蘇詞的批語中，他還就此作過細致的闡發。如評《永遇樂》（明月如霜）時說：「公（蘇軾）以『燕子樓空』三句語秦淮海，殆以示詠古之超宕，貴神情不貴迹象也。余嘗深味是言，若發奧悟。昨賦『吳小城觀梅』《水龍吟》有句云：『對此茫茫，何曾西子，能傾一顧。又水漂花出，無人見也，回闌繞，空懷古。』自信得清空之致，即從此詞悟得法門。以視舊吳小城詞，竟有仙凡之判。」他從蘇詞「悟得」詠事詠物的「法門」，即是不可正面說有，而要反面說無，就得「清空之致」，符合詞的「本色」。同理，他在評《鷓鴣天》（林斷山明竹隱牆）時，認爲其中的「殷勤昨夜三更雨，又得浮生一日涼」句，比之唐李涉的「因過竹院逢僧話，又得浮生半日閑」（《題鶴林寺僧舍》），「自是詩詞異調，論者每謂坡公以詩筆入詞，豈審音知言者？」他否認蘇軾「以詩筆入詞」，未必妥當；但他以敏銳的藝術感受，看出李詩蘇詞的區別，可謂慧眼獨具。據我的體會，李詩畢竟直露，徑自道出獲致「半日閑趣」；蘇詞僅說得到「一日清涼」，實際上「清涼」中仍蘊含閑逸之趣，比李詩表達上轉深一層。

故鄭文焯在這段批語之前又說：「淵明詩：『嘯傲東軒下，聊復得此生』。此詞從陶詩中得來，逾覺清異」，說明他評賞蘇詞「殷勤」兩句的著眼點，是在雨景之外的人生感悟和情趣。楊萬里只是說蘇詞之於李詩，乃「以故爲新，奪胎換骨」（見《詩人玉屑》卷八引《庚溪詩話》「誠齋論奪胎換骨」條），似尚屬皮相之見。因此，他總是反覆强調蘇詞的「本色」，其評《定風波》（莫聽穿林打葉聲）爲「以曲筆直寫胸臆，倚聲能事盡之矣。」評《水龍吟》（小舟横截春江）：「讀東坡先生詞，於氣韻、格律，並有悟到，空靈妙境，匪可以詞家目之，亦不得不目爲詞家。世每謂其以詩入詞，豈知言哉？」這些評語，雖然主要體現鄭氏論詞以「體尚清空，語必妥溜」、「高健在骨，空靈在神」等爲標準，但確也說明蘇詞仍然保持和發揮婉曲多折的詞的特性。

傳統婉約詞在長遠歷史發展中所造就的藝術成熟和完美，產生了巨大的穩定性，成爲它繼續發展的因襲重負。但是，對傳統詞的革新的確存在一個限度，這個「限度」就是詞作爲詞的質的規定性。無視詞的特性必然導致革新的失足乃至失敗。深入研究文學史上傳統和革新之間相互矛盾又相互依存的關係，對於今天的文藝改革和創新也是有借鑒意義的。

（原載《復旦學報（社會科學版）》一九八八年第一期）

蘇軾散文藝術美的三個特徵

一、圓活流轉之美

蘇軾喜歡用「行雲流水」來評文。《答謝民師書》說：「大略如行雲流水，初無定質，但常行於所當行，常止於不可不止，文理自然，姿態橫生。」雲、水兩物，都具有流動性和多變性的特點，而其流動性、多變性又以自然本色、絕無雕飾的形態表現出來，這正是蘇軾在散文寫作中所追求的藝術美的三個特質：圓活流轉之美、錯綜變化之美和自然真率之美。宋初田錫《貽宋小著書》已說：「微風動水，了無定文；太虛浮雲，莫有常態，則文章之有生氣也，不亦宜哉！」（《咸平集》卷二）蘇洵亦謂：「『風行水上渙』，此亦天下之至文也。」（《仲兄字文甫說》）似是蘇軾以雲、水喻文的先導。他的《中山松醪賦》云：「遂從此而入海，渺翻天之雲濤」，以雲濤形容水勢的浩蕩，《灩澦堆賦》云：「天下之至信者，唯水而已。江河之大與海之深，而可以意揣；唯其不自爲形，而因物以賦形，是故千變萬化而有必然之理，」都可以理解爲他寫作的文境。他的《文説》以「萬斛泉源」自誇，也是對自己散文特色的確切評語。

誦讀蘇軾的各體文章，一種奔騰不息，波瀾迭起的氣勢迎面而來，使人們親切地感受到他寫作時揮灑自如、左右逢源的快感。前人也常用水來評賞蘇文：「其文渙然如水之質，漫衍浩蕩，則其波亦自然而成文」（釋惠洪《跋東坡忼池錄》，《石門文字禪》卷二十七），「蘇如潮」（《文章精義》），「東坡之文浩如河漢」（元王構《修詞鑑衡》引《橫浦日新》），「筆端浩渺」（元劉壎《隱居通議》卷四），「大蘇文一瀉千里」（《藝概》卷一）等等，表達了人們的共同感受。

蘇文的流動性首先表現在筆法的靈活。真是天生健筆一枝，如夭矯龍舞，如彈丸脱手，縱橫馳騁，杳不可測。以下談談蘇文常用的四種筆法。

借筆。一題到手，蘇軾往往不就題論題，粘死題意，而是借客形主，回旋進退，使文情搖曳生姿，增加流動感。《書韓魏公黃州詩後》論述的對象是韓琦所作的黃州詩，卻以王禹偁之知黃州陪説，説明黃州「閭巷小民，知尊愛賢者」，這是從黃州人方面説；然後敍出韓琦離黃州四十餘年「而思之不忘，至以爲詩」，這是從韓琦方面説；最後才説到韓琦門客孫賁和韓琦門人作者自己，一原爲黃州人，一將爲黃州人，兩人共刻韓詩上石，「以爲黃人無窮之思」。蘇軾特意點明孫賁和作者自己與「黃人」、「韓琦」的關係，又是一種陪說，而且綰合前兩層文意，使文章回環往復而又主旨集中。《錢塘勤上人詩集序》的借筆形式更複雜一些。此文講歐陽修和惠勤之間的關係：歐公之待人忠厚，惠勤之不負歐公。但蘇軾卻以漢代翟公任廷尉時賓客盈門、罷廷尉時門可羅雀的炎涼世態作陪說。先以翟公與歐陽修比，翟公復職後曾用「一貧一富，乃知交態」等語大書其門，以羞辱賓客，蘇軾認爲其客雖陋，而翟公器度亦「小」，不如歐陽修對負己者的寬厚態度；繼論惠勤之沒世不忘歐公，暗中又時時與翟公之客對襯。一事陪說兩主，抑揚褒貶之間，見出歐陽修與惠勤契合相得之可貴。還應指出，本篇的主要題旨是講惠勤之不負歐公，而歐公待人之厚是來申說這一層的，這又是借客形主的手法。他的《傳神記》與此相反，採取以兩客形一主的寫法：文章先寫顧愷之或以畫睛傳神，或以頰加三毛傳神，繼寫僧惟真畫曾魯公以眉後三紋傳神，暢論傳神必須根據人物形象的多樣性，突出各自的特徵部位，以求得「其人之天」，把人物最自然、最真實的精神特質加以突出的再現；然後才說到程懷立爲作者畫像，「於傳吾神大得其全」。對懷立畫像極致讚頌之意，是本文的主旨，但僅在文末幾句了結，粗讀似覺賓重主輕，實則前面論贊顧愷之、僧惟真處，已隱然在讚程懷立了。與前文的一事陪說兩主的手法，各極其妙。

虛筆。蘇軾善於運用空靈虛擬之筆，使行文駕空流走，滂沛疏宕，而無窒塞拘滯之病。

《上梅直講書》是他嘉祐二年（西元一〇五七年）中舉後給編排評定官梅堯臣的感謝信，抒發知己之感。全文以「樂」字爲眼目。開頭提出周公遭管、蔡之流言，召公之疑忌，不能樂其富貴，而孔子師生雖厄於陳蔡，卻相樂不衰。這「樂」是從師生間的戲笑語中想像而來，暗中比擬歐、梅和作者之間的相知之樂。繼寫歐、梅「脫去世俗之樂，而自樂其樂」，這「樂」是從歐、梅平日的文章中體認而來。然後寫自己受歐、梅激賞，「一朝爲知己」，成爲「大賢」的門生，其樂何似！這「樂」才正面實寫自己的切身感受。最後寫梅堯臣名高位下，然而「容色溫然」、「文章寬厚」、「必有所樂乎斯道」。這「樂」是全文的餘波，又是此信頌揚對方的題中應有之義，卻是從梅堯臣的容色、文章中推斷而來。全文四處「樂」事，除寫自己者外，都以虛擬、想像、推演出之，虛實相映，極瀟灑變態之妙。金聖嘆《天下才子必讀書》卷十四評此文云：「空中忽然縱臆而談，劣周公、優孔子，豈不大奇」，「文態如天際白雲，飄然從風，自成卷舒。人固不知其胡爲而然云，亦不自知其所以然。」頗具眼力。他的《范增論》、《伊尹論》、《荀卿論》等史論，也多這類虛實相映之筆。《范增論》講范增遭陳平離間計而離楚，爲時太晚，應早在項羽殺卿子冠軍宋義時離去。此文前半敘述歷史事實，多從實處下論，後半卻多推想、擬測之語。如推測項羽懷疑范增必早在弒義帝之時：范增「將必力爭而不聽也，不用其言，而弒其所立，羽之疑增必自是始矣」，這並無史實根據，但頗辯而可信。而這一虛筆在本文的論證中卻起了關鍵作用：宋義是義帝的親信，殺宋義是弑義帝的前奏，因此范增應在殺宋義時當機立斷，「力能誅羽則誅之，不能則去之。」駕虛得實，以虛證實，彌見運筆自如。善用虛筆，使人們往往爲其騰挪變化、翻空出奇之趣所吸引，甚至忽略了他時或存在的强詞奪理之弊。

閑筆。作文最忌慵散，但如篇篇論題、論據、結論，一論到底，或節奏過於急促，也易造成平板粗豪，影響文勢的圓活。閑筆、正筆的配合巧妙，緩急相濟，主次相輔，也是力避行文板滯的有效手段。蘇軾文集中最長的一篇文章《上神宗皇帝書》，乃「思之經月，夜以繼日，書成復毀，至於再三」的精心結撰的力作，其政治見解不免保守，但在寫作技巧上確有一些匠心獨運之處。文章的主旨在於「結人心，厚風俗，存紀綱」三語，主要結構也依此分爲三大段，是爲正筆。但開頭陳述諫買燈事，在全文屬於閑筆，卻起了先頌後諫、漸次引入正題的作用，文情委婉而又流轉；結尾處兩段：一段講他「非敢歷詆新政，苟爲異論，如近日減皇族恩例」等皆爲善政，在全文亦屬餘波；一段抒寫自己進言時思想矛盾，忽說有罪，忽說無罪，忽說不懼，忽說可懼，轉轉折折，含情不絕。如此長篇，允有此類結句才能輕重相匹。正文三大段中也有不少閑筆。樓昉評此文云：「一篇之文幾萬餘言，精采處都在閑語上」（《崇古文訣》卷二十三），所見甚是。

一意反復之筆。蘇軾的不少名作往往圍繞一個題旨，作多層次、多側面的反復「皴染」，筆力既放得開，又挖得深，以其波搖浪起，浩渺無垠，而眩人眼目，啓迪心智。他的成名作《刑賞忠厚之至論》是應舉時的一份試卷，題旨實已規定，論證統治者掌握刑賞應該本著「忠厚」的原則。這類命題作文，用他自己的話來說，當是難度較大的「節目文字」，不易措手（《又答王庠書》），但他卻寫得「高下抑揚，如龍蛇捉不住」（《與侄論文書》）。原因即在於思路活躍，將一意翻作數層。開頭破題一段，即從賞、罰兩端分別說出：堯舜等人賞善是爲了「樂其始而勉其終」，罰不善是爲了「棄其舊而開其新」，都體現「君子長者之道」。然後他不再泛說，而是專從「疑」字發論。先引《傳》「賞疑從與」「罰疑從去」之語立案，說明可賞可不賞者，賞；可罰可不罰者，不罰。又以堯不聽皋陶之殺人爲「去」，聽從四岳之用鯀爲「與」作爲例證。又引《尚書》「罪疑惟輕，功疑惟重」進一步推進論點。然後再展開正面議論，歸結爲「是故疑則舉而歸之於仁」。這樣，一個「疑」字，據之以先儒經典，證之以聖君史事，辨之以宏議讜論，有力地闡明了開端「以君子長者之道待天下，使天下相率而歸於君子長者之道」的命題。最後以引用《詩》《春秋》作結。引《詩》是爲了引《春秋》，借客形主；而整個結尾又是閑筆，因上文題旨已完，這個引證不過是呼應開頭「見於虞、夏、商、周之書」一語，且使結尾餘味無窮而已。前人評此文「文勢如川雲嶺月，其言不窮」，「圓熟流美」（沈德潛《唐宋八家文讀本》卷二十），「橫說豎說，惟意所到，俊辨痛快，無復滯礙」（羅大經《鶴林玉露》乙編卷三），「自然圓暢」（張伯行《唐宋八大家文鈔》卷八）等，其故即在於用了一意反復的筆法。

《留侯論》是另一篇在體現流動性特點上備受前人讚賞的名文。楊慎說：「東坡文如長江大河，一瀉千里，至其渾浩流轉，曲折變化之妙，則無復可以名狀，而尤長於陳述敍事。留侯一論，其立論超卓如此。」（《三蘇文範》卷七引）此文層波疊浪，滔滔奔流，但仍是可以「名狀」的。蘇軾對於傳以爲真的黃石公賜書張良的故事，一掃它神奇的乃至迷信的色彩，回到人事上來找原因：「其意不在書」，而在於教育張良能「忍」。「忍」字即爲一篇之主。文章就從「忍」與「不忍」兩端交錯發論，而又想落天外。博浪擊秦與圯下授書原是了不相關的兩事，蘇軾卻從「不忍」這點上奇妙而貼切地綰合起來；先說張良不能忍，卻以鄭伯肉袒迎楚、勾踐臣妾於吳兩個能「忍」之例逆承反接；然後歸結到楚漢相爭項敗劉勝在於「能忍與不能忍之間而已矣」，漢高祖之由「剛强不忍」到「忍之養其全鋒」的轉變，是由從不忍轉爲能忍的張良勸導的結果。張良一變椎擊時的「不忍忿忿之心」則又是黃石公教導所致，這就是圯橋授書事件的實質。一意反復——「意」要集中單一，運筆卻反復多變，形成了蘇軾政論、史論文縱橫捭闔、汪洋恣肆的總特點。

蘇文的流動性又表現在句式的豐富多變。蘇軾的散文語言，以散行單句爲主，但又融合不少駢偶、排比成分，駢散結合，錯落有致，張弛互節，節奏感强。試以三篇碑記文爲例：

《潮州韓文公廟碑》

是氣也，寓於尋常之中，而塞乎天地之間。卒然遇之，則王公失其貴，晉楚失其富，良平失其智，賁育失其勇，儀秦失其辯。是孰使之然哉？其必有不依形而立，不恃力而行，不待生而存，不隨死而忘者矣。故在天為星辰，在地為河岳；幽則為鬼神，而明則復為人。此理之常，無足怪者。

這段話，歸有光《文章指南》評爲「句法連下，一句緊一句，是謂破竹勢也。」其句式特點，即在多用排句，前有五「失」、四「不」，後有四「爲」，形成一氣貫注的雄健文勢。但如句式過於整齊，也會流於平衍而失去流動感。這裡不僅這三組句子各自有異，而且四「爲」句的句式也有變化（「在天」「在地」與「幽則」「明則」此四句實從韓愈《上兵部李侍郎書》「大之爲河海，高之爲山岳，明之爲日月，幽之爲鬼神」化出而加以變化。本文又云：

嘗蓋論天人之辨，以謂人無所不至，惟天不容僞，智可以欺王公，不可以欺豚魚；力可以得天下，不可以得匹夫匹婦之心。故公之精誠，能開衡山之雲，而不能回憲宗之惑；能馴鱷魚之暴，而不能弭皇甫鎛、李逢吉之謗；能信於南海之民，廟食百世，而不能使其身一日安之於朝廷之上。蓋公之所能者天也，其所不能者人也。

這段排句，以「可以、不可以」兩疊、「能、不能」三疊的複合句組成，句子長短錯落，吟誦時自有一種急忙追趕、不能暫停的急迫腔吻。賴山陽云：「能、不能」三疊，「當言『不能、能』則順矣。然句勢不得不如此。」從孤立來看，「不能、能」確較通順，蘇軾安排為「能、不能」，重點在强調「不能」，特別用「不能使其身一日安之於朝廷之上」一句煞尾，是融注著他自己的憤懣和感喟的。我們知道，韓愈調離潮州後，官運尚佳，未嘗不安於朝，這句實乃蘇軾的「夫子自道」！這說明句式的安排不是隨意的，是跟他對韓愈的深切同情和崇敬以及盤鬱自己心頭的身世感嘆完全合拍的。《超然臺記》敍登臺眺望所見云：

南望馬耳、常山，出沒隱見，若近若遠，庶幾有隱君子乎？而其東則盧山，秦人盧敖之所從遁也。西望穆陵，隱然如城郭，師尚父、齊桓公之遺烈，猶有存者。北附濰水，慨然太息，思淮陰之功，而弔其不終。……

「四望法」是不少文章中常用的，有時會覺得「膚套」。此段從南、東、西、北逐次敍述看，自較整齊，但句式卻無對偶排比成分，仍富圓轉流走。這說明排偶句固然常常造成文氣的充沛，散句也能別具一種疏宕流暢的情韻，與他借眺望而發「超然」之意是吻合的。連接詞「而」的使用，也起了上下貫串、一氣呵成的作用。

蘇文圓活流轉的特點，表現了蘇軾在博厚才識基礎上思維的敏銳和聯想的豐富。他總是能一下子在複雜的內外關係中抓住所論事理或所記事、物的特點，加以生動而鮮明的表現。《日喻》開頭寫「盲人識日」一段，盤、鐘、燭、龠，妙喻疊出，如吐珠走丸，抓住事物間的某種關聯進行類比，環環層遞而出。《勝相院經藏記》云：「我觀大寶藏，如以蜜說甜。衆生未諭故，復以甜說蜜。甜蜜更相說，千劫無窮盡。自蜜及甘蔗，查梨與橘柚，說甜而得酸，以及鹹辛苦。……」《夢齋銘》云：「人有牧羊而寢者，因羊而念馬，因馬而念車，因車而念蓋，遂夢曲蓋鼓吹，身為王公。夫牧羊之於王公亦遠矣，想之所因，豈足怪乎？」文思泉湧，辯才無礙，在蘇軾這裡，似乎不知道思維的苦澀，聯想的貧乏，不知道「意不稱物、文不逮意」的苦惱。

蘇軾這種思維和聯想的特點，得自《戰國策》的縱橫捭闔，得自《莊子》的汪洋恣肆，更得自佛經的薰陶。劉善澤《五燈會元跋》曾指出「禪門古德問答機緣，有正說，有反說，有莊說，有諧說，有橫說，有豎說，有顯說，有密說。」蘇軾自稱「楞嚴在牀頭，妙偈時仰讀」（《次韻子由浴罷》），自然深得這種妙悟機鋒、空靈圓通之趣。早在北宋，惠洪已指出蘇文「自非從般若中來，其何以臻此！」（《跋東坡怡池錄》）。李淦《文章精義》指出蘇文來源之一爲《楞嚴經》，並指出「子瞻文字到窮處，便濟之以此一著，所以千萬人過他關不得」。袁枏《書東坡涼熱偈》（《清容居士集》卷四十六）說：「釋氏之書，皆自梁隋諸臣翻譯，故語質而文窘。至若《楞嚴》，由房融筆授，始覺暢朗。公（蘇軾）文如萬斛泉，風至水湧，……則房融文體一規近之。」錢謙益《讀蘇長公文》（《初學集》卷八十三）則指出蘇文學《華嚴經》：「吾讀子瞻《司馬溫公行狀》、《富鄭公神道碑》之類，平鋪直序，如萬斛水銀，隨地湧出，以爲古今未有此體，茫然莫得其涯涘也。晚讀《華嚴經》，稱性而談，浩如煙海，無所不有，無所不盡，乃喟然嘆曰：『子瞻之文，其有得於此乎？』」還是袁枚說得概括：「蘇長公通禪理，故其文蕩。」（《與友人論文書》）這些前人都一致指出佛經與蘇文流動性的密切關係，是有見地的。

二、錯綜變化之美

蘇軾在《書蒲永昇畫後》中稱讚畫家孫位「始出新意，畫奔湍巨浪，與山石曲折，隨物賦形，盡水之變，號稱神逸。」在《晁君成詩集引》中又稱讚晁君成（端友）的作品「每篇輒出新意奇語，宜爲人所共愛。」這兩段稱讚別人的話，實可移評蘇軾自己散文的錯綜變化之美。他的藝術個性的重要特點是追求創新。他要求「每篇」作品都自具面目，「新意」迭出，唯其如此才能盡萬事萬物萬理之「變」，體現客觀世界美的多樣性。他的各體散文力反呆板蹈襲、千人一面、千部一腔之病，極盡騰挪變化之能事，突出一個「變」字。

文體之變。自曹丕《典論論文》以來，前人對於各類文體的體制特點論述甚多，要求越來越嚴，逐漸演爲格套。連宋代的一些文章大家也堅持文體正、變之説，嚴守體制界限。如「荊公評文章，常先體制，而後文之工拙。嘗觀蘇子瞻《醉白堂記》，戲曰：『文詞雖極工，然不是《醉白堂記》，乃是《韓白優劣論》耳。』」（黃庭堅《書王元之竹樓記後》）陳師道説：「退之作記，記其事爾；今之記乃論也。」（《後山詩話》）真德秀也説：「記以善敘事爲主。《禹貢》、《顧命》，乃記之祖。後人作記，未免雜以議論。」（見《文章辨體序説》引）他們都把議論性的記視作別體而深致不滿。蘇軾卻不拘成法，別出機抒。即以記爲例，他一方面巧妙融化敍述以外的成分（議論、抒情），一方面適當吸取其他文體的特點，使他的雜記文呈現多姿多態的風貌。蘇軾繼承歐陽修的寫法，把大量議論成分帶入記中。《韓魏公醉白堂記》、《李太白碑陰記》、《石鐘山記》都可看作特殊性質的議論文。

一爲辯疑：韓琦勳望著於三朝，因何欽羨白居易？文中先説白之勳業不如韓，韓之山水園池之樂不如白，但兩人的忠言嘉謨、文采、操守、道德則又是相同的；然後發揮「醉」字，説韓琦並非欲與白相比，實乃欲「與造物者遊」，又引古人自比於人、常自謙抑的事例，使「天下之士」的疑問渙然冰釋。

二爲辯誣：李白「嘗失節於永王璘，此豈濟世之人哉？」針對這一言論，蘇軾拈出「氣」、「識」兩端，以李白「戲萬乘若僚友，視儔列爲草芥」之氣，證其必不肯「從君於昏」；以其識未顯時之郭子儀爲人傑，證其必知永王之無成。於是有力地得出李白從璘乃由於「迫脅」的論斷。

三爲辯誤：對石鐘山命名的含義，既駁酈道元之「簡」，只說「水石相搏」，語焉不詳；又駁李渤之「陋」，竟用潭上雙石之聲求命名來由。

蘇軾經過實地考察，得出自己的結論。三篇文章又同中有異；第一篇純以議論出之，第二篇多引證：引李白的具體行實，引夏侯湛的評語等，而第三篇中間一大段卻是神采飛動的記敍描寫，但又與前後議論熔爲一體。他的《文與可畫篔簹谷偃竹記》等融入十分濃重的抒情成分，至於《記承天寺夜遊》、《記遊沙湖》、《記遊廬山》等記遊小品，更坦露出作者灑脫不羈的真率個性。所有這些，無疑擴大了「記」這種文體的容量，豐富了它的表現手段。

蘇軾還有意打破文體的嚴格界限，使之互相吸取。如《張君寶墨堂記》用贈序體，對張希元之「好書」隱含諷喻，可與韓愈《贈高閑上人序》媲美；《墨君堂記》用傳奇體，爲文同的墨作頌，涉筆成趣，類似韓愈《毛穎傳》；《蓋公堂記》用寓言體，以謝醫卻藥喻無爲而治；《表忠觀碑》通篇用趙抃的奏疏，也別出一格。這類有關營建的記，按照常規，「當記月日之久遠，工費之多少，主佐之姓名，敍事之後，略作議論以結之，此爲正體。」（《文章辨體序說》）蘇軾筆下都爲變體。對記以外的文體體制，他也有所突破。如他繼承歐陽修《秋聲賦》而所作的前後《赤壁賦》、《黠鼠賦》等，使賦從楚辭、漢賦、魏晉時駢賦、唐代律賦而一變爲宋代的散文賦；他的人物傳記，常不及傳主的世系和生平大概，被前人評爲「變傳之體」（李卓吾語，《蘇長公合作》補下卷引）、「傳中變調」（沈德潛《唐宋八家文讀本》卷二十四）；他的《剛説》爲孫立節傳神寫照，而按其文體卻是「雜説」。

命題立意之變。藝術貴獨創，忌雷同。但由於不少文章的實用酬世性質，不僅很難避免與前人重復，也難避免與自己重復。蘇軾的寫作經驗是：力避犯重，但也不避重復，在表面雷同中，强化、渲染事、理的不同特點，從而使他的文章幾乎篇篇光景常新。一日同題異作。《六一居士集叙》與《范文正公文集叙》是他一生所崇奉的兩位前輩歐陽修和范仲淹的文集作序。他没有採取常見的條舉偉人立德、立功、立言的寫法，但取旨又不離開「文集」。前一篇序突出歐陽修的學術和文學地位，後一篇則著重於范仲淹的政治業績。前序推尊歐陽修足以追配韓愈，上繼大禹孔孟之傳；又以「自歐陽子之存」、「自歐陽子出」、「歐陽子没」三層駕馭馳騁，充分肯定他在反對僞學和不良文風中的作用。後序卻先抒寫自己從八歲起對范公的仰慕，收束以平生不識其風儀爲恨；然後點出范公的「萬言書」爲其一生政治行動的綱要，又以伊尹、太公、管仲、樂毅、特別是韓信、諸葛亮互相比勘，充分肯定他的政治識見和品格。前序結構整飭，後序似散非散，更富抒情意味，從而成爲兩篇各具内容和風格的書序。《墨妙亭記》和《寶繪堂記》、《墨寶堂記》，一亭二堂，同爲庋藏書畫文物之所，都有「物必歸於盡」、不能「留意於物」之類的消沈感嘆，但蘇軾根據主人孫莘老、王詵、張希元的不同情況而各取題旨：前篇是贊頌，次篇是勸箴，後篇是諷喻，委婉地希望他不要玩物喪志，而力求在政治上有所作爲。

二曰同一或類似事件因不同體裁而寫法有異。蘇軾的從表兄文同死後，他曾作《祭文與可文》、《文與可畫篔簹谷偃竹記》兩文。前文純用抒情筆觸，抒發自己的深切哀感。文中以幾個「嗚呼哀哉」分成四層意思，或敍文同平日所好之酒、詩、琴，或述朋友間死生睽離，或頌文同的政績和文學成就，或抒痛失知己之感。此乃乍聞訃告後所作，哀情迸發，回腸蕩氣。文多排句，音節琅然。《文與可畫篔簹谷偃竹記》作於文同死後半年多，痛定思痛，感情趨於深沈。文章以畫爲線索，追記文同「成竹在胸」的精闢藝術見解，更以錯落有致的筆法，歷敍兩人昔日交往的瑣瑣細事，卻產生扣人心弦、催人淚下的感染力。

三曰正題反作。《思堂記》和《牡丹記敍》一爲雜記文，一爲書序文。章粢（質夫）築思堂，以「思而後行」自勉，請蘇軾作記；杭州知州沈立愛好牡丹，作《牡丹記》十卷，請蘇軾作序。但這兩篇文章都反其意而爲之。前文分幾段申說「不思」之妙：自己無思，「遇事則發，不暇思也」；君子非臨事而思；引隱者「思之害甚於欲」之論；然後得出「不思之樂，不可名也」的結論。文章到此，全與《思堂記》題意相悖。蘇軾這才挽回一筆，謂章粢所言之思，不是世俗營營之思，乃是不思之思，才歸結到題旨。姜鳳阿評此文云：「記思堂而專說無思之妙，辭若相繆，而意實相通，所謂無中生有、以死作活射雕手也。」（《三蘇文範》卷十四引）甚中肯綮。後文在記敍杭州觀花盛況後，突然說：「蓋此花見重於世三百餘年，窮妖極麗，以擅天下之觀美，而近歲猶復變態百出，務爲新奇以追逐時好者，不可勝紀。此草木之智巧便佞者也。」竟把牡丹比作小人；然後說太守「耆老重德」，而自己「方惷迂闊」，都與此花此書不稱。文情至此似離題太遠，難乎爲繼，他卻借宋廣平（宋璟）爲人「鐵心石腸」，而所作《梅花賦》卻「清便艷發」之例，謂不必故托「椎陋以眩世」，因而才「爲公記之」。結尾又宕開一筆：「公家書三萬卷，博覽强記，遇事成書，非獨牡丹也。」點明《牡丹記》並非嚴肅的精心經營之作，隱寓作者對爲牡丹著書的非議之意。其他如《大臣論上》提出「大臣」的準則應是「以義正君而無害於國」，但全文都從反面展開論述，也是正題反作之例。

袁宏道在評蘇軾《王定國硯銘》等六銘時說：「六硯銘，俱相題發揮，無中生有。熟看之，悟作文法，自然小題大做、枯題潤做、俗題雅做者，勿以銘言輕視之。」（《三蘇文範》卷十五引）這對理解蘇文命題立意的多變性是有幫助的。

章法之變。蘇文的結構安排，既遵守佈局謀篇對於首尾照應、縱橫開合、脈理貫通等的一般要求，又自出機杼，不落窠臼，無棼絲之亂，有耳目一新之致。試以兩段式爲例。從結構藝術而言，前後兩段應該緊密關聯，渾然一體，但蘇軾卻有多種結撰之法。《孫武論下》主要闡述兩個論點：「天子之兵，莫大於御將」和「天下之勢，莫大於使天下樂戰而不好戰」。在佈局上即以兩幅分説，甚至連一個總收的結尾也沒有。但兩幅之間仍有內在聯繫：反對大將擁兵自重，借敵懾主和教化人們愛君恨敵，爲我而戰，一將一民，皆屬君主統御之道。這是屬於平列而又有錯綜聯繫的結構形式。《上韓太尉書》是向韓琦請見的書信，前幅卻大談古史，論「西漢之衰，其大臣守尋常而不務大略」，一味求田問舍，苟且歲月；又論「東漢之末，士大夫多奇節而不循正道」，一味「力爲險怪驚世之行，而不求治國根本」。似乎與誦美韓琦離題。但後幅講韓琦「剛毅正直而守之以寬，忠恕仁厚而發之以義」，既非循循無所作爲，又非翹翹只求新異，兼有兩漢「大臣」「士大夫」之長而無其短。這才知道前幅論説越詳，後幅反照越明，也才知道前幅長、後幅短的原因所在。這是屬於明似不連而實連的結構形式。《練軍實》則屬於前後分層呼應的結構形式：此篇提倡寓兵於農，反對士兵的職業化和終身制。他從軍費巨大和犧牲慘重兩個角度展開議論，前段講「兵民永久分離」之害，分五層意思説出，後段講「兵老復而爲民」之利，也分五層照應，細針密縫，絲絲入扣，卻又不妨害文氣的暢通，別是一種格式。除了前後兩段以互相關聯爲主的結構形式以外，還有在內容、風格、手法上相反卻又相成的形式。如《應制舉上兩制書》是他嘉祐六年（西元一〇六一年）應制舉時上書翰林學士、中書舍人所作。前段是將欲進言前的引言，泛論「貴賤之際」、「聖賢之分」，隱然以子思、孟軻等先賢自負，使兩制諸公不能以人微言輕視之，但緩緩敍來，藏鋒不露；後段進入時事，則激昂慷慨，提出「治事不若治人，治人不若治法，治法不若治時」的綱領，並明確指斥「用法太密而不求情」，「好名太高而不適實」，兩端，針砭時弊，不假辭色。如果没有前段的紆回婉曲，後段就會顯得突兀了。

至於三段式的結構，變化更多更複雜。有三段平列卻圍繞一個中心而展開的。如《思治論》，主旨講豐財、强兵、擇吏問題，卻以「規模」（治國方案）二字統率全篇。首段講三患（無財、無兵、無吏）在於其始未立「規模」；次段講當時「規模」未定；末段講定「規模」必須專一（「其人專，其政一」）、能收（收實效）、黜浮議。篇中忽引證，忽設喻，有正説，有反説，馳騁回旋，不受羈制，而其骨骼血脉卻又清晰分明。有三段平列成犄角之勢但又分主從的。如《上神宗皇帝萬言書》其主要部分是按「結人心，厚風俗，立紀綱」分爲三段，但以「結人心」爲重心；《代滕甫論西夏書》的主旨是講對西夏用兵應緩而圖之的方針。第一段設喻，引醫者治病、彭祖觀井兩喻；第二段用典，引曹操取袁氏的史事；第三段始正面分析西夏情勢，提出乘間取之的策略。前兩段是爲第三段服務的。有先立一柱然後平列兩扇成文的。如《范文子論》首先提出論斷：戰國晉楚鄢陵之戰開始前，晉范文子反對此戰，結果晉勝楚敗，但最後晉國卻因勝而亂，證明范文子的遠見卓識。然後分論議和史例兩段展開，一論一史，交相辨證，推出「治亂之兆，蓋有勝而亡、有敗而興者矣」的論點，照應開頭。除了平列式以外，也有三段段段順接或逆接成文的。如《潮州韓文公廟碑》首段發大議論，暢論「浩然之氣」，暗指韓愈即具此至剛至大之氣；次段敍韓愈生平實事，暗示此皆浩然之氣所致；末段敍潮州人民立廟之意。孫琮說，三段之間，「前一段議論因爲公實事而發，說公實事處正以起潮人立廟。截然分段中，氣脉自聯絡一片」（山曉閣選宋大家蘇東坡全集》卷五），說中了段段銜接鈎連的結構特點。

手法之變。蘇文之所以幾乎篇篇面目迴異，各不雷同，原因之一在於他不拘成法，追求最大的表達自由。孫琮說：「嘗聞漢以前之文，未嘗無法而未嘗有法，法寓於無法之中，故其爲法密而不可窺；唐以後之文，不能無法而能不失乎法，故其爲法嚴而不可犯。密則疑於無所謂法，嚴則疑於有法而可窺。（按，此段爲唐順之《董中峯侍郎文集序》中語）至眉山父子，有法不拘於法，無法而能自爲法，此其所以獨有千古。」（《山曉閣選宋大家蘇東坡全集目》序）蘇軾作文之法，大都是無法之法，既不同於嚴格的規範化乃至程式化，也不完全同於自然天籟，神明難求。楊慎評三蘇文，謂其「奇正相生，冥明互藏，虛實代投，疾徐錯行，岐合迭乘，順逆旋宮，方圓遞施，有無相君。」（《三蘇文範》卷首引）茅維（孝若）云：「長公文，猶雲霞在天，江河在地，日遇之而日新，家取之而家足。若無意而意合，若無法而法隨。其亢不迫，其隱無諱，淡而腴，淺而蓄，奇不詭於正，激不乖於和，虛者有實功，泛者有專指。」（同上）這些散文藝術辯證法的範疇尚待深入研究和闡明，而他們所描述的蘇文手法上錯綜變化的面貌，跟我們讀後的感性印象是符合的。上面所論，已可見一斑。這裡再舉用喻爲例。從用喻類別說，蘇文有明喻、暗喻、借喻、博喻等，尤以博喻爲多，以呈奔放暢達之勢，如《上神宗皇帝書》：「人心之於人主也，如木之有根，如燈之有膏，如魚之有水，如農夫之有田，如商賈之有財。」從在文中的地位說，有喻起，如《代張方平諫用兵書》開篇云：「臣聞好兵猶好色也。傷生之事非一，而好色者必死；賊民之事非一，而好兵者必亡，此理之必然也。」《代滕甫論西夏書》卻連用醫者治病、彭祖觀井兩喻開篇，反對急於求功，主張愼於用兵。也有喻結，如《祭歐陽文忠公文》講歐公之生死對君子、小人的影響兩段，各以一喻煞尾。前段云：「譬如大川喬岳，雖不見其運動，而功利之及於物者，蓋不可數計而周知」；後段云：「譬如深山大澤，龍亡大虎逝，則變怪百出，舞鰌鱔而號狐狸。」其取喻的形象，旗鼓相當，但用意卻正相反。特別是文中插喻，更是俯拾皆是，層出不窮。有的三言兩語，有的帶有一定的情節性。《上曾丞相書》講士人不應向「王公大人」誇詞求售：「鬻千金之璧者，不之於肆，而願觀者塞其門，觀者嘆息，而主人無言焉；非不能言，知言之無加也。今也不幸而坐於五達之衢，又呶呶焉自以因希世之珍，過者不顧，執其裾而强觀之，則其所鬻者可知矣。」一喻而用對比，使事理引向深刻。蘇文中有的全文以喻爲主幹，用生動的故事來指喻事理，如《日喻》、《稼說》、《黠鼠賦》等，實是獨立成篇的優秀寓言。而其比喻的新穎貼切，且又善於從日常生活中取材，尤爲一大特色。如用醫作喻。《上神宗皇帝書》以「人之壽夭在元氣，國之長短在風俗」設喻，一再引申養生之法喻治國之道。《思治論》反對爲政求新求奇，說：「竊謂人臣之納忠，譬如醫者之用藥，藥雖進於醫手，方多傳於古人。若已經效於世間，不必皆從於己出。」這些養生醫病的比喻，隨題生意，自然妥貼，生動易懂，具見其手法的變幻莫測。

風格之變。作爲一個散文大家，總是表現出獨特而成熟的基本風格以及在此基礎上的風格多樣化。方孝孺《張彥輝文集序》在評論歐、蘇文風時說：「永叔厚重淵潔，故其文委曲平和，不爲斬絕詭怪之狀，而穆穆有餘韻；子瞻魁梧宏博，氣高力雄，故其文常驚絕一世，不爲婉昵細語。」我們不妨將《醉翁亭記》（秦觀稱作「賦體」）和《前赤壁賦》加以比較。歐「記」以「樂」字貫串全文：首段寫「醉翁亭」命名來由，次段寫朝暮四時之景，三段寫遊人、賓宴，末段寫醉歸，或明或暗，字字著「樂」，運筆行文，委曲容與，特別是二十一個「也」字憑添一種語緩氣舒的風神；蘇「賦」卻忽寫遊賞之樂，忽寫人生不永之悲，忽寫曠達解脫之樂，突起突落，樂悲交錯，文情勃鬱頓挫，顯出與歐「記」不同的藝術風貌。蘇軾散文以雄邁奔放、波瀾迭起爲基本風格，但又不拘一格。明楊士奇評云：「高山巨川，巉巖萬狀，浩漫千頃，可望而不可竟者，蘇之大也；名園曲檻，繞翠環碧，十步一停，百步一止，而不欲去者，蘇之細也；疏雨微雲啜清茗，白雪濃淡總相宜者，蘇之閑雅也；風濤煙樹曉夕百變，剡巒夷曲轉入轉佳，令人驚顧錯愕而莫可控揣者，蘇之奇怪也。」（《三蘇文範》卷首引）他指出蘇文宏偉、深曲、閑雅、奇怪等多種風格。商輅則從蘇軾學習傳統的角度立論，認爲「莊之幻，馬之覈，陶之逸，白之超，蘇氏蓋集大成云。」（同上）也講了奇幻、翔實、飄逸、超脫等多種審美特性。前人的這些品評都是鑑賞蘇文的經驗之談，值得重視。

三、自然真率之美

袁宏道說：「余嘗謂坡公一切雜文，圓融精妙，千古無匹活祖師也。惟說道理、評人物，脫不得宋人氣習。」（同上）他甚至認爲「東坡之可愛者，多其小文小說，使盡去之，而獨存其高文大册，豈復有坡公哉！」（《蘇長公合作》引）劉士鏻《文致序》也說：「予猶憶兒時，誦坡公海外遊戲諸篇，意趣猛躍，以對正心誠意之言，痛哭流涕之論，則脾緩筋懶，昏昏欲倦。夫所貴讀古人書者，借彼筆舌活我心靈，亦安取已腐之陳言、字數而句衡之哉！」第一位編選蘇軾隨筆小品集的王納諫（聖俞）也說：「余讀古文辭，諸春容大篇者，輒覽弗竟去之」，而對蘇軾隨筆小品備致傾慕。（《蘇長公小品序》）這幾位明人的評論不無偏激之處，但反映出當時的文學好尚，也說明蘇軾兩類文字的不同審美感受：其隨筆小品比之「高文大册」、「春容大篇」來，具有「圓融精妙」、「意趣猛躍」、「活我心靈」的藝術魅力，是蘇軾散文中文學性更强的品種，也是其自然真率之美的典型代表。

蘇軾的隨筆小品大都作於他貶謫黃州、惠州、儋州時期。其文體樣式主要是雜記、題跋、書簡，其構成因素有議論、敍事、抒情，其寫作特點是信手拈來，隨口說出，漫筆寫成，而其總的內容是突現一個歷經磨難而曠放闊達、富有生活情趣的心靈，是他性格的昇華，思想的結晶。日人布川氏說：「參五祖戒和尚後身者，先從小品始之。」（《蘇長公小品序》）即指出以小品見人品的特點，確切地說，是以自然的小品寫出真率的人品。

他的記遊文字，不論是黃州時的《記承天寺夜遊》、《記遊定惠院》、《書臨皋亭》、《遊沙湖》，惠州時的《題羅浮》、《記遊松風亭》、《遊白水書付過》，儋州時的《書上元夜遊》等，都不作模山範水的鋪陳，而是隨筆點染，情境宛然；尤其善於表現對自然景物的賞會和對人生哲理領悟之間的融合。下面是一再被稱道的《記承天寺夜遊》：

> 元豐六年十月十二日，夜。解衣欲睡；月色入戶，欣然起行，念無與為樂者。遂至承天寺，尋張懷民。懷民亦未寢，相與步於中庭。
>
> 庭下如積水空明，水中藻、荇交橫，蓋竹柏影也。
>
> 何夜無月，何處無竹柏，但少閑人如吾兩人耳。

這篇八十四字的短記，儼然也是先敍事、繼寫景、結抒慨，但這樣冷靜乃至冷漠的分析，未必符合作者寫作和讀者欣賞時內心的波瀾。不錯，不少論者指出其中「庭下」一句景物描寫的入神，但類似描寫在他的《月夜與客飲杏花下》這類作品中也有（「褰衣步月踏花影，炯如流水涵青蘋」），未必獲得在本文中的藝術效果。這篇短記激動人們之處在於認識了一個既寂寞又自悅、生活遭際上困於他人，但在精神生活上超出常人的靈魂。胸懷大志卻落得有閑之身固然引起千愁萬恨，但正是「閑人」才是無主江山的真正主人，多少佳景勝概被「忙人」匆匆錯過。「庭下」一句的描寫正是在這個意義上取得了詩意和哲理，使人玩味不盡。這是一種對人的精神世界豐富性的發現的樂趣。同樣，他的《書臨皋亭》寫「酒醉飯飽，倚於几上，白雲左繚，清江右洄。重門洞開，林巒坌入」之際，「若有思而無所思，以受萬物之備」，既使文情推向寥廓，又表現出活潑的生活情趣。《記遊松風亭》謂本欲縱步亭頂，因足力疲乏，正在畏難之際，突然想道：「此間有什麼歇不得處？由是如掛鈎之魚，忽得解脫。」這種妙悟之後的痛快使讀者深窺作者的內心底奧，得到欣賞上的某種滿足。平心而論，蘇軾所寫之地，景物都很平常，幾乎隨處可見，但他在平常的景物中發現了美，或領悟到人生的某些哲理，使人們認識到發現這些自然美和人生哲理的心靈的豐富性。這是不少讀者喜愛乃至偏愛這類作品的重要原因。

他的題跋以筆致蕭疏見稱，用他自己的話是「本不求工，所以能工。」（《跋王鞏所收藏真書》）有的以議論爲主，如《書六一居士傳後》、《書柳子厚牛賦後》、《書蒲永昇畫後》等，或闡佛老玄理，或逞機智才辯，或述藝事真諦，幅短意深，言少境多，寸山而有五岳之勢，一臠而具九鼎之美。有的以記人物爲主，如《跋送石昌言引》、《題李嵒老》、《書劉庭式事》、《外曾祖程公逸事》等。順便指出，蘇軾一生不爲他人作誌銘（只有少數幾人是例外），不願遷就墓主、强爲吹噓而束縛自己的手脚，但他留下的不少人物速寫（除題跋外，還有《方山子傳》、《張憨子》、《峷子廉傳》、《郭忠恕畫贊》等），同樣表現出他描寫人物的才能。這些人物速寫的特點是不作人物生平的全面敍述，只選取一二典型事例突出人物的主要精神面貌；而其選取的角度又往往返照出作者的性格好尚，並籠罩著作者的感情色彩。《方山子傳》、《跋送石昌言引》是寫兩位任俠之士陳慥、石昌言，《題李嵒老》、《張憨子》、《峷子廉傳》、《郭忠恕畫贊》四個人物身分不同，但都帶有一個「狂」字：李嵒老是個嗜睡者，張憨子是個「見人輒罵」的狂乞丐，峷子廉是個「愚樸不遜」的狂道士，郭忠恕是位不喜爲富人繪畫，竟在畫紙上叫「小童持線車，放風鳶，引線數丈滿之」的狂畫家，都有著作者自己的投影。有的以記事爲主的題跋，尤其是一二句的短跋，更可見出作者的功力。如《題鳳翔東院王畫壁》云：

嘉祐癸卯上元夜，來觀王維摩詰筆。時夜已闌，殘燈耿然，畫僧踽踽欲動，恍然久之。

杜甫題畫詩名句有云：「堂上不合生楓樹，怪底江山起煙霧」（《奉先劉少府新畫山水障歌》），與蘇軾此跋都寫栩栩如生的畫境，但杜詩著力形容和渲染，蘇跋極不經意，杜詩明言「不合」、「怪底」，反知其爲誇張手法，蘇跋朦朧竟能疑其爲真，兩者是各異其趣的。

蘇軾書簡的寫作特點是「信筆書意，不覺累幅」（《答李端叔書》），故娓娓動人，不覺其長；其短柬更常省去首尾稱謂，倍覺親切，比之雜記、題跋更直接地坦露一個封建時代落拓不羈的知識分子的翛然胸襟。《答秦太虛書》云：

……初到黃、廩入既絕，人口不少，私甚憂之。但痛自節儉，日用不得過百五十，每月朔便取四千五百錢，斷為三十塊，掛屋樑上，平旦用畫叉挑取一塊，即藏去叉；仍以大竹筒別貯用不盡者，以待賓客，此賈耘老法也。度囊中尚可支一歲有餘，至時別作經畫，水到渠成，不須豫慮。以此胸中都無一事。……

此寫家用，以下寫交遊、土產、物價。司空見慣的瑣事，一瀉無餘的敍述，卻蘊含著雋永的情韻、複雜的情緒：戲謔中飽含辛酸，悲苦中又有怡然自樂，卻偏偏說是「胸中都無一事」，「掀髯一笑」。清呂葆中評此言云：「無一毫裝點，純是真率。他文如說官話，此等文如打鄉談。官話可學，鄉談不可强也。」（《晚村精選八大家古文》）確是從肺腑中自然流出的至文。他短柬的妙處在於記事簡而又轉換多，令人想見其落筆揮毫時意隨筆出、淋漓酣暢的境界：

《與徐得之》

得之晚得子，聞之喜慰可知，不敢以俗物為賀，所用硯一枚送上。須是學書時矣，如似太早，然俯仰間便自見其成立，但催促吾儕日益潦倒耳。恐得之惜別，又復前去，家中闕人抱孩兒，深為不皇，呵呵。

此柬謂友人得子，送硯致賀爲不俗，一折；嬰兒得硯，太早，二折；俯仰之間嬰兒長大即能學書，又不算早，三折；如此，卻似在催促父執輩年老潦倒，四折。小事一樁，隨手寫出，卻有千溪萬壑之妙。陸游的兩句詩：「文章本天成，妙手偶得之。」（《文章》）爐火純青的「妙」手和無意成文的「偶」得的結合，才能造成自然天成的作品，用以評價蘇軾的隨筆小品，極爲確當。

「東坡多雅謔」。（曾敏行《獨醒雜志》卷五）他的隨筆小品常是諧趣滿紙，這是他真率個性的突出表現。他的諧趣，不是存心去追求笑的效果，而是他屢經貶抑、備受折磨後在佛老思想影響下對人生的一種了悟，窮達得喪，置之度外，仍然堅持對生活的信心和樂趣。他的諧趣是迎戰折磨、屈辱、厄運的武器。李漁《閑情偶寄·詞曲部·科諢》説：「於嘻笑詼諧之處包含絕大文章」，「我本無心說笑話，誰知笑話逼人來」。如他初至惠州，心頭不免湧起一絲愁雲，但說「譬如原是惠州秀才，累舉不第，有何不可！」（《與程正輔提刑》）初至海南島，正憂「何時得出此島？」但轉念一想：「天地在積水中，九州在大瀛海中，中國在四海中，有生孰不在島者？」（《在儋耳書》）天地、九州、中國皆在「島」中，遑論海南？這些自譬自解自嘲的話頭顯然帶有佛老思想的烙印，但使他蹈險如夷，處危如安，保持樂觀的人生態度。因此，這種有思想深度和生活深度的諧趣，就不同於油滑，不同於單純具有可笑性的俏皮、滑稽，它時時表現出「含著眼淚的微笑」的特點，趣語往往是憤世語，達語往往是自悼語。如《答參廖簡》中，他把窮鄉僻壤的貶所當成名城顯邦的風景勝地：「只似靈隱天竺和尚退院後，卻在一個小村院子，折足鐺中，罨糙米飯吃，便過一生也得。」《文與可畫篔簹谷偃竹記》先寫與文同的戲謔瑣事，以致「失笑」噴飯滿案，正跌出後面悼念時廢卷痛哭「失聲」時的悲哀之深。朱熹《跋張以道家藏東坡枯木怪石》中說：「蘇公此紙出於一時滑稽詼笑之餘，初不經意，而其傲風霆、閱古今之氣，猶足以想見其人也。」他的諧趣的確是含蘊豐富，耐人咀嚼的。

蘇軾的諧趣有時針對某種現象進行諷諭，但「謔而不虐」，微諷而非譏刺；而其中時時閃發出智慧的光芒，顯出其善譬巧喻、穎悟過人的才辯，引起讀者觸處逢春的美感。如《記與歐陽公語》記有因乘船遇風驚而得病者，醫者「取多年拖牙，爲拖工手汗所漬處，刮末，雜丹砂、茯神之流」，竟把病治癒。蘇軾寫道：「予因謂公：以筆墨燒灰飲學者，當治昏惰耶？推此而廣之，則飲伯夷之盥水，可以療貪；食比干之餕餘，可以已佞；舐樊噲之盾，可以治怯；齅西子之珥，可以療惡疾矣。」妙語連類不窮，使人嘆其巧、服其辯。他的《夢中作祭春牛文》講泥製春牛「衣被丹青之好，本出泥塗；成毀須臾之間，誰爲喜慍」，這兩聯顯含深意，揶揄那些金玉其表、敗絮其中而又曇花一現的人物，因而「吏微笑曰：『此兩句復當有怒者。』旁一吏曰：『不妨，此是喚醒他！』」妙在末句：既說「泥牛」好夢不長，又說自己「夢中」作文諷世，平生已累遭口禍，正需喝醒。

南宋戴復古在《論詩十絕》其二中說：「古今胸次浩江河，才比諸公十倍過。時把文章供戲謔，不知此體誤人多。」清宗廷輔認爲是指蘇軾（見其《古今論詩絕句》）。蘇軾筆下固然也有一些流於庸滑淺薄的作品，但其諧趣的主導方面乃是表現他閱世既深後的超曠胸次，在困境中仍然堅持對美好事物的追求，不倦地去發現精神生活的新天地，體現出自然真率之美。這使他跟當時、後世的讀者產生一種親切動人的關係。蘇軾在人們心目中的形象，很大程度上是由他的隨筆小品建立起來的。

（原載《社會科學戰線》一九八五年第三期）

亦詩亦文，情韻不匱

——漫談蘇軾的賦

蘇軾是北宋兼擅詩、詞、文的傑出作家，他的賦也取得一定成就，在我國賦史上占有重要地位。蘇軾曾對揚雄把賦視作「雕蟲篆刻」的觀點，進行過駁斥（見《答謝民師書》），晚年在海南島時，還默寫自己平生所作八篇賦，以「不脫誤一字」來預卜歸期（見周煇《清波雜志》卷上），足見他對賦的重視和對自己賦作的喜愛。

兼備衆體是蘇賦的一個顯著特點。我們知道，賦是一種介於詩、文之間的兩棲性文學樣式，它最初起源於徒歌，所謂「不歌而誦謂之賦」（《漢書・藝文志》），其性質是詩，但與合樂歌唱的樂歌不同。中經楚辭的騷賦，至漢代，辭賦的形式才正式定型。六朝以後又演爲駢賦，唐代變爲律賦，至宋代形成文賦。今東坡七集本中，以賦爲題者共二十三篇，中華書局本《蘇軾文集》則收二十七篇，卻已包括騷賦、辭賦、駢賦、律賦、文賦等五種樣式。所以研究蘇賦，等於懂得了全部賦體樣式。現將前四種各舉一篇以示例。

《屈原廟賦》是一篇騷賦，以四言六言爲主，並多加「兮」字以助語勢，形式較一般詩歌爲自由，但不用散句。此篇是蘇軾舟行過湖北秭歸屈原祠時所作，極力推崇屈原的高風亮節，融注著他初入仕途後的現實感慨。在敍寫屈原一生悲劇後，筆鋒一轉：「自子之逝今千載兮，世愈狹而難存；賢者畏譏而改度兮，隨俗變化斲方以爲圓；黽勉於亂世而不能去兮，又或爲之臣佐；變丹青於玉瑩兮，彼乃謂子爲非智；惟高節之不可以企及兮，宜夫人之不吾與。」在對屈原的謳歌中，既指責了那些隨俗浮沈、改志易守的所謂「賢者」，又批判了漢以來對屈原的某些非難，如揚雄說屈原被逐，不再像磨不薄的玉石，而僅以文采著稱，是爲不智（《法言·吾子》）。蘇軾義正辭嚴地指出：屈原的凜然風範和獨立不羣正是他的「不可以企及」之處。晁无咎把此文看作評價屈原的「定論」（見《經進東坡文集事略》卷一引），足見它的分量。此文文采富贍，筆力凝重，「如危峯特立，有嶄然之勢」（祝堯《古賦辯體》卷八），正與歌頌屈原的題旨諧和。

《秋陽賦》屬於辭賦。它採取漢賦常用的主客問答體的格式，韻文中夾雜散句，已與詩歌不同了。句式多爲四言、六言，與《楚辭》相仿，但又有多種句式的變化。開頭一段講越王之孫（指趙令畤）告訴作者：「吾心皎然，如秋陽之明；吾氣肅然，如秋陽之清；吾好善而欲成之，如秋陽之堅百穀；吾惡惡而欲刑之，如秋陽之隕羣木」，以秋陽自比，喜形於色。次段寫作者答語，劈頭指出：「公子何自知秋陽哉？生於華屋之下，而長游於朝廷之上，出擁大蓋，入侍幃幄，暑至於溫，寒至於涼而已矣，何自知秋陽哉！」把貴公子的養尊處優、昧於世事當頭喝醒。然後指出，經過夏潦淫雨之苦才能真正體會秋陽之喜，才能獲得對秋陽的「真知」：

方夏潦之淫也，雲烝雨洩，雷電發越，江湖為一，后土冒沒，舟行城郭，魚龍入室，菌衣生於用器，蛙蚓行於几席，夜違濕而五遷，晝燎衣而三易，是猶未足病也。耕於三吳，有田一廛，禾已實而生耳，稻方秀而泥蟠，溝塍交通，墻壁頹穿，面垢落塈之塗，目泫濕薪之煙，釜甑其空，四鄰悄然，鸛鶴鳴於戶庭，婦宵興而永嘆，計有食其幾何，矧無衣於窮年。

這段對淫雨之苦的鋪寫，筆酣墨飽，窮形極相，體現出作者對農民生活的深切體驗，表現了對下層人民的同情，反襯出貴族公子的無知。劉勰說：「賦者，鋪也，鋪采摛文，體物寫志也。」（《文心雕龍．詮賦》）本篇就充分體現了辭賦的這一主要特點。

《老饕賦》是篇駢賦（又稱俳賦）。它與漢賦的主要不同是運用駢偶和典故，實際上是押韻的駢體文。此篇從「庖丁鼓刀，易牙烹熬，水欲新而釜欲潔，火惡陳而薪惡勞」寫起，歷陳美味佳肴，「聚物之夭美，以養吾之老饕。」然後又寫歌舞音樂之妙，曲終宴散，「先生

方兀然而禪逃」，「一笑而起，渺海闊而天高。」本篇雖爲遊戲之文，但對偶工整，用典精

切，寫來卻顯得輕鬆自如，優游容與，表現出這位大作家深厚的文學素養和他那種隨緣自適的曠達胸襟。

《濁醪有妙理賦》是一篇律賦。律賦是唐宋時代科舉考試的一種科目，它比駢賦更追求對仗的工整，平仄的諧和，而且押韻更嚴，規定八個韻腳。像蘇軾此篇即以「神聖功用無捷於酒」八字爲韻。因此，這類賦一般文學價值較差。但蘇軾此篇並非爲科舉而作，在嚴格呆板的格套中卻能抒寫性靈，表現個性。它取旨於杜甫《晦日尋崔戢李封》「濁醪有妙理，庶用慰沈浮」詩句，表達自己「內全其天，外寓於酒」的人生哲學，但如「得時行道，我則師齊相之飲醇；遠害全身，我則學徐公之中聖」，前句講漢時曹參曾爲齊相，後繼蕭何爲漢相，「蕭規曹隨」，一仍舊章，唯日夜飲酒而已；後句講三國魏時徐邈違禁私飲，終被曹操赦免之事（「中聖」，中聖人。中，指沈醉；聖人，喻清酒）。這裡是包含著蘇軾的政治苦悶和不平的。此篇在舊時頗見稱於世，南宋李綱作有和賦，通篇次韻到底，開和賦次韻的先例。清李調元評云：「窮達皆宜，才是妙理道篇。豪爽而有雋致，真率而能細入，前無古人，後無來者」（《賦話》卷三），評價很高。

對舊樣式的改造和新樣式的創造，是蘇賦的另一重要特點。蘇軾對於騷賦等古已有之的樣式，並不是照抄照搬，而是根據自己抒情述志的需要加以靈活運用和變化。如《秋陽賦》按

題屬詠物類，卻用「反類尊題法」，即以詩說夏潦之憂來反襯秋陽之喜，「若出《文選》諸人手，則通篇說秋陽，斬無餘味矣。」（《文章精義》）古人作賦，未有一韻到底，蘇軾的駢賦《老饕賦》卻開創這種格式，更突出此篇隨筆揮灑、涉筆成趣的情韻。他把一般用作科舉程文的律賦，用以抒寫情性，如《濁醪有妙理賦》等，有的律賦，如《明君可與爲忠言賦》，用策論手法出之，寓議論於排偶之中，卻有單行之勢，李調元評爲「律賦之創調」（《賦話》卷五）。這些都是對舊樣式的突破。

然而，蘇賦的最大貢獻在於文賦的創造和應用。平心而論，賦從騷體演而爲律賦，已趨創作絕境。宋代文學家在古文運動的影響下，發展辭賦中的散文化傾向（如荀子《禮》、《智》等賦，楚辭《卜居》、《漁父》等篇，已肇其端，杜牧《阿房宮賦》更是文賦的先聲），完成了文賦的創造，爲賦的繼續發展開闢了道路。文賦在形體上多用散句，押韻也較隨便，但在內容上仍然保持鋪敘、文采、抒情述志的特點，吸取散文的筆勢筆法，清新流暢，別開生面。歐陽修的《秋聲賦》、蘇軾的前後《赤壁賦》就是典範性的作品。

《赤壁》二賦之所以成爲九百年來傳誦不衰的藝術精品，原因之一就在於蘇軾「以文爲賦」，解放賦體，使之兼具詩文之長，完美地表達了他在貶謫時期複雜而深刻的人生思想。前賦運用了主客對答體這一賦的傳統手法，但已不是簡單地借設問以說理，而是用以展示作者自己思想的波折、掙扎和解脫的過程。首段寫「蘇子」陶醉於清風、明月交織而成的江山美景之中，逗引起「羽化而登仙」的超然之樂；次段寫「客」對曹操等歷史人物興亡的憑吊，跌入現實人生的苦悶；末段寫「蘇子」從眼前水、月立論，闡發「變」與「不變」的哲理，在曠達樂觀中得到擺脫。這裡，從遊賞之樂，到人生不永之悲，到曠達解脫之樂，正是蘇軾在厄運中努力堅持人生理想和生活信心的艱苦思想鬥爭的縮影。散文的筆勢筆調，使全篇文情勃鬱頓挫，像「萬斛泉源」噴薄而出。與駢賦、律賦之類的講究整齊對偶不同，它的抒寫更爲自由。如開頭一段「壬戌之秋，七月既望，蘇子與客泛舟遊於赤壁之下。清風徐來，水波不興……」，全是散句，參差疏落之中卻有整飭之致；以下直至篇末，雖都押韻，但換韻較快，而且換韻處往往是文義的一個段落，這就使本篇特別宜於誦讀，極富聲韻之美。後賦不用設問體，只是寫景敍事，但筆意更爲空靈飄忽，與其人生思想色調一致。

蘇軾另一篇散文賦《黠鼠賦》諧趣橫生、理趣盎然，實爲不可多得的寓言賦，卻爲《赤壁》二賦盛名所掩，前人重視不夠。此文前段是描寫：

蘇子夜坐，有鼠方齧。拊牀而止之，既止復作。使童子燭之，有橐中空。嘐嘐聱聱，聲在橐中。曰：「噫！此鼠之見閉而不得去者也。」發而視之，寂無所有，舉燭而索，中有死鼠。童子驚曰：「是方齧也，而遽死耶？向為何聲，豈其鬼耶？」覆而出之，墮地乃走，雖有敏者，莫措其手。

寫黠鼠自墮橐（袋子）中、設計逃脫的過程。用咬聲招引人，「既止復作」，一計；人們打開橐後，暫時裝死不動，二計，引起人們疑惑，「覆而出之」，隨即逃遁，三計。層次井然，突出了鼠之「黠」。然後蘇軾引發議論，認爲如不能用心專一，萬物之靈的人類也會「見使於一鼠」，中計受騙。但是，由於故事的生動和概括性高，可以引起讀者更多的思索：這隻黠鼠不是封建社會中那些奸佞欺詐之徒的絕妙寫照嗎？人們從中不是可以獲得識別邪惡的寶貴啓示嗎？「形象大於思想」，因而此賦不僅引人入勝，而且發人深省。

對於歐、蘇等人完成的文賦，前人評價有所不同。祝堯說：「至於賦，若以文體爲之」，則「《風》之優柔，比興之假托，《雅》、《頌》之形容，皆不復兼矣。」他甚至說：這樣的賦，「則是一片之文，但押幾個韻爾，賦於何有？今觀《秋聲》、《赤壁》等賦，以文視之，誠非古今所及；若以賦論之，恐教坊雷大使舞劍，終非本色。」（《古賦辯體》卷八）此說有失偏頗。文賦在形式上雖似押韻之文，但其精神實質在於追求情韻不匱的詩境，不能以賦的舊有格式來限制它的發展。其實，亦詩亦文，情韻不匱也是漢代辭賦所追求的藝術目標。誠如清人王芑孫所說：「賦有不嫌四六者，必旁挾乎史漢散體之文，而直樹以韓柳孤行之骨，然後營度無乖，波瀾老成。詩不可於詩求，賦亦不可於賦求也。」（《讀賦卮言．審體》）指出散文化對賦體藝術的助益，提出「賦外求賦」而不能囿於傳統賦體，這些觀點很有見地，可以幫助我們進一步理解文賦形成的意義。

生活的眞實與藝術的眞實

——從蘇軾《惠崇春江曉景》談起

蘇軾《惠崇春江曉景二首》①之一說：

竹外桃花三兩枝，春江水暖鴨先知。萋蒿滿地蘆芽短，正是河豚欲上時。

這首生意盎然、饒有情趣的名作，語意顯豁，通俗易懂，卻不料招來前人的異議和爭論：一是「鴨先知」問題，一是「河豚欲上時」問題。對此作一番辨析和研究，有助於對蘇詩寫作特色和詩歌藝術特性的理解。

關於「鴨先知」的爭論，首先由清初著名學者毛奇齡和王士禎的門人汪懋麟之間引起的。毛奇齡《西河合集》中《西河詩話》卷五說，他「與汪蛟門（汪懋麟）舍人論宋詩。舍人舉東坡詩『春江水暖鴨先知』，『正是河豚欲上時』，不遠勝唐人乎？予曰：此正效唐人而未能者。『花間覓路鳥先知』，唐人句也。覓路在人，先知在鳥，以鳥習花間故也。此『先』，先人也；若鴨，則先誰乎？水中之物，皆知冷暖，必先以鴨，妄矣。」隨後，王士禎出來聲援弟子。他在《漁洋詩話》卷下說：「蕭山毛奇齡大可，不喜蘇詩。一日復於座中訾謷之。汪蛟門（懋麟）起曰：『竹外桃花三兩枝，春江水暖鴨先知云云，如此詩，亦可道不佳耶？』毛佛然曰：『鵝也先知，怎只說鴨？』」②與毛奇齡的逞足辯才不同，王士禎採取了用白粉塗對方鼻子的辦法，以代替認真的論辯。於是又引起毛奇齡的門人張文檒的不滿。他在《螺江日記》卷六「又東坡詩」條中，先引述《西河詩話》全文並推崇毛奇齡說：「此真見先生品騭謹嚴，爲前後言詩家所不及」；又指責王士禎「直借先生此言作笑柄」，「先生評坡詩幾百餘言，而王止摘八字」，「豈是時王原不在坐，但得諸傳述之言，故未悉其詳耶？」這段話有點漏洞：「鵝也先知，怎只說鴨」八字並不見於《西河詩話》的那段「百餘言」之中，王士禎從何「摘」起？那麼，這是王士禎的杜撰嗎？張文檒又含糊地推測爲「傳述之言」，他不敢明確地否認乃師說過這話。而且，《西河詩話》既有「水中之物，皆知冷暖，必先以鴨，妄矣」的話，這八個字的概括也與原意無大出入。後來，「鵝也先知」之說不脛而走，傳爲笑談，如袁枚《隨園詩話》卷三、徐卓《荒鹿偶談》卷二、徐嘉《論詩絕句》（《味靜齋詩存》卷四）等，都有記載。

一方是老師幫學生，另一方是學生幫老師，論爭頗爲熱烈，並延續不止。筆者是不同意毛奇齡之說的，然而，從前人論爭材料中卻發現一個奇怪的現象：持反對意見的人多數採取簡單譏斥的態度，而持贊同意見的人倒是擺事實說道理的，從反面提出了一些值得深思的問題。徐卓指責毛奇齡「惟喜駁辯以求勝」（《荒鹿偶談》卷二），陳衍說他「豈真傖父至是哉？想亦口强耳！」（《宋詩精華錄》卷二）簡單譏斥並不能說明問題的實質。支持毛說的王鶴汀說：「毛先生以水暖先知僅屬於鴨，爲坡詩病；予之病坡詩志（者）不然。鴨之在水，無間冬夏，又何知有冷暖，而謾以『先知』予之？雖一時諧笑之言，然自是至理，爲格物家所不廢。若然，則坡詩誠不無可議矣。蓋緣情體物，貴得其真，竊恐『先知』之句，於物情有未真也。」（見《螺江日記》卷六引）

毛奇齡的指責提出了藝術形象的個別和一般的關係問題，王鶴汀的論難提出了生活真實和藝術真實的關係問題。兩個問題又是互相關聯的。

詩歌中的藝術形象總是個別的，有限的，它不可能、也不必要窮盡所有的生活現象。詩人總是努力捕捉那些蘊含更多內容和意義的個別的生活形象或場景，來表達他所感受或認識到的象外之旨、景外之意。「春江水暖鴨先知」，這裡鴨對早春的感知，不是作爲生物學對象的特點，不是論定它在同類水禽中是否最爲敏感，也不是論定它是否比人先知，而是詩人從鴨戲春江的歡樂場面中敏銳地感受到春天的消息。因此，他强調甚或誇張鴨對水溫感知這一特點，實際上是對它與人的精神密切關聯乃至相通的那一特點的强調或誇張，從而表達對春天的喜悅和禮贊，對生活的熱愛和肯定。通過個別表現一般，以少勝多，一以當十，正是藝術創作的一般規律。

現象比本質豐富。不同的生活形象中固然常常包含著不同的意義，相同的或相似的意義也可以在不同的事物中表達出來。在我國古代詩人吟詠早春的作品中，出現過許多作爲報春標誌的景物形象。陸凱把梅花作爲「春信」送給范曄：「江南無所有，聊贈一枝春。」（《贈范曄詩》），成了後世詠梅詩常用的典實；梁王筠《和孔中丞雪裡梅花》「水泉猶未動，庭樹已先知。翻光同雪舞，落素混冰池」，講梅花知春最先，與「鴨先知」句同一構思。另據《鶡冠子．環流》「斗柄東指，天下皆春」，又有張説《欽州守歲》「愁心隨斗柄，東北望春回」，王安石《御柳》「人間今日春多少？只看東方北斗杓」，范成大《除夜感懷》「貧病老歲月，斗杓坐成移」，陸游《開歲半月，湖村梅開無餘》「斗柄忽東指，開盡湖邊梅」。早梅、北斗等有時序特徵的事物當然可以作爲春來的信息，在有的作者筆下，其他一般景物也能充當，如方干《除夜》「寒燈短燼方燒臘，畫角殘聲已報春」，曹松《江外除夜》「半夜臘因風卷去，五更春被角吹來」，連蔡京的一聯當時頗爲傳誦的《春日帖子》斷句也說：「龍燭影中猶是臘，鳳簫聲裡已吹春」（見《西清詩話》）畫角聲和鳳簫聲在欣賞者的聽覺中也變成了春天的徵兆。早梅、北斗、畫角、鳳簫都成了得春天風氣之先的事物，它們卻並不互相排斥，因爲詩人並不僅僅著眼於客觀事物的時序特徵，而主要忠實於自己對春天的感受，這在藝術領域内是完全合「理」的。所以，儘管能「知冷暖」的「水中之物」很多，卻不能證明「必先以鴨」是「妄」的。

毛奇齡用「花間覓路鳥先知」句來貶抑蘇詩，也是一種曲解。此句見唐張謂《春園家宴》七律：「南園春色正相宜，大婦同行少婦隨。竹裡登樓人不見，花間覓路鳥先知。……」詩寫一家人去南園赴宴賞春：在竹叢中登樓卻不見人影，以渲染竹茂樓隱；在花間探路前行驚動禽鳥，以襯托環境的幽雅。「竹裡登樓」和「花間覓路」承上「同行」、「隨」，主語都是參加家宴之人。人在花間覓路爲鳥先知，與春水轉暖爲鴨先知，用法相類，不能把這句詩解釋爲「鳥」比人先知路；而在藝術境界上，張謂詩與歐陽修《採桑子》寫行船「微動漣漪，驚起沙禽掠岸飛」近似，而蘇軾詩卻突出大地回春的萌動時刻，顯得更有生趣，更耐人尋味。如果按照毛奇齡的邏輯，那麼，花間的蜂蝶之類也能知人行走，「必先以鳥」，不也「妄」麼？袁枚指出毛奇齡的說法「太鶻突」，反駁道：「若持此論詩，則《三百篇》句句不是：『在河之洲』者，斑鳩、鳲鳩皆可在也，何必『雎鳩』耶？（指《國風．關雎》）『止邱隅』者，黑鳥、白鳥皆可止也，何必『黃鳥』耶？（指《小雅．綿蠻》）」（《隨園詩話》卷三）在反對毛奇齡的材料中，袁枚沒有簡單譏斥，算是據理反駁的。

從生活現象的無限豐富性來說，講「春江水暖鵝先知」，也未嘗不可。王安石《集禧觀池上詠野鵝》有「似憐喧暖鳴相逐」句，陸游《春夜讀書感懷》也以「野水鵝羣鳴」來烘托春天氣氛。晁沖之《春日》「鵝鴨不知春去盡，爭隨流水趁桃花」，蘇轍《和柳子玉共城新開御河過所居墻下》「生長魚蝦供晚饌，浮沈鵝鴨放春聲」，更是鵝鴨並提，同爲春天景物。但蘇軾此詩只能說鴨，不能說鵝，一個簡單的理由：它是一首題畫詩。惠崇的這幅山水小品今已不傳③，但從蘇詩中的竹子、桃花、鴨、蔞蒿、蘆芽等來看，這是一幅鴨戲圖。鴨正是畫面的中心。僅此一點即可證明毛奇齡的的謬誤，但似爲許多反對者所忽視。

王鶴汀對蘇詩的論難，涉及到生活真實和藝術真實的關係問題。他說「緣情體物，貴得其真」，原是不錯的。問題是有兩種「真」：「格物家」所要求的「真」和藝術家所追求的「真」。藝術真實必須以生活真實爲基礎，詩人不能隨心所欲地改變對象的特徵，强加上與它絕不相容、格格不入的東西；然而，藝術又不是對自然的抄襲，詩人總要强調甚至改變對象的某些特徵以表現自己的思想和感受，從而獲得比生活更高的真實。然而，王鶴汀的謬誤主要還不在於不懂得上述兩者的聯繫和區别。他責問道：「鴨之在水，無間冬夏，又何知有冷暖，而謾以『先知』予之?」這從「格物家」的眼光看也是說不通的。鴨子的確終年在水中，但又確知有冷暖，現代科學的常識告訴我們，有的動物的某些感覺比人類還敏感。鴨戲春江確是富有季節特徵性的場景，不少詩中加以吟詠。陸游《遊鏡湖》「禹祠柳未黃，剡曲水已白。魴鱮來洋洋，鳧雁去拍拍」，《春日睡起》「水滿鳧鷖初拍拍，雨餘花木已陰陰」，而蘇軾早在這首題畫詩以前，就寫過「東郊欲尋春，未見鶯花迹。春風在流水，鳧雁先拍拍」

（《遊桓山，會者十人，以「春水滿四澤，夏雲多奇峯」爲韻，得澤字》），在野鴨戲水中最先「尋」到春天。連毛奇齡也承認「水中之物，皆知冷暖」，王鶴汀卻說「何知有冷暖」，與之牴牾。他實在算不得有力的聲援者。

真正涉及到生活真實和藝術真實關係問題的，倒是對「正是河豚欲上時」一句的爭論。批評者胡仔在《苕溪漁隱叢話．前集》卷三十一引孔毅夫《雜記》云：

永叔稱聖俞《河豚詩》云：「春洲生荻芽，春岸飛楊花，河豚於此時，貴不數魚蝦。」以謂河豚食柳絮而肥，聖俞破題兩句，便說盡河豚好處。乃永叔褒譽之詞，其實不爾。此魚盛於二月，至柳絮時，魚已過矣。

胡仔據以批評蘇詩所寫「正是二月景致，是時河豚已盛矣，但『欲上』之語，似乎未穩」。就是說，與時令不合。回護者高步瀛在《唐宋詩舉要》卷八引陳岩肖《庚溪詩話》卷下云：

余嘗寓居江陰及毗陵，見江陰每臘盡春初已食之。毗陵則二月初方食。其後官於秣陵，則三月間方食之。盡此由海而上，近海處先得之，魚至江左則春已暮矣。……然則聖俞所詠乃江左河豚魚也。④

高步瀛推斷說：「據此，則河豚上時各地不同，子瞻所詠殆與聖俞同耳。」就是說，蘇詩「欲上」句不誤，因南京附近暮春柳絮飛揚之日，正是當地河豚「欲上」之時。但是，此說並沒有駁倒胡仔：蘇詩明明寫的是早春景象，並非暮春三月間事。更有意思的是他和胡仔一樣，都把藝術真實完全等同於生活真實，都没有了解藝術的特性。

「河豚欲上」句與「鴨先知」句不同，它不是對原畫畫中景物的吟詠，而是詩人從畫畫上逗引起的主觀聯想。蘇軾寫過不少膾炙人口的題畫詩，除了一些借畫引發議論的作品外（如《書晁補之所藏與可畫竹三首》、《書鄢陵王主簿所畫折技二首》等），基本上有兩種寫法：一種是直接地再現畫面形象，著力於描摹的細緻逼真，使人吟誦一過，如親觀其畫（如《韓幹馬十四匹》等）；另一種是在描摹畫面形象的基礎上，再作引申、渲染、想像，以構築詩的意境。這後一種寫法往往在藝術上獲得更大的成功。因爲太忠實原畫，不免粘皮帶骨；完全離開原畫，則又捕風捉影，妙在不即不離、若即若離之間，正如晁說之所說，「詩傳畫外意，貴在畫中態」。（見《景迂生集》，俞劍華《中國畫論類編》上卷引。）王士禛《居易錄》卷十三說：「《爾雅》：購，茵蔞。郭璞注：蔏蔞，蒌蒿也，生下田，初出可啖，江東用羹魚。故坡詩云：『蔞蒿滿地蘆芽短，正是河豚欲上時』，七字非泛詠景物，可見坡詩無一字無來歷也。」⑤所以，由原畫中的蔞蒿、蘆芽引發出「河豚欲上」，聯想十分自然和貼切。更重要的是爲了構成全詩冬去春來時的意境：竹外的桃花「三兩枝」，是初開；春水初暖，游鴨感知最先；蔞蒿、蘆芽，既是早春植物，又是做魚羹的配料；當此春江水發、蔞蒿遍地而蘆芽初生之際，正是河豚由海入河、逆流上水之時。蘇軾緊緊抓住和突出自然景物在季節轉換時的特徵，把畫面上已有的鴨、桃等物和未有的河豚，統一組成他心目中的「第二自然」，表達他對這個辭臘迎春時刻的敏感和喜悅，從「畫中態」傳達出「畫外意」。吳景旭《歷代詩話》卷五十六把河豚當作畫中實有的「小景」，似未確；他還把「上」字解釋成「上水之上，非初上之上」，替蘇軾避開時令不合的指責，這是不必要的。其實，「上」固然只是「上水」之意，但「欲上」仍即「初上」之義。「初」、「先」、「早」是全詩所有景物形象的共同特點，這首詩的好處就是寫活了一個「初」字！順便說明，蘇軾習慣於用動的眼光觀察自然，形成了他寫景詩的一個特點。他的不少寫景詩名作或寫季節變換（如《贈劉景文》寫秋冬之交），或寫風雲變幻（如《六月二十七日望湖樓醉書》寫由雨轉晴，《飲湖上初晴後雨》寫由晴轉雨），潮湧（如《八月十五日看潮》）、雪霽（如《雪夜書北臺壁》）、急流（如《百步洪》）等，表現了他對充滿活力、運動不息的那一類自然美的特殊愛好。即如這組題畫詩的第二首也說：「兩兩歸鴻欲破羣，依依還似北歸人。遙知朔漠多風雪，更待江南半月春。」這大概是幅歸雁圖。與蘇軾同時的李昭玘，有「日邊雁帶臘寒去，雪裡梅將春信來」的詩句，爲人們所讚賞（《能改齋漫錄》卷八），陸游《晚出偏門》也把「村墟香動梅初破」，跟「沙邊雁帶碧煙橫」列爲早春景致，蘇軾此詩言歸雁雖歸而不欲歸，乃因春雖臨江南而北方仍處嚴寒，仍然爲了突出早春之「早」。兩首題畫詩的著眼點是一致的。

詩歌中的自然形象，不是詩人對客觀事物一般屬性的簡單模擬，而是他心靈中對自然美的捕捉和再現，是人的本質的對象化。對於蘇軾這首詩的意境來說，河豚究竟何時何地才是「初上」的爭論，沒有什麼重要性，即使它或許有悖於科學常識的真實，卻真實地描繪出一幅春機勃發的圖畫，滿足了藝術創造者和欣賞者的審美要求。

然而，在我國從古到今的詩詞評論中仍不乏這類脫離藝術特性的批評。大作家歐陽修對張繼《楓橋夜泊》的「夜半鐘聲到客船」表示質疑，引前人「三更不是打鐘時」之說，指斥爲「理有不通」（《六一詩話》），以致聚訟紛紜，直到前不久我們學術界還在討論。杜牧的一首名作《過華清宮》七絕：「長安回望繡成堆，山頂千門次第開。一騎紅塵妃子笑，無人知是荔枝來。」有人根據史書記載，唐玄宗以每年十月幸驪山，至春還長安，而荔枝成熟卻在六月，時令不合，有「失事實」（《詩人玉屑》卷七引）；有人則表示異議。這類爭論一般是這樣展開的：一方引述材料以證其事之無，一方引述另一些材料卻證其有，雙方對於事實真實的拘泥則是共同的。胡仔等說二月爲河豚盛時，「欲上」語「未穩」，高步瀛等則說在秣陵等地河豚遲至暮春才上水，並非「未穩」。攻之者說寒山寺並無夜半打鐘之例，辯之者又說實有其事。史書記載唐玄宗十月幸驪山，但樂史《楊太真外傳》卻有六月一日「上幸華清宮」

之類的記載，如此等等。這些材料當然也有一定參考價值，但並没有從根本上解決問題。

蘇軾對此倒有深刻的理解。他既强調要尊重客觀對象，又不把對自然的簡單模擬當作藝術創作的最高境界。他在《戴嵩畫牛》、《書黃筌畫雀》等文中，指出畫鬥牛而「掉尾而鬥」，畫鳥展翅欲飛時「頸足皆展」，都不合物情，都是「觀物不審」的結果；同時他更反對單純追求「形似」。他說：「論畫以形似，見與兒童鄰；賦詩必此詩，定非知詩人。」（《書鄢陵王主簿所畫折枝二首》）王若虛《滹南詩話》卷二曾闡發其意說：「論妙於形似之外，而非遺其形；不窘於題，而要不失其題。」也就是要求在「形似」的基礎上追求「神似」，在抓住題意的前提下又能挖掘得深，生發得廣，達到言外有意、象外有旨的境界。他的創作正是遵循這一藝術原則，因而對客觀對象不能不有所取捨，有所强調、突出、渲染乃至部分改變。這種「失真」、「無理」恰恰爲了更真實、更合理。他的《卜算子·黃州定惠院寓居作》有孤鴻「揀盡寒枝不肯棲」的句子，有人又認爲「鴻雁未嘗棲宿樹枝，唯在田野葦叢間，此亦語病也」。其實，詩人不過借傲岸不隨流俗的孤鴻自喻，原不必計較鴻雁的生活習性。它會不會棲樹都不影響詞中孤鴻形象的真實性。胡仔爲此替蘇軾辯解道：「蓋其文章之妙，語意到處即爲之，不可限以繩墨也。」（《苕溪漁隱叢話·前集》卷三十九）比起他指責「河豚欲上」爲「未穩」來，顯得通達多了。蘇軾對這類指責，常以他自己「意不欲耳」、「想當然耳」答之，這種不答之答，對藝術形象總是不真之真、無理之理的特性來說，不失爲一種巧妙的回答。

注釋

①詩題諸本多作《惠崇春江晚景二首》，此據宋刊《東坡集》及《東坡七集》本《前集》卷十五。從詩意看，似作「曉景」為勝。七集本《續集》卷二重收此詩，題作《書袞儀所藏惠崇畫二首》。

②又見《居易錄》卷二，且有「衆為捧腹」一句作結。

③明王世貞《弇州山人四部稿・續稿》卷一六八《題惠崇江南春意》云：在「春時」將此畫在鎮江一帶出觀，「而歌張志和『桃花流水』按之，當與江山俱響應矣」。所說與蘇軾此詩「桃花」、「春江」頗相似。又據《悅生堂別錄》、《畫旨》，南宋賈似道曾藏有《惠崇江南春圖》。王世貞之後的董其昌亦曾寓目。但此幅是否即蘇軾題詩之原畫，不可確考。

④參看《風月堂詩話》卷下：「晁季一（名貫之）檢詩嘗為予言：《歸田錄》所記聖俞賦河豚云：『春洲生荻芽，春岸飛楊花。河豚於此時，貴不數魚蝦。』則是食河豚時正二月。而吾妻家毗陵人，爭新相問遺會賓客，惟恐後時，價雖高，無吝色，多在臘月，過上元則不復貴重。所食時節與歐公稱賞聖俞絕不相同，豈聖俞賦詩之地與毗陵異耶？風氣所產，隨地有早晚，亦未可一概論也，故為記之。」

⑤又見《漁洋詩話》卷中，稱蘇軾此詩「非但風韻之妙，蓋河豚食蒿蘆則肥，亦梅聖俞之『春洲生荻

芽，春岸飛楊花』，無一字泛設也」。

（原載《文學遺產》一九八一年第二期）

《蘇軾論稿》

譜學篇

《宋人所撰三蘇年譜彙刊》前言

蘇軾與其父蘇洵、弟蘇轍世稱「三蘇」。宋時已出現有關三蘇的年譜。明萬曆時康丕揚所刊《東坡先生外集》卷首末云：「譜先生（蘇軾）出處歲月者幾十家，如汴陽段仲謀、清源黄德粹、五羊王宗稷、仙溪傅藻可，蓋特詳者，然皆不免差誤。」則知明萬曆以前爲蘇軾作譜者已近十家。今可考知有關三蘇年譜的編者、書名的共有九種：程子益《東坡詩譜》（見魏了翁《鶴山先生大全文集》卷五十一《程氏東坡詩譜序》云：「公（蘇軾）之里人程子益以謙既爲之譜，又舉其一時之唱和，與公之追和前人、後人之追和於公者，皆參列而互陳之。」）、段仲謀《（東坡）行紀》、黄德粹《（東坡）系譜》（以上兩種見傅藻《東坡紀年録·跋》）、羅良弼《歐陽三蘇年譜》（見胡銓《會昌縣東尉羅迪功墓誌銘》，《胡澹庵先生文集》卷二十六）、何掄《眉陽三蘇先生年譜》、孫汝聽《三蘇年表》、王宗稷《東坡先生年譜》、傅藻《東坡紀年録》、施宿《東坡先生年譜》。但國内長期流傳者僅王宗稷、傅藻兩種。近年來，我從日本搜集到何掄、施宿兩種（何《譜》系殘本）。至於孫汝聽《三蘇年表》三卷，日本所藏《永樂大典》之中僅有《蘇潁濱年表》一卷；此年表清末曾予刊刻，惜未據原本影印，今亦得大典影印本。王宗稷、傅藻兩種亦據最早宋、明刊本影印。以上五種，是迄今留存的宋人所撰三蘇年譜的全部，內容豐贍，保留了傳主的原始資料，不少引書今已亡佚，價值甚高，特予彙集印行，以供研究者參考。以下分別介紹各譜的情況。

一、何掄《眉陽三蘇先生年譜》

宋《郡齊讀書志》卷五上趙希弁《附志》云：「《三蘇先生年譜》一卷，左朝請大夫權發遣成都府路提點刑獄公事何棆編。」但「棆」應作「掄」。郎曄《經進東坡文集事略》卷一《後杞菊賦序》註文亦引「何掄《年譜》」云云。這是此書最早見於著錄、引用的情況。但此書國內久佚。日本名古屋市蓬左文庫藏有舊鈔本施宿《東坡先生年譜附眉陽三蘇先生年譜》一冊（原件誤題《東坡紀年錄》，致使長期沈晦無聞）。此即本書（《宋人所撰三蘇年譜彙刊》）影印的第一種。

這一鈔本係「駿河御讓本」，有「御本」圖印。江戶時代德川幕府第一代將軍德川家康在駿府（今靜岡市）設有藏書庫，稱爲駿河文庫。他於元和二年（西元一六一六年）去世時，遺命將藏書分讓給在尾張等地的三個兒子，尾張的德川義直得到一百七十七部，建立尾張文庫。今蓬左文庫就是尾張文庫的後身。這些圖書即稱爲「駿河御讓本」，屬於蓬左文庫的貴重書。

此本爲線裝，共一二七頁，書高二六・八釐米，寬十八・一釐米，以茶色紙爲裱褙紙，裝訂完好。鈔本最後有題款云：「應永二十七年歲次庚子春三月於龍阜之萬秀山下書了。」後人於「應永二十七年」處，批注云：「離慶長七年一百八十二年」；於「龍阜」處，批注云：「南禪寺」。按，應永二十七年，爲西元一四二〇年；慶長七年，爲西元一六〇二年，相隔正好一百八十二年。故知鈔本年代爲西元一四二〇年，相當於中國明永樂十八年，而爲日本室町寺時代足利四代將軍義持當政之時。

這一鈔本由五個部分構成：

㈠施宿《東坡先生年譜》（全帙，並附陸游序，施宿序、跋等三文）；

㈡何掄《眉陽三蘇先生年譜》（殘本）；

㈢王宗稷《東坡先生年譜》（十條左右，散見各處）；

㈣傅蓡（應作「藻」）《東坡紀年錄》的序傳部分（約七百多字）；

㈤蘇軾簡明年表五頁，當係日本室町時代成書的《四河入海》末尾所附《紀行之圖》的節本。

要之，這一鈔本以施《譜》爲主體，何《譜》亦極重要，故擬定名爲《東坡先生年譜附眉陽三蘇先生年譜》，簡稱爲《東坡先生年譜（外一種）》。以下行文則逕稱蓬左本。

蓬左本中的何《譜》文字，一部分抄在書眉（書眉中又有王宗稷《東坡先生年譜》的部分文字），一部分混入施《譜》的「紀年」、「時事」、「出處」、「詩」四欄。我從中輯得何《譜》文字四、五千字左右。至於輯錄的依據，詳見拙作《記蓬左文庫舊鈔本〈東坡先生年譜（外一種）〉》一文（載《中華文史論叢》西元一九八六年第二輯）。此外，《四河入海》中引用何掄《年譜》達五十多處，與蓬左本相同者二十條左右，可補其缺者三十條左右。《經進東坡文集事略》亦有何《譜》材料。因成《眉陽三蘇先生年譜》輯本，約七、八千字，置於各本之前。其輯錄凡例如下：

㈠以蓬左文庫舊鈔本《東坡先生年譜（外一種）》為基礎，書寫格式亦依此蓬左本。凡輯自此本者，一般不再注明。

㈡日本室町時代僧人笑雲清三所編《四河入海》，用西元一九七〇年東京勉誠堂影印古活字本（原藏日本國會圖書館）。

㈢南宋郎曄編注的《經進東坡文集事略》，用西元一九五七年文學古籍刊行社本。此書注文引及《年譜》者凡五處，除一處注明「何掄《年譜》」外，其他四處皆泛稱《年譜》，但與蓬左本等文字雷同，是知郎氏所引蘇軾年譜，僅只何掄所編者一種。故全部迻錄，以作參考。

㈣個別字句有奪訛處，均於其下以（）號標出。

何掄，《宋史》無傳。陳騤《南宋館閣錄》卷七，在祕書省「少監」條云：「何掄，字掄仲，青城人。何涣榜上舍及第。（紹興）八年八月自著作郎除。是月知邛州。」據《宋歷科狀元錄》，何涣爲宣和三年進士，則知何掄亦同年中進士。又據胡寅《斐然集》卷十三何掄除著作佐郎制（《何掄著作》），有云：「以爾殫見洽聞，詞藻清麗，召自西蜀，入直東觀。」而此書卷首又有「左朝請大夫權發遣成都府路提點刑獄公事何掄」的署名，可知他是由成都府路提點刑獄調任爲著作佐郎，進而爲祕書省少監，又出爲邛州知州的。也就是說，他作成此譜在成都府路提點刑獄任上，早在紹興八年（西元一一三八年）八月任祕書省少監之前。今存三蘇年譜的宋代編者，其生平大都不能詳知，但年代似都比何掄要晚。王宗稷《東坡先生年譜》作於紹興十年（西元一一四〇年）之後（詳下），施宿更是孝宗、寧宗時人。傅藻生活時期不詳。孫汝聽曾任「奉議郎」，「當是蜀人，敍蜀甚詳。」（《直齋書錄解題》卷十七），何掄亦蜀人，而在此譜跋文中不提及孫《表》，何當亦早於孫。故知此五種年譜中以何《譜》爲先。

二、施宿《東坡先生年譜》

陳振孫《直齋書錄解題》卷二十云：「《註東坡集》四十二卷，《年譜》、《目錄》各一卷。司諫吳興施元之德初與吳郡顧景蕃共爲之，元之子宿從而推廣，且爲《年譜》，以傳於世。」（又見《文獻通考》卷二四四《經籍考》，書名「集」改作「詩」，是。餘全同。）可知施宿此譜原附《施顧註東坡先生詩》卷首以行。

但此譜國內亦久佚。康熙時見到宋刊《施顧註蘇詩》的邵長蘅已云「施氏譜無考」（《施註蘇詩》卷首《註蘇姓氏》），馮應榴亦云「施武子所爲《年譜》已不傳」（《蘇文忠公詩合註》卷首《年譜》案語）。今存《施顧註蘇詩》本，僅有宋嘉定初刻本、景定補刻本共四個殘帙，皆無施《譜》。

日本已故學者倉田淳之助先生於西元一九六三年在京都舊書肆發現此譜鈔本，原爲富岡鐵齋舊藏，即予購藏，並在西元一九六五年影印於《蘇詩佚註》（與小川環樹氏合編）一書，始得公之於世。此即本書影印的第二種。

此鈔本分卷上、卷下兩册，共一一四頁。書高二七・三釐米，寬二二・二釐米。書前有陸游序、施宿序，後有施宿跋、日僧未雲叟跋。但正文部分有缺頁（熙寧六、七年之間缺四頁，紹聖元年缺兩頁），而上述蓬左本則完整無損。據初步研究，此本與蓬左本從內容上看，乃同出一源，所據乃同一祖本；從筆迹上看，竟是同一鈔手。故知此鈔本年代亦當在西元一四二〇年左右，與蓬左本時代相近。關於此譜的評介，詳見拙作《評久佚重見的施宿〈東坡先生年譜〉》一文（載《中華文史論叢》西元一九八三年第三輯）。

根據《蘇詩佚註》本，蓬左本及其他材料，我整理出施宿《東坡先生年譜》的完本，列爲本書的第二種，其整理的凡例如下：

㈠蓬左本書寫比較草率，《蘇詩佚註》本則是認真書寫的正式鈔本。故整理本以《佚註》本為底本，蓬左本為主要校本，並以蘇軾詩文集、史書等參校，作《校補記》附於文末。

㈡陸游序以《渭南文集》卷十五《施司諫註東坡詩序》參校。

㈢施宿序為研究《施顧註蘇詩》的重要材料，以《佚註》本、蓬左本互相對勘外，仍有個別字句奪訛，則用日本宮內廳書陵部所藏《王狀元集百家註分類東坡先生詩》卷之九前頁所鈔之施宿序（參看插頁書影）校補，此序得以完璧。

施宿，字武子，吳興人。據陳乃乾先生《宋長興施氏父子事蹟考》（載《學林》第六輯，西元一九四一年四月），生年爲隆興二年（西元一一六四年），惜未注明所據；卒於嘉定六年（西元一二一三年），則余嘉錫先生《四庫提要辨證》卷七有考證。曾官紹興府通判，編撰《嘉泰會稽志》。嘉定時以朝散大夫提舉淮東常平倉，始刻印《註東坡先生詩》。此譜施宿自序末署嘉定二年（西元一二〇九年），則此譜當完成於此之前。

三、孫汝聽《蘇潁濱年表》

陳振孫《直齋書錄解題》卷十七云：「《三蘇年表》三卷，右奉議郎孫汝聽撰。汝聽當是蜀人，敍蜀甚詳。」此爲最早著錄，但「右奉議郎孫汝聽撰」，今存《永樂大典》本作「左奉議郎賜緋魚袋孫汝聽編」。

《四庫全書總目》卷五十九云：「《三蘇年表》三卷，《永樂大典》本。宋孫汝聽撰。陳振孫《書錄解題》載『《三蘇年表》三卷，右奉議郎孫汝聽編』，即此本也。然《永樂大典》所載，惟存蘇洵一卷，蘇轍一卷，蘇軾則別收王宗稷《年譜》，而汝聽之本遂佚，蓋當時編錄，不出一手，故去取互異如是。今仍以《三蘇年表》著錄，從其本名也。」是知此書在清修四庫全書時，《永樂大典》中尚存蘇洵、蘇轍年表各一卷。但今又佚蘇洵年表，僅存《蘇潁濱年表》一卷，見《永樂大典》卷二三九九。此册《永樂大典》原爲富岡謙藏所藏，現歸日本天理圖書館。

西元一九〇九年，繆荃孫曾以鈔錄本刻入《藕香零拾》叢書，國内始得流傳。西元一九六〇年，中華書局《永樂大典》影印本亦收此卷，則據攝影本印行（又有西元一九八六年重印本），西元一九八〇年，此册《永樂大典》作爲《天理圖書館善本叢書》之一，由八本書店精印出版，字迹明晰，本書即據天理圖書館本影印。

繆荃孫在《藕香零拾》本跋文中云：「此書記載翔實，究勝於後代所編者。惟轉輾鈔訛，再取《穎濱遺老傳》及詩文集較之，十得八九矣。」評語中肯，值得重視。

四、王宗稷《東坡先生年譜》

《四庫全書總目》卷五十九云：「《東坡年譜》一卷、《永樂大典》本，宋王宗稷撰。宗稷字伯言，五羊人。自記稱『紹興庚申隨外祖守黄州，到郡首訪東坡先生遺蹟，甲子一周矣。思諸家詩文皆有年譜，獨此尚闕，謹編次先生出處大略，敍其歲月先後爲年譜』云云。今刻於《東坡集》首者，即此本也。」但此册《永樂大典》今亦佚。現存此譜最早見於明成化四年（西元一四六八年）程宗所刻《蘇文忠公全集》（即七集本）之卷首，明嘉靖十三年（西元一五三四年）江西布政司重刻此本。但此兩種明本均無《永樂大典》本之「自記」云云一段文字。據這段「自記」，可知此譜作於紹興十年庚申（西元一一四〇年）之後，且編者自認爲首創之作。又據《宋史．藝文志七》「蘇軾《前後集》七十卷」後云：「《年譜》一卷，王宗稷編。」則知此譜在宋時已附蘇集而行。

據成化本李紹序文，此本乃據宋本刻印，故此譜提及宋帝皆空格；嘉靖本以「異代尊稱皆不題空」義例，取消空格，逕直刊刻。成化本亦有個別誤字，如至和元年「按先生作王氏墓誌云：『生十有九年』」，「九」應作「六」；熙寧七年「爲錢公轉作哀辭」，「轉」應作「輔」；元豐二年「王子立子欽皆館」，「欽」應作「敏」；元豐五年「皆是以供先生」，「是」應作「足」等，嘉靖本悉已改正。本書力求保留原始資料，選取最早版本，故仍以成化本爲影印底本。

五、傅藻《東坡紀年錄》

傅藻，字薦可，仙溪人。其《東坡紀年錄》，今知首見於南宋時《百家註分類東坡先生詩》（黃善夫家塾本），本書即據以影印。

傅藻，南宋黃善夫本作傅藻，元明時《增刊校正王狀元集註分類東坡先生詩》（建安虞平齋務本堂本，《四部叢刊》本據此影印），改爲傅藻，似是。因傅字薦可，《詩經．召南．采蘋》：「於以采藻，於彼行潦」，「於以奠之，宗室牖下。」後有「藻薦」一詞，如張九齡

《洪州西山祈雨是日輒應因賦詩言事》「遲明申藻薦，先夕旅巖扉」。

從《東坡紀年錄》本文來看，南宋黄善夫本和元明時務本堂本文字互有小異。如元豐元年條「十一月八日作雲龍山放鶴亭記」，「山」字務本堂本擠刻作「山人」；元豐三年條「二十六日雨中熟睡雨晴後步雨中看牡丹」，「步」字後務本堂本多「至四望亭」四字；元祐四年條「冬至日作書文登石渦遺垂堂老人詩」，「垂」字務本堂本擠刻作「垂慈」等，大抵以務本堂本爲勝，書名「增刊校正」，尚屬不誣。本書爲求最早版本，且《四部叢刊》本經見，故仍採南宋黄善夫家塾本影印。

傅《錄》有跋，自稱其書是在段仲謀《行紀》、黄德粹《系譜》兩書基礎上編撰而成，但未提及上述四種年譜。本書所收五種年譜皆不互相提及，看來是各自成書的。

一九八七年四月（《宋人所撰三蘇年譜彙刊》，上海古籍出版社一九八九年十一月出版）

評久佚重見的施宿《東坡先生年譜》

宋人所編蘇軾年譜，今可考知者有九種①，國內流傳者僅王宗稷、傅藻兩種。施宿《東坡先生年譜》屢見著錄，如《直齋書錄解題》卷二十云：「《注東坡集》四十二卷，《年譜》、《目錄》各一卷。司諫吳興施元之德初與吳郡顧景蕃共爲之，元之子宿從而推廣，且爲《年譜》，以傳於世。」（又見《文獻通考》卷二四四《經籍考》，書名「集」改作「詩」，是。餘全同）明徐獻忠《吳興掌故集》卷四《著述類》亦云：「《注東坡詩》四十二卷，《年譜》、《目錄》各一卷，司諫施元之，字德初，與吳郡顧景蕃共爲之。元之子宿推廣爲《年譜》，陸放翁序。」但此譜國內久佚。康熙時見到宋刊《施注蘇詩》的邵長蘅已云：「施氏譜無考」（《施注蘇詩》卷首《注蘇姓氏》），馮應榴亦云：「施武子所爲《年譜》已不傳」（《蘇文忠公詩合注》卷首《年譜》案語），實爲蘇軾研究中一大憾事。

復旦大學顧易生教授於西元一九八一年二月去日本講學，大阪市立大學西野貞治先生惠贈施宿《東坡先生年譜》影印本一件②。久佚古籍，重返中土，彌足珍貴，易生先生囑爲撰文，介紹這一中日學術交流的具體成果。

原件係抄本，分卷上、卷下兩冊，共一一四頁。書前有陸游序、施宿序，後有施宿跋、日人未雲叟跋。年譜正文用表格形式，分作「紀年」、「時事」、「出處」、「詩」四欄，其中熙寧六年、七年、紹聖元年條有缺頁六頁，其他皆完整，語涉宋帝，則空格；「惇」字缺末筆（如章惇、安惇），當係南宋抄本（宋光宗名趙惇），或其所據底本爲南宋本。

一、從施宿序、跋看《施注蘇詩》

施元之、顧禧、施宿合編的《注東坡先生詩》（後稱《施注蘇詩》），與署名王十朋的《百家注分類東坡詩集》，是現存最早的兩部重要的蘇詩注本，前者編年，後者類編，各有所長，施注本尤有特色，理應並傳兼行。但在清康熙以前，卻是王本獨行天下，施本沈晦不彰。康熙時宋犖購得宋刊施本（殘本，施宿《年譜》亦缺），請邵長蘅等補綴刊刻，始得流行；但邵氏等妄改妄刪，頓失宋刊原貌，爲後世版本學家所詬病。近來有學者重視對施本的研究，弄清了一些問題③。施宿兩篇序跋的發現，對進一步認識施本的面貌有很大的幫助。

(一)施元之稿本的成書年代

由於現存宋刊施本沒有序跋，成書年代和過程無考。署名王十朋的《百家注東坡先生詩序》又未提及施注，故一般學者皆認爲施本後于王本。馮應榴《蘇詩合注》卷首《凡例》云：「考王梅溪之卒在乾道七年，書標王狀元而不係官與謚，或更在其未卒時。施德初卒年無考，而乾道七年尚官衢州，其子武子於嘉定間始刊其父所注。若施顧注先出，集百家注本必兼采之，今並無其姓名，則楊氏所云施氏書後出，無疑也。」所說「楊氏」，指楊瑄，但其所作百家注王本序實未明確斷定「施氏書後出」。阮元《蘇文忠公詩編注集成序》更謂施本「已較《集注》後出三十五年」。楊紹和《楹書偶錄》卷五亦云：「《東坡詩》舊注，今所傳者惟王氏、施氏二本。梅溪《集注》成於乾道間，施顧之注，至嘉定初，德初之子宿始經刊行，已後《集注》三十餘年。」但施宿序文證明這一說法並不準確。施宿說：

> 東坡先生□（詩），有蜀人所注八家，行於世已久。先君司諫病其缺略未究，遂因閑居，隨事詮釋，歲久成書。然當亡恙時，未嘗出以視人。後二十餘年，宿佐郡會乩（稽），始請待制陸公為之序。

這篇序文作於嘉定二年（西元一二〇九年）。這裡首先提出，施元之是因「八家」本「缺略」而發意著書的，故仍採用「八家」本編年體例，他並未看到署名王十朋的集百家注本。

關於集百家注本，《四庫提要》已辦其爲書坊僞托王十朋之名，以廣招徠，但受到馮應榴、王文誥及今人的異議；其實，僞托説未可厚非。王十朋是高宗時狀元，又是孝宗時政治舞臺上的活躍人物，屢次上書，力圖恢復，又歷知各州，如他確在「乾道間」或更前作成《集注》，應爲時人所熟知，但從現在材料來看，直至他晚年及死後三十多年間，竟無人提及此事。《庚溪詩話》卷上：「今上皇帝（孝宗）尤愛其（蘇軾）文。梁丞相叔子，乾道初任掖垣，兼講席。一日，内中宿直，召對。上因論文問曰：『近有趙夔等注軾詩甚詳，卿見之否？』梁奏曰：『臣未之見』。上曰：『朕有之。』命内侍取以示之。至乾道末，上遂爲軾御制文集敍贊，命有司與集同刊之。」孝宗在乾道初只看到「趙夔等注軾詩」，如果有王十朋注本，孝宗君臣何以不聞不知？反對「僞托説」的王文誥，也不得不承認「乾道時趙堯卿等注已陳乙覽，即《八注》《十注》合刊之證，時《百家注》未出也。」（《蘇詩編注集成》卷首《王施注諸家姓氏考》）阮元也説，「龜齡《集注》，實由《八注》《十注》推廣。」（《蘇詩編注集成序》）此可疑者一。樓鑰爲胡穉所作的《簡齋詩箋敍》云：「少陵、東坡詩，出入萬卷，書中奧篇隱帙，無不奔凑筆下。……蜀趙彥材注二詩最詳，讀之使人驚嘆」。樓鑰此序作於「紹熙壬子正月吉」，即光宗紹熙三年（西元一一九二年），距王十朋之死已二十一年，尚稱趙彥材所注蘇詩爲「最詳」，足證未見百家集注本。此可疑者二。陸游與王十朋同朝，他於寧宗嘉泰二年（西元一二○二年）所作《注東坡先生詩序》，又無一字提及王十朋編纂《集注》之事，而此序主旨正是闡述注蘇之難，理應提及。其時距王十朋之死已三十一年。此可疑者三。今存署名王十朋的《百家注東坡先生詩序》稱其「舊得公詩《八注》、《十注》」，乃至「百人」，而施元之卻僅僅依據《八家注》來補其「缺略」，如果王十朋序是真的，這也有悖情理。施元之曾主持多種典籍的刊印，是位著名出版家（見《書林清話》卷三），他又「以絕識博學名天下」（陸游語），並非孤陋寡聞的鄉間冬烘。他專攻蘇詩，何以只見《八注》，不見王十朋所見的《十注》乃至「百人」注呢？施宿序文亦未提及王書，說明直到嘉定二年王書未必出現。時距王十朋之死已三十八年。此可疑者四。此外，今傳世王本的最早刻本，爲南宋黃善夫家塾本。此書避宋諱至「敦」，亦在光宗（趙惇）之後。至於馮應榴等人反駁「僞托說」的論據，亦大都似是而非。如馮氏云：「王楙《野客叢書》已有『集注坡詩』一條；明王弇州《長公外紀》云：『王十朋集諸家注』；《楊升庵集》亦云『王十朋注』。則由來已久，未可竟疑其僞托矣。」（《蘇詩合注》卷首《凡例》）檢《野客叢書》卷二十三「集注坡詩」條，其內容爲駁正趙次公注和程注，所言《集注》實乃《八注》《十注》之類，不能作爲《百家集注》之證；而王世貞、楊慎已是明人，所言更不足爲據。因此，僞託說不能遽斷爲非，今傳《百家集注》本其最早刻本又在光宗之後，要斷定施元之成書在《百家集注》本後，是缺乏說服力的。

其次，施宿序文還指明施元之成書的具體年代。他說，在其父成書「後二十餘年，宿佐郡會乩（稽），始請待制陸公爲之序。」他請陸游作序在嘉泰二年（西元一二〇二年），上推「二十餘年」（以二十五年計），則施元之成書約在淳熙四年（西元一一七七年）左右。據鄧廣銘《辛稼軒年譜》，辛棄疾任江西提點刑獄時，曾於淳熙三年彈劾施元之（時任贛州知州），施遂奉詞離職，大概即是施宿序中所謂「閑居」著書時期。又玩「歲久成書」語意（陸游序亦謂「用工深，歷歲久」），則其成書當在淳熙四年之後④。這一點也是以前研究施注本時未能確定的問題。阮元《蘇文忠公詩編注集成序》謂施元之「與顧禧爲編年注，應在淳（熙）、紹（熙）之時」，其推測大致相近，但無論據。

㈡注文分合問題。施注本包括題下注和句中注兩部分，最後完成於施元之、顧禧、施宿三人之手，但現存宋刊施本並未標明三人分注體例，清代學者多所考證，但意見分歧。或謂施元之作「書中自（句）解」，施宿作「題下小傳，低數字」，即題下注（鄭元慶《湖錄經籍考》卷六）；或謂「詩題下小傳似亦有元之注」（馮應榴《蘇詩合注》卷首《翁本附錄》）；或謂題下注爲施元之筆，句下注爲施元之、顧禧二人筆，施宿僅作「題注末補載墨迹石刻及較改同異之字，間有引證及增輯《年譜》所無」（王文誥《蘇詩編注集成》卷首《王施注諸家姓氏考》）；或謂題下注爲施元之筆，句下注係顧禧獨爲（阮元《蘇詩編注集成序》）。詳情參看余嘉錫《四庫提要辨證》卷二十二。余氏云：「推勘全書體例，證以陸序，實如王氏、阮氏之言。」此說幾乎成爲定論。

施宿序文卻證明鄭元慶的說法是基本正確的。施宿說，在其父成書以後：

宿因陸公（游）之說，拊卷流涕，欲有以廣之而未暇。自頃奉祠數年，舊春蒙召，未幾汰去，杜門無事，始得從容放意其間。……故宿因先君遺緒及有感於陸公之說，反復先生出處，考其所與酬答賡倡之人，言論風旨足以相發，與夫得之耆舊長老之傳，有所援據，足裨隱軼者，各附見篇目之左；而又採之《國史》以譜其年……

嘉泰時陸游之序僅云：「司諫公（施元之）以絕識博學名天下，且用工深，歷歲久，又助之以顧君景蕃之該洽」，未提施宿之名，說明其時施宿尚未對此書進行加工，亦未作《年譜》，僅是施、顧兩家注的稿本。到了嘉定元年（施宿序作於嘉定二年中秋⑤，文中云「舊春」），施宿閑居時才對此稿本作進一步補益，並作《年譜》。施序還明確指出，他的補益，「各附見篇目之左」，即題下注；內容是「紀事」：「反復先生出處，考其所與酬答賡倡之人，言論風旨足以相發，與夫得之耆舊長老之傳」，即包括蘇軾經歷、酬唱者行實和故老傳聞等等，與句下注之「征典」有所分工。驗之宋刊施本題下注，正是如此。阮元序云：「（題下注）紀事引本集、《欒城》、史傳，不載出處；（句中注）征典引經史子集外藏，悉載出處，顯屬二手。」這點被他看中了，但他由此而推斷前者出於施元之，後者出於顧禧，卻不正確。現在再來看最早著錄此書的《直齋書錄解題》就更清楚了：「司諫吳興施元之德初與吳郡顧景蕃共爲之，元之子宿從而推廣，且爲《年譜》，以傳於世。」「從而推廣」即施宿序的「有以廣之」，用語一致，證明陳振孫曾寓目此序。《吳興掌故集》卻把這兩句緊縮爲「元之子宿推廣爲《年譜》」一句（《湖州府志》亦云「推廣爲《年譜》」），似乎施宿作《年譜》外再無其他補益，實是誤改。

題下注出於施宿之手，還可從宋刊施本中找到內證。卷十三《登望谼亭》題下注：「此詩墨迹乃欽宗東宮舊藏。今在曾文清家，宿嘗刻石餘姚縣治。」卷十六《送劉寺丞赴餘姚》題下注：「劉寺丞名撝，字行甫，長興人。……後七載，公守湖州，行甫自長興道郡城赴餘姚，公既賦此詩，又即席作《南柯子》詞爲餞，首句云『山雨蕭蕭過』者是也。後題元豐二年五月十三日吳興錢氏園作。今集中乃指他詞爲送行甫，而此詞第云湖州，誤也。真迹宿皆刻石餘姚縣治。」卷二十《次韻孔毅父久旱已而甚雨三首》題下注，記蘇軾爲楊道士二帖，「二帖書在蜀牋，筆畫甚精，宿嘗以入石云」。同卷《別子由三首兼別遲》題下注：「宿守都梁，得東平康師孟元祐二年三月刻二蘇所與九帖於洛陽。」卷二十四《次韻錢穆父》題下注：「欽宗在東宮時，所藏東坡帖甚富，多有宸翰簽題，即位後出二十軸賜吳少宰元中，元中爲曾文清妹婿，以十軸歸之，今藏於元孫戶部郎樂道槃。宿爲餘姚，嘗刻石縣齋。」卷二十五《玉堂栽花周正孺有詩次韻》題下注：「……宿刻此帖（指蘇軾與王晉卿都尉一帖）餘姚縣齋，汪端明刻此詩成都府治。」卷二十七《韓康公挽詞三首》題下注：「三詩墨迹精絕，宿嘗刻石餘姚縣齋。」這些題下注皆有「宿」自稱，是爲其手筆的鐵證。從後面我們論及《年譜》正文時可以看到，施宿熟稔史事，對《國史》別擇精嚴，又精於碑刻，博採傳聞稗說，與題下注的全部內容正復相類，充分發揮他的專長。題下注的內容和文風基本一致，馮應榴懷疑「似亦有元之注」，也是缺乏根據的。

還應說明，施宿對題下注的撰述，態度十分認真，嘉定二年後，仍在陸續增補。卷二十二《任師中挽詞》題下注云：任師中（任伋）「曾孫希夷字伯起，圖南字伯厚，皆踵世科。伯起今爲將作少監、太子侍講。」按，《中興東宮官寮題名》（存《永樂大典》卷二一三九）「任希夷」條云：「嘉定四年正月，以宗正丞兼舍人。六月，以祕書丞升兼侍講。六月，除著作郎，仍兼。五年十月，除將作少監，仍兼。六年正月，兼權左司郎官。十月，除祕書少監，仍兼。」（《宋會要輯稿·職官》卷七：「（嘉定）四年正月，宗正寺丞任希夷兼太子舍人。六月，以祕書丞兼侍講。七年，以中書舍人兼右諭德。」無任將作監、侍講時間。）任希夷《宋史》有傳，後官至端明殿學士、簽書樞密院事兼權參知政事，但施宿僅云「今爲將作少監、太子侍講」，不及以後官職，此「今」正施宿撰述之時。這說明遲至嘉定五年十月至六年正月，施宿的題下注仍未定稿，尚在繼續訂補。

前人對此書題下注評價甚高。張榕端《施注蘇詩序》云：「又於注題之下，務闡詩旨，引事徵詩，因詩存人，使讀者得以參見當日之情事，與少陵詩史同條共貫，洵乎有功玉局而度越梅溪也。」邵長蘅《注蘇例言》云：「《施注》佳處，每於注題之下多所發明，少或數言，多至數百言，或引事以徵詩，或因詩以存人，或援此以證彼，務闡詩旨，非取泛濫，間亦可補正史之闕遺，即此一端，迥非諸家所及。」王文誥亦謂「最要是題下注事」，但他把這一成績記在施元之的名下，未免抹煞施宿之功。

施注本注文分合問題應以鄭元慶之說爲勝。他是根據傳是樓宋刊本（即宋犖本）而作出的判斷，阮元、王文誥兩人實未親見宋刊本，故而推斷失誤。但鄭說對顧禧的作用隻字未提。今宋刊本句中注內仍有數處標明「顧禧注」。如卷二十《橄欖》「已輸崖蜜十分甜」句：「〔施注〕《本草》：崖蜜，又名石蜜，別有土蜜、石蜜。……〔顧禧注云〕記得小說：南人夸橄欖於河東人云：此有回味。東人云：不若我棗。比至你回味，我已甜久矣。棗，一作柿。……」又如卷三十四《立春日小集戲李端叔》「須煩李居士，重說後三三」句：「〔施注〕延一《廣清涼傳》：無著禪師遊五臺山，見一寺，有童子延入。無著問一僧云：此處衆有幾何？答曰：前三三，後三三。無著無對。僧曰：既不解，速須引去。〔顧禧云〕此詩方敍燕遊，而遽用後三三語，讀者往往不知所謂，蓋端叔在定武幕中，特悅營妓董九者，故用九數以爲戲爾。聞其說於强行父云。」這說明當顧禧對施元之注有異議或重要補充時，才標出姓氏，其他就不作明顯分別。

總上所述，施注本分注體例應該是：句中注係施元之、顧禧「共爲之」，題下注爲施宿手筆。鑒於題下注的重要性，應該充分肯定施宿對此書的貢獻。

㈢施注本刊刻年代——所謂「嘉泰本」。宋犖在《施注蘇詩序》中，稱其所得原刊本爲「宋嘉泰間鏤板行世」之本，邵長蘅《題舊本施注蘇詩》亦謂「鏤板於宋嘉泰間」。以後不少學者皆因陸游於嘉泰二年爲該書作序，遂定爲刊刻之年。翁方綱《蘇詩補注》卷八引桂馥語云：「陸放翁序在嘉泰二年，此注本當刻於嘉泰初。」伍崇曜《蘇詩補注跋》亦稱「先生（翁方綱）舊藏蘇集（即宋犖本），爲宋嘉泰槧本。」此本現存臺灣「中央圖書館」，其《善本書目》逕以「宋嘉泰二年淮東倉司刊本」著錄。近人亦多從此說。其實是不正確的。

如上所述，施宿序文作於嘉定二年，嘉定五、六年尚在對題下注進行補益，而新見到的施宿跋文更作於「嘉定六年中秋日」，距陸游作序時達十一年。這都說明嘉泰時尚未刻印。刊刻的地點確在淮東倉司。鄭羽在景定三年時曾取施注舊板，修補「重梓」，其跋云：「坡詩多本，獨淮東倉司所刊，明淨端楷，爲有識所賞。羽承乏於兹，暇日偶取觀，汰其字之漫者大小七萬一千五百七十七，計一百七十九板，命工重梓」，明言「淮東倉司所刊」。而嘉泰時施宿尚官紹興通判。他何時任提舉淮東常平司，不可確考。（陳乃乾先生定於嘉定五年至七年，不知其據）但嘉定六年他確在淮東倉司任上。是年他曾刻王順伯《石鼓詛楚音》，並跋云：「宿乘傳海濱，賓朋罕至，時尋翰墨，拂洗吏塵。」末署「嘉定六年重五日吳興施宿書」。文中「海濱」即指淮東倉司所在地泰州。章樵《石鼓文集注》云：「周宣王狩於岐陽，所刻《石鼓文》十篇，近世薛尚功、鄭樵各爲之音釋，王厚之考正而集錄之，施宿又參以諸家之本，訂以《石鼓》籀文真刻，壽梓於淮東倉司，其辨證訓釋，蓋亦詳備。」淮東之於施宿，正如衢州之於施元之，是他致力於刊刻文籍之地，允有注蘇詩之刻。（施宿序末署「嘉定二年中秋日吳興施宿書」，跋文末署「嘉定六年中秋日吳興施宿書」，與《石鼓詛楚音》跋所署，格式完全一致。）另據《揚州府志》：「紹興辛巳，完顏亮寇州。（泰州）城廢。開禧丙寅權守趙逢始修築，守翁潾、何郯繼之。六七年間，才甓二里餘。朝（廷）以委提舉茶鹽事施宿。工竣，視舊增五之一。」從開禧二年丙寅（西元一二〇六年），中經「六七年」，正是嘉定五六年，足證其時施宿在任。又，據余嘉錫考證，施宿「實死於嘉定六年之冬」（《四庫提要辨證》卷七，詳下），即死於淮東倉司任上，施注本的刊刻當不能晚於其後。而施跋作於是年中秋，則施注本亦不能於此前刻成。據此，宋刊原本擬定名爲「宋嘉定六年淮東倉司刊本」。

㈣施注本流傳不廣的原因。《宋會要輯稿・職官》卷七十五：嘉定七年正月「二十一日，直祕閣施宿罷職與祠祿，以中書舍人范之柔言其昨任淮東運判，刻剝亭戶，規圖出剩，以濟其私。」同書《職官》卷七十六又云：嘉定「十五年十月十九日詔，施宿特與改正，追復朝請大夫，以其女（原脫）安人妾施氏自陳，故父宿昨任淮東提舉日，但知盡忠報國，討究弊源，撙節浮費，不顧怨仇，悉皆痛革，是以取怨於僚屬，有忤於交承，不幸身死，謗議起於仇人，誣合傾擠。死及百日，忽（原誤作勿）致臣僚論父鹽政及修城事。於父死一年之後，行下抄籍，一家骨肉星散，狼狽暴露，故父靈柩，亦皆封閉，寡妻弱子無所赴愬。……去年八月內明堂赦恩，及今年正月內受寶大赦，念妾等存没銜冤，迄今九載。」根據這兩條材料，參考余嘉錫的考證，排比施宿晚年及死後有關事項，作時間表如下：

嘉定六年中秋　《注東坡先生詩》開雕（據施《跋》）

六年十月間　施宿卒（據「死及百日」被劾上推）

七月正月二十一日　施宿被臣僚彈劾（據《宋會要輯稿》；與該書另一條言「身死」後被誣亦相符。）

七年冬　施宿家被抄籍（據「父死一年之後，行下抄籍」推算）

十五年十月十九日　施宿改正、追復（據《宋會要輯稿》。上距七年冬，正好首尾「九載」）

這說明施注本的刻印離施宿之死相距甚近，僅二三個月，施宿生前恐未必親見此書；此書甫即竣工而全家即遭抄籍，連「靈柩亦皆封閉」，刻成之書亦不免受損。而且，在施宿的罪狀中，除了貪污鹽款和修城款外，還直接涉及本書。周密《癸辛雜識・別集上》「施武子被劾」

條云：

宿晚為淮東倉曹，時有故舊在言路，因書遺以番葡萄。歸院相會，出以薦酒。有問知所自，憾其不已致也。劾之，無之蔽罪。宿嘗以其父所注坡詩刻之倉司，有所識傅穉，字漢孺（原注：湖州人），窮乏相投，善歐書，遂俾書之，鋟板，以賙其歸。因摭此事，坐以贓私。

傅穉是施宿的同鄉，施宿等於嘉泰二年修《嘉泰會稽志》時，傅於浙東安撫使司校正書籍，參與其事。（見《嘉泰會稽志》跋末）至此「窮乏相投」而寫施注上板，施宿卻因此而被彈劾治罪，施注本的厄運當亦意料中事。《四庫全書總目提要》卷一五四云：「嘉泰中，宿官餘姚，嘗以是書（指施注蘇詩）刊版，緣是遭論罷，故傳本頗稀。」指出「傳本頗稀」是由於「遭論罷」，是正確的，惜語焉不詳，且時間和地點皆誤。（施宿任餘姚知縣在慶元初，見孫應時《餘姚縣義役記》，嘉泰時宿任紹興通刊。）宋犖本（尚存十九卷）確是魯殿靈光，吉光片羽，今存臺灣，懷想不已⑥。

二、施《譜》正文的特點和價值

施宿《年譜》的重現，使現存南宋人所作蘇軾年譜增至三種。王宗稷《東坡先生年譜》，今首見於《東坡七集》本；傅藻《東坡紀年錄》，首見於《百家注分類東坡先生詩》。王宗稷，五羊人，字伯言，紹興中曾至黃州；傅藻，仙溪人，字薦可。其他所知皆甚少。王《譜》無序、跋，傅《錄》有跋，自稱其書是在段仲謀《行紀》、黃德粹《系譜》兩書基礎上編撰而成。施《譜》有序有跋。王宗稷雖較傅、施年長，三譜卻都未互相提及，看來是各自成書的。

邵長蘅云：「五羊王氏《年譜》綜其大端；仙溪傅氏《紀年》核於月日，要亦互有得失」。（《施注蘇詩》卷首《年譜•跋》）施《譜》比之王《譜》、傅《錄》，篇幅加多，更較詳備。而其主要特點是增設「時事」一欄。施宿在序跋中兩次提到「採之《國史》以譜其年」，即此。此欄字數甚至與「出處」欄即記敍蘇軾一生行實者，相差無幾。這與他對譜主的總的認識有關。其《序》中詳述蘇軾在「熙寧變法之初」及至「既謫黃岡」、「元祐來歸」、「紹述事起」這三個階段的遭遇和表現，最後說：「蓋先生之出處進退，天也。神宗皇帝知之而不及用，宣仁聖后用之而不能盡，與夫一時用事者能擠之死地而不能使之必死，能奪其官爵、困戹僇辱其身而不能使其言語文字不傳於世，豈非天哉！」這段文字，吸取蘇軾《潮州韓文公廟碑》的筆調，表達他對蘇軾的總認識，也是他寫作《年譜》的總綱。也就是說，他不僅爲文學家蘇軾譜年，更重要的是爲政治家蘇軾立傳。因此，他主要根據王安石變法的發生、發展和失敗的全過程以及新舊兩黨在政治舞臺上的消長變化這兩條線索，從《國史》中採錄和組織材料，其他「時事」就略而不敍。他記敍了王安石受命變法的情況，也記敍他兩次罷相的過程；記敍了各項新法始行及罷廢的情況，也記敍圍繞各項新法行廢的鬥爭。尤其值得注意的，是他所加的一些案語。如熙寧三年條，在敍述各項新法始行情況後說：「按，新法之行青苗始於陝西，助役始於京東、兩浙，常平則自陝西、河東始，保馬保甲則自府界畿縣始，市易則自秦鳳始。蓋自古變法者，其始皆有所疑懼不安，故試之一方一所，所以驗其法之可行與否也，及其主之既力而小人迎合皆以爲便，始推而達之天下矣。」在王安石受到普遍譴責的南宋時代，施宿能指出新法是通過試驗而漸次實施，既是從史實中得出的正確結論，也表現出可貴的史德。又如元祐四年條，在總結「元祐更化時期」的政局變動時說：「按，元祐諸賢欲革弊而不思所以自善其法，欲去小人而不免於各自爲黨，憤嫉太深而無和平之炁（即「氣」字），攻詆已甚而乖調復之方，同異生於愛憎，可否成於好惡。朝廷之上，議論不一，差役科場，久而不定，更易煩擾，中外厭之。……故當其時，潛懷窺伺，陰謀動搖者已伏其間，而諸賢輕患忽禍，自以無它，方更相攻擊不已，卒使小人藉之以爲資，起而乘之，馴至大變，豈專王、呂、章、蔡之罪哉！」這段話亦頗有見地，代表當時的另一種議論。陸九淵也說：「熙寧排公（指王安石）者，大抵極詆訾之言而不折之以至理，平者未一二而激者居八九，上不足以取信於裕陵，下不足以解公之蔽，反以固其意，成其事。新法之罪，諸君子固分之矣。元祐大臣，一切更張，豈所謂無偏無黨者哉？」（《象山先生全集》卷十九《荊國王文公祠堂記》）雖稱新法有「罪」，但新舊兩黨各負其咎，這在王安石被目爲禍國奸佞的輿論浪潮中，不失爲持平之論。這兩段按語，後段與蘇軾批評元祐初「專欲變熙寧之法，不復校量利害，參用所長」（《辯試館職策問札子二首》之二）的看法，基本一致；前段卻與蘇軾所見不同，蘇軾正是著力攻擊新法爲驟變、突變的。在《上神宗皇帝書》中，他指責王安石「招來新進勇鋭之人，以圖一切速成之效」，「造端宏大，民實驚疑」，而主張「自可徐徐，十年之後，何事不立」。施宿對蘇軾懷有深深的敬意，但並不阿私附和，以他的是非爲是非，而能堅持自己獨立的見解，這也是其書高出王《譜》、傅《錄》之處。

施宿所採錄的《國史》材料，不僅描繪出譜主活動時代的政治面貌，而且爲譜主的遭遇和行爲提供理解和評價的根據。正因爲如此，「時事」欄的記敍雖然偏詳，似不合一般年譜體例，但對譜主的認識卻更有幫助。不少記敍與「出處」欄上下呼應，相得益彰。如嘉祐六年條，九月御試，詳列考官姓氏，即爲了更好説明蘇軾是年中制舉。熙寧二年至四年，詳敍新法始行及其鬥爭過程，與蘇軾其時經歷緊密綰合，互爲補充。其後蘇軾外任，「時事」欄即相對減略，只記與蘇軾有關「時事」，如熙寧五年，僅記盧秉爲兩浙提刑，專提舉鹽事，因與蘇軾在杭開運鹽河、去湖州有關。至元豐八年，哲宗即位，政局反覆，始又詳記「時事」，爲蘇軾從黃州返回的一系列「起復」、提升提供背景。尤如元祐元年的差法之爭，上下兩欄，互爲表裡，各有側重，於勾畫譜主其時行實更爲明晰。紹聖元年，又詳敍李清臣、鄧溫伯「首建紹述」之説，政局又變，於是又有蘇軾的知定州、貶嶺南。凡此都可看出施宿對史料別擇精嚴、一切服從於突出譜主的「筆法」。另有不少記敍起了補充「出處」欄的作用。如熙寧七年條，蘇軾知密州時，「五月，天章閣侍制李師中言：『乞召方正有道之士如司馬光、蘇軾、轍輩復置左右，以輔聖德。』以大言求用，責散官安置。」此條雖列「出處」欄，但説明蘇軾雖處外任，仍與朝廷中的黨爭息息相關。

當然，《年譜》一類著作的基本要求是對譜主的家世、生平、交遊、創作等作出全面而正確的介紹。施《譜》的重點不能不在「出處」欄。比之王《譜》、傅《錄》確有更正確、更詳明的特點。今依年序，對勘三書，先舉其可供糾誤之例。

㈠熙寧初年的活動。熙寧二年蘇軾服父喪後返京，時值王安石議行新法，蘇軾捲入新舊兩黨之爭。對這段史實的具體記載，出入很大。一是從蘇轍《東坡先生墓誌銘》、《宋史・蘇軾傳》、蘇軾本集以及從王《譜》、傅《錄》直至清人王文誥《蘇詩總案》、近人曹樹銘《東坡年表》等，都把蘇軾以多篇奏疏形式開始反對王安石新法的時間，定爲熙寧四年；一是李燾《續資治通鑑長編》、楊仲良《通鑑長編紀事本末》、清人譚鍾麟所刊《續資治通鑑長篇拾補》等及其他史書，則定爲熙寧二年。黃任軻先生《蘇軾論新法文字六篇年月考辨》一文（見《蘇軾研究專集》，《四川大學學報叢刊》第六輯），根據史料及蘇軾奏議內容，力駁「熙寧四年」之誤，論據充分，似可定論。施《譜》對此所載頗詳，與黃說基本一致，不僅可以助成黃說，而且有所補充和糾正。這段經歷對評價蘇軾關係甚大，歷來年譜又都失誤，故分條詳列施《譜》主要內容和事件如下：

(1)熙寧二年，「春，至京師，除判官告院兼判尚書祠部。時王安石方用事，議改法度，以變風俗，知先生素不同己，故置之是官。」

按：此條向無甚大疑異。

(2)「五月，以論貢舉法不當輕改，召對，又爲安石所不樂。」

按：此即蘇軾《議學校貢舉狀》。《墓誌銘》系統作熙寧四年，如本集作「熙寧四年正月」，誤。《長編》系統作二年，如《通鑑長編紀事本末》卷六十二「蘇軾詩獄」條云：「熙寧二年五月，羣臣准詔議學校貢舉，多欲變改舊法，獨殿中丞直史館判官告院蘇軾奏云云」，是。此條及以下第七、八、九各條的具體辨證，可參見黃任軻先生文。

(3)「未幾，上欲用先生修《中書條例》，安石沮之。」

按：此條諸年譜皆失載。《通鑑長編紀事本末》同上卷云：「上（神宗）曰：『欲用軾修《中書條例》』。安石曰：『軾與臣所學及議論皆異，別試以事可也』。又曰：『陛下欲修《中書條例》，大臣所不欲，小臣又不欲，今軾非肯違衆以濟此事者也。恐卻欲爲異論，沮壞此事。兼陛下用人，須是再三考察，實可用乃用之，今陛下但見軾之言，其言又未見可用，恐不宜輕用也。』亦可補諸譜之失。

(4)「秋，爲國子監考試官，以發策爲安石所怒。」

按：此即蘇軾《國學秋試策問》。《宋史・蘇軾傳》敍此事於《上皇帝書》後，則在熙寧四年；本集未列年月。黃文考定爲二年八月，是。餘詳下。

(5)「冬，上欲用先生修《起居注》，安石又言不可。且誣先生遭喪販蘇木入川，事遂罷，不用。」

按：修《起居注》事諸年譜皆失載。《通鑑長編紀事本末》同上卷云：熙寧二年「十一月己巳，司封員外郎直史館蔡延慶、右正言直集賢院孫覺，並同修《起居注》。上初欲用蘇軾及孫覺，王安石曰：『軾豈是可獎之人？……遭父喪，韓琦等送金帛不受，卻販數船蘇木入川，此事人所共知。……但方是通判資序，豈可便令修《注》？』上乃罷軾不用。」亦可補諸譜之失。

(6)「（冬），安石欲以吏事困先生，使權開封府判官。先生決斷精敏，聲問益振。」

按：蘇軾任開封府判官時間，《墓誌銘》系統均列於熙寧四年，誤。黃文認爲「至少（熙寧二年）八月之前」，亦與施《譜》所說「冬」季不同。黃文主要根據是《國學秋試策問》一文，此文確作於二年八月。司馬光《溫公日錄》云此文係「軾爲開封府試官」時所作，黃文因謂「當時蘇軾必已擔任『權開封府推官』，顯然是以這個身分出來兼任『開封府試官』的。」似可商榷。「秋試」是省試以前的地區性考試，以確定參加省試的資格，亦稱「發解」。熙寧二年的國子監和開封府的考試是分別舉行的，直至熙寧八年以後才予合併（見《宋會要輯稿•選舉》卷十五、《續通鑑長編》卷二六六、《文獻通考》卷三十一《選舉四》等），因此蘇軾這道策問，是「國學秋試」還是「開封府秋試」，兩者必有一誤。查《宋會要輯稿•選舉》卷十九「試官」條，開封府和國子監的秋試試官皆由朝廷直接任命，大都爲三館祕閣之臣，並非開封府或國子監的現任官。尤爲重要的，其熙寧二年八月十四日條又云：

以祕閣校理同修起居注陳襄、集賢校理王權、祕閣校理王介、安燾、李常、館閣校勘劉攽考試開封府舉人，虞部郎中陳侑監門；監察御史裡行張戩、直史館蘇軾、集賢校理王汾、胡宗愈、館閣校勘顧臨考試國子監舉人，比部郎中張吉監門……

這裡明確出，蘇軾時以「直史館」被任爲國子監試官，並非開封府試官；當時他也未任「開封府推官」。此其一。《國學秋試策問》爲《東坡七集》本《前集》原題，而《前集》據胡仔所云「乃東坡手自編者」（《苕溪漁隱叢話・後集》卷二十八），若無確鑿證據未可輕易懷疑。此其二。再看《長編》系統的記載。《通鑑長編紀事本末》同上卷云：「初，軾爲國子監考試官，時二年八月也」。時、事皆合。同卷記蘇軾五月上《議學校貢舉狀》、神宗即日召對後，王安石與神宗的一次談話。神宗「又言軾宜以小事試之如何？」王安石提出，「軾亦非久，當作府推。」神宗則「欲用軾修《中書條例》」，卻爲王安石所阻。連「府推」事亦不了了之，這是五月之事。其後，十一月己巳任命蔡延慶、孫覺同修《起居注》，神宗「初欲用蘇軾及孫覺」，王安石又阻之，提出「若省府推判官有闕，亦宜用。但方是通判資序，豈可便令修《注》？」結果修《注》一事固然罷用，「省府推判官」亦未落實，說明遲至十一月（或稍前）蘇軾尚未接任此職。直至十二月記蘇軾上《諫買浙燈狀》時，其官銜上才出現「權推官」字樣。這些記述前後連貫，順理成章，毫無破綻，頗可據信。此其三。因此，施《譜》定蘇軾任開封推官在熙寧二年「冬」，當屬可信。《溫公日錄》「開封府試官」云云，不足爲據；即便是實，亦不足證明時在開封府任職。

(7)「（冬），上疏論買燈事，上嘉納之。」

按：此即蘇軾《諫買浙燈狀》。《墓誌銘》系統作熙寧四年，如本集作「熙寧四年正月」，誤。《通鑑長編紀事本末》同上卷云：熙寧二年「十二月，有中旨下開封府減價買浙燈四千餘枝，權推官殿中丞直史館蘇軾言……」施《譜》定爲熙寧二年「冬」，相合。

(8)「（冬），又上疏論事，慷慨不屈」。

按：此即蘇軾《上皇帝書》。《墓誌銘》系統作熙寧四年，如本集作「熙寧四年正月」，誤。《通鑑長編紀事本末》同上卷云：「十二月……上納其言（指《諫買浙燈狀》），軾因奏書獻上言曰『願陛下結人心，厚風俗，存紀綱』。書凡七千餘言」。施《譜》定爲熙寧二年「冬」，亦相合。

(9)熙寧三年「春，差充殿試編排官。時御試始用策。上議差先生爲考官，安石言先生所學乖異，不可考策，乃以爲編排官。先生擬對以奏。」

按：「擬對以奏」即蘇軾《擬進士對御試策》。《墓誌銘》敍此事於熙寧四年，本集無年月。《通鑑長編紀事本末》同上卷云：「（熙寧）三年三月壬子，上御集英（殿）賜進士第，葉祖洽以阿時置第一，軾奏欲別定等第，上不許」，「又作《擬進士對御試策》。」此即蘇軾寫作此文的背景。施《譜》定爲熙寧三年「春」，亦合。蘇軾於二月另有《再上皇帝書》，施《譜》失載。此書《墓誌銘》系統亦誤，如本集作「熙寧四年三月」。見黃文所考。

《墓誌銘》系統記載失誤之由，清人張大昌曾有合理的推測，問題即出在蘇轍《東坡先生墓誌銘》。《墓誌銘》云：「服除，時熙寧二年也。王介甫用事，多所建立，公與介甫議論素異，既還朝，寘之官告院。四年，介甫欲變更科舉，上疑焉，使兩制三館議之，公議上……」。張大昌說：「若『四年』二字作『是年』，則諸書所載事迹日月無不吻合，集中於《議貢舉狀》以下諸奏均不作四年，恐係淺人又據《年譜》臆改之，不得其月，乃以臆斷爲正月也。」（《續資治通鑑長編拾補》卷四按語）「四」「是」一字之差，遂影響到《宋史・蘇軾傳》、《年譜》乃至本集。這個推斷似可信。至於施《譜》記敍正確，則得益於他所據以採錄之《國史》。據《容齋三筆》卷四「九朝國史」條，當時《國史》包括三書，一爲《三朝國史》（太祖、太宗、真宗），二爲《兩朝國史》（仁宗、英宗），三爲《四朝國史》（神宗、哲宗、徽宗、欽宗）。又據同書卷十三「四朝史志」條，記神宗等《四朝國史》，其《紀》《傳》爲洪邁所作，《志》則「多出李燾之手」⑦。《國史》今佚，但參與其事的李燾有名著《續通鑑長編》，其熙寧初年部分雖亦殘佚，但幸存於南宋人楊仲良《通鑑長編紀事本末》之中。楊書不經見，故作蘇軾年譜者未採用其中材料。前面我們多引楊書比照施《譜》，若合符節，即證同出一源。《國史》係根據官方紀錄編修而成，於時於事自較可靠。

弄清蘇軾在熙寧初年的活動和經歷，才能正確評價他對新法的態度。自宋以後的各種蘇軾年譜對此所記皆誤，獨施《譜》記敍正確，條理詳明，確實難能可貴。

㈡倅杭時赴湖問題。趙彥材（次公）注《莘老葺天慶觀小園，有亭北向，道士山宗説乞名與詩》「扁舟去後花絮亂」句云：「先生自杭倅以開運鹽河故至湖州，若去，乃三月矣，故曰『去後花絮亂』。」（《集注分類東坡詩》卷九）又注《贈孫莘老七絕》之二「閑送苕溪入太湖」句亦云：「先生倅杭，以開運鹽河至湖」。（同上卷十五）

按：蘇軾於熙寧五年十月左右開運鹽河，有《湯村開運鹽河雨中督役》、《是日宿水陸寺寄北山清順僧二首》等詩可證；去湖州在是年十二月，乃是爲了「相度堤岸利害」。（見《東坡烏臺詩案》「與湖州知州孫覺詩」條。《墨妙亭記》亦云：「是歲（五年）十二月，余以事至湖。」）原由是湖州知州孫覺因「松江隄爲民患，覺易以石，高一尋有奇，長百餘里，隄下悉爲良田。」（《東都事略·孫覺傳》）蘇軾前去視察，這與杭州附近之開運鹽河無關。趙彥材以蘇軾在湖留至三月，亦誤，蘇軾是年回杭度歲。「扁舟」句實乃預測離別後湖州之景，故下句接云：「五馬來時賓從非」，又云：「惟有道人應不忘，抱琴無語立斜暉」，皆是想像日後重來時之情事。但趙注何以致誤？施《譜》提供了答案。其熙寧五年條云：「以轉運司檄監視開運鹽河，之湖州相度捍堤利害，又自湖之秀，蓋皆用盧秉（時任兩浙提刑）之說云」。原來開河、度堤雖爲兩件差使，卻同出運司之命。趙注未加細考，遂混爲一事。或據趙注，謂蘇軾通判杭州時曾兩次去湖，亦未確。

㈢居住雪堂問題。王宗稷《年譜》在元豐五年條云：「《後赤壁賦》云：『十月既望，蘇子步自雪堂，將歸於臨皋』。則壬戌（元豐五年）之冬未遷。而先生以甲子六月過汝，則居雪堂止年餘，由是推之，先生自臨皋遷雪堂，必在壬戌之後明矣。」

按：蘇軾於元豐三年二月初至黃州，居定惠院；五月，遷臨皋；四年，營東坡；五年春於東坡築雪堂。蘇軾《江城子》（「夢中了了醉中醒」）詞序云：「元豐壬戌之春，余躬耕於東坡，築雪堂居之。」既明言「居之」，何謂是年之冬「未遷」？今人或謂「其時雪堂尚未造好，故夜歸臨皋住宿」（《唐宋詞選釋》第一〇五頁），但雪堂早在是年之春落成。何謂「尚未造好」？王文誥則言蘇軾「並未遷居雪堂」（《蘇詩總案》卷二十二），但蘇軾《滿庭芳》（「歸去來兮」）詞序云：「元豐七年四月一日，余將去黃移汝，留別雪堂鄰里二三君子」，則「鄰里」二字又作何解釋？施《譜》元豐四年條云：「蓋先生初寓居定惠院，未幾遷臨皋亭。後復營東坡雪堂，而處其孥於臨皋。」原來雪堂作爲蘇軾遊憩、居住或留客暫住（如巢穀，參寥等人）之所，其家眷仍住臨皋。故蘇軾常來往於兩處，其作品中時有反映。

《臨江仙・夜歸臨臯》亦寫從「夜飲東坡」而醉歸臨臯，與《後赤壁賦》爲同一路徑。其《黃泥坂詞》云：「出臨臯而東騖兮，並叢祠而北轉，走雪堂之陂陀兮，歷黃泥之長坂。」「余旦往而夕還兮，步徙倚而盤桓。」「朝嬉黃泥之白雲兮，莫宿雪堂之青煙。」則蘇軾有時亦夜宿雪堂。王文誥「並未遷居」之説，亦嫌不夠確切。

明乎此，有助於解決一些作品的疑異問題。如《浣溪沙》（「覆塊青青麥未蘇」）一詞，傅《錄》係於元豐四年，而傅榦《注坡詞》殘本謂詞序後原有「時元豐五年也」一句。但朱彊村《東坡樂府》仍從傅《錄》，不敢採用傅榦之説編年。原因大概是此詞詞序有云：「十二月二日雨後微雪，太守徐君猷攜酒見過」，而詞中又有「臨臯煙景世間無」句，是此詞作於臨臯。而一般認爲蘇軾於元豐五年春從臨臯遷居雪堂，故定此詞作於元豐四年十二月二日。其實，依據上述蘇軾來往兩處的情況，亦可作於元豐五年十二月二日臨臯寓所。是日「雨後微雪」，道路不便，蘇軾未去雪堂。傅榦，南宋人，其言當有所據，似可從。

㈣元豐八年，蘇軾自登州召還，「九月，除尚書禮部郎中。」此條王《譜》失載，傅《錄》卻作「召爲禮部員外郎。」

按：《續資治通鑑長編》卷三五七，是年六月，司馬光薦蘇軾，卷三五九，九月己酉「朝奉郎蘇軾爲禮部郎中」。蘇軾於是年十二月所作《論給田募役狀》自署官銜亦爲「朝奉郎禮部郎中」。《東坡先生墓誌銘》、《宋史・蘇軾傳》俱作「禮部郎中」。故知傅《錄》誤。

㈤元祐元年，蘇軾在京，「九月，除翰林學士」。王《譜》不記月份，傅《錄》卻作「十月十二日」。

按：翁方綱《蘇詩補注》卷七云：「《宋史・哲宗本紀》：九月丁卯，試中書舍人蘇軾爲翰林學士知制誥。是月丙辰朔，丁卯是九月十二日。查氏（愼行）《年表》及本卷注，皆以爲十月十二日，訛。」《續通鑑長編》卷三八七亦作九月丁卯。查氏蓋沿傅《錄》之誤，施《譜》不誤。（但王文誥《蘇詩總案》卷二十七以蘇軾於九月六日作《明堂赦文》，應在翰林學士任，則除命當在此以前，因列於八月條下，錄以備考。）

㈥元祐二年，「八月，兼侍讀」。王《譜》不記月份，傅《錄》失載。

按：蘇軾《辭免侍讀狀》：「右臣今月二十六日，准閤門告報，蒙恩除臣兼侍讀者。」八月進《謝除侍讀表》：「臣軾言：今月一日，蒙恩除臣兼侍讀者」。是初次除命在七月二十六日，正式任命則在八月一日。施《譜》是。

㈦元祐七年，蘇軾於「正月，（自潁州）移知鄆州，尋改揚州」。王《譜》在正月之後記云：「已而改知揚州」；傅《錄》則明云：「是月（二月）移知揚州。」翁方綱《蘇詩補注》卷七云：「任天社《後山詩注》云：『按《實錄》，元祐七年正月辛亥，東坡自潁除知揚州。查氏《年表》據《紀年錄》以爲二月者非。（原注：辛亥是正月二十八日）』」

按：據《續資治通鑑長編》卷四六九：是年正月，「丁未，知鄆州觀文殿學士劉摯知大名府，知大名府資政殿學士張珍知揚州，知潁州龍圖閣學士蘇軾知鄆州。」後因鄭雍、楊畏、吳立禮言，「珍與摯皆不遷，蘇軾亦改揚州。（原注：軾改揚州在二十八日，今並書）」故知蘇軾自潁移揚，中經知鄆一番波折。施《譜》所記，亦較王《譜》、傅《錄》翔實。

㈧元祐八年，政局將變，蘇軾出知定州。施《譜》記此事亦頗詳且確：「是夏，御史黃慶基、董敦逸連疏論川黨太盛，……先生尋亦乞越州；六月，以端明翰林侍讀二學士除知定州。七月，再乞越，不允。按，先生雖補外，自此至九月尚留京師，行禮部事，……冬十月，到定州。」王《譜》卻認爲「定州之除，必在九月內矣。」傅《錄》云：「是月（八月）以二學士知定州」，「十二月二十三日到定州。」

按：據《續通鑑長編》卷四八四，謂定州之除在六月：「（六月）壬申，禮部尚書端明殿學士、翰林侍讀學士、左朝散郎蘇軾知定州。」原注：「按，蘇軾奏議八月十九日以端明侍讀禮書論讀漢唐正史，則六月二十六日不應已除定。又《實錄》於九月十三日再書除定州，恐六月二十六日所書或誤。不然，六月二十六日初除州，不行，故九月十三日再除，而《實錄》不能詳記所以也。當考六月八日軾乞越州，不允；七月二十四日軾又以新知定州乞改越州，詔不允。《政目》亦於二十六日書軾知定州。」所考與施《譜》吻合，故知八月、九月之説皆誤。又據《朝辭赴定州論事狀》，首署「元祐八年九月二十六日端明殿學士兼翰林侍讀學士、左朝奉郎新知定州蘇軾」，又云「臣已於今月二十七日出門」，故知離京在九月。蘇軾到定州後，曾祭告故定州守韓琦於閱古堂，其《祭韓忠獻公文》首云：「維元祐八年歲次癸酉十一月初一日乙亥，端明殿學士兼翰林侍讀學士、左朝奉郎定州路安撫使兼馬步軍都總管知定州軍州事、上輕車都尉、賜紫金魚袋蘇軾，謹以清酌庶羞之奠，昭告於魏國忠獻公之靈」，故知到達定州必在十月。傅《錄》作十二月，亦誤。

(九)紹聖四年，「閏二月，再責授瓊州別駕、昌化軍安置」。王《譜》卻作「五月」，傅《錄》作「四月」。

按：據《宋史・哲宗本紀》，是年閏二月「甲辰，蘇軾責授瓊州別駕，移昌化軍安置。」同日，范祖禹移賓州安置，劉安世移高州安置。又蘇軾《到昌化軍謝表》云：「今年四月十七日，奉被告命，責授臣瓊州別駕、昌化軍安置。臣尋於當月十九日起離惠州，至七月二日已至昌化軍訖者。」四月十七日爲惠州知州方子容親攜「告身」告知蘇軾之時，亦證詔命必在其前。施《譜》作「閏二月」，是。

(十)元符元年，「時先生在儋，僦官舍數椽以居止，（董）必遣人逐出；遂買地城南，爲屋五間，土人畚土運甓以助之。」《東坡先生墓誌銘》云：「（紹聖）四年，復以瓊州別駕，安置昌化。……初僦官屋，以庇風雨，有司猶謂不可。則買地築室，昌化士人畚土運甓以助之，爲屋三間。」王《譜》引此，即謂事在紹聖四年，傅《錄》同。

按：據《續通鑑長編》卷四九五，董必爲廣南西路察訪，在紹聖五年（六月一日改元元符）三月；同書卷五〇八又謂元符二年四月，「詔新除工部員外郎董必送吏部與小處知州」，其原因之一，乃是「差察訪廣西，所爲多刻薄。」據此，董必逐蘇軾事當在元符元年（紹聖五年）。施《譜》是。蘇軾《與鄭嘉會書》：「初僦官屋數間居之，即不佳，又不欲與官員相交涉，近買地起屋五間一龜頭，在南污地之側，茂木之下，亦蕭然可以杜門面壁少休也。」施《譜》云「五間」，亦有依據。（諸譜多據《墓誌銘》作「三間」）

上舉可供糾誤者十例，下舉其詳明者兩例。

㈠熙寧四年，蘇軾出任杭州通判。王《譜》、傅《錄》皆僅言「以言事議論大不協，乞外任，除通判杭州」。施《譜》則云：「是年六月，先生乞補外，上批出與知州差遣，中書不可，擬通判潁州；上又批出改通判杭州。參知政事馮京薦先生直舍人院，上不答。」反映出神宗對蘇軾的信用，並照顧其離京外任的要求，這對了解他們君臣之間的微妙關係和當時黨爭情況，有一定幫助。（按：據《續通鑑長編》卷二一四，神宗批出改通判杭州，在熙寧三年八月條；同書卷二二〇，馮京薦蘇軾在熙寧四年二月條。四年六月，蘇軾始赴杭。施宿將此二事補載於此。但首云「是年六月」，敍述不夠嚴密。）

㈡元豐二年，關於「烏臺時案」的記敍，施《譜》採用了《東坡烏臺詩案》的大量材料，以突出此事對蘇軾一生思想、創作的重要影響。還特別補充當時二位宰相對此案的不同態度：「時二相吳充、王珪，充嘗爲先生致言於上，珪則擠之云。」

按：吳充說情，見《續通鑑長編》卷三〇一引《呂本中雜說》：吳充對神宗說：「魏武猜忌如此，猶能容禰衡；陛下以堯舜爲法，而不能容一蘇軾何也？」上驚曰：「朕無他意，止欲召他對獄，考覈是非爾！行將放出也。」王珪擠之，見同書卷三四二：「元豐中，軾繫御史獄。上本無意深罪之，宰臣王珪進呈，忽言『蘇軾於陛下有不臣意』，即舉其詠檜詩「根到九泉無曲處，世間唯有蟄龍知」句以陷之。（又見《石林詩話》卷上。但王鞏《聞見近錄》等謂此事在蘇軾貶黃州之後。）

當然，施《譜》也有失誤之處，如嘉祐四年條「歲除，至長安」，實在江陵度歲；熙寧四年條「十一月，到杭。時杭守沈遘」，實爲沈立；元豐二年條「十二月二十六日詔責授檢校尚書水部員外郎、黃州團練副使、本州安置」，實爲十二月二十八日；元豐七年條「到泗，上表乞常州居住，邸吏拘微文不肯進，乃於鼓院投之」，實爲到揚州之事；元符三年條「二月，先生以登極恩移廉州安置」，實爲四月；同條「四月，先生以生皇子恩詔授舒州團練副使、永州居住」，實爲七月，等等。這在評價施《譜》時也是需要注意的。

施《譜》的詩歌繫年，也是它的重要部分。施《跋》即專就此問題而作。他說，「…歲月既久，始合諸家之傳以成一集，於先後有不暇深考者。今所刊本篇目次第，蓋仍其舊，《年譜》雖稍加釐正，而各有所據，其間亦不能與之無異，覽者當自得之。」說明其繫年與一般刊本乃至《施注蘇詩》有異。

馮應榴《蘇詩合注》卷首《凡例》云：「編年勝於分類，查本似更密於施顧本。但《後集》五家注本編年犁然不紊，施顧本每卷排次亦撮舉大綱，最爲得當，邵長蘅《例言》中已言之。查本細分年月，轉欠審確。」這個評價是公允的。施顧本作爲今存最早的完整編年詩注本，功不可滅。施《譜》詩歌編年，經與《施注蘇詩》對勘，有很多不同，但大都似不正確，並非「釐正」，惜不知其「所據」，殊難理解，留待以後研究。

其個別詩篇繫年，卻較精確，但又大都與《施注蘇詩》相同。如鳳翔時所作《十二月十四日夜微雪，明日早往南溪小酌至晚》、《九月中曾題二小詩於南溪竹上，既而忘之，昨日再遊，見而錄之》兩詩，查慎行、馮應榴均繫於治平元年，施《譜》繫於嘉祐八年，提前一年，是。因蘇軾於治平元年十二月十七、八日罷鳳翔簽判任離去（見其《與楊濟甫書》：「某只十二月十七、八月間離岐下也」），不大可能於十五日整日盤桓南溪，又於十六日過錄《題南溪竹上》詩，且詩中對離任事一無反映。又如《司竹監燒葦園，因召都巡檢柴貽勗左藏以其徒會獵園下》詩，施《譜》亦繫於嘉祐八年，是。因蘇轍和詩，在《欒城集》中亦編於《十二月十四日夜微雪……》和詩即《次韻子瞻南溪微雪》之次，《欒城集》爲蘇轍手編，當可信，但諸家注本皆誤繫於治平元年。又元豐三年蘇軾赴黃州詩，列有「至關山《梅花》、《朱陳嫁娶圖》、《宿禪智寺》、《初到黃州》」等詩。按，《陳季常所蓄朱陳村嫁娶圖》、《宿禪智寺》兩詩，查慎行、馮應榴均繫於到黃州後，施《譜》列於到黃州前，甚是。前首作於岐亭（今湖北麻城）陳慥家中，正是蘇軾赴黃途中。其《岐亭五首‧序》云：「元豐三年正月，余始謫黃州，至岐亭北二十五里，山上有白馬青蓋來迎者，則余故人陳慥季常也。爲留五日。」詩即作於此時。又據《弘治黃州府志》，黃州城內無禪智寺，而岐亭至黃州間則有禪積寺，疑即禪智寺，音近而誤，當爲蘇軾離岐亭後途中所宿，並作後一首詩。故施《譜》編年可從。又如通判杭州時所作「遊孤山唱和」諸作，王《譜》根據《東坡烏臺詩案》編在熙寧五年。（《東坡烏臺詩案》「同李杞因獵出遊孤山作詩四首」條云：「熙寧五年，軾任通判杭州，於十二月內，與發運司勾當公事大理寺丞杞，因獵出遊孤山，作詩四首。」）施《譜》編在四年剛到杭州時。按，這四首詩即《臘日遊孤山訪惠勤惠思二僧》、《李杞寺丞見和前篇復用元韻答之》、《再和》、《遊靈隱寺得來詩，復用前韻》。據《東坡題跋》卷三《跋文忠公送惠勤詩後》：「熙寧辛亥（四年），余出倅錢塘，過汝陰見公（歐陽修），屢屬余致謝勤。到官不及月（其《六一泉銘‧敍》云：「予到官三日，訪勤於孤山之下。」），以臘日見勤於孤山下，則余詩所謂『孤山孤絕誰肯廬，道人有道山不孤』者也。」故施《譜》是。但在熙寧五年末，又列入《遊孤山訪惠勤惠思》一詩，當係誤羼。

有的詩歌編年比較審慎，如查慎行《補注東坡先生編年詩》卷首《例略》中，指責施顧注本「排纂尚有舛錯」時所舉二例：「《客位假寐》一首，鳳翔所作，而入倅杭時；《次韻曹九章》一首，黃州所作，而入守湖州時。」此二詩施《譜》編年即付闕如，沒有勉强硬置。因此，編年部分仍可供參考和進一步研究，但其價值不如「時事」、「出處」兩欄，似可斷言。

注釋

①參看《〈宋人所撰三蘇年譜彙刊〉前言》一文，見本書第三〇五頁。

②此件實複印自倉田淳之助等所編《蘇詩佚註》一書，西元一九六五年三月日本同朋舍出版。筆者寫作本文時，尚未獲見。

③參看劉尚榮《宋刊〈施顧注蘇詩〉考》，見《蘇軾研究專集》，《四川大學學報叢刊》第六輯。已收入其《蘇軾著作版本論叢》（巴蜀書社）一書。

④陳乃乾《宋長興施氏父子事迹考》（載《學林》第六輯，西元一九四一年四月），定施元之卒年爲淳熙元年（西元一一七四年），似不確。旋罷贛州任在淳熙三年，有確證，見《辛稼軒年譜》。施宿序中又說，其父「閑居」「歲久成書」以後，「而先君末年所得未及筆之書者，亦尚多有」，說「末年」，則其去世當比淳熙四年更晚。

⑤這年十一月，施宿被起用爲吉州知州，旋又罷職。《宋會要輯稿·職官》卷七十四：嘉定二年「十一月二十二日，新廣東提刑常褚、新知吉州施宿，並罷新任，以臣僚言褚謀身姦邪，宿邀功避事。」事與「舊春蒙召，未幾汰去」相仿，唯年、月不合。

⑥施注嘉定原刊本，另尚存兩部殘本，但卷帙不多（一僅四卷，中有殘缺，一僅兩卷），今藏北京圖

書館。按：西元一九九三年四月，我有幸訪問台北「中央圖書館」，終於得見此「館藏最風雅的書」，十多年前之「懷想」，一旦實現，忭喜何似！且已標明爲「宋嘉定六年淮東倉司刊本」，改正其「嘉泰本」舊說。

⑦《國史》一書爲南宋人所重。如王㭚《燕翼詒謀錄》，即「考之《國史》、《實錄》、《寶訓》、《聖政》等書」而成（見《自序》），李心傳《舊聞證誤》亦多據《國史》糾正其他史書之誤。

一九八一年五月（原載《中華文史論叢》一九八三年第三輯）

記蓬左文庫舊鈔本《東坡先生年譜(外一種)》

日本名古屋市蓬左文庫藏有舊鈔本施宿《東坡先生年譜》等一册。此書由五個部分構成：

㈠施宿《東坡先生年譜》(全帙，並附陸游序、施宿序、跋等三文)；
㈡何掄《眉陽三蘇先生年譜》(殘本)；
㈢王宗稷《東坡先生年譜》(十條左右，散見各處)；
㈣傅藻(應作「藻」)《東坡紀年錄》的序傳部分(約七百多字)；
㈤蘇軾簡明年表五頁，當係《四河入海》末尾所附《紀行之圖》的節本。

王譜、傅錄今存(前者見《東坡七集》本，後者見《百家註分類東坡先生詩》)，爲通常流行之本，並不罕見。施譜久佚，西元一九六三年倉田淳之助先生始在京都舊書肆發現，即予購藏，並在西元一九六五年影印於《蘇詩佚註》，始得公之於世，引起不少研究者的重視。但《佚註》本施譜有缺頁和缺字數處，而蓬左本卻完整無損；何掄《年譜》雖屢見著錄和稱引，卻已早佚，而於蓬左本中首次發現，雖非足本，仍頗珍貴。要之，這一鈔本以施《譜》爲主體，何《譜》亦甚重要，故擬定名爲《東坡先生年譜附眉陽三蘇先生年譜》，簡稱爲《東坡先生年譜（外一種）》。

但這一重要鈔本，因封面題爲《東坡紀年錄》，故以傅藻《東坡紀年錄》著錄於有的圖書目錄；又因施宿《東坡先生年譜》前，冠有「大全集年譜五羊王宗稷編」十一字，有的目錄書籍又誤認施《譜》爲王宗稷所撰。這個鈔本遂未被人們注意，長期沈晦不聞。

西元一九八四年十一月，我在東京大學伊藤漱平教授的熱情幫助和陪同下，並得到其他日本朋友的提示，又蒙蓬左文庫的接待，得見這一鈔本。既喜施《譜》可睹全璧，復驚何《譜》重見於世，特將這一鈔本的概況、鈔者及其年代、鈔本的構成、價值等作一記述和考辨。

一、鈔本的概況、鈔者及其年代

這一鈔本係「駿河御讓本」，有「御本」圖印。江戶時代德川幕府第一代將軍德川家康在駿府（今靜岡市）設有藏書庫，稱爲駿河文庫。他於元和二年（西元一六一六年）去世時，遺命將藏書分讓給在尾張等地的三個兒子，尾張的德川義直得到一百七十七部，建立尾張文庫。今蓬左文庫就是尾張文庫的後身。這些圖書即稱爲「駿河御讓本」，屬於蓬左文庫的貴重書。

此本爲線裝，共一二七頁，高二六・八釐米，寬十八・一釐米，以茶色紙爲裱褙紙，裝訂完好。鈔本最後有題款云：「應永二十七年歲次庚子春三月於龍皐之萬秀山下書了」。後人在其旁又有批注：於「應永二十七年」處，批注云：「離慶長七年一百八十二年」；於「龍皐」處，批注云：「南禪寺」。按，應永二十七年，爲西元一四二〇年；慶長七年，爲西元一六〇二年，相隔正好一百八十二年。故知鈔本年代爲西元一四二〇年，相當於中國明永樂十八年，而爲日本室町時代足利四代將軍義持當政之時。

《佚註》本施《譜》和蓬左本的關係如何，鈔者的情況怎樣？這對弄清施、何兩譜的面貌有很大的幫助。試將《佚註》本和蓬左本對勘，從內容上看，發現兩本原來同出一源，所據乃同一祖本；從筆跡上看，竟是同一鈔手。

先從內容上看。大致有三種情況：

㈠《佚註》本脫誤、筆誤之處，蓬左本亦然。如卷首陸游序，據《渭南文集》卷十五，應作「然概不爲識者所取」，「取」字兩本皆誤作「進」；「故云『新掃舊巢痕』」，「至如『車中有布乎』」，皆奪「舊」「中」兩字。施宿序：「元祐來歸，所挾益大」，兩本皆無「所」字，而據施宿序文的另外兩個鈔件（均見宮內廳書陵部所藏《王狀元集百家註分類東坡先生詩》兩種的書批，一在卷九之前，一在卷十之前），應有「所」字，文句遂通順。施序又有「宣仁聖后用之而不能盡」句，兩本皆無「不」字，而據同上宮内廳之鈔件，應有「不」字，才使上下文意啣接。年譜部分嘉祐六年條，其時考官爲楊畋，兩本皆誤作「孫畋」。元豐二年條，蘇軾的詩句應爲「贏得兒童語音好」，兩本皆誤「贏」爲「羸」。同年，「差權發遣三司度支副度陳睦錄問」，「遣」應作「運」，兩本皆誤。元豐四年條，「詔熙河、鄜延、環慶、涇原、河東五路進兵大討西夏」，兩本皆缺「熙河」，則與下文「五路」牴牾。元祐四年條，「近日臺官論奏臣罪狀甚多」，兩本「罪狀」皆誤作「罪伏」。元祐五年條詩題《次韻關景仁送紅梅栽》，兩本皆誤作「江梅」。紹聖元年條詩題《二十五日寄餾合刷瓶與子由》，兩本皆誤作「鎦合」。元符三年條詩題《晦夫惠琴枕接䍦》，兩本皆誤作「接籬」；《遊南城謝氏廢園用使都經錢溪韻》，兩本皆誤作「遊北城」。最後施宿跋文云：「觀先生與劉羅書」，兩本皆作「劉沔」，而七集本《東坡後集》卷十四卻是「答劉沔都曹書」，作「沔」非是。這類事例還有很多，說明《佚註》本和蓬左本實同出一源。

此外，還有一些情況可以助證此點。

⑴是缺筆。如兩本皆以「惇」字缺末筆（各十多處）。

⑵是補改。如元祐七年條在「詩」欄上面補寫《滕達道挽詞》一題，當係鈔者發現脫漏而自己補寫的。而此題正是《佚註》本所原有，補寫以後，兩本才能一致。

⑶是都用同一假借字。鈔者喜用假借字，不少字寫法相同。如元祐二年條「賜筵並賜御

書」，前一「賜」字皆作「錫」，後一「賜」字卻同作「賜」。熙寧四年條「始頒募役法」，兩本皆作「始放」，等等。

從兩本誤異情況的驚人相同來看，只能說明它們爲同一祖本所出。

㈡《佚註》本不誤，蓬左本訛誤者。這種情況甚爲嚴重，比比皆是。

⑴是錯字。如卷首陸游序：「韓、曾二相」，誤作「韓、魯」。施宿序：「可以油然」，誤作「不以」。年譜部分熙寧元年條，「勸上以更法度」，誤成「勸上」。熙寧二年條，「安石又言不可，且誣先生遭喪販蘇木入川事，遂罷不用」句，不僅誤「販」爲「敗」，而且重出「不可且誣」以下等十五字。熙寧三年條「仍舊職」，誤作「仍舊賦」，「未幾」誤作「未成」，「昭文相」誤作「照文相」，也重出「十月翰林學士使之」等八字。熙寧四年條，「又增定之」，誤「之」爲「日」，「試爲四場」，誤「試」爲「誠」。

⑵是脫字。如陸游序脫去「嘗」、「之」、「能」三字。施宿序「始請待制陸公爲之序。而序文所載……」，脫去「而序」兩字。嘉祐三年條出處欄，脫去「先生居憂」四字。嘉祐六年條，不僅脫去「六年辛丑」四字的紀年，而且漏掉《鄭州西門外別子由》等四首詩的繫年。

⑶是錯簡。如元祐三年條，宣仁太后與蘇軾對話一段，應在「出處」欄，卻羼入「時事」欄；而《夜直玉堂讀李之儀詩卷》等詩題，又鈔在「出處」欄。元祐五年條，「先生在杭

州，浚西湖」云云，應是五年之事，卻錯置於四年之末；《上元次韻劉景文路分》等三首詩應是元祐六年時所作，卻又錯置於五年之末。紹聖二年所作《同正輔戲作》等九首詩，亦誤鈔入三年之初。這些錯簡之處，在《佚註》本中皆不誤。

(4)是塗改。熙寧八年「詩」欄，《孔長源挽辭》鈔寫兩遍，自行抹去其一，元豐元年《次韻王鞏留別》也是如此。元豐二年條，「且去」，自改正爲「且云」；「貧昏」，自改正爲「貧民」。元豐三年條，《遊子由古律》，自改正爲《迎子由古律》。元豐五年條，《送酒歌》，自改正爲《蜜酒歌》等等。

以上四類情況，《佚註》本中是罕見的，而蓬左本卻是大量、普遍的。這說明蓬左本書寫比較草率，《佚註》本則是認真書寫的正式鈔本。因此，我們在整理施宿《東坡先生年譜》時，應選擇《佚註》本爲底本，較爲恰當。

(三)《佚註》本或誤或脫，而蓬左本不誤不脫者。這爲整理一本完整的施《譜》提供了重要的珍貴材料，我將在下文詳細論及。

再從筆跡上看。蓬左本爲草本、《佚註》本爲正式鈔本的情況，在兩本的墨跡上也充分表現出來：前者字跡潦草，後者工整端方。但是，細審筆劃意趣，竟出同一鈔者之手。試以陸游、施宿兩序爲例，進行對照如左：

佚註本	蓬左本
夏述尚戒作歌　釋漢以　識者所進	夏述尚戒作歌　釋漢以　識者所進

佚註本	蓬左本
頗称詳贍　閎博指趣深遠	頗称詳贍　閎博指趣深遠

佚註本	蓬左本
足下當作一書發明東坡之意	足下當作一書發明東坡之意

佚註本	蓬左本
已致魯諸生　收用　收用	已致魯諸生　收用　收用

四佚註本	蓬左本
建中　建中　恐不過如此	建中　建中　恐不過如此

四佚註本	蓬左本
未易窺測至如車有布乎　嗟歎　此句之意戲言	未易窺測至如車有布乎　嗟歎　此句之意戲言

（以上陸游序）

四佚註本	蓬左本
歲久成書　先君於此書　拊卷流涕　凞寧	歲久成書　先君於此書　拊卷風涕　凞寧

A佚註本	蓮左本
當國者勢傾 忠誠憤鬱 來歸	當國者勢傾 忠誠憤鬱 來歸

A佚註本	蓮左本
落筆脫手 棄其官爵困厄僇辱	落筆脫手 棄其官爵困厄僇辱

A佚註本	蓮左本
嘉定二年中秋日吳興施宿書	嘉定二年中秋日吳興施宿書

（以上施宿序）

兩兩對勘，筆意全同。這類筆意相同的例子，在年譜正文部分也是容易取證的，特別是一些具有個人特點的手寫體，更能證明。限於篇幅，不再列舉。

由此可知，兩本乃同一鈔手，因而前述兩本同出一源的情況，也就不難理解了。我們已知蓬左本在應永二十七年鈔於南禪寺，《佚註》本殆亦同時同地（即使不鈔於同一年，也不會相去太遠）。小川環樹先生在《蘇詩佚註・凡例》中曾說，倉田先生所得之施《譜》，「審其字體書法，當是四五百年外物，則無可疑矣。」從西元一四二〇年至西元一九六三年，相距正逾五百年，所論極爲允當。

《佚註》本施《譜》後有京都東福寺大機院住持未雲叟的跋文，謂此鈔本乃「善惠軒常住物也。」善惠軒常住指彭叔守仙（西元一四九〇——一五五五年），他創建善惠軒於東福寺。那麼，兩部施《譜》同鈔於南禪寺，《佚註》本因何流傳到東福寺呢？上村觀光所編《五山詩僧傳・彭叔守仙》中云：

天文七年五月廿一日東福寺に視篆し、住すること十年、天文十六年五月七日帖き賜ふて南禪寺に陞住す。後に東福の山内に善慧軒を創して第一世となり、……

（譯文：天文七年五月廿一日「視篆」（擔任住持之意）東福寺，修行十年。天文十六年五月七日奉命陞任為南禪寺住持。後在東福山中創立善慧軒，為開山祖師。

……）

彭叔守仙曾於天文七年（西元一五三八年）五月廿一日起爲東福寺住持十年，又於天文十六年（西元一五四七年）五月七日升任南禪寺住持，後又返東福寺創建善慧（同「惠」）軒爲第一世。據此，我們不妨暫作如下的推測：《佚註》本施《譜》可能是由彭叔守仙從南禪寺攜至東福寺善惠軒的。

二、鈔本的構成

前已提及，這個鈔本由五部分構成：傅藻《東坡紀年錄》的序傅部分、蘇軾紀行的年表在前，都獨立成篇；施、何、王三譜在後，卻錯綜並出，互相混雜。書寫方式大致是：陸序、施序之後，先列《眉陽三蘇先生年譜》，頂格鈔寫，低兩格署「左朝請大夫權發遣成都府路提點刑獄公事何掄編」，次行以「真宗皇帝大中祥符二年己酉」列目，即從老蘇生年開始記敍其生平事跡，但至景祐三年、施《譜》開始（蘇軾生是年）以後，何《譜》文字，一部分鈔在書眉（書眉中又有部分王《譜》文字），一部分混入施《譜》的「紀年」、「時事」、「出處」、「詩」四欄，直至建中靖國元年蘇軾死、施《譜》畢。再列以「崇寧元年壬午」之目，記載蘇轍事跡，直至政和八年蘇轍病卒。後有何掄對蘇轍的評贊及跋文。最後以施宿跋文結束全書。

鑑於何掄《年譜》已佚，我認爲應從這個鈔本中輯出何《譜》文字。景祐三年以前、建中靖國元年以後的這兩部分文字，屬於何《譜》，顯而易見；書寫在施《譜》眉端的文字，除去屬於王《譜》者外（這較易辨認），也應是何《譜》的內容，這都不成問題。問題在於混入施《譜》四欄的文字，如何辨識何者爲施《譜》、何者爲何《譜》呢？

第一，凡是與《佚註》本相同的文字，應是施《譜》的內容。這是最簡單也是最可靠的證據。但也有個別例外（見後）。

第二，何《譜》有特殊的行文格式，即大都在敘事以後加「按」或「見」，說明出處；施《譜》有時也加「按」，卻大都發表施宿本人的見解。如何《譜》第一條大中祥符二年下云：「老蘇先生生於是年。**按**，歐陽文忠公作公『墓誌』云：『以病卒，實治平三年，享年五十有八。』今以年數考之，則知公爲己酉生也。」而施《譜》的「按」語，如熙寧三年、元祐四年等條，都是議論性文字。根據這一標準，如慶曆二年「出處」欄有云：「先生七歲已知讀書。**按**，公上韓魏公及梅直講書云：『自七八歲時知讀書。』」皇祐四年云：「先生十七，與劉仲達往來於眉山，見《滿庭芳詞序》」。這兩條不見《佚註》本，其行文格式又不類施《譜》，故知爲何《譜》混入施《譜》者。

第三，何《譜》逐年記載主年歲，《佚註》、蓬左兩本施《譜》不載。蓬左本治平三年條，突然在「紀年」欄旁注「三十一歲」字樣，足證施《譜》本文必無。《佚註》本紹聖元年條，在「先生在惠州」之下，別有小字注云「六十一歲」；元符元年條，在「先生在儋」之下，也有小字注「公年六十四」。既用小字，可知非施《譜》本文，乃鈔者臨時所加。由此可以推知，《佚註》本最後（建中靖國元年）「出處」欄正文有「公年六十六」的字樣，但蓬左本恰恰沒有這五個字，説明這也是鈔者所加。這在整理施《譜》時應加注意的。（但《四河入海》在引述施《譜》時，在「紀年」之下必有「先生×××（歲）」之語，故我們整理施《譜》時也可考慮加入；《佚註》、蓬左兩本加於其他地方的「年歲」，則都應刪去。）要之，蓬左本中凡遇加年歲之文，一般均屬何《譜》。

第四，蓬左本施《譜》「出處」欄出現不少有關蘇轍事跡的文字，這些文字又是《佚註》本所沒有的，也可認定爲何《譜》內容。如熙寧十年條云：「子由年三十九。改著作佐郎，復從張文定簽書南京判官，秋末到任。按，公《逍遙堂會宿序》云：『熙寧十年二月，與子瞻會於澶濮之間，相從來徐，留百餘日。以初秋自徐赴南京，至秋末始到任。』」這裡稱蘇轍爲「公」，顯非施《譜》文字。（《四河入海》卷一之二、卷十六之四、卷十八之一共三處亦引此段，明云出於何掄《三蘇年譜》，更可證實。）又如元祐七年「出處」欄云：「穎濱年五十四，除門下侍郎，復蒙郊恩特加護軍追封開國伯，食邑五百戶、實封二百戶」，而「時事」

欄也加有與此大致相同的文字，說明兩段文字都非施《譜》之文，應屬何《譜》。
依照上述四條標準，就可把混入施《譜》中的何《譜》文字爬疏勾稽出來。我已從蓬左本中輯得何《譜》四、五千字左右。

三、鈔本的價值之一——施《譜》的完善

這一舊鈔本首先為整理一部完整的施宿《東坡先生年譜》提供了寶貴的資料。《佚註》本施《譜》發現以來，不少研究者指出，它比之南宋時另外兩種現存的蘇譜，即王《譜》、傅《錄》，價值為高。（參看拙文《評久佚重見的施宿〈東坡先生年譜〉》，已收入本書）近來又有學者致力於宋刊《施顧註東坡先生詩》一書的復原工作（今存四部殘本），而施《譜》又是這部早期重要蘇詩注本的組成部分（見《直齋書錄解題》卷二十），因此，施顧注本的完全復原也有賴於一部完整無缺的施《譜》。但《佚註》本施《譜》不全，蓬左本正具有補缺、勘誤之功。

㈠**補全缺頁**。《佚註》本在熙寧六、七年之間缺兩頁，又在紹聖元年缺一頁。具體說來，熙寧六年缺「時事」欄後半部分一百二十六字，「詩」欄四十四首詩題；熙寧七年缺「紀年」欄四字，以及「時事」、「出處」兩欄前半部分二十二字，「詩」欄兩首詩題。紹聖元年缺「時事」欄後半部分六十五字，「詩」欄二十四首詩題；紹聖二年缺「紀年」欄四字以

及「時事」、「出處」兩欄前半部分三十四字，「詩」欄三首詩題。總計共補字二百五十五字，補詩歌繫年七十三首，這對恢復施《譜》面貌起了決定性的作用。

⑵補全缺字。《佚註》本有不少缺字，有的可據史書、別集等其他文獻補出，有的則無他法。如施宿序有句云：「而皓首煙瘴，巋然獨存，爲時□人」，或臆補爲「偉人」，今據蓬左本乃知爲「天人」；同序文云：「□新法罷行之目，列於其上，而繫以詩之先後，庶幾□者知先生自始出仕，……」前一缺字，《佚註》本僅存半邊，今據蓬左本知爲「取」字，後一缺字知爲「觀」字，此句才得讀通。年譜部分元豐五年「出處」欄云：「客有李委者□吹笛」，元祐三年「出處」欄云：「先生知不見容□求去」，今知各爲「善」和「益」字。

⑶校正誤字。此例甚多，姑舉十例列表如下，以見一斑：

	《佚註》本	蓬左本
陸游序	後二十五年，游告老居山陰澤中。	後二十五六年，游告老居山陰澤中。
施宿序	宿佐郡會乩	宿佐郡會稽
嘉祐八年	《記吳道開元寺子畫》	《記吳道子開元寺畫》
熙寧五年	盧策爲兩浙提刑	盧秉爲兩浙提刑
熙寧五年	《次韻子由柳湖久涸有水、開元山茶盛開》	《次韻子由柳湖久涸有水、開元寺山茶盛開》
熙寧五年	《天慶觀北向寺》	《天慶觀北向亭》

元豐五年	《訪陳季常再和『汁』字韻》	《訪陳季常再和『汗』字韻》
元豐八年	《遺直堂》	《遺直坊》
元祐元年	不支依青苗錢	不支俵青苗錢
紹聖四年	李清臣罷，以姑之子由嗣宗指斥伏誅故也。	李清臣罷，以姑之子曰嗣宗指斥伏誅故也。

㈣**補充內容**。蓬左本有個別地方比《佚註》本文字稍詳。如元豐三年「出處」欄，「二月，至黃州」下多出「寓定惠院」四字；元豐四年條「先生在黃州」下多出「寓臨皋亭」四字。這就跟下文施宿所云「蓋先生初寓居定惠院，未幾遷臨皋亭……」，文氣一貫，應是施《譜》原文所有。《佚註》本元豐三年條還引蘇軾（上文潞公書）的「事定重復尋理」句，蓬左本作「比事定，重復尋理」，檢之《上文潞公書》（七集本《東坡前集》卷二十九），正有「比」字。又如元祐三年條引蘇軾和宣仁太后的對話：太后問他因何近年升官，「先生曰：『遭遇陛下』」。蓬左本多出「與官家」三字。當時皇帝哲宗在場，下文「太皇太后與上、左右皆泣」可證，蘇軾答話理應提到「官家」。《宋史》卷三三八、《東都事略》卷九三上的《蘇軾傳》均作「遭遇太皇太后、皇帝陛下」，《續資治通鑑長編》卷四〇九先云「遭遇陛下」，但太后回答「不關老身事」後，蘇軾又補上「必是出自官家」，故知蓬左本作「遭遇陛下與官家」，甚是。另外，蓬左本於嘉祐時自荊州赴京途中詩，補《阮籍嘯臺》，元祐元年條補

《次韻李修孺留別》等詩的繫年，所補也是正確的。

總之，由於蓬左本所提供的新材料，再參考其他資料（《四河入海》提及施《譜》達二百處左右，可供參酌；施宿序文，可參校宮內廳書陵部《集百家分類注蘇詩》本的兩種書批等），我們已具備足夠的條件，整理出完整的施宿《東坡先生年譜》，使這一元明清以來久佚的重要年譜得以本來面目重見於世。

四、鈔本的價值之二——何《譜》的輯佚

蓬左本的另一重要價值在於何掄《眉陽三蘇先生年譜》的發現。何掄，《宋史》無傳。陳騤《南宋館閣錄》卷七，在祕書省「少監」條云：「何掄，字掄仲，青城人。何渙榜上舍及第。（紹興）八年八月自著作郎除。是月知邛州。」蓬左本何掄跋文自署「永康□何掄」。**按**，此處缺字補全應爲「永康軍」，宋置，在今四川灌縣；陳騤說他是青城人，也在今灌縣，故知爲同一個人。又據《宋歷科狀元錄》，何渙爲宣和三年進士第一，則知何掄亦同年中進士。又據胡寅《斐然集》卷十三所作何掄除著作佐郎制《何掄著作》，有云：「以爾殫見洽聞，詞藻清麗，召自西蜀，入直東觀」。而蓬左本卷首又有「左朝請大夫權發遣成都府路提點刑獄公事何掄」的署名，可知他是由成都府路提點刑獄調任爲著作佐郎，進而爲祕書省少

監，又出爲邛州知州的。

在蓬左本中，有何掄跋文說：

蘇氏父子俱以文章顯，其集（「集」字原殘）雖盛行而年譜不傳，使士大夫無以考信其事業之出處，良可嘆惜。余頃官成都，行部至眉，訪諸故老，得其家傳，三復玩味，喜其所載事跡，皆有歲月可知，廼類而編之，為《三蘇年譜》。凡所記事，必廣援引以為之證，非惟有益於其文，至於忠義慷慨之節，終始出處之致，歷歷可見，如以燈取影，以鏡求形，有不容遁匿者。

這段話說明：

㈠何掄自認爲第一個爲蘇氏父子作年譜的人。這點大致可信。從上述簡單生平來看，他作此譜在成都府路提點刑獄任上，早在紹興八年八月任祕書省少監之前。今存蘇軾年譜的宋代作者大都生平不能詳知，但年代似都比何掄要晚。王宗稷紹興中曾至黃州，施宿更是孝宗、寧宗時人。另一《三蘇年表》的作者孫汝聽（今僅存《蘇潁濱年表》一卷），據《直齋書錄解題》卷十七云，曾任「奉議郎」，「當是蜀人，敍蜀甚詳。」何掄亦蜀產而不提及孫，殆亦晚於何。

㈡他的年譜得力於蘇氏「家傳」，材料應較可靠。

㈢他的編撰原則是「凡所記事，必廣援引以爲之證」，重視實證的方法。驗之譜文，大都如此。（加「按」、「見」等說明材料出處）

最早著錄何氏此譜的是《郡齋讀書志•附志》。其中說：《三蘇先生年譜》一卷，左朝請大夫權發遣成都府路提點刑獄公事何棆編」。與蓬左本所署一致。但「棆」應作「掄」。（《四河入海》大都稱何棆，惟卷三之四《登州孫氏松堂》詩下稱「永康何棆《三蘇年譜》」，卷五之一《答徑山長老》下亦稱「何棆《三蘇年譜》」。）

南宋郎曄於光宗時所編注的《經進東坡文集事略》，也引述何《譜》。卷一《後杞菊賦序》注云：「何棆《年譜》云：東坡年四十，在密州任。按，公《後杞菊賦敍》云：『余仕宦十有九年，家日益貧，移守膠西。』公以丁酉年登第，至乙卯恰十九年矣。」此條蓬左本失載。郎曄此書另又提到《年譜》四處：一爲卷五十六《江行唱和集敍》，他在駁《邵氏聞見後錄》時說：「以《年譜》考之，嘉祐四年己亥，老泉年五十一，舟行適楚，二子皆侍行，……」此雖非正式引用譜文，但「舟行適楚，二子皆侍行」恰爲蓬左本所有，一字不爽。二爲卷二十六《杭州謝表》注引：「《年譜》云：『元祐四年，東坡年五十四，任翰林學士，言事忤時宰意，奏乞外補，遂有杭州之命。』」除「遂有杭州之命」一句外，其他文字也與蓬左本一致。（蓬左本末句作「奏補乞外」）三爲卷三十四《乞開西湖狀》注，四爲卷二十六《揚州謝表》注，皆係撮述《年譜》大意，但所述大都爲蓬左本所有。從郎曄所引五條來看：

㈠是證明蓬左本確爲何掄《年譜》。

㈡是説明蓬左本只保留了部分何《譜》，並非全帙。

更能直接證明這兩點的是日本室町時代成書的《四河入海》。它提到何掄《三蘇年譜》達五十多處，與蓬左本相同者二十條左右，可補其缺者三十條左右。《四河入海》卷首有《眉山先生紀年之歌》一首，七言六十四句，共四百四十八字，綜述蘇軾一生行跡，簡明扼要。此歌係五山詩僧天章澄彧（號呆菴）（西元一三七七年—？）所作。《天下白》的編者萬里集九（西元一四二八年—？）曾爲之逐句作注，則見於《四河入海》之末。萬里集九並指出：「此紀年歌以何掄《三蘇年譜》爲起本」，即是依據何《譜》爲藍本而作，可以看出何《譜》在五山詩僧們心目中的地位。

從蓬左本、郎曄《經進東坡文集事略》、《四河入海》中可以輯得何譜七、八千字。但離全帙仍相差尚多，因此我們還不能對它作出全面的評價。但從已經輯錄的內容來看，仍有不少值得重視之處。特別是它跟王、傅、施諸譜頗多異同，有助於對蘇氏父子的行實，進行更深入的研究，作出更確切的結論。現舉相異之例十二條如下：

	事項	何譜	王譜	傅錄	施譜
一	蘇軾赴鳳翔任	嘉祐六年辛丑冬十二月先生赴鳳翔任	十二月赴鳳翔任	冬赴鳳翔任，十二月十九日與子由別於鄭西門之外，作詩	冬十一月，先生之官鳳翔
二	蘇軾鳳翔罷還	治平二年乙巳在鳳翔任，罷還	二年自鳳翔罷任	治平元年冬，任滿還京	治平元年十二月，先生自鳳翔代還。二年二月，至京師
三	蘇洵下葬	治平四年以十月壬申葬老蘇於彭山之安鎮鄉可龍里	以八月壬辰葬老蘇於眉州	不記此事	不記此事
四	蘇軾赴徐州任	熙寧十年在密州任，就差知河中府，未到，改知徐州。四月、赴徐州任	四月赴徐州任	熙寧九年十二月移知徐州。次年五月到徐州	熙寧九年九月，詔移知河中府。十一月發高密。熙寧十年五月，到徐
五	蘇軾到湖州任	元豐二年四月二十一日	四月二十九日到湖州任	四月二十日到湖州	四月至湖
六	蘇軾得旨責授黃州	元豐二年十二月二十九日	十二月二十九日	十二月二十四日得旨責檢校尚書水部員外郎、黃州團練副使、本州安置。二十九日受敕	元豐二年十二月二十六日詔責授檢校尚書水部員外郎、黃州團練副使、本州安置

七	蘇軾得旨自黃移汝	元豐七年，先生年四十九，三月量移汝州	四月乃有量移汝州之命	正月二十五日特授汝州團練副使、本州安置	元豐七年正月，可移汝州團練副使、本州安置。四月發黃州
八	蘇軾以七品服入侍延和，即改賜銀緋	元祐元年丙寅	元祐元年丙寅	元豐八年十二月	不記此事
九	蘇軾赴定州	按公（元祐八年）九月十四雨中示子由詩云：「去年秋雨時，我自廬山歸；今年中山去，白首歸無期。」以此推之，則公之出守定州，必是九月	蓋定州之除，必在九月內矣	八月以二學士知定州	元祐八年六月，以端明殿翰林侍讀二學士除知定州。九月尚留京師，行禮部事。冬十月，到定州
十	蘇軾到惠州	（紹聖元年）十月三日至惠州	以十月三日到惠州	十月二日到惠州	冬十月，到惠州
十一	蘇軾責授瓊州別駕、昌化軍安置	（紹聖四年）五月再責瓊州別駕、昌化軍安置	五月先生責授瓊州別駕、昌化軍安置	四月被命	閏二月，再責授瓊州別駕、昌化軍安置
十二	蘇轍卒年	政和八年戊戌，年八十，以病卒於潁州	王、傅、施三譜皆不記此事		

以上十二例中，有四種情況：

㈠何《譜》是、他譜誤者。

如第二條，據蘇軾《與楊濟甫書》（七集本《東坡續集》卷四），他於治平元年十二月十七八日離鳳翔，又據蘇轍爲蘇軾所作《墓誌銘》，應於治平二年始還京，何、王、施三譜是，傅錄誤。

又如第三條關於蘇洵葬時，王譜定爲治平四年八月壬辰，大概依據張方平《文安先生墓表》：「明年（治平四年）八月壬辰葬於眉州彭山縣安鎮鄉可龍里。」何《譜》定爲十月壬申，大概依據歐陽修《故霸州文安縣主簿蘇君（洵）墓誌銘》：「治平四年十月壬申葬於彭山之安鎮鄉可龍里。」（孫汝聽《蘇潁濱年表》亦主此說）查治平四年八月丁未朔，無「壬辰」，故應以何《譜》所記爲是。十月壬申爲十月二十七日。

又第四條，據《烏臺詩案》，蘇軾於熙寧十年四月二十一日到徐州任，故傅、施五月之說誤。

又第五條，據《烏臺詩案》云：「移知湖州，元豐二年四月二十一日到任。」何《譜》是。《湖州謝上表》（七集本《東坡前集》卷二十五）作二十日，即傅《錄》所據。王《譜》作四月二十九日，誤。

又第六條，據《到黃州謝表》（七集本《東坡前集》卷二十五）「準敕」責授黃州之日爲十二月二十九日；又據《續資治通鑑長編》卷三〇一，「奉旨」之日爲十二月庚申（二十六）。何、王、施三譜皆是，傅《錄》謂十二月二十四日「得旨」，誤。

又第八條，入侍延和殿事，《墓誌銘》明載於元祐元年，又在二月之前，當爲正月之事。傅《錄》繫於上年十二月，誤。

又第九條，據《續資治通鑑長編》卷四八四，定州之除在六月；據《朝辭赴定州論事狀》（七集本《奏議集》卷十四），離京在九月；據《祭韓忠獻文》（七集本《東坡後集》卷十六），到達定州在十月。何、施兩譜是。

㈡何《譜》誤、他譜是者。

如第一條，據蘇軾《辛丑十一月十九日既與子由別於鄭州西門之外、馬上賦詩一篇寄之》詩題，當是十一月赴鳳翔任；又據《鳳翔到任謝執政啓》（七集本《東坡前集》卷二十六）、《與楊濟甫書》（七集本《東坡續集》卷四），應是十二月十四日到達鳳翔任所。何《譜》誤到任之日爲赴任之時。

又第十一條，據《宋史·哲宗紀》詔令蘇軾責授瓊州別駕、昌化軍安置之時，應在紹聖四年閏二月二十日；據《昌化軍謝表》（七集本《東坡後集》卷十三），四月十七日聞命，十九日離惠州，七月二日到達。何、王五月之說並誤。

㈢何《譜》和他譜各有所據者。

如第七條，據《續資治通鑑長編》卷三四二、《謝量移汝州表》（七集本《東坡前集》卷二十五），當是元豐七年正月詔移汝州，三月聞命（《贈別王文甫》，見清三蘇祠版《東坡全集》卷六十八），四月離黃（《滿庭芳詞敍》），諸譜所記均無大錯，然以施《譜》爲優。

如第十條，據《到惠州謝表》（七集本《東坡後集》卷十三）及《十月二日初到惠州》詩，到惠時間應爲十月二日，但蘇軾《題嘉祐寺壁》一文（明陳繼儒訂《蘇東坡全集》卷一）卻作十月三日，故有兩說。

㈣何《譜》之異說，尚待研究者。

如第十二條關於蘇轍的卒年。孫汝聽《蘇潁濱年表》云：政和二年「十月三日轍卒，年七十四。」《東都事略》、《宋史》、《宋史新編》之蘇轍傳皆同。另據《欒城集》所附淳熙三年的《蘇文定公謚議》所說蘇轍已死「六十有五年」推算，也爲政和二年。此已爲一般學界所採用，但何掄卻提出政和八年的異說。《四河入海》卷二十一之一《和子由送將官梁左藏仲通》詩下，萬里集九云：「某謂何掄《三蘇年譜》云：『……徽宗政和八年戊戌卒，年八十。』《東都事略》云：『卒年七十四。』《言行錄》不記卒年。何掄之說爲長。王偁之《東都事略》往往有不可取之事。」萬里集九是研究蘇氏年譜的專家，他的意見值得斟酌。今存蘇轍《墳院記》一文，末署「政和二年壬辰九月丁卯朔六日庚申」，以後活動無考，是否寫此文後不到一月之內逝世，也尚可研究。

從上所述，在十二例中，何《譜》記載正確或別有所據、可備一說者占十條，失誤者僅兩條，也從一個側面反映出何《譜》的可靠性。

這裡附帶論及蘇洵是否號老泉的問題。何《譜》只稱蘇洵爲「老蘇」，不提「老泉」，頗堪注意。

南宋以來，多稱蘇洵號老泉，實不確。葉夢得《石林燕語》卷十云：「蘇子瞻謫黃州，號東坡居士，東坡其所居地也。晚又號老泉山人，以眉山先塋有老翁泉，故云。」明郎瑛《七修類稿》卷十九「辯證類」「老泉爲子瞻號」條云：「老蘇號老泉，長公號東坡，人所共稱也。而葉少蘊《燕語》云：『蘇子瞻謫黃州，號東坡居士，其所居之地也。晚又號老泉山人，以眉山先塋有老翁泉，故云。』又梅聖俞有老人泉詩，東坡自註云：家有老人泉，公作此詩。又嘗聞有東坡居士、老泉山人八字共一印。而吾友詹二有東坡畫竹，下用老泉居士朱文印章。據此，則老泉又是子瞻號矣。然豈有子犯父號之理。而歐陽公作老蘇墓誌，但言人號老蘇，而不言其所自號，亦可疑者。豈此號涉一老字而後人遂加其父耶？葉、蘇同時，當不謬也。」明焦竑《焦氏筆乘·續集》卷二「老泉」條、張燧《千百年眼》卷十「老泉是子瞻號」條所述與郎瑛大致相同，但「又嘗聞有東坡居士……朱文印章」一段，作「坡嘗有東坡居士、老泉山人八字共一印，見於卷册間，其所畫竹，或用老泉居士朱文印章」，後吳景旭《歷代詩話》卷五十八、丁傳靖《宋人軼事彙編》卷十二等均把此段引作《石林燕語》語，殆誤。

歸蘇氏。以嘉祐二年終於鄉里，享年四十有八。以程氏年數考
之，則知公以是年娶。

○明道元年壬申，鄱二年

元年壬申　老蘇丁丑，遂葉縣君史氏愛，捨以作極樂院
六菩薩記云丁丑夫人之喪，蓋年卅有四矣

○景祐元年甲戌　二年乙亥　老蘇年廿六，始志于學。按司馬溫公
作蘇主簿夫人墓誌云，府君年二十七猶不學，一旦慨然謂夫人
曰，我自視今猶可學。又歐陽文忠作公墓誌云，年廿七始大發憤，謝
其素所往來少年，閉戶讀書為文辭，歲餘舉進士，再不中，
又舉茂材異等不中，退而盡閉戶讀書五六年，乃究六經
百家之說，下筆頃刻數千言。是歲生幼女，長而適其母兄
程濬之子，見公所作荐

大全集年譜五羊王宗稷編

東坡先生年譜

紀年

景祐三年
丙子
仁宗在位

時事

出處

先生以是年十二月十九日卯時生於眉山縣紗縠行私苐

詩

又按志林云，退之磨蝎為身宮，而僕以磨蝎為命，推之則為卯時。星議者以先生十二月為辛丑，十九日為癸亥，見丙子癸亥水向東流，故才汗漫而澄清，子卯相刑，晚年多難，磨蝎五宮也

四年丁丑

老蘇年廿八，喪兄希白

寶元元年戊寅，冬十一月十八日改元

老蘇娶程氏，生三子，長曰景先，早夭，戊寅之年

蓬左文庫所藏舊鈔本

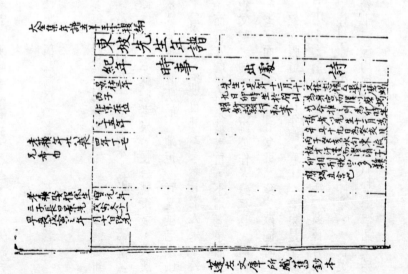

又師亮采拓《秦郵帖》卷一，收蘇軾所書《挑耳圖後》正用老泉之印。明黃燦、黃煒《重編嘉祐集紀事》亦謂親見蘇軾《陽羨帖》有東坡居士、老泉山人之圖記。戚牧《牧牛庵筆記》亦謂「原版《晚香堂帖》尾有『東坡、老泉』之印，鈐蘇軾名下，此其明證。」此外，阮葵生《茶餘客話》卷十二「老泉非蘇洵號」條云：「東坡得鍾山泉公書，寄詩云：『寶公骨冷喚不聞，卻有老泉來喚人。』（按，見《六月七日泊金陵阻風，得鍾山泉公書，寄詩爲謝》一詩）果老蘇號老泉，敢作爾語乎？惜不令焦文端（焦竑）聞之也。」則又爲葉氏等說補一論據。杭世駿《訂訛類編續補》卷下「蘇老泉」條亦云：「老泉者，眉山蘇氏塋有老人泉，子瞻取以自號，故子由祭子瞻文云：『老泉之山，歸骨其旁。』而今人多指爲其父明允之稱，蓋誤於梅都官有『老泉詩』故也。」不僅助成葉說，且對致誤之由作了探索。以上辯論，可以據信。日本大阪市立美術館所藏蘇軾《李白仙詩卷》墨蹟，後有高衎（金世宗時吏部尚書）於正隆己卯（四年，即宋高宗紹興二十九年，西元一一五九年）的題跋云：「太白清奇出塵之詩，老泉飄逸絕倫之字」，說明早在南宋初年已稱蘇軾爲老泉。何掄的《年譜》開卷即云：「真宗皇帝大中祥符二年己酉，老蘇先生生於是年。」「公諱洵，字明允。」一字不提號老泉之事，也爲這個問題提供了重要的佐證。

西元一九八五年二月於東京大學（原載《伊藤漱平教授退官紀念中國學論集》，日本汲古書院一九八六年三月出版。《中華文史論叢》一九八六年第二輯轉載）

詞學古今談

葉嘉瑩・繆鉞⊙著

繆鉞、葉嘉瑩二位因對詩詞的熱愛，而結交成忘年之交：一位擅長以舊學論詩詞，一位精於以西方文論剖析詩詞。由此書中，讀者可以從二種不同的角度看中國詩詞，並可體會到文人相重的情誼。

546頁／25開／平裝　定價380元

中國文學史百題

公　木等◎著

本書作者們以深入淺出的筆調，依文學流變的過程，有系統地介紹各個文學派別的起源、發展及特色，從春秋戰國的諸子哲學，到明清之際的小品文，盼讀者能藉此，進入中國文化豐富浩瀚的世界裡。

上册：580頁／25開／精裝
下册：466頁／25開／精裝
定價800元

絕句一百首

柴劍虹等⊙著

胡適先生一生推動白話文運動，不遺餘力。但他對中國詩詞的熱愛，却從未放棄過。本書即是以胡適先生自己選注的《每天一首詩》爲藍本。再加上後人的評析。由此可以一窺胡適先生細膩的感情世界。

292頁／25開／平裝　定價200元

國立中央圖書館出版品預行編目資料

蘇軾論稿／王水照著. ——初版. ——臺北市：
萬卷樓發行：三民總經銷，民83
面；　公分. ——（文學類叢書；19）
ISBN 957-739-119-2（平裝）

1.（宋）蘇軾-作品集-評論

845.16　　83008919

蘇軾論稿

著　　者：王水照
發 行 人：葉曉珍
總 編 輯：許錟輝
責任編輯：李冀燕
發 行 所：萬卷樓圖書有限公司
台北市和平東路一段67號14樓之1
電話(02)3216565・3952992
FAX(02)3944113
劃撥帳號15624015
總 經 銷：三民書局股份有限公司
台北市復興北路386號
訂書專線(02)5006600（代表號）
FAX(02)5164000・5084000
承印廠商：彩色設計製版有限公司
定　　價：380元
出版日期：民國83年12月初版
出版登記證：新聞局局版臺業字第伍陸伍伍號

ISBN 957-739-119-2